寺山修司著作集 1

詩・短歌・俳句・童話

SHUJI Terayama

監修 山口昌男・白石 征

クインテッセンス出版株式会社

第1巻　詩・短歌・俳句・童話◉目次

五月の詩・序詞　2

I　俳句篇

花粉航海（全）……7
草の昼食　9
幼年時代　11
左手の古典　12
鬼火の人　14
望郷書店　16
だまし絵　18
狼少年　19
憑依　21
少年探偵団　23
手稿　25
われに五月を……26
わが金枝篇……27

未刊句集＝わが高校時代の犯罪……28
初期句篇……29

Ⅱ　短歌篇

田園に死す（全）……39
恐山　41
犬神　44
子守唄　46
山姥　50
家出節　52
新・病草紙　54
新・餓鬼草紙　60
跋　64
初期歌篇……65
燃ゆる頬　66
記憶する生　70
季節が僕を連れ去ったあとに　72
夏美の歌　74

空には本……81
チエホフ祭 82
冬の斧 85
直角な空に 87
浮浪児 89
熱い茎 90
少年 92
祖国喪失 93
僕のノオト 96
血と麦……99
砒素とブルース 100
血と麦 104
老年物語 107
映子を見つめる 110
蜥蜴の時代 113
真夏の死 116
血 118
うつむく日本人 123
私のノオト 127

テーブルの上の荒野……129
テーブルの上の荒野 130
ボクシング 132
煮ゆるジャム 134
飛ばない男 135
罪 138
遺伝 139
花札伝綺 140

III 詩篇 I

地獄篇（全）……147
ラインの黄金（全）……243

IV 詩篇 II

詩篇……319
三つのソネット 321
わたしのイソップ 323
ロング・グッドバイ 327

人力飛行機のための演説草案 331
アメリカ 333
孤独の叫び　時代はサーカスの象にのって 335
質問する 337
野球少年の憂鬱 338
時間割 341
獄中記 342
なぜ東京の電話帳はロートレアモンの詩よりも詩なのか 343
書物の私生児 345
事物のフォークロア 346
未刊詩集＝書見機……349
奴婢の読書 350
梱包のエクリチュール 351
ヤコブのはしご 352
上演されなかった劇の劇評を書く 353
昨日の読者のために 354
按摩のための読書法 355
抒情詩篇……357
Ⅰ　少女詩集 359

Ⅱ　歌謡詩集　369
Ⅲ　バラード＝樅の木　378
Ⅳ　ぼくが死んでも　384
Ⅴ　組詩＝木の匙　389
Ⅵ　競馬詩集　396
マザー・グース（抄）……403
Ⅴ　童話
堕ちた天使　429
レーナの死　433
火について　439
泥棒のタンゴ　445
ジョーカー・ジョー　452
ケ・セラセラ　458
二万四千回のキッス　460
かくれんぼ　463
かもめ　467
壜の中の鳥　473
消しゴム　479

踊りたいけど踊れない　486
かくれんぼの塔　492
イエスタデイ　498

Ⅵ　散文詩＝ジャズが聴こえる

死のジャンケン　509
自分だけのもの　510
世界は日の出を待っている　511
壁ごしのアフリカ　512
Dig　513
少年のための「Home Again Blues」入門　514
ベッドからの正しい出かた　515
墓場まで何マイル？（絶筆）　516

懐かしのわが家（遺稿）　518

解説　寺山修司の詩的限界革命　中沢新一 ………… 519

第1巻　詩・短歌・俳句・童話

五月の詩・序詞

きらめく季節に
たれがあの帆を歌ったか
つかのまの僕に
過ぎてゆく時よ

夏休みよ　さようなら
僕の少年よ　さようなら
ひとりの空ではひとつの季節だけが必要だったのだ
重たい本　すこし
雲雀の血のにじんだそれらの歳月たち

萠ゆる雑木は僕のなかにむせんだ
僕は知る　風のひかりのなかで

僕はもう花ばなを歌わないだろう
僕は小鳥やランプを歌わないだろう
春の水を祖国とよんで　旅立った友らのことを

そうして僕が知らない僕の新しい血について
僕は林で考えるだろう
木苺よ　寮よ　傷をもたない僕の青春よ
さようなら

きらめく季節に
たれがあの帆を歌ったか
つかのまの僕に
過ぎてゆく時よ

二十才　僕は五月に誕生した
僕は木の葉をふみ若い樹木たちをよんでみる
いまこそ時　僕は僕の季節の入口で
はにかみながら鳥たちへ
手をあげてみる

二十才　僕は五月に誕生した

I

俳句篇

目つむりていても吾《あ》を統《す》ぶ五月の鷹

花粉航海（全）

彼は定住の地を見て良しとし、
その国を見て楽園とした。
彼はその肩を下げてにない、
奴隷となって追い使われる。

ロバの木をぶどうの木につなぎ、
その雌ロバの子を良きぶどうの木につなごう。

「創世記」

草の昼食

十五歳

目つむりていても吾《あ》を統《す》ぶ五月の鷹
春の銃声川のはじまり尋《と》めゆきて
ラグビーの頬傷ほてる海見ては
チエホフ忌頬髭おしつけ籠桃抱き
九月の森石打ちて火を創るかな
十五歳抱かれて花粉吹き散らす
文藝は遠し山焼く火に育ち
燃ゆる頬花よりおこす誕生日
父を嗅ぐ書斎に犀《さい》を幻想し
人力車他郷の若草つけて帰る

午後二時の玉突き

秋の曲梳《す》く髪おのが胸よごす
種まく人おのれはずみて日あたれる
日蝕や兄ともなれず貧血し

林檎の木ゆさぶりやまず逢いたきとき
午後二時の玉突き父の悪霊呼び
表札や滅びいそぎて鰯雲《いわしぐも》
蝶どこまでもあがり高校生貧し
うつむきて影が髪梳く復活祭
地上とは数ならざるや木の葉髪
土曜日の王國われを刺す蜂いて

地上

母は息もて竈《かまど》火創るチエホフ忌
朝の麦踏むものすべて地上とし
二階ひゞきやすし桃咲く誕生日
影墜ちて雲雀《ひばり》はあがる詩人の死
色鉛筆を失くしたる子や秋まつり
流すべき流灯われの胸照らす
春星綺羅《きら》憧るゝ者けつまづく
大揚羽教師ひとりのときは優し
桃うかぶ暗き桶水父は亡し
夏井戸や故郷《くに》の少女は海知らず

幼年時代

暗室の時

癌すすむ父や銅版画の寺院

横顔や北半球に雁を書き

されど逢びき海べの雪に頬搏《う》たせ

わが叔父は木で病む男惜春鳥

暗室より水の音する母の情事

蹴球の彼方の夏の肩を羞じき

愛なき日避雷針見て引返す

母を消す火事の中なる鏡台に

裏町よりピアノを運ぶ癌の父

勝ちて獲し少年の桃腐りやすき

鍵穴に蜜ぬりながら息あらし

愚者の船

みなしごとなるや数理の鷹とばし

母恋し鍛冶《かじ》屋にあかき鉄仮面

鰐《わに》狩りに文法違反の旅に出き
冬髪刈るや庭園論の父いずこ
逃亡や冬の鉛筆折れるまで
老木に斧を打ちこむ言魂なり
独裁や糸が髪ひくかぶと虫
眼帯が生み出す性の鴉《からす》かな
いもうとを蟹座の星の下に撲つ
大落暉《だいらっき》わが愚者の船まなうらに

左手の古典

啄木歌集

便所より青空見えて啄木忌
草餅や故郷《くに》出し友の噂もなし
北の男はほほえみやすし雁わたる
野茨つむわれが欺せし教師のため
秋の逢びき燭の灯に頬よせて消す

心臓の汽笛まつすぐ北望し
農民史日なたの雲雀巣立ちたる
いまは床屋となりたる友の落葉の詩
同人誌は明日配らむ銀河の冷え
鉛筆で指す海青し卒業歌

無人飛行機

沈む陽に顔かくされて秋の人
猫に産ませて見ている女ながれ星
石狩まで幌の灯赤しチエホフ忌

啄木の町は教師が多し桜餅
口開けて虹見る煙突工の友よ
テレビに映る無人飛行機父なき冬
木の葉髪書けば書くほど失えり
冬墓の上にて凧《たこ》がうらがえし
猟銃音のこだまを胸に書物閉ず
亡き父にとゞく葉書や西行忌

青森駅前抄

花売車どこへ押せども母貧し

みの虫や一夜一会のみなしごに
葬式におくれ来て葱《ねぎ》を見て帰る
電球に蛾を閉じこめし五月かな
青む林檎水兵帽に髪あまる
わが夏帽どこまで転べども故郷
影を出ておどろきやすき蟻となる
明日もあれ拾いて光る鷹の羽根
雪解の故郷出る人みんな逃ぐるさま
マスクのまゝ他人のわかれ見ていたり
燕と旅人こゝが起点の一電柱

鬼火の人

ひとさし指

秋風やひとさし指は誰の墓
螢来てともす手相の迷路かな
旅鶴や身におぼえなき姉がいて
出奔す母の白髪を地平とし
家負うて家に墜ち来ぬ蝸牛《かたつむり》

島の椿わが母の藝ついに見ず
姉と書けばいろは狂いの髪地獄
かくれんぼ三つかぞえて冬となる
旅の鶴鏡台売れば空のこる
お手だまに母奪われて秋つばめ

髪地獄

稲妻に目とじて神を瞠《み》ざりけり
母とわが髪からみあう秋の櫛
売郷奴いぼとり地獄横抱きに

満月やわが首の影ちゞみ消え
一塊の肉となる牛家族の冬
私生児が畳をかつぐ秋まつり
母の螢捨てにゆく顔照らされて
夕焼に畳飛びゆくわが離郷
秋まつり子消し人形川に捨て
ひらがなで母をだまさむ旅人草

望郷書店

車輪の下はすぐに郷里や溝清水
崖上のオルガン仰ぎ種まく人
卒業歌鍛冶の谺《こだま》も遠からず
牛小屋に洩れ灯のまろきチエホフ忌
黒髪に乗る麦埃婚約す

車輪の下

黒人悲歌桶にぽつかり籾殻浮き
燕の巣盗れり少女に信ぜられ
夏の蝶木の根にはずむ母を訪わむ
鉄管より滴る清水愛誓う
麦の芽に日当るごとく父が欲し

書物の起源

鶺鳥の列は川沿いがちに冬の旅
ラグビーの影や荒野の聲を負い
帰る雁少年工のペンかわく

多喜二恋し桶の暗きに梅漬けて
一帰燕家系に詩人などなからむ
書物の起源冬のてのひら閉じひらき
血と麦とわれに亡命する土地あれ
父と呼びたき番人が住む林檎園
髪で綴る挽歌や冬の地方まで
枯野ゆく棺のわれふと目覚めずや

中学校漂流

熊蜂とめて枝先はずむ母の日よ

たんぽぽは地の糧詩人は不遇でよし
方言かなし菫《すみれ》に語り及ぶとき
麦熟る丶帽子のみ見え走る子に
浴衣《ゆかた》着てゆえなく母に信ぜられ
逢びきの小さな食欲南京虫
詩を読まむ籠の小鳥は恩知らず
紙漉《す》くやひらがなで母呼び出しつ丶
蟻走る患者の影を出てもなお
西行忌あおむけに屋根裏せまし

だまし絵

雁渡るあやとりの梯子は消え
書きとめしわが一瞬を老かもめ
芥子《けし》を踏むすでに他郷に散りぬるを
蝶はさみ祈る手あわす楚囚篇
銅版画に指紋のこして冬に去りき

出生譚

螢火で読みしは戸籍抄本のみ
長子かえらず水の暗きに桃うかぶ
卒業歌遠嶺のみ見ることは止めむ

かもめ

遠花火人妻の手がわが肩に
この家も誰かが道化揚羽高し
冷蔵庫に冷えゆく愛のトマトかな
胸痛きまで鉄棒に凭《よれ》り鰯雲
避雷針たそがれの指やわらかき

恋地獄草矢で胸を狙い打ち
二重瞼の仔豚呼ぶわが誕生日
蜻蛉《とんぼ》生る母へみじかき文書かむ
鵙《もず》の贄《にえ》うしろ手で書く伝記かな
土筆《つくし》と旅人すこし傾き小学校
絹糸赤し村の暗部に出生し
独学や拭き消す窓の天の川

狼少年

わが雅歌

秋の噴泉かのソネットをな忘れそ
蝶とんで壁の高さとなる雅歌や
ひとりの愛得たり夏蝶ひた翔《か》くる
玫瑰《はまなし》に砂とぶ日なり耳鳴りす
島影や火焚きて怒りなぐさめし

故郷《くに》遠し桃の毛の下地平とし
待てど来ずライターで焼く月見草
桐の幹こゝに幼き罪の日あり

田舎教師

倒れ寝る道化師に夜の鰯雲
他郷にてのびし髭剃る桜桃忌
にわかに望郷葱をスケッチブックに画き
台詞ゆえ甕《かめ》の落葉を見て泣きぬ
軒燕古書売りし日は海へ行く

教師と見る階段の窓雁かえる
ランボーを五行とびこす恋猫や
わが死後を書けばかならず春怒濤
香水のみの自己や田舎の教師妻
草の葉で汗拭く狼少年のわれ

母音譚

寒雀ノラならぬ母が創りし火
車輪繕う地のたんぽゝに頬つけて
駒鳥いる高さに窓あり誕生日

鵙孵《もずかえ》りすぐに日あたる農民祭

目かくしの背後を冬の斧通る

そら豆は希望の別名旅上にて

山鳩啼く祈りわれより母ながき

少年の耳清き日の椋鳥《むくどり》かな

黒穂抜き母音いきづく混血児

眼帯に死蝶かくして山河越ゆ

憑依

魔の通過

剃刀に蠅来て止まる情事かな

春の鳩鉄路にはずむレーニン祭

魔にもなれずマント着て立つ広場かな

神学の灰や舌より愛しそむ

歴史の記述はまずわが名より鵙の贄

テーブルの辺境組みし手は冬に
目つむりて雪崩《なだれ》聞きおり告白以後
テーブルの上の荒野へ百語の雨季
旅に病んで銀河に溺死することも
汽車が過ぎ秋の魔が過ぐ空家かな

敗北

犬の屍を犬がはこびてクリスマス
蚤《のみ》追えり灯下に道化帽のまま
冬に滅ぶ聖掃除夫の前ボタン

冷蔵庫の悪霊を呼ぶ父なき日
次の頁に冬来たりなばダンテ閉ず
父へ千里水の中なる脱穀機
紙屑捨てに来ては舟見る西行忌
芯くらき紫陽花《あじさい》母へ文書かむ
一枚の名刺や冬の濁流越え
ここで逢びき落葉の下に川流れ

スペインに行きたい

詩人死して舞台は閉じぬ冬の鼻

酢を舐める神父毛深し蟹料理

日なたぼこりの幻燈にわがデスマスク

眼の上を這う蝸牛《かたつむり》敗北し

老嬢に暗き蜜あれわれには詩を

情死ありき桃を沈めし水澄みて

春の怒濤十八音目がわれを呼び

小鳥の糞がアルミに乾き政変す

悪霊を呼ぶあやとりの月を成し

爪が産む折鶴や母亡きあとも

少年探偵団

蜜

暗き蜜少年は扉の影で待つ

教師呉れしは所詮知恵なり花茨

木の葉髪日あたるところにて逢わむ

秋は神学ピアノのかげに人さらい

桃太る夜は怒りを詩にこめて

大南瓜《かぼちゃ》悪夢と地下でめぐり逢い

沖もわが故郷ぞ小鳥湧き立つは

折り鶴は窓閉めて折るわが血忌

肉体は死してびつしり書庫に夏

亡びつ、巨犬飼う邸秋桜

花粉日記

老いたしや書物の涯に船沈む

水で書く酔い待ち草の少年に

月光の泡立つ父の生毛かな

愛されて疣《いぼ》撫でられてほと、ぎす

手で溶けるバターの父の指紋かな

法医學・櫻・暗黒・父・自瀆

少年のたてがみそよぐ銀河の橇《そり》

森で逢びき正方形の夏の蝶

自らを浄《きよ》めたる手に花粉の罰

月蝕待つみずから遺失物となり

手稿

ここに収めた句は、「愚者の船」をのぞく大半が私の高校生時代のものである。

十五歳から十八歳までの三年間、私は俳句少年であり、他のどんな文学形式よりも十七音の俳句に熱中していた。

いま、こうしてまとめてふりかえってみると、いかにも顔赤らむ思いだが、「深夜叢書」齋藤愼爾のすすめを断りきれずに、公刊することになった。当時の青森高校の句会記録や、十代の俳句誌「牧羊神」をひっくりかえし、中から句を拾いだし、選んで、まとめた。湯川書房「わが金枝篇」（句集）を底本にし、さらに未公刊のものを一〇〇句近く加えたのだが、読むに耐える句が何句あるかさえ、おぼつかないありさまである。今にして思えば、せめてボルヘスの小説の一行分位でも凝縮した句がほしかった。

こうなってみると、歌ばかりではなく、句のわかれもすみやかに果してしまいたい、というのが私の希望である。「何もかも、捨ててしまいたい。書くことによって、読むことによって」だ。

寺山修司

われに五月を

山鳩の幹に背を凭《よ》せ詩は孤り
麦笛を吹けり少女に信ぜられ
葱《ねぎ》坊主どこをふり向きても故郷
詩も非力かげろう立たす屋根の石
帰燕仰ぐ頬いたきまで車窓に凭せ
秋まつり明るく暗く桶の魚
色鉛筆ほそり削られ祭太鼓

†

舟虫や亡びゆくもの縦横なし
金魚草思い出まるみつつ復る
Artisan なり薔薇嗅ぐ仕草大げさに
木苺や遠く日あたる故郷人
故郷《くに》遠し日向に冬の斧またぐ
島の子は草で汗拭く鰯雲
胡桃《くるみ》割る閉じても地図の海青し
揚羽たかし川が故郷を貫くゆえ

†

蓑虫や母を詠えるかぎり貧し

香水や母と故郷を異なれり

さんま焼くや煙突の影のびる頃

麦一粒かゞめば祈るごとき母よ

父還せランプの埃を草で拭き

旅愁とは雨の車窓に夜の林檎

麦広らいづこに母の憩いしあと

燕の巣母の表札風に古り

ひぐらしの道のなかばに母と逢う

煙突の見ゆる日向に足袋乾けり

〔編注〕『われに五月を』の九一句より、『花粉航海』に収録の句および『わが金枝篇』にて改作一句を削除しました。下段『わが金枝篇』一一七句より、『われに五月を』『花粉航海』に収録の句を削除しました。

わが金枝篇

読書するまに少年老いて草雲雀

コスモスやベル押せど人現れず

莨火《たばこ》を樹で消し母校よりはなる

舟虫は桶ごと乾けり母恋し

筏《いかだ》の一語北暗ければ北望み

五月の雲のみ仰げり吹けば飛ぶ男

訛り強き父の高唱ひばりの天

未刊句集=

わが高校時代の犯罪

Ⅰ　銅版画

テーブルの下の旅路やきりぎりす

押入れに螢火ひとつ妹欲し

書かざれば失ふごとし木の葉髪

心中を見にゆく髪に椿挿し

学帽や北を想へば北曇る

そこまでは影のとゞかぬ曼珠沙華

冬のコーヒー一匙分の忘却や

Ⅱ　黒髪

胸に抱き胸の火となる曼珠沙華

綿虫のおのが重さをとぶ雅歌や

黒髪が畳にとゞく近松忌

流れゆく表札の名の十三夜

母二人ありてわれ恋ふ天の火事

枯芦にきしみ鳴るのは男帯

Ⅲ　鶴

僧二人椿二輪を折りて去る

どくだみや畳一枚あれば死ねる

されど銀河父にもなれず帰郷して

鏡台にうつる母ごと売る秋や

冬畳旅路の果ての髪ひとすじ

〔編注〕「わが高校時代の犯罪」三〇句より、『花粉航海』に収録の句および脱落のある一句を削除。

初期　句篇

*

残雪のとけて流れぬ春の道

病む妹のこゝろ旅行く絵双六

小春日や病む子も居たる手毬唄

青空がぐんぐんと引く凧の糸

夕立に家の恋しい雀かな

生命線を透かせば西日病室に
病室は暗しわが前火蛾狂ふ
生命線ほそく短かし秋日受く
放課後のピアノ弾き終へ法師蟬
西向いて人なつかしや赤とんぼ
鉦《かね》たゝき母の寝息のやすらかに
初あられむこうより子がかけて来し
ねがふことみなきゆるてのひらの雪
浮寝鳥人夫は吸殻かるく捨つ
鱈船《たらぶね》は出しまゝ母は暗く病む
霜の夜や寡婦は鉄橋下に住む
耳遠き祖母と炬燵に向いあふ
シベリアも正月ならむ父恋し
手毬つく焼跡の雲みな北へ

（昭和二十五年～二十六年の作）

*

退院車すれちがふときの秋の蝶
船去って鱈場の雨の粗く降る
北風にとられじ父を還せの声
おもいきり泣かむこゝより前は海
冬凪や父の墓標はわが高さ

さむき掌にゆきどころなき蝶這わす
そこより闇冬ばえゆきてふと止まる
もしジャズが止めば凩《こがらし》ばかりの夜
胼《ひび》の手を組みつつ母のうれしきこと
初荷船帽振れば帽振りかえす
風花や犬小屋の屋根赤く塗る
餅を焼く百姓の子は嘘もたず
冬鏡おそろし恋をはじめし顔
望遠鏡振れば真青な冬が鳴る
春の虹手紙の母に愛さるる
母のベル押すや飛燕ののど赤し

鷹の前夏痩せの肩あげていしか
孤り昏れ猿に見られて猿を見る
列車にて昨日鮒釣りし川を越ゆ
山の蟬トロッコ肩で押されくる
紅蟹がかくれ岩間に足あまる
泳ぎ出してなほも片手は岩つかむ
蟬鳴いて母校に知らぬ師の多し
蝸《かたつむり》牛医師の昼寝にベルひゞく
短日の望遠鏡の中の恋
夜の海に薔薇捨つ母と逢へぬなり
遠き雷草で手を拭く孤児がゐて

ちゝはゝの墓寄りそひぬ合歓《ねむ》のなか
花蕎麦や雲の日向は故郷めく
赤とんぼ孤児は破船で寝てしまふ
木の根に昼寝秋は母ある安けさに
野良着脱ぎ夕焼を脱ぎ母ねむし
背をぐんとはる鉄棒や鰯雲
森のワルツ朝の落葉の窓ひらく
林檎買ふどれにも露のあふるゝを
木の実ふるわが名谺に呼ばすとき
鬼灯《ほおずき》鳴らす愛語は軽んぜられしか
秋風に母が髪梳く鏡の傷

孕みしか長夜いくども水呑む猫
落穂拾ひ母とこのまゝ昏れてよし
貨車洗ふ野分を背にて押しかえし
売られてゆく犬が枯野でふりかえる
木の葉髪父が遺せし母と住む
母とわれがつながり毛糸まかれゆく
ふらんすの海の詩集へ咳こぼす
大根を干して貧しくとなりあふ
夜の火鉢女医の話を嘘と知る
みぞるるや少年工が喪服着て
復員服の飴屋が通るいつもの咳

時雨来し帽を礼拝堂に脱ぐ
冬浪に才なき楽譜めくれとぶ
マスクとる蒼天に学あざむきぬ
聖前夜絵本ひらけば海あふる
雪に夕焼破船で米を研ぐ男
まわれ独楽食卓に母かへらぬ日
冬服を着て父よりも才疎し
冬服を喪服となして母に従く
凍蝶とぶ祖国悲しき海のそと
硝子拭くみぞれの記憶消すごとく
鏡に雪嶺うつり坑夫が髭をそる

麦踏んで北風《きた》にまされる唄もたず
地の果てへゆくトラックの雪の尻

（昭和二十七年の作）

*

冬霧に樹の香がはげし斧振るたび
手袋をかじり脱ぐ癖家の闇
来て憩ふ冬田売り終へたる後も
村境や鳶の弧の下ふり向かじ
麦踏みの背を押す風よ父あらば
希みあれ凰の燕は胸毛を秘め

草萌や鍛冶屋の硝子ひゞきやすき
土の蛙愚直ひたすら少年時
叱言欲しや下宿の軒に燕来て
母来るべし鉄路の菫《すみれ》咲くまでには
初蝶ぬけし書店の暗きに入る
ぺんぺん草生家はすでに他人が住む
春の山羊わが画用紙を風とばす
揚ひばり職員室に湯の沸くころ
卒業歌胸いたきまで髪匂ふ
馬車の子のねむき家路に春の雷
祖母の畳よごれやすくて旅の手提

馬小屋を揚羽ぬけでる母の留守
夜濯《すす》ぎの母へ山吹流れつけよ
もし汽車が来ねば夏山ばかりの駅
村の子みんな唱歌が好きで蝸牛《かたつむり》
麦刈りすすむ母はあの嘘信じしや
何処もふるさと馬鈴薯の花一面に
夏手袋いつも横顔さみしきひと
夏の帆や胸痛きまで柵に凭り
夕焼に父の帆なほも沖にあり
納屋暗し麦でランプを拭く母よ
夏雲離々貧しさのみの母あれど

蚊帳に透く母の祈りの貧しさよ
羽抜鶏かろんぜられて鳴きやすし
右車窓に海がとまりて秋の蝶
赤ま〻の咲く逢びきふたり家なき子
サアカスのあとの草枯帽ころがる
望郷の果てへゆく汽車葱青し
大望いまも村の鉄路は暮れやすき
鳰《にお》潜る沼辺ここまでうたひにくる
冬の猟銃忘却《わすれ》かけし遠こだま
鷹舞へり父の遺業を捧ぐるごと
雁かへる胸の遺骨に影とめず

（昭和二十八年の作）

*

冬薔薇や鍛冶屋は火花創るなり
小鳥来る襤褸《らんる》はしあわせ色ならずや
梨花白し叔母は一生三枚目
教師の下宿この辺かしら猫柳
タンポポ踏む啄木祭のビラはるべく
長子家なし春の落葉はまろび走る
草笛澄むや床屋で剃られゐて無能
青茄子につまづくひそかなる帰省

ユダ恋ふてなぐさむ男月見草

山の虹教師尿《ゆ》まりしあとも仰ぐ

地主の巨き南瓜を蹴ってなぐさまむ

掌もて割る林檎一片詩も貧し

（昭和二十九年の作）

Ⅱ 短歌篇

マッチ擦るつかのま海に霧ふかし身捨つるほどの祖国はありや

田園に死す（全）

これはこの世のことならず、死出の山路のすそ野なる、さいの河原の物語、十にも足らぬ幼な児が、さいの河原に集まりて、峰の嵐の音すれば、父かと思ひよぢのぼり、谷の流れをきくときは、母かと思ひはせ下り、手足は血潮に染みながら、川原の石をとり集め、これにて回向の塔をつむ、一つつんでは父のため、二つつんでは母のため、兄弟わが身と回向して、昼はひとりで遊べども、日も入りあひのその頃に、地獄の鬼があらはれて、つみたる塔をおしくづす。

わが一家族の歴史「恐山和讃」

恐山

少年時代

大工町寺町米町仏町老母買ふ町あらずやつばめよ

新しき仏壇買ひに行きしまま行方不明のおとうとと鳥

地平線縫ひ閉ぢむため針箱に姉がかくしておきし絹針

兎追ふこともなかりき故里の銭湯地獄の壁の絵の山

売りにゆく柱時計がふいに鳴る横抱きにして枯野ゆくとき

間引かれしゆゑに一生欠席する学校地獄のおとうとの椅子

町の遠さを帯の長さではかるなり呉服屋地獄より嫁ぎきて

夏蝶の屍《かばね》ひそかにかくし来し本屋地獄の中の一冊

生命線ひそかに変へむためにわが抽出しにある　一本の釘

暗闇のわれに家系を問ふなかれ漬物樽の中の亡霊

悪霊とその他の観察

たった一つの嫁入道具の仏壇を義眼のうつるまで磨くなり

老木の脳天裂きて来し斧をかくまふ如く抱き寝るべし

中古《ちゆうぶる》の斧買ひにゆく母のため長子は学びをり　法医学

いまだ首吊らざりし縄たばねられ背後の壁に古びつつあり

ほどかれて少女の髪にむすばれし葬儀の花の花ことばかな

畳屋に剥ぎ捨てられし家霊らのあしあとかへりくる十二月

川に逆らひ咲く曼珠沙華赤ければせつに地獄へ行きたし今日も

忘られし遠き空家ゆ　山鳩のみづから処刑する歌聞ゆ

地平線揺るる視野なり子守唄うたへる母の背
にありし日以後

売られたる夜の冬田へ一人来て埋めゆく母の
真赤な櫛を

長歌　指導と忍従

無産の祖父は六十三　番地は四五九《ぢごく》で死方より
風吹き来たる　仏町　電話をひけば　一五六四《ひとごろし》
隣りへゆけば　八八五六四《ははごろし》　庭に咲く花七四《なし》の八《は》
七《な》　荷と荷あはせて　死を積みて　家を出ると
も　憑きまとふ　数の地獄は　逃れ得ぬ！　いづ
こへ行くも　みな四五九《ぢごく》　地獄死後苦の　さだめ
から　名無し七七四《ななし》の　旅つづき　三味線抱き
て　日没の　赤き人形になりゆく

かなしき父の　手中淫　その一滴にありつけぬ
われの離郷の日を思へ　ふたたび帰ることのな
き　わが漂泊の　顔を切る　つばくらめさへ　九《く》
二五一四《にこひし》　されど九二《くに》なき家もなき　われは唄好
き　念仏嫌ひ　死出の山路を　唄ひゆかむか

犬神

寺山セツの伝記

トラホーム洗ひし水を捨てにゆく真赤な椿咲くところまで

念仏も嫁入り道具のひとつにて満月の夜の川渡り来る

大正二年刊行津軽行刑史人買人桃太は　わが父

村境の春や錆びたる捨て車輪ふるさとまとめて花いちもんめ

鋸の熱き歯をもてわが挽きし夜のひまはりつひに　首無し

濁流に捨て来し燃ゆる曼珠沙華あかきを何の生贄とせむ

亡き母の真赤な櫛で梳きやれば山鳩の羽毛抜けやまぬなり

亡き母の位牌の裏のわが指紋さみしくほぐれゆく夜ならむ

子守唄義歯もて唄ひくれし母死して炉辺に義
歯をのこせり

灰作るために縄焼きつつあればふいにかなし
も農の娶りは

法医学

てのひらの手相の野よりひつそりと盲目の鴨
ら群立つ日あり

生くる蠅ごと燃えてゆく蠅取紙その火あかり
に手相をうつす

見るために両瞼をふかく裂かむとす剃刀の刃
に地平をうつし

七草の地にすれすれに運ばれておとうと未遂
の死児埋めらるる

縊られて村を出てゆくものが見ゆ鶏の血いろ
にスカーフを巻き

旧地主帰りたるあと向日葵は斧の一撃待つほ
どの　黄

〈パンの掠取〉されど我等の腹中にてパンの
異形はよみがへらむか

われ在りと思ふはさむき橋桁に濁流の音うち
あたるたび

屠夫らうたふ声の白息棒となり荒野の果てに
つき刺さり見ゆ

白髪を洗ふしづかな音すなり葭切やみし夜の
沼より

子守唄

捨子海峡

呼ぶたびにひろがる雲をおそれゐき人生以前
の日の屋根裏に

かくれんぼの鬼とかれざるまま老いて誰をさ
がしにくる村祭

死児埋めしままの田地を買ひて行く土地買人に　子無し

桃の木は桃の言葉で羨むやわれら母子の声の休暇を

その夜更親戚たちの腹中に変身とげゐむ葬式饅頭

ひとに売る自伝を持たぬ男らにおでん屋地獄の鬼火が燃ゆる

ひとの故郷買ひそこねたる男来て古着屋の前通りすぎたり

小川まで義歯を洗ひに来し農夫しばらくおのが顔うつしをり

狐憑きし老婦去りたるあとの田に花嚙みきられたる　カンナ立つ

味噌汁の鍋の中なる濁流に一匹の蠅とぢこめて　餐

暴に与ふる書

燭の火に葉書かく手を見られつつさみしからずや父の「近代」

わが切りし二十の爪がしんしんとピースの罐に冷えてゆくらし

老父ひとり泳ぎをはりし秋の海にわれの家系
の脂泛きしや

青麦を大いなる歩で測りつつ他人の故郷売る
男あり

わが地平見ゆるまで玻璃みがくなり唄の方位
をさだめむために

亡き父の歯刷子一つ捨てにゆき断崖の青しば
らく見つむ

まだ生まれざるおとうとが暁の曠野の果てに
牛呼ぶ声ぞ

あした播く種子腹まきにあたためて眠れよ父
の霊あらはれむ

死刑囚はこばれてゆくトラックのタイヤにつ
きてゐる花粉見ゆ

吸ひさしの煙草で北を指すときの北暗ければ
望郷ならず

長歌　修羅、わが愛

いつも背中に　紋のある　四人の長子あつまりて　姥捨遊びはじめたり　とんびとやまの鉦たたき　手相人相家の相　みな大正の　翳ふかき　義肢県灰郡入れ歯村　七草咲けば年長けて　七草枯れれば年老くる　子守の霊を捨てざれば　とはに家出る　こともなし
寝ればかならず　ゆめをみて　ゆめの肴に子守唄「ねんねんころり　ねんころり　ころりと犬の死ぬ夜は　満月かくし歯を入れて　紅かねつけて髪剃つて　うちの母さま　嫁にやれ　七十七の母さまに　お椀もたせて　嫁にやれ　どうかどこかの　どなたさま　鴉啼く夜の　縁ぢやもの　赤い着物に　縄かけて　どんと一押し　くれてやれ」
さればと眠る母見れば　白髪の細道　夜の闇　むかし五銭で　鳥買うて　とばせてくれた　顔のまま　仏壇抱いて高いびき　長子　地平にあこがれて　一年たてど　母死なず　二年たてども　母死なぬ　三年たてども　母死なず　四年たてども　母死なぬ　五年たてども　母死なず　六年たてども　母死なぬ　十年たちて　船は去り　百年たちて　鉄路消え　よもぎは枯れてしまふとも　千年たてど　母死なず　万年たてど　母死なぬ
ねんねんころり　ねんころり　ねんねんころころ　みな殺し

山姥

むがしこ

とんびの子なけよとやまのかねたたき姥捨以
前の母眠らしむ

漫才の声を必死につかまむと荒野農家のテレ
ビアンテナ

わが撃ちし鵙に心は奪はれて背後の空を見失
ひしか

降りながらみづから亡ぶ雪のなか祖父《おほちち》の瞠《み》し
神をわが見ず

孕みつつ屠らるる番待つ牛にわれは呼吸を合
はせてゐたり

東京の地図にしばらくさはりゐしあんまどの
町に　指紋をのこす?

息あらく夜明けの日記つづりたり地平をいつ
か略奪せむと

鋏曇る日なり名もなき遠村にわれに似し人帰
り来《きた》らむ

情死ありし川の瀬音をききながら毛深き桃を剝き終るなり

母を売る相談すすみゐるらしも土中の芋らふとる真夜中

発狂詩集

挽肉器にずたずた挽きし花カンナの赤のしたたる　わが誕生日

田の中の濁流へだてさむざむとひとの再会見てゐたるなり

木の葉髪長きを指にまきながら母に似してふ巫女《いたこ》見にゆく

修繕をせむと入りし棺桶に全身かくれて桶屋の……叔父

わが塀に冬蝶の屍をはりつけて捨子家系の紋とするべし

米一粒こぼれてゐたる日ざかりの橋をわたりてゆく仏壇屋

針箱に針老ゆるなりもはやわれと母との仲を縫ひ閉ぢもせず

つばめの巣つばめの帰るときならず暗き庇を水流れをり

茶碗置く音のひびきが枯垣をこゆるゆふべの犬神一家

家伝あしあとまとめて剝ぎて持ちかへる畳屋

地獄より来し男

家出節

終りなき学校

義肢村の義肢となる木に来てとまる鴟より遠く行くこともなし

おとうとの義肢作らむと伐りて来しどの桜木も桜のにほひ

少年にして肉たるむ酷愛の日をくちなはとともに泳ぎて

とばすべき鳩を両手でぬくめれば朝焼けてくる自伝の曠野

老婆から老婆へわたす幼な児の脳天ばかり見ゆる麦畑

わかれ来て荒野に向きてかぶりなほす学帽かなしく桜くさし

つばくろが帰り来してふ嘘をつきに隣町までゆくおとうとよ

少年の日はかの森のゆふぐれに赤面恐怖の木を抱きにゆく

牛小舎にいま幻の会議消え青年ら消え　陽の炎ゆる藁

干鱈裂く女を母と呼びながら大正五十四年も暮れむ

家畜たち

母恋し下宿の机の平面を手もて撫すとも疣《いぼ》は……無し

炉の灰にこぼれおちたる花札を箸でひろひて恩讐家族

つひに子を産まざりしかば揺籠に犬飼ひてゐる母のいもうと

「紋付の紋が背中を翔《た》ちあがり蝶となりゆく姉の初七日」

はこべらはいまだに母を避けながらわが合掌の暗闇に咲く

刺青のごとく家紋がはりつきて青ざめてゐむ彼等の背中

わが息もて花粉どこまでとばすとも青森県を越ゆる由なし

新・病草紙

さはるものにみな毛生ゆる病

ちかごろ男ありけり、風病によりて、さはるものにみな、毛生ゆるなれば、おのれを恥ぢて何ごとにも、あたらず、さはらず。ただ、おのがアパートにこもりて、妻と酒とにのみかかはりあひて暮しゐたり。

男の妻、さはらるるたびに毛の丈のびて、深きこと一〇メートルをこえたり。妻、おのが毛の密林よりのがれむとして、その暗黒の体毛のなかに、月照るところをもとめてさまよひしが、つひにはてにけり。男、それを葬《とむら》はむとせしが、棺桶や位牌にも毛の生ゆることをおそれ、無為にすぎたり。

うらがはにひつそりと毛の生えてゐむ柱時計のソプラノの鳩

げに、毛とは怖しきものなり。ひそかにわれわれも毛にて統べられゐるべし。時も、歌も。

眼球のうらがへる病

ある女、まなこ裏がへりて、外のこと見えずなりたり。瞠らむとすればするほどにおのが内のみ見え、胃や腸もあらはなる内臓の暗闇、あはう鳥の啼くこゑのみきこゆ。

女、かなしめども癒えず、剃刀もて眼球をゑぐり出し、もとのやうに表がへさむとすれど、眼球に表なし。耐へがたきまま表なしの眼球を畑に埋めたり。

女、四十にして盲目のままはてしが、畑には花咲かず。ただ、隣人たちのみ、女を世間知らずとして遇せしと伝ふ。

鶏頭の首なしの茎流したる川こそ渡れわが地獄変

大足の病

ひと謂ふあり。坐りてゐるのみにて足ふくるるなり。かまはざれば大足の膨張度かぎりなく、住居に、会社に、足の置場なし。ちかごろ勤め持つ男はみな大足の病を免がれむとして、ただ東奔西走

すなり。……（勤め持たざる者は、散髪屋に通ふごとく、大足の鋸挽き屋に通ひゐると謂ふ）

さはあれど、人誰も、大足病む男に逢ひたることなし。一足百花踏みしだく、花圃の大足も、ただ体制者の教へを信ずるのみ。わが足の幅も並に十文七分となれり。

（小足の男の経営せる、足の鋸挽き屋に通ふは、むしろ小足の老婆に多し。一時に一所のみ通へる「足」を捨てて、一時に数所へあらはれむために足を挽き捨てむためらし。挽き捨てられし足は束ねて、新しき小屋組立の材に用ゐられむ、と推されけり）

灌木も老婆もつひに挽かざりし古鋸《のこぎり》が挽く花カンナ

時計恐怖症

ちかごろ、自殺はかりたる男、わけを訊きたれば時計おそろしと云ふ。古き柱時計に首縊りたる老母の屍の、風に吹かるる振子におのが日日を刻まるるは、ただ、おぼつかなし。されば、ひとの決めたる「時」にて、おのが日日を裁断さるるはゆるしがたく、みづから時計にならむとはかりぬ。

地上に円周をゑがきて、その央ばに立ち、日におのが影を生ませてそれを針として、人間時計の芯となりたれば、正確なることこの上なし。連日ただ時を守るのみにて無為に時をすごすことを喜べり。されば男、ふたたび時に遅るることはなかりきと言へり。

死の日よりさかさに時をきざみつつひに今には到らぬ時計

男、鳩のごとく啼くこともなし。

鬼見る病

鬼見る病と云ふあり。ひとりのときに鬼と逢ひ、見られ、ときには嗤はるるもあり。もとより幻覚にはあらず。

鬼、ときには背広を服し、ときには女装し、箪笥のかげ、電気冷蔵庫の中、あらゆるところより出でては、ただ見つめ、嗤へるのみ。何もせざるがゆゑにさらにこはし。

鬼を見たる者、レントゲンにて頭蓋を透視せるに異常なく、ただ鳥のごときかたちせる癒着部分のこれるのみ。ひとみな、鬼をおそれ、みづから鬼になることによりて鬼見る病より免がれむとせり。されば人みな、ただ見つめ、ただ嗤へるのみにて、大いなる嗤ひの街あらはれたりと云へり。いかにも鬼の敵は、鬼なり。

春の野にしまひ忘れて来し椅子は鬼となるまでわがためのもの

……げに、鬼はいつでも、遅れてくるなり。

室内楽

ある男、溢血にかかりて性器ふくらむことかぎりなし。

この病、人見るたびに血をあたへたきこころやむことなく、風に吹かれて丘に立ち、砂丘に立ち、血のすくなきものに呼びかくるものなり。

男ありて、古邸に貧血の男を囲ひ、食を与へずに飢ゑさせて、ししあまれる太き腿部をさし出して血を吸はせたれば、貧血の男、木菟のごとく目をむきてそれに応じ、たちまち枯葉よみがへるごとく剥製の胸郭生きかへりたり。されど、血を吸はせたる男、色さめることかぎりなくたちまち潮ひくごとく貧血したり。

血を吸ひたる男、それを見て、食を与へず渇かせて、しし恢復したる太腕を与へ、吸ひたる血をふたたび吸ひかへさせてその苦痛をよろこべり。

しだいに楽器のへりゆく室内楽のごとく、同病かたみに蒼ざめながら二人衰へ、ともに老いたるボーイソプラノにて春をうたひつつ、吸はせるべき血ののこりすくなきことを惜しむ病となむつたへける。

首吊り病

ちか頃、縊りの病といふあり。細紐と見たれば縊りたきこころ、おさへがたきものなり。

水仙の花あれば木にそを縊り、花嫁人形あれば、そを縊る。その患者ゆくところ、縊られざるものはなし。みな、患者のふかきふかき情のあらはれゆゑ、ひとかれを詩人と呼ぶこともあり。

詩人、ことごとく縊りては時の試練をまぬがれむとするらしも、その縊られし木は異形のさまにて黒く立つなり。ときに縛り花の木、ときに縛り人形の木なるはよけれど、またときには首吊りの木となることもあり。木、人間の生《な》る木のごとく、縊られ実りたるひとを風にそよがすさますさまじ。ここに「時」なしと思へるはただ、独断なり。患者、これをもつて表現といふ。げに、表現といふは、おそろしきものなり。

変身

身のちぢむ病といふあり、ある男、朝、棚の上なる石鹸をとらむとして手をのばしたれど、手とどかざるなり。不審に思ひて身の丈、手の長さなどはかりたれば、あきらかに前日よりちぢみゐることに気づく。医師にあひて、この大事訴へたれど、医師あざ笑ふのみ。男、気に病みつつもほどこすすべなく、しだいに頭上より高くなりゆく鳥籠の文鳥を見上げつつ、ちぢみ、ちぢみゆくなり。日をふるほどに、男、テーブルの丈にちぢみ、靴の丈にちぢみ、桜草の丈にちぢみて、叫ぶこゑさへとどかずなりぬ。
かなしみて詠めるうた。

地球儀の陽のあたらざる裏がはにわれ在り一人青ざめながら

されど身のちぢむ病、男のみのものにあらず、万物のさだめにてありと説く学者曰く「地球のちぢむ速度と、ひとの丈のちぢむ速度の比こそ問はるべし。この比の破れたるときのみ小人、巨人の類あらはるるなり。

ただひとり、いそがむとするもののみ恐怖につかれむ。いざ、ゆつくりとちぢむべし。

地球とともにちぢむべし。これ、天人の摂理にして、すこやかなる掟なり。」

——ちぢみたる男、砂礫のなかにまじりて「ああ、ひとなみにちぢみ、おくれもせず、いそぎもせざれば、かく恥かくこともなからざりしを」と嘆息せりときこえしが、いかに。

新・餓鬼草紙

善人の研究

花食ひたし、といふ老人の会あり。槐、棕櫚、牡丹、浦島草、茨、昼顔などもちよりて思案にくれてゐたり。一の老、鍋に煮て食はむと言へども鍋なし。さればと地球儀を二つに割りて鍋がはりに水をたたへて花を煮たれど、花の色褪めて美食のたのしびうすし。また二の老、焼き花にせむと火の上に串刺しの花をならべて調理するも、花燃えてすぐにかたちなし。されば三の老、蒸し花、煎り花料理をこころみしが、これも趣きなし。花は芍薬、罌粟、紫蘭、金魚草などみな鮮度よければ、なまのまま食はむと四の老言ひて盛りつけたれど、老、口ひらくことせまく、花を頬ばり、咀嚼すること難し。されば老人らみなしめしあはせて、庖丁、鉈、剃刀などにて花を刻みはじめしなり。悲しきは餐、花のむごたらしきかをり甘やかに鼻をつき、すさまじく　きざむ音、なまぐさく唄ふたのしびの　ボーイソプラノ、みな、おにより天の身に近づきてゆく証しならむか。

悲しき自伝

裏町にひとりの餓鬼あり、飢ゑ渇くことかぎりなければ、パンのみにては充たされがたし。胃の底にマンホールのごとき異形の穴ありて、ひたすら飢ゑくるしむ。こころみに、綿、砂などもて底ふたがむとせしが、穴あくまでひろし。おに、穴充たさむため百冊の詩書、工学事典、その他ありとあらゆる書物をくらひ、家具または「家」をのみこむも穴ますます深し。おに、電線をくらひ、土地をくらひ、街をくらひて影のごとく立ちあがるも空腹感、ますます限りなし。おに、みづからの胃の穴に首さしいれて深さはからむとすれば、はるか天に銀河見え、ただ縹渺とさびしき風吹けるばかり。もはや、くらふべきものなきほど、はてしなき穴なり。

言葉餓鬼

無才なるおにあり、名づくる名なし、かたちみにくく大いなる耳と剝きだしの目をもちたり。このおに、ひとの詩あまた食らひて、くちのなか齒くそ、のんどにつまるものみな言葉、言葉、言葉—ひとの詩句の咀嚼かなはぬものばかりなり。ひとの言葉に息つまることの苦しさ、医師に訴ふるに医師、一羽の百舌鳥をあてがふ。百舌鳥は、あはれみのこころ知る鳥なれば、おにのあけたるくち、のんどの奥ふかくとびめぐりつつこびりつきしひとの言葉を啄み、またのみこみ、おにの苦患をすくひたり。

さればおに、さはやかに戻れども、ひとの詩をふふみ、消化せし百舌鳥、大空に酔へることかぎりなく、つひに峡谷ゆさかさに堕ちて果てたり。あはれ、詩を解すものすこやかならず、ただ無才なるおにのみ栄えつつ、嗤へりき。

母恋餓鬼

鬼あり、母と名づく、髪なかばしろく、おもてになみだふたがりて子を見ることあたはず。裏町のアパートに棲みて、老後やけつく渇きにくるしみつつ、子のための冬着縫ひ、子守唄をとなふ。この鬼、ときとして飢渇の火、みのうちをやくたへがたさに　水をもとめて階段をおりゆくことあり。鬼の子、息子といへるもの、水を守りてゐしが、鬼来たるを知りて洗面器にあふるる水をもちて、夜の闇へ逃ぐるなれば、鬼、水をもとめて、子を逐ひ擲たむばかりにはしりまどふ。そのさまは、さながら走る火鬼、ふりみだしたる髪も、追へる大股も子には及ばず。つひにあきらめて、水をもち去りしわが子の、あしあとのしたたりをねぶりていのちを生く。そのねぶる舌の音、かなしきまでに高架線路をへだてたる他のアパートにとどくなり。その子二十歳、しみじみと洗面器の水におのが顔をうつし見てゐしが　やがてそれを　捨つるなり。

天体の理想

をんなおにあり、つれづれなる夜のすさびに一電球をくらへば、すべすべとまこと味よきなり。このこと秘めおかむと誓ひて、あさ、臥所を出むとせるとき、おのれ灯れることに気づく。おに、あわてて羽織で身をおほひたれど、電光ほのぼのと洩れ出でて、はづかしきこと限りなし。ことに、夜はあかるし。おに、しみじみと見つめたれば、電球はゝらのうちにさだまりて、おにの顔を照らし、罪をとがむるがごときなり。さればおに、家の電源を断ち、配電経路を損ねむとすれども灯はさらにあかるし。あはれ、おに自ら灯りつつ狂ひ

て、縊れ死にたり。

——死後、天に一灯ともり、一星ふえたることもゆゑなきにはあらざるなり。（星みな、罪ふかきおにの、輝ける空の生贄なり、こころみに、一罪をかしたるとき空をあふぎ見よ。かならず一星ふえて満天をたのしむごとくあるなり）

跋

これは、私の「記録」である。

自分の原体験を、たちどまって反芻してみることで、私が一体どこから来て、どこへ行こうとしているのかを考えてみることは意味のないことではなかったと思う。

もしかしたら、私は憎むほど故郷を愛していたのかも知れない。


私は少年時代にロートレアモン伯爵の書を世界で一ばん美しい自叙伝だと思っていた。

そして、私版「マルドロールの歌」をいつか書いてみたいと思っていた。

この歌集におさめた歌がそれだとは言わないが、その影響が少し位はあるかも知れない。


私の将来の志願は権力家でも小市民でもなかった。映画スタアでも運動家でも、職業作家でもなかった。

地球儀を見ながら私は「偉大な思想などにはならなくともいいから、偉大な質問になりたい」と思っていたのである。


これは言わば私の質問の書である。

こんど歌集をまとめながら、しみじみと思ったことは、ひどく素朴な感想だが、短歌は孤独な文学だ、ということである。

だが、私が他人にも伝統にもとらわれすぎず、自分の内的生活を志向できる強い（ユリシーズのような）精神を保とうと思ったら、この孤独さを大切にしなければいけない、と考えないわけにはいかないのだ。これは、『空には本』『血と麦』につづく私の三冊目の歌集である。

作品の半分以上は、この歌集のために書下ろしたものである。今後も書下ろし作品で歌集を出してゆきたいというのが私の考えである。

一九六五年七月

初期歌篇

燃ゆる頬

森番

わが通る果樹園の小屋いつも暗く父と呼びたき番人が棲む

海を知らぬ少女の前に麦藁帽のわれは両手をひろげていたり

果樹園のなかに明日あり木柵に胸いたきまで押しつけて画く

蝶追いきし上級生の寝室にしばらく立てり陽の匂いして

わが鼻を照らす高さに兵たりし亡父の流灯かかげてゆけり

そら豆の殼一せいに鳴る夕母につながるわれのソネット

森駈けてきてほてりたるわが頰をうずめんとするに紫陽花くらし

とびやすき葡萄の汁で汚すなかれ虐げられし少年の詩を

耳大きな一兵卒の亡き父よ春の怒濤を聞きすましいん

夏川に木皿しずめて洗いいし少女はすでにわが内に棲む

草の穂を嚙みつつ帰る田舎出の少年の知恵は容れられざりし

吊されて玉葱芽ぐむ納屋ふかくツルゲエネフをはじめて読みき

胸病みて小鳥のごとき恋を欲る理科学生とこの頃したし

秋菜漬ける母のうしろの暗がりにハイネ売りきし手を垂れており

列車にて遠く見ている向日葵は少年のふる帽子のごとし

草の笛吹くを切なく聞きており告白以前の愛とは何ぞ

ペタル踏んで花大根の畑の道同人雑誌を配りにゆかん

煙草くさき国語教師が言うときに明日という語は最もかなし

黒土を蹴って駈けりしラグビー群のひとりのためにシャツを編む母

夏帽のへこみやすきを膝にのせてわが放浪はバスになじみき

蛮声をあげて九月の森に入れりハイネのため
に学をあざむき

ころがりしカンカン帽を追うごとくふるさと
の道駈けて帰らん

五月なりラッキョウ鳴らし食うときも教師と
ならん友を蔑む

知恵のみがもたらせる詩を書きためて暖かき
かな林檎の空箱

ふるさとの訛りなくせし友といてモカ珈琲は
かくまでにがし

かぶと虫の糸張るつかのまよみがえる父の瞼
は二重なりしや

ふるさとにわれを拒まんものなきはむしろさ
みしく桜の実照る

倖せをわかつごとくに握りいし南京豆を少女
にあたう

海の休暇

雲雀の血すこしにじみしわがシャツに時経て
もなおさみしき凱歌

ラグビーの頰傷は野で癒ゆるべし自由をすで
に怖じぬわれらに

傷つきてわれらの夏も過ぎゆけり帆はかがやきていま樹間過ぐ

灯台に風吹き雲は時追えりあこがれきしはこの海ならず

日あたりて遠く蟬とる少年が駈けおりわれは何を忘れし

わが空を裂きゆく小鳥手をあげて時とどめんか新芽の朝は

またしても過ぎ去る春よ乱暴に上級生のシャツ干す空を

歳月がわれ呼ぶ声にふりむけば地を恋う雲雀はるかに高し

軒の巣はまるく暮れゆく少年と忘れし夏を待つかたちして

蝶とまる木の墓をわが背丈越ゆ父の思想も超えつつあらん

日あたりて雲雀の巣藁こぼれおり駈けぬけすぎしわが少年期

川舟の少年われが吐き捨てし葡萄の種子のごとき昨日よ

今日生れ今日とぶ春の雲の下かく癒えしわれ山を見ており

わが夏をあこがれのみが駈け去れり麦藁帽子被りて眠る

カナリアに逃げられし籠昏れのこれりわが誕
生日うつむきやすく

亡き父にかくて似てゆくわれならんか燕来る
日も髭剃りながら

夏シャツに草架つけしまま帰るわれに敗者の
魅力はなきか

少年のわが夏逝けりあこがれしゆえに怖れし
海を見ぬまに

記憶する生

胸病めばわが谷緑ふかからんスケッチブック
閉じて眠れど

すぐ軋む木のわがベッドあおむけに記憶を生
かす鰯雲あり

明日生れるメダカも雲もわがものと呼ぶべし
洗面器を覗きいて

遠き帆とわれとつなぎて吹く風に孤りを誇りいし少年時

かなかなの空の祖国のため死にし友継ぐべしやわれらの明日は

雉子の声やめば林の雨明るし幸福はいますぐ摑まねば

やがて海へ出る夏の川あかるくてわれは映されながら沿いゆく

山を見るわれと鋤ふる少年とつなぎて春の新しき土

罐に飼うメダカに日ざしさしながら田舎教師の友は留守なり

わがあげし名もなき凱歌雪どけの川ながれつつ玉葱芽ぐむ

わが影のなかに蒔きゆくにんじんの親しき種子は地をみつめおり

ドンコザックの合唱は花ふるごとし鍬はしずかに大きく振らん

人間嫌いの春のめだかをすいと統べいるものに吾もまかれん

街の麦青みつつあり縦に拭くガラス戸越しに明日たしかなり

声のなき斧おかれありそのあたりよりとびとびに青みゆく麦

怒るときひかる蜥蜴の子は羨しわが詩は風に
捨てられゆくも

季節が僕を連れ去ったあとに

僕の傷みがあつまって、日ざしのなかで
小さな眠りになる夏のために

失いし言葉かえさん青空のつめたき小鳥撃ち
おとすごと

帆やランプ小鳥それらの滅びたる月日が貧し
きわれを生かしむ

遠ざかる記憶のなかに花びらのようなる街と
日日はささやく

失いし言葉がみんな生きるとき夕焼けており
種子も破片も

膝まげて少年眠る暗き厦《いえ》わが内にありランプ
磨けば

空のない窓が記憶のなかにありて小鳥とすぎ
し日のみ恋おしむ

萱草に日ざしささやく午後のわれ病みおり翼
なき歌かきて

漂いてゆくときにみなわれを呼ぶ空の魚と言
葉と風と

遠い空に何かを忘れて来しわれが雲雀の卵地
にみつめおり

わが内にわれにひとりの街があり夏蝶ひとつ
忘られ翔くる

わが胸を夏蝶ひとつ抜けゆくは言葉のごとし
失いし日の

海よその青さのかぎりなきなかになにか失く
せしままわれ育つ

空のなかにたおれいるわれをめぐりつつ川の
ごとくにうたう日日たち

たれかをよぶわが声やさしあお空をながるる
川となりゆきながら

駈けてきてふいにとまればわれをこえてゆく
風たちの時を呼ぶこえ

夏美の歌

わが寝台樫の木よりもたかくとべ夏美のなかにわが帰る夜を

夜にいりし他人の空にいくつかの星の歌かきわれら眠らん

空のない窓が夏美のなかにあり小鳥のごとくわれを飛ばしむ

遅れてくる夏美の月日待ちており木の寝台に星あふれしめ

木や草の言葉でわれら愛すときズボンに木洩れ日がたまりおり

青空に谺の上にわれら書かんすべての明日に否と書かんと

空の種子

君のため一つの声とわれならん失いし日を歌わんために

空にまく種子選ばんと抱きつつ夏美のなかにわが入りゆく

滅びつつ秋の地平に照る雲よ涙は愛のために
のみあり

パン焦げるまでのみじかきわが夢は夏美と夜
のヨットを馳らす

野の誓いなくともわれら歌いゆけば胸から胸
へ草の実はとぶ

木がうたう木の歌みちし夜の野に夏美が蒔き
し種子を見にゆく

木や草のうた

空撃ってきし猟銃を拭きながら夏美にいかに
渇きを告げん

愛すとき夏美がスケッチしてきたる小麦の緑
みな声を喚ぐ

朝のひばり

太陽のなかに蒔きゆく種子のごとくしずかに
われら頬燃ゆるとき

藁の匂いのする黒髪に頬よせてわれら眠らん
山羊寝しあとに

肩よせて朝の地平に湧きあがる小鳥見ており納屋の戸口より

帆やランプなどが生かしむやわらかき日ざしのなかの夏美との朝

青空のどこの港へ着くとなく声は夏美を呼ぶ歌となる

野兎とパン屑に日ざしあふれしめ夏美を抱けりベッドの前に

麦藁帽子を野に忘れきし夏美ゆえ平らに胸に手をのせ眠る

かすかなる耳鳴りやまず砂丘にて夏美と遠き帆を見ておれば

どのように窓ひらくともわが内に空を失くせし夏美が眠る

青空より破片あつめてきしごとき愛語を言えりわれに抱かれて

空を呼ぶ夏美のこだまわが胸を過ぎゆくときの生を記憶す

十五才

理科室に蝶とじこめてきて眠る空を世界の恋人として

わがカヌーさみしからずや幾たびも他人の夢を川ぎしとして

空をわが叔母と呼ぶべし戦いに小鳥のように傷つきしのみ

青空と同じ秤で量るゆえ希望はわかしそら豆よりも

地下水道いまは一羽の小鳥の屍漂いていんわが血とともに

「囚われしぼくの雲雀よかつて街に空ありし日の羽音きかせよ」

空を大きな甕のごとくに乗せてくる父よ何もて充たさんつもり

君たちの呼びあう声の川ぎしにズボンをめくりあげてわれあり

死者たちのソネットならん空のため一本の樹の髪そよげるは

しずかなる車輪の音す目つむりて勝利のごとき空を聴くとき

ひまわりの見えざる傷のふかくとも時はあてなし帆船のごとく

一本の樫の木やさしそのなかに血は立ったまま眠れるものを

空を逐われし鳥・時・けものあつまりて方舟めけりわが玩具箱

漕ぎ出でて空のランプを消してゆく母ありきわが誕生以前

空駈けるカヌーとなれと削りいし樫の木逞し愛なきわれに

青空はわがアルコールあおむけにわが選ぶ日日わが捨てる夢

この土地のここにそら豆蒔くごとくわれら領せり自由の歌を

海のない帆掛船ありわが内にわれの不在の銅鑼鳴りつづく

わが埋めし種子一粒も眠りいん遠き内部にけむる夕焼

大いなる夏のバケツにうかべくるわがアメリカと蝶ほどの夢

わが耳のなかに小鳥を眠らしめ呼ばんか遠き時の地平を

実らざる鳥の巣ひとつ内にもつ少年にして跛をひけり

わが知らぬ他人の夢ら樹のなかに立ちて眠りていん林ゆく

たそがれの空は希望のいれものぞ外套とビスケットを投げあげて

屠りたる野兎ユダの血の染みし壁ありどこを向き眠るとも

半島語すこし吃れる君のため焙られながら反りゆく鯵よ

一枚の羽根を帽子に挿せるのみ田舎教師は飛ばない男

水草の息づくなかにわが捨てし言葉は少年が見出ださむ

空は本それをめくらんためにのみ雲雀もにがき心を通る

楡の木のほら穴暗し空が流す古き血をいれわが明日をいれ

とぶ鳥も少年も土一塊より生れたる日へ趨らんとする

飛べぬゆえいつも両手をひろげ眠る自転車修理工の少年

小鳥屋の一籠ずつにこもりいる時の単位にわれを失えり

わが空を売って小さく獲し希望蛙のごとく汗ばみやすし

わが領土ここよりと決む抱きあえばママンのなかの小麦はみどり

子鼠とわれを誕生せしめたる一塊の土洪水以後の

わが内に獣の眠り落ちしあとも太陽はあり頭蓋をぬけて

樅の木のなかにひっそりある祭知らず過ぐる
のみ彼等の今日も

空には本

チエホフ祭

青い種子は太陽のなかにある
ジュリアン・ソレル

一粒の向日葵の種まきしのみに荒野をわれの
処女地と呼びき

桃いれし籠に頬髭おしつけてチエホフの日の
電車に揺らる

チエホフ祭のビラのはられし林檎の木かすか
に揺るる汽車過ぐるたび

莨火を床に踏み消して立ちあがるチエホフ祭
の若き俳優

おのが胸照らされながら小さな火チエホフの
夜のコンロに入れぬ

日あたりて貧しきドアぞこつこつと復活祭の
卵を打つは

桃うかぶ暗き桶水替うるときの還らぬ父につ
ながる想い

かわきたる桶に肥料を満たすとき黒人悲歌は
大地に沈む

音立てて墓穴ふかく父の棺下ろさるる時父目
覚めずや

向日葵は枯れつつ花を捧げおり父の墓標はわれより低し

鴟の巣を日が洩れておりわれすでに怖れてありし家欲りはじむ

いますぐに愛欲《ほっ》しおりにんじんとわれの脛毛を北風吹けば

桃太る夜はひそかな小市民の怒りをこめしわが無名の詩

さむき土の中にて種子のふくらむ頃別れき革命などを誓いて

啄木祭のビラ貼りに来し女子大生の古きベレーに黒髪あまる

包みくれし古き戦争映画のビラにあまりて鯖の頭が青し

叔母はわが人生の脇役ならん手のハンカチに夏陽たまれる

蟇の子の跳躍いとおしむごとし田舎教師にきまりし友は

山小舎のラジオの黒人悲歌聞けり大杉にわが斧打ち入れて

言い負けて風の又三郎たらん希いをもてり海青き日は

この家も誰かが道化者ならん高き塀より越えでし揚羽

むせぶごとく萌ゆる雑木の林にて友よ多喜二の詩を口ずさめ

鉄屑をつらぬき芽ぐむポプラの木歌よ女工のなかにも生れよ

父の遺産のたった一つのランプにて冬蠅とまれりわが頰の上

小年工のあるいは黒き採油機の怒りあつまり向日葵咲けり

バラックのラジオの黒人悲歌のしらべ広がるかぎり麦青みゆく

作文に「父を還せ」と綴りたる鮮人の子は馬鈴薯が好き

ノラならぬ女工の手にて嚙みあいし春の歯車の巨いなる声

冬の斧

俺は酔っ払ってるんじゃない、ただ「味わっ
ている」のだ。
ドストエフスキー

父の遺産のなかに数えん夕焼はさむざむとど
の畦よりも見ゆ

田の中の濁流はやし捨てにきし詩の紙屑をし
ばらく惜しむ

路地さむき一ふりの斧またぎとびわれにふた
たび今日がはじまる

ゆくかぎり枯野とくもる空ばかり一匹の蠅も
し失わば

銃声をききたくてきし寒林のその一本に尿ま
りて帰る

外套のままのひる寝にあらわれて父よりほか
の霊と思えず

冬の斧たてかけてある壁にさし陽は強まれり
家継ぐべしや

勝つことを怖るるわれか夕焼けし大地の蟻を
またぎ帰れば

外套を着れば失うなにかあり豆煮る灯などに
照らされてゆく

さむきわが望遠鏡がとらえたる鳶遠ければかすかなる飢え

だれも見ては黙って過ぎきさむき田に抜きのこされし杭一本を

鶏屠りきしジャンパーを吊したる壁に足向けひとり眠れり

冬鵙の叫喚ははげし椅子さむく故郷喪失していしわれに

硝煙を嗅ぎつつ帰るむなしさにさむき青空撃ちたるあとは

父葬りてひとり帰れりびしょ濡れのわれの帽子と雨の雲雀と

めつむりていても濁流はやかりき食えざる詩すらまとまらざれば

嘘まとめつつ来し冬田のほそき畦ふいに巨きな牛にふさがる

胸冷えてくもる冬沼のぞきおり何に渇きてここまで来しや

冬の欅勝利のごとく立ちていん酔いて歌いてわが去りしのち

だれの悪霊なりや吊られし外套の前すぐるときいきなりさむし

北へはしる鉄路に立てば胸いづるトロイカもすぐわれを捨てゆく

直角な空に

朝の渚より拾いきし流木を削りておりぬ愛に渇けば

直角に地にスコップを突き立てて穴掘る男を明日は見ざらん

赤き肉吊せし冬のガラス戸に葬列の一人としてわれうつる

外套のまま墓石を抱きおこす枯野の男かかわりもなし

地下室の樽に煙草をこすり消し祖国の歌も信じがたかり

にんじんの種子庭に蒔くそれのみの牧師のしあわせ見てしまいたる

地下室にころげて芽ぐむ馬鈴薯と韓人の同志をそれきり訪わず

わが窓にかならず断崖さむく青し故郷喪失しつつ叫べず

外套の酔いて革命誓いてし人の名知らず海霧ふかし

さむきわが射程のなかにさだまりし屋根の雀は母かもしれぬ

冬怒濤汲まれてしずかなる水におのが胸もとうつされてゆく

冬菜屑うかべし川にうつさるるわれに敗者の微笑はありや

胸の上這わしむ蟹のざらざらに目をつむりおり愛に渇けば

かわきたる田螺蹴とばしゆく人たち愚痴を主張になし得ぬままに

頰つけて玻璃戸にさむき空ばかり一羽の鷹をもし見失わば

わが野生たとえば木椅子きしませて牧師の一句たやすく奪う

旗となるわが明日なれよ芽ぐむ木にかがみて靴をみがきいるとも

冬の斧日なたにころげある前に手を垂るるわれ勝利者ならず

うしろ手で扉をしめながら大いなる嚔《くさめ》一つしぬ言い負け来しか

冬怒濤汲みきてしずかなる桶にうつされ帰るただの一漁夫

田の中の電柱灯る頃帰る彼も酔いおり言い負けてきて

すでに暮れし渓流よりの水にしずめ俘虜の日よりの軍靴を洗う

われの神なるやも知れぬ冬の鳩を撃ちて硝煙あげつつ帰る

轢かれたる犬よりとびだせる蚤にコンクリートの冬ひろがれり

ひとり酔えば軍歌も悲歌にかぞうべし断崖に町の灯らよろめきて

町の空つらぬき天の川太し名もなき怒りいかにうたえど

浮浪児

口あけて孤児は眠れり黒パンの屑ちらかりている明るさに

地下道のひかりあつめて浮浪児が帽子につつみ来し小雀よ

広場さむしクリスマスツリーで浮浪児とその姉が背をくらべていたり

浮浪児が大根抜きし穴ならむ明るくふかく陽
があつまれる

われの明日小鳥となるな孤児の瞳にさむき夕
焼燃えている間は

にんじんの種子吹きはこぶ風にして孤児と夕
陽とわれをつなげり

わがシャツを干さん高さの向日葵は明日ひら
くべし明日を信ぜん

孤児とその抱きし小鳩の目のなかに冬の朝焼
け燃えおわるとき

熱い茎

夏蝶の屍をひきてゆく蟻一匹どこまでゆけど
わが影を出ず

跳躍の選手高飛ぶつかのまを炎天の影いきな
りさみし

鯖一尾さかさに提げて帰りゆく教師をしずか
なる窓が待つ

小市民のしあわせなどを遠くわれが見ており菜屑うかべし河口

誰か死ねり口笛吹いて炎天の街をころがしゆく樽一つ

枯れながら向日葵立てり声のなき凱歌を遠き日がかえらしむ

向日葵の顔いっぱいの種子かわき地平に逃げてゆく男あり

群衆のなかに故郷を捨ててきしわれを夕陽のさす壁が待つ

火を焚きてわが怒りをばなぐさめぬ大地を鳥の影過ぎてゆき

農家族がらくた荷積みうつりゆけり田に首垂れて向日葵祈る

下向きの髭もつ農夫通るたび「神」と思えりかかわりもなし

羽蟻とぶ高さに街は暮れはじむ離れ憩わん血縁なきか

「雲の幅に暮れ行く土地よ誰のためわれに不毛の詩は生るるや」

目つむりて春の雪崩をききいしがやがてふたたび墓掘りはじむ

混血の子ゆえ勝ちてもさみしさに穂草の熱き茎噛みてゆく

寝ころべば怒濤もっとも身にせまる屋根裏にいて詩を力とす

俘虜の日の歩幅たもちし彼ならん青麦踏むをしずかにはやく

群衆の時すぎたれば広場にさす夕焼にわれの影と破片と

テーブルの金魚しずかに退るなり女を抱きてきてすぐ渇く

少年

サ・セ・パリも悲歌にかぞえん酔いどれの少年と一つのマントのなかに

わが内の少年かえらざる夜を秋菜煮ており頰をよごして

わけもなく海を厭える少年と実験室にいるをさびしむ

縦長き冬の玻璃戸にゆがみつつついに信ぜず
少年は去る

ねむりてもわが内に棲む森番の少年と古きレ
コード一枚

木菟の声きこゆる小さき図書館に耳きよらな
る少年を待つ

さむき地を蚤とべりわれを信じつつ帰る少年
とわれとの間

祖国喪失

七月の蠅よりもおびただしく燃えてゆく破片。「中国！」
と峯は気恥かしい片想ひで立ちすくんでゐた。 武田泰淳

壱

マッチ擦るつかのま海に霧ふかし身捨つるほ
どの祖国はありや

鼠の屍蹴とばしてきし靴先を冬の群衆のなか
にまぎれしむ

鷗とぶ汚れた空の下の街ビラを幾枚貼るとも
貧し

すこし血のにじみし壁のアジア地図もわれら
も揺らる汽車通るたび

寝にもどるのみのわが部屋生くる蠅つけて蠅
取紙ぶらさがる

群衆のなかに昨日を失いし青年が夜の蟻を見
ており

地下室に樽ころがれり革命を語りし彼は冬も
帰らず

外套のままかがまりて浜の焚火見ており彼も
遁れてきしか

非力なりし諷刺漫画の夕刊に尿まりて去りき
港の男

コンクリートの舗道に破裂せる鼠見て過ぐさ
むく何か急ぎて

何撃ちてきし銃なるとも硝煙を嗅ぎつつ帰る
男をねたむ

一本の骨をかくしにゆく犬のうしろよりわれ
枯草をゆく

弐

勝ちながら冬のマラソン一人ゆく町の真上の
日曇りおり

マラソンの最後の一人うつしたるあとの玻璃
戸に冬田しずまる

党員の彼の冬帽大きすぎぬ飯粒ひとつ乾から
びつけて

壁へだて棲む韓人に飼われたる犬が寒夜の水
をのむ音

一団の彼等が唱うトロイカは冬田の凪となり
杭となる

わが影を出てゆくパンの蠅一匹すぐに冬木の
影にかこまる

小走りにガードを抜けてきし靴をビラもて拭
う夜の女は

冬蠅のとまる足うら向けて眠るたやすく革命
信ぜし男

日がさせば籾殻が浮く桶水に何人目かの女工
の洗髪

蠅叩き舐めいる冬の蠅一匹なぐさめられて酔
いて帰れば

その思想なぜに主義とは為さざるや酔いたる
脛に蚊を打ちおとし

復員服の飴屋が通る頃ならんふくらみながら
豆煮えはじむ

僕のノオト

「われわれは、古くなり酸敗したのではない。ゼロから出発するのだ。われわれは廃墟の中で生れた。しかし崩れ去った周囲の建物は、われわれに属していたわけではない。生れた時すでに黄金は瓦石に変っていたのである。」Ｐ・Ｖ・Ｄ・ボッシュが『われら不条理の子』のなかでそう自分に呼びかけているように、僕もまた戦争が終ったときに十歳だった者のひとりである。

僕たちが自分の周囲になにか新しいものを求めようとしたとしても一体何が僕たちに残されていただろうか。

見わたすかぎり、そこここには「あまりに多くのものが死に絶えて」しまっていて、僕らの友人たちは手あたりしだいに拾っては、これではない、これは僕のもとめていたものではない、と芽ぐみはじめた森のなかを猟りあっていた。

しかし新しいものがありすぎる以上、捨てられた瓦石がありすぎる以上、僕もまた「今少しばかりのこっているものを」粗末にすることができなかった。のびすぎた僕の身長がシャツのなかへかくれたがるように、若さが僕に様式という枷を必要とした。

定型詩はこうして僕のなかのドアをノックしたのである。

縄目なしには自由の恩恵はわかりがたいように、定型という枷が僕に言語の自由をもたらした。僕が俳句のなかに十代の日日の大半を賭けたことは、今かえりみてなつかしい微笑のように思われる。

僕が仲間と高校に俳句会をつくったときには言葉の美しさが僕の思想をよろこばすような仕方でしかなかった。「青い森」グループは六日おきにあつまっては作品の交換とデスカッションを行い、プリントした会誌を配っていたのである。老人の玩具から、不条理な小市民たちの信仰にかかわりつつあった俳句に若さの権利を主張した僕らは一九五三年に『牧羊神』を（全国の十代の俳句作者をあつめて）創刊し、僕と京武久美がその編集にあたった。この運動は十号でもって第一次を終刊として僕らは俳句とはは なれたが第二次、第三次の『牧羊神』をはじめ、『青年俳句』『黒鳥』『涙痕』『荒土地帯』その他となって今も俳句運動はひきつがれている。

短歌をはじめてからの僕は、このジャンルを小市民の信仰的な日常の呟きから、もっと社会性をもつ文学表現にしたいと思いたった。作意の回復と様式の再認識が必要なのだ。僕はどんなイデオロギーのためにも「役立つ短歌」は作るまいと思った。われわれに興味があるのは思想ではなくて思想をもった人間なのであるから。

また作意をもった人たちがたやすく定型を捨てたがることにも自分をいましめた。

この定型詩にあっては本質としては三十一音の様式があるにすぎない。様式はいわゆるウェイドレーの「天才の個人的創造でもなく、多数の合成的努力の最後の結果でもない、それはある深いひとつの共同性、諸々の魂のある永続なひとつの同胞性の外面的な現われにほかならないから」である。

しかしそれよりも何の作意ももたない人たちをはげしく侮蔑した。ただ冗漫に自己を語りたがることへのはげしいさげすみが、僕に意固地な位に告白癖を戒めさせた。

「私」性文学の短歌にとっては無私に近づくほど多くの読者の自発性になりうるからである。

ロマンとしての短歌、歌われるものとしての短歌の二様な方法で僕はつくりつづけてきた。そしてこれからあとの新しい方法としてこの二つのものの和合による、短歌で構成した交声曲などを考えているのである。

一九五八年五月

血と麦

砒素とブルース

壱　彼の場合

地下水道をいま通りゆく暗き水のなかにまぎれて叫ぶ種子あり

非常口の日だまりにいる猫に見られかなしき顔を剃り終りたり

きみのいる刑務所の塀に自転車を横向きにしてすこし憩えり

牛乳の空瓶舐めている猫とひとりのわれと何奪りあわん

玻璃越しに遠い蹴球終り去りアパートのガス焔となれり

きみのいる刑務所とわがアパートを地中でつなぐ古きガス管

刑務所の消灯時間遠く見て一本の根を抜き終るなり

階段の掃除終えきし少年に河は語れり　遠きアメリカ

弐　肉について

父となるわが肉緊まれ生きている蠅ごと燃えてゆく蠅取紙

北方に語りおよべば眼の澄めるきみのガソリンくさき貯金通帳

ウィスキイの瓶を鉄路に叩きつけ夜を逢いにゆく一人もあらず

生命保険証書と二、三の株券をわれに遺せし父の豚め

罐切りにつきしきみの血さかさまに吊されており乾からびながら

一匹の猫を閉じこめきしゆえに眠れど曇る公衆便所

潰されて便器声あげいん夜かマタイ伝読みつつかわきおり

馬鈴薯がくさり芽ぶける倉庫を出づ夢はかならず実現範囲

麻薬中毒重婚浮浪不法所持サイコロ賭博われのブルース

さらば夏の光よ、祖国朝鮮よ、屋根にのぼりても海見えず

参　Soul, Soul, Soul.

陽あたりてガソリンスタンド遠く眠る情事に思いおよばざりしに

五円玉のブルースもあれ陽あたりの空罐の傷足で撫でつつ

罐切りにひからびし血よ老年とならばブルースよりも眠りを

黒人に生れざるゆえあこがれき野生の汽罐車、オリーブ、河など

軍隊毛布にひからびし唾のあと著しそのほか愛のかたみ残さず

ここをのがれてどこへゆかんか夜の鉄路血管のごとく熱き一刻

壁越しのブルースは訛りつよけれど洗面器に湯をそそぎつつ和す

流産をしたるわが猫ステッフィに海を見せたし童貞の日の

トラックの運転手が去り猫が去り日なたにドラム罐残されたり

ピーナッツをさみしき馬に食わせつついかなる明日も貯えはせず

欲望は地下鉄音とともにわが血をつらぬきて
すぐ醒むるのみ

老犬の血のなかにさえアフリカは目ざめつつ
ありおはよう、母よ

そのなかの弾痕のある一本の樹を愛すゆえ寒
林通る

一枚の葉書出さんとトラックで来し黒人も河
を見ており

日あたりし非常口にて一本の釘を拾いぬ誰に
も言わじ

刑務所にあこがれし日は瘤のあるにんじんば
かり選びて煮たる

波止場まで嘔吐せしもの捨てにきてその洗面
器しばらく見つむ

まっくらな海に電球うかびおりわが欲望の時
充ちがたき

剃刀をとぐ古き皮熱もてり強制収容所を母知
らず

砂に書きし朝鮮哀歌春の波が消し終るまで見
つめていたり

大声で叫ぶ名が欲し地下鉄の壁に触れきしシ
ャツ汚れつつ

地下鉄の汚れし壁に書かれ古り傷のごとくに
忘られ、自由

血と麦

壱

狂熱の踊りはならず祖父の死後帰郷して大麦入りのスープ

アスファルトにめりこみし大きな靴型よ鉄道死して父亡きあととも

砂糖きびの殻焼くことも欲望のなかに数えんさびしき朝は

自らを瀆さんときて藁の上の二十日鼠をしばらく見つむ

たけくらべさみしからずやコンクリートの血痕をすでに越えしわが胸

死ぬならば真夏の波止場あおむけにわが血怒濤となりゆく空に

セールスマンの父と背広を買いにきてやや猛らいて鷗見ており

墓買いにゆくと市電に揺られつつだれかの籠に桃匂いおり

馬鈴薯が煮えて陽あたる裏町の〈家〉よりきみよ醒めて歌え

雷鳴に白シャツの胸ひろげ浴ぶ無瑕の愛をむしろ恥じつつ

トラクターに絡む雑草きみのため土地欲し歩幅十歩たりとも

農場経営に想いおよべばいつも来るシャツのボタンのなき父の霊

ドラム罐唸り立つ夜の工場街泣けとごとくにわれを統べつつ

刑務所にトラックで運びこまれたる狂熱以前のひまわりの根

センチメンタル・ジャニイと言わん雨けむる小麦畑におのれ潰れて

運転手移民刑務所皿洗い鉄道人夫われらの理由

血と麦がわれらの理由工場にて負いたる傷を野に癒しつつ

藁の上に孤り諳《そら》んじいし歌は中国語「自由をわれらに」なりき

ダイナモの唸る機械に奪われて山河は青し睡りのなかに

家族手帖にはさまれつぶれ一粒の麦ありきわれを糺すごとくに

ドラム罐に顎のせて見るわが町の地平はいつも塵芥吹くぞ

パン竈にふくらむパンを片隅の愛の理由として堕ちゆけり

暗黒に泛かぶガソリンスタンドよ欲望は遠く母にもおよび

二十日鼠の一〇メートルほどの自由もつけだものくさき目と親しめり

さむき川をセールスマンの父泳ぐその頭いつまでも潜ることなし

弐

牛乳を匙ですくいて飲み病めば船は遠くを出てゆきにけり

うたのことば字にかくこともどかしく波消し去れりわが祝婚歌

にがきにがき朝の煙草を喫うときにこころ掠める鷗の翼

鉄道が大きな境われとわが山羊と駈けいし青春の日の

灯台にゆきてかえらぬわが心遠き鷗を見て耕せり

老年物語

すでに亡き父への葉書一枚もち冬田を越えて来し郵便夫

墓買いに来し冬の町新しきわれの帽子を映す玻璃あり

ある日わが欺きおえし神父のため一本の葱抜けば青しも

わが売りしブリキの十字架兄の胸に揺れつつあらん汗ばみながら

悪霊となりたる父の来ん夜か馬鈴薯くさりつつ芽ぐむ冬

なまぐさき血縁絶たん日あたりにさかさに立ててある冬の斧

くらやみに漬樽唸る子守唄誰かうたえよ声をかぎりに

さかさまに吊りしズボンが曇天の襞きざみおりわれの老年

つきささる寒の三日月わが詩もて慰む母を一人持つのみ

北の壁に一枚の肖像かけており彼の血をみな頒ちつつ老ゆ

「荒野よりわれ呼ぶ者」も諦めん炉に音たてて燃ゆる榾の火

田螺嚙み砕きてさむき老犬とだれを迎えに来し道程ぞ

老犬が一本の骨かくしきし隣人の土地ひからびし葦

無名にて死なば星らにまぎれんか輝く空の生贄として

わが内に越境者一人育てつつ鍋洗いおり冬田に向きて

濁流に吸殻捨ててしばらくを奪われていき……にくめ、ハレルヤ！

遠き土地あこがれやまぬ老犬として死にたりき星寒かりき

酒臭き息もて何を歌うとも老犬埋めし地のつづきなり

酔えばわが頭のなかに鴉生るわれのある日を企むごとく

電線はみなわが胸をつらぬきて冬田へゆけり祈りのあとを

死して鼠軽くなりしやわが土地の真上に冬の日輪あり

ひわれたる冬田見て過ぐ長男として血のほかに何遺されし

雪にふかき水道管もてつながれり死者をいつまで愛さん家と

蕁の子もスメルジャコフも歌いいん雪が奢ればみな悲歌なるを

橋桁にぶつかる夜の濁流よわが誕生は誰に待たれし

生ける蝿いれて煮えゆく肉鍋ありイワンも神を招びいん夜か

屠られし牝牛一匹わが内に帰りきて何はじめんとする

冬海に横向きにあるオートバイ母よりちかき
人ふいに欲し

冬蝶が日輪に溶けこむまでをまとまらざりき
わが無頼の詩

冬井戸にわれの死霊を映してみん投げこむも
のを何も持たねば

兄弟として憎みつつ窓二つ向きあえり　その
ほかは冬田

映子を見つめる

古いノートのなかに地平をとじこめて呼ばわ
る声に出でてゆくなり

わが家の見知らぬ人となるために水甕抱けり
胸いたきまで

パンとなる小麦の緑またぎ跳びそこより夢の
めぐるわが土地

寝台の上にやさしき沈黙と眠いレモンを置く夜ながし

林檎の木伐り倒し家建てるべしきみの地平をつくらんために

種まく人遠い日なたに見つつわが婚約なれど訛りはふかき

きみが歌うクロッカスの歌も新しき家具の一つに数えんとする

厨にてきみの指の血吸いやれば小麦は青し風に馳せつつ

木の匙を川に失くせしこと言えず告白以前の日のごと笑めり

齢《よわい》きて娶るにあらず林檎の木しずかにおのが言葉を燃やす

わが内のダフニスが山羊連れて出て部屋にのこされたる陽の埃

製粉所に帽子忘れてきしことをふと思い出づ川に沿いつつ

きみの雨季ながしバケツに足浸しわがひとり読む栽培全書

歌ひとつ覚えるたびに星ひとつ熟れて灯れるわが空をもつ

起重機に吊らるるものが遠く見ゆ青春不在なりしわが母

乾葡萄喉より舌へかみもどし父となりたしあるときふいに

見えぬ海かたみの記憶浸しゆく夜は抱かれていて遙かなり

失いしものが書架より呼ぶ声を背に閉じ出れば小麦は青し

父の年すでに越えおり水甕の上の家族の肖像昏し

馬鈴薯を煮つつ息子に語りおよぶ欲望よりもやさしく燃えて

許されて一日海を想うことも不貞ならんや食卓の前

一本の樹を世界としそのなかへきみと腕組みゆかんか　夜は

土曜日のみじかき風邪に眠りつつ教室のとぶ夢を見たりき

空をはみだしたるもの映す寝台の下の洗面器の天の川

夕焼の空に言葉を探すよりきみに帰らん工場沿いに

悲しみは一つの果実てのひらの上に熟れつつ手渡しもせず

目の前にありて遙かなレモン一つわれも娶らん日を怖るなり

蜥蜴の時代

母が弾くピアノの鍵をぬすみきて沼にうつされいしわれなりき

ある日わが貶めたりし教師のため野茨摘まんことを思い出づ

コスモスに暗き風あり抱きねし少年の瞳をもっともねたむ

夾竹桃咲きて校舎に暗さあり饒舌の母をひそかににくむ

愛せめる女のこしてきし断崖ふりむけばすぐ青空さむし

けたたましくピアノ鳴るなり滅びゆく邸の玻璃戸に空澄みながら

埃っぽきランプをともす梁ふかく愛うすき血も祖父を継ぎしや

鷹追うて目をひろびろと青空へ投げおり父の恋も知りたき

晩夏光かげりつつ過ぐ死火山を見ていてわれに父の血めざむ

電話より愛せめる声はげしきとき卓の金魚はしずかに退る

汗の群衆哄笑をして見ていしが片方の犬嚙み殺されぬ

鰯雲なだれてくらき校廊にわれが瞞せし女教師が待つ

うしろ手に墜ちし雲雀をにぎりしめ君のピアノを窓より覗く

レンズもて春日集むを幸とせし叔母はひとりおくれて笑う

胸病むゆえ真赤な夏の花を好く母にやさしく欺されていし

雲雀の死告げくる電話ふいに切る目に痛きまで青空濃くて

甲虫を手に握りしめ息あらく父の寝室の前に立ちおり

車輪の下に轢かれし汗の仔犬より暑き舗道に蚤とびだせり

ひとの不幸をむしろたのしむミイの音の鳴らぬハモニカ海辺に吹きて

腋毛濃き家庭教師とあおむけに見ており雲雀空に墜つまで

businessのごとき告白ききながら林檎の幹に背をこすりおり

そそくさとユダ氏は去りき春の野に勝ちし者こそ寂しきものを

勝ちて獲し少年の日の胡桃のごとく傷つきいしやわが青春は

胸にひらく海の花火を見てかえりひとりの鍵を音立てて挿す

日傘さして岬に来たり妻となりし君と記憶の重ならぬまま

亡き父の勲章はなお離さざり母子の転落ひそかにはやし

わが知れるのみにて春の土ふかく林檎の種子はわが愛に似る

青空におのれ奪いてひびきくる猟銃音も愛に渇くや

真夏の死

ささやかな罪を犯すことは強い感動を避ける
一つの方法です　　　ラファイエット夫人

手の上にかわく葡萄の種子いくつぶわれは遠
乗会には行かず

ダリアの蟻灰皿にたどりつくまでをうつくし
き嘘まとめつついき

欺されていしはあるいはわれならずや驟雨の
野茨折りに駈けつつ

乗馬袴《キユロツト》に草の絮つけ帰りきし美しき疲れをわ
れは妬めり

扉のまえにさかさに薔薇をさげ持ちてわれあ
り夜は唇熱く

かつて野に不倫を怖じずありし日も火山の冷
えを頰におそれき

愛なじるはげしき受話器はずしおきダリアの
蟻を手に這わせおり

わが撃ちし鳥は拾わで帰るなりもはや飛ばざ
るものは妬まぬ

うしろ手に春の嵐のドアとざし青年は已にけ
だものくさき

愛されているうなじ見せ薔薇を剪るこの安らぎをふいに蔑む

その中に一つの声を聞きわけおり夾竹桃はしずかに暗し

ある日わが貶めたりし夫人のため蜥蜴は背中かわきて泳ぐ

汚れたるちいさき翼われにあらば君の眠りをさぐり翔《か》くべし

みじんなる破片ひろえり失いし言葉に春の燭照るごとく

猟銃を撃ちたるあとの青空にさむざむとわが影うかびおり

息あらくけだものくさく春の嵐をかえりひとりの鍵をさしこむ

扉をあけて入りゆきたるわがあとの廊下にさむく風のこりおり

愛されていしやと思うまといつく黒蝶ひとつ虐げてきて

遠き火山に日あたりおればわが椅子にひっそりとわが父性覚めいき

野茨にて傷つきし指口に吸い遠き火山のことを告げにき

ぬれやすき頬を火山の霧はしりあこがれ遂げず来し真夏の死

血

第一楽章

剥製の鷹ひっそりと冷えている夜なりひとり
海見にゆかん

抽出しの鋏錆びつつ冷えていいん遠き避暑地の
きみの寝室

遠く来て毛皮をふんで目の前の青年よわが胸
撃ちたからん

かざすとき香水瓶に日曇るわれに失くさぬま
だ何かあれ

みずうみを見てきしならん猟銃をしずかに置
けばわが胸を向き

揚羽追い来し馬小舎の暗ければふいに失くせ
し何かに呼ばる

一つかみほど苜蓿《うまごやし》うつる水青年の胸は縦に拭
くべし

海の記憶もたず病みいる君のためかなかな啼
けり身を透きながら

泳ぐ蛇もっとも好む母といてふいに羞ずかしわれのバリトン

凍てつきし赤インク火にかざしつつ流氓の詩と言えどみじかき

地下鉄の入口ふかく入りゆきし蝶よ薄暮のわれ脱けゆきて

第二楽章

わが胸郭鳥のかたちの穴もてり病めばある日を空青かりき

床屋にて首剃られいるわれのため遠き倉庫に翳おとす鳥

わが捨てし言葉はだれか見出ださむ浮巣の日ざし流さるる川

大いなる腕まげてゆく河にうつり不幸な窓ははやく灯せり

猟銃の銃口覗きこみながら空もたぬゆえかくまで渇く

手を置かん外套の肩欲しけれど葱の匂える夕ぐれ帰る

灰のなかより古釘出でぬ亡びゆくものは日差にあわせ歌えよ

剃刀を水に沈めて洗いおり血縁はわれをもちて断たれん

菌のごとき指紋いくつかのこしたる壁は夕日に花ひらかざり

下宿人の女の臀に玉ねぎを植えこみてわが雨季ながかりき

ある日わが喉は剃刀をゆめみつつ一羽の鳥に脱出ゆるす

胸の上に灼けたる遮断機が下りぬ正午はだれも愛持たざらん

第三楽章

氷湖見に来しにはあらず母のため失いしわが顔をもとめて

暗き夜の階段に花粉こぼしつつわが待ちており母の着替えを

母よわがある日の日記寝室に薄暮の蝶を閉じこめしこと

銅版画の鳥に腐蝕の時すすむ母はとぶものみな閉じこめん

氷湖をいま滑る少女は杳き日の幻にしてわが
母ならんか

やわらかき茎に剃刀あてながら母系家族の手
が青くさし

銅版画にまぎれてつきし母の指紋しずかにほ
ぐれゆく夜ならん

ひとよりもおくれて笑うわれの母　一本の樅
の木に日があたる

時禱するやさしき母よ暗黒の壜に飼われて蜥
蜴は　笑う

母のため青き茎のみ剪りそろえ午後の花壇に
ふと眩暈《めまい》せり

第四楽章

わが喉があこがれやまぬ剃刀は眠りし母のど
こに沈みし

紫陽花の芯まっくらにわれの頭《ず》に咲きしが母
の顔となり消ゆ

日月をかく眠らせん母のもの香水瓶など庭に
埋めきて

自らを潰してきたる手でまわす顕微鏡下に花
粉はわかし

木曜日海に背かれきて眠るテーブルをわが地平線とし

一枚の楽譜のなかに喪せゆきてひとりのときはわれも羽ばたく

レントゲン写真に嘴《はし》をあけし鳥さかさにうつり抱かれざる胸

日あたらぬせまき土地にて隔てられ一本の樹とわが窓親し

湖凍りつつある音よ失いしわが日と木の葉とじこめながら

よごされしわが魂の鉄路にて北へはしれり叫ぶごとくに

青梅を漬けたる甕を見おろせば絶壁よりもふかし　晩年

わが母音むらさき色に濁る日を断崖にゆく瀆るるために

樹となりてしまいしわれに触れゆきてなまぬるき手の牧師かえらず

アルコオル漬の胎児がけむりつつわが頭《ず》のなかに紫陽花ひらく

挽歌たれか書きいん夜ぞレグホンの白が記憶を蹴ちらかすのみ

一人死ねば一つ小唄が殖えるのみサボテン唸り咲きてよき町

うつむく日本人

壱　他人の時

声のなき斧を冬空の掟とし終生土地を捨つる由なし

実験の傷もつ鼠逃げだして金網ごしに陽のさせる箱

幻の小作争議もふいに消え陽があつまれる納屋の片すみ

生けるまま鳥巣を埋めきその上に石油タンクの巨大なる今日

外套のままの会議ゆ小作田が見えおり冬の鴉が一羽

二夜つづけて剃刀の夢見たるのみ冬田は同じ幅に晴れたり

地下鉄の欲望音にわが裂かれ帰るアパートに窓一つあり

ねじれたる水道栓を洩るる水舐めおり愛されかけている犬

一本の曲った釘がはみ出せる樽をしばらく見ていしが去る

北一輝その読みさしのページ閉じ十七歳の山河をも閉ず

眼帯にうすき血にじむ空もたぬ農少年の病むグライダー

遠く来て冬のにんじん売りてゆく転向以後の友の髪黒し

かわきたるてのひらの上に暴かれて小作の冬田われのブランキ

弐　小さい支那

壁の汚点が新中国となる日まで同棲をして雨夜に去りたり

労働歌がまきこぼしたる月見草と小さなねじの回転はやし

綿虫とぶきみの齢にはあらざれど脱党以後は微笑みやすし

髪刈ってボルシェヴィキの歌うたう或る日馬より蒼ざめていん

たそがれのガスが焔となるつかのま党員より
もわが唾液濃き

手の大きな同志に怒りよみがえれ海霧ふかき
夜にわかれて

護岸工事の歌なきひとり逝きしこととタンポ
ポ咲きしことを記さん

幻の陽のあたる土地はらみつつ母じぐざぐと
罐詰切りおり

貨車より振る同志の冬帽遠ざかり飛べない工
場を守りゆく齢

萌えながらむせぶ雑木よさよならを工作者宣
言第一語とす

同志らの小さな眠りの沼にうかび睡蓮は音た
てず咲くべし

陽のあたる遠い工場を見つつ病み労働運動史
と木の葉髪

血を売って種子買いもどる一日をなに昂ぶる
やあなたは農奴

颱風の眼の青空へ喉向けて剃られつつあり入
党直後

瘤のある冬木一本眼を去らず農民史序章第一
課読後

壁となる前のセメント練り箱にさかさにわれ
の影埋めらる

牝犬が石炭置場に一本の骨をかくしていしが去る

参　山羊つなぐ

地球儀の見えぬ半分ひっそりと冷えいん青年学級の休日

転向後も麦藁帽子のきみのため村のもっとも低き場所萌ゆ

グライダーにたそがれの風謳わしむこころ老いたる青春のため

わが内を脱けしさみしき少年に冬の動物園まで逢いにゆく

田園の傷みは捨てて帰らんか大学ノートまで陽灼けして

林檎の木ゆさぶりやまずわが内の暗殺の血を冷やさんために

思い出すたびに大きくなる船のごとき論理をもつ村の書記

私のノオト

とうとう信じられなかった世界が一つある。そしてまた、私の力不足のゆえに今も信じきれないもう一つの世界があるように思われてならない。多分、それはまだ生れ得ない世界なのかも知れないが、しかし私はその二つの間にはさまれて耳をそばだてている。「今日、人類の運命は政治を通してはじめて意味をもつ」と言ったトーマス・マンの言葉がいまになって問題になっている。

だがいったい、そんな警告がどんな意味をもっているだろうか。私は決して「永遠」とか「超絶性」とかにこだわるのではないが「人類の運命」のなかに簡単に「私」をひっくるめてしまう決定論者たちをにがい心で見やらない訳にはいかない。

だが同時にビートニックス詩人スチュアート・ホルロイドのように「ぼく自身の運命、世界からもほかの人たちからも切り離されたぼくだけの運命がある」と思うのでもないのだ。

むしろ、そうした一元論で対立としてとらえ得ないところに私自身の理由があるように思われる。

大きい「私」をもつこと。それが課題になってきた。「私」の運命のなかにのみ人類が感ぜられる……そんな気持で歌をつくっているのである。第一歌集『空には本』の後記を読むと、まるで蕩児帰る、といった感がする。そちこちで勝手気ままな思考を醱酵させて帰ってくると、家があり部屋があるように、「様式」が待ちかまえていると私は思っていたらしい。

私はコンフェッション、ということを考えてみたこともなかった。だが、私個人が不在であることによってより大きな「私」が感じられるというのではなしに、私の体験があって尚私を超えるもの、個人体験を超える一つの力が望ましいのだ。私はちかごろSoulという言葉が好きである。

心、鬼、そんなものを自分の血のなかに、行動のバネのようなものとして蓄積しておきたい、と思っている。

いま欲しいもの、「家」
いましたいこと、アメリカ旅行
いませねばならぬこと、長編叙事詩の完成。いま、書きたいもの、私の力、私の理由。そしていま、たったいま見たいもの、世界。世界全部。世界という言葉が歴史とはなれて、例えば一本の樹と卓上の灰皿との関係にすぎないとしてもそうした世界を見る目が今の私には育ちつつあるような気がするのだ。

今日までの私は大変「反生活的」であったと思う。そしてそれはそれでよかったと思う。だが今日からの私は「反人生的」であろうと思っているのである。

一九六二年夏　小諸にて

テーブルの上の荒野

テーブルの上の荒野

もしも友情か国家かどっちかを裏切らなければいけない
ときが来たら、私は国家を裏切るだろう　　フォスター

女優にもなれざりしかば冬沼にかもめ撃たる音聴きてをり

テーブルの上の荒野をさむざむと見下《みおろ》すのみの劇の再会

稽古場の夜の片隅ひと知れず埋めてしまひしチエホフのかもめ

町裏で一番さきに灯ともすはダンス教室わが叔父は　癌

「ここより他《ほか》の場所」を語れば叔父の眼にばうばうとして煙るシベリア

同じ背広を二着誂へゆく癌の叔父に一人の友があるらし

木の匙を片付け忘れて叔父眠る「われらの時代」の末裔として

古着屋の古着のなかに失踪しさよなら三角また来て四角

独身のままで老いたる叔父のため夜毎テレビの死霊は来《きた》る

酔ひどれし叔父が帽子にかざりしは葬儀の花輪の中の一輪

すりきれしギター独習書の上に暗夜帰航の友情も　なし

老犬の芸当しばらく見てゐしがふいに怒りて出てゆく男

アスピリンの空箱裏に書きためて人生処方詩集と謂ふか

たつた一人の長距離ランナー過ぎしのみ雨の土曜日何事もなし

洗面器に嘔吐せしもの捨てに来しわれの心の中の逃亡

撞球台の球のふれあふ荒野までわれを追ひつめし　裸電球

白球が逃亡の赤とらへたる一メートルの旅路の終り

地下鉄の真上の肉屋の秤にて何時《いつ》もかすかに揺れてゐるなり

舐めて癒すボクサーの傷わかき傷羨みゆけば深夜の市電

中年の男同志の「友情論」毛ごと煮られてゐる鳥料理

寿命来て消ゆる電球わがための「過去は一つの母国」なるべし

ダンス教室その暗闇に老いて踊る母をおもへば　堕落とは何?

亡き父の靴のサイズを知る男ある日訪ねて来しは　悪夢

幾百キロ歩き終りし松葉杖捨てられてある老人ハウス

「剝製の鳥の内部のぼろ綿よわが言葉なき亡命よさらば」

肉屋の鉤なまあたたかく揺るるときさみの心のなかの中国

ボクシング

冬の犬コンクリートににじみたる血を舐めてをり陽を浴びながら

アパートの二階の朝鮮人が捨てし古葉書いまわが窓を過ぐ

いたく錆びし肉屋の鉤を見上ぐるはボクサー放棄せし男なり

ジュークボックスにジャズがかかればいつも
来るポマード臭ききみの悪霊

暗闇に朝鮮海峡荒れやまず眠りたるのち……
喉かわき

哄笑の顔を鏡にふと見つむわが去りしあとも
笑ひのこらむ

冷蔵庫のなかのくらやみ一片の肉冷やしつつ
読むトロツキー

手の中で熱さめてゆく一握の灰よはるかに貨
車の連結

目のさめるごとき絶望つひになし工場の外の
真青な麦

戦艦にあこがれゐしが水甕に水を充たして家
に残らむ

さみしくて西部劇へと紛れゆく「蒼ざめし
馬」ならざりしかば

運ばれてゆくとき墓の裏が見ゆ外套を着て旅
するわれに

〈サンドバッグをわが叩くとき町中の不幸な
青年よ　目を醒ませ〉

田園に母親捨ててきしことも血をふくごとき
思ひ出ならず

心臓のなかのさみしき曠野まで鳩よ　航跡暗
く来《きた》るや

煮ゆるジャム

煮ゆるジャムことにまはりが暗かりきまだ党
の歌信ずる友に

空罐を蹴りはこびつつきみのゐる刑務所の前
通りすぎたり

人生はただ一問の質問にすぎぬと書けば二月
のかもめ

蹴球に加はらざりし少年に見らるる車輪の下
の野の花

今日も閉ぢてある木の窓よマラソンの最後尾
にて角まがるとき

わけもなく剃刀とぎてゐる夜の畳を猫が過ぎ
てゆくなり

終電車がわれのブルース湯にひたす腿がしだ
いに熱くなる愛

蠅とまる足うら向けて眠りをり彼にいかなる
革命来むか

一本の馬のたてがみはさみおく彼の獄中日記
のページ

陽なたにて揺るるさなぎを見てをればさみしからずや歴史の叙述

冬沼に浮かぶ電球見てあれば帰るにあまり遠し　コミューン

撃たれたる小鳥かへりてくるための草地ありわが頭蓋のなかに

死の重さ長さスコップもて量れり地平をかわきとぶ冬の雲

飛ばない男

×月×日
ある朝、私がなにか気懸かりな夢から目をさましても、自分が寝床の中で一羽の鳥になつてゐないのに気がついた。これは一体どうしたことだ、と私は思つた。「やつぱりまた事務所へ出勤するしかないのか」

わが頭蓋ある夜めざめし鳥籠となりて重たし羽ばたきながら

母のため感傷旅行たくらまむたそがれの皿まるく拭きつつ

翼の根生えつつあらむわが寝台それに磔刑のごとく眠れば

「革命だ、みんな起きろ」といふ声す壁のにんじん種子袋より

高度4メートルの空にぶらさがり背広着しゆゑ星ともなれず

×月×日
「空だつて?」と彼は言つた。「牢獄に違ひなんかあるものか。ただここより空の方が少しだけ広いといふだけのことさ」私はその彼を黙つて見た。——失敗者はいつもこれなんだ。

もの言へば囀りとなる会計の男よ羞づかしき翼出せ

夾竹桃の花のくらやみ背にしつつ戦後の墓に父の戒名

理髪師に首剃られをり革命は十一月の空より来むか

われとわが母の戦後とかさならず郵便局に燕来るビル

外套掛けに吊られし男しばらくは羽ばたきゐしが事務執りはじむ

陽のあたる場所に置かれし自転車とつひに忘
れゐしわが火傷

×月×日
「囚はれた人間はほんたうは自由だつたのだ」とカフカは書いてゐる。「この牢獄を立ち去ることもできたらう。格子は一メートル間隔にはまつてゐたのだ。彼はほんたうは囚はれてたわけではなかつたのである」（一九二〇年の手記）

大いなる欅にわれは質問す空のもつとも青か
らむ場所

会議室に一羽の鳥をとぢこめ来てわれあり七
階旅券交付所

艇庫より引きだされゆくボート見ゆ川の向ふ
のわが脱走夢

ある日われ蝙蝠傘を翼としビルより飛ばむか
わが内脱けて

罪

山鳩をころしてきたる手で梳けば母の黒髪ながかりしかな

わが遠き背後をたれに撃たれゐむ寒林にきく猟銃の音

混血の黒猫ばかり飼ひあつめ母の情夫に似てゆく僕か

窓へだてみづうみに暗くはしる雨母の横顔ばかり恋ほしむ

とぶ翼ひろげしままに腐蝕せし銅版画の鷹よ……われの情事

壜詰の蝶を流してやりし川さむざむとして海に注げり

遺伝

雷雲によごれそめたる少女にて家畜小屋まで産みに帰れり

白髪の蕩父帰れり　黄金の蝿が蝿取紙恋ふごとく

わが天使なるやも知れぬ小雀を撃ちて硝煙嗅ぎつつ帰る

北窓に北のいなづま光る夜をまだ首吊らぬ一本の縄

家出節吹かざりしかば尺八の孔ふかくまよひこみし夏蝶

一夜へし悪夢は牛に返上しわが義弟らよどぶろくを汲め

縊られて一束の葱青かりき出奔以前の少年の日ゆ

老牛を打ちたる鞭をさむざむと野にて振るべし　青年時代

花札伝綺

邪魔人畜悉頓滅《じゃまなりくつはだまらせよ》

按摩《あんま》の首市《くびいち》、入つてくるなりヨイドに手を出して
眼帯《がんたい》の片目そはそは見てゐたる
花の小姓《こしやう》の　せんずり草紙《そうし》
笊《ざる》に手を入れひとつかみ、振れば丁半《ちやうはん》、地獄節《ぢごくぶし》
⚀⚄⚀お寺のコタツ　コタツのなかの毛脛《けずね》殺し
⚀⚃⚀花車《だし》　花の吃《ども》りの艶笑双五《すごろくいぜん》　⚀⚀⚀三日《みつか》ば
うず　四日目《よつかめ》に剃《そ》る腋扇《わきあふぎ》

当代和歌子読《げんだいたんかごよみ》の口上《ことわり》は　歌読む甲斐に拙《つたな》くまれ。
なほ此外《このほか》に著述《うた》はむと思ふものなきあらねど。す
でに冠者《わかもの》ならず和歌舞台《うたびととせい》。黒幕中《くろまくのうち》に思惟《おもひみ》れども
喝采《やんや》の当《あたり》は得られまじ。
されば白魚《ふるほんや》の棲居《みせさき》に倣《な》さむとしるす、
田舎綴花札伝綺《でまかせていけいはなふだでんき》

長月《ながつき》は菊
聴くも聴かぬも八卦《はつけ》の地獄

花好きの葬儀屋ふたり去りしあとわが家《や》の庭の菊
首無し

葉月《はづき》すすき
満月《まんげつ》の夜《よ》の仏壇《ぶつだん》はこび

母売りてかへりみちなる少年が溜息橋《ためいきばし》で月を吐きをり

神無月《かむなづき》はもみぢ
母に似してふ巫女《いたこ》見にゆく

長持《ながもち》に一羽《いちは》の鵙《もず》をとぢこめし按摩《あんま》がねむりぐすり飲むなり

霜月《しもつき》は柳《やなぎ》
奇数ばかりの賽《さい》の目じやらし

つばくらめまだ生まれざるおとうとに柳行李《やなぎかうり》のいれものを編む

文芸賭博《いかさましじん》

言葉之介《ことばのすけ》一夜《いちや》の物ぐるひ

まことに今宵は書斎の里のざこ寝とて定型七五《ていけいしちご》
花鳥風月《くわてふふうげつ》　雅辞古語雑俳用語《がじこござつぱいようご》、漢字《かんじ》ひらがな、形《けい》容詩詞《ようしし》にかぎらず　新旧《しんきう》かなづかひのわかちもなく　みだりがはしくうちふして　一夜《いちや》は何事も許すとかや。いざ、是《これ》より、と朧《おぼろ》なる暗闇に、さくら紙もちてもぐりこめば　筆はりんりんと勃起をなし、その穂先したたるばかり。言葉之介、一首まとめむと花鳥風月をまさぐれば、まだいはけなき姿にて逃げまはるもあり。そのなかをやはらかく、こきあげられて絶句せるは、老いたる句読点ならむか。しみじみとことば同志にて語らふ風情、ひとり　千語《せんご》にて論ずるさまもなほをかし。七十におよぶ婆《ばば》の用ひし手ならひの硯、或《あるひ》は古語のかわきたるをおどろかし　枕ことばにいたるとよろこぶこと、きき伝へしよりおもしろきとぞ。入組《いりく》み、泣かし、よろこばしたるのちに、言葉之介、三十一音にまとめたるは、おもしろの花のあかつき近くや。

死語ひとつ捨てて来し夜の天《あま》の川《がわ》はるばると母恋
ふ一首ゆゑ

言葉《ことば》葬《さう》けむりもあげずをはるなり紙虫《しみ》のなかなる
望郷の冬

好語一代男《かうごいちだいをとこ》、言葉の快感《よきこと》かぎりなし。別名《べつのな》を歌人《うたよみ》
百般《のすべて》次と、呼びしや、否！

棺桶の蓋《ふた》をあけてなかを覗《のぞ》きこんだ
葬儀屋の女房のおはかは

時はまさしく丑満であたしの
亭主は白河夜船《しらかはよふね》…………多情《うわき》な死神《しにがみ》
ほとけさま。どうぞ助けて下さいまし。
生きてる人たちの丑満が終って死人の
庚がはじまる前の
これはあたしの物狂ひ！
おつ立つまらをおさへきれぬ仮寝《かりね》の宿《やど》の十三夜
死んだはたちのおとうとの情欲だけがのりうつり
指にためしの火をあてりや
燃ゆるほのほもゆらゆらと
おはか恋しやなつかしや
赤い腰巻、まき狂ひ
打上打当打別離《うちあげうちあてうちわかれ》

肌肉近接相愛撫《はだとはだとをよせあつて》
赤喰付雨冠花札《あかくつつきのあめかぶり》
空巣四三鬼札繰《からすしそうのおにふだめぐり》

おまへの背中の満月と
あたしの背中の松と桐
二人あはせて出来役《できやく》は
かなしい墓場のしのび逢ひ

啞和歌恨言葉按摩墓撫居士《たんかもしばらくつくらずにおはかでおかまをほるをとこ》
一首よみて
刺青《いれずみ》の菖蒲《しやうぶ》の花へ 水差にゆくや悲しき童貞童子《どうていどうじ》

Ⅲ

詩篇 Ⅰ

地獄篇（全）

地獄篇　第一歌

ぼくには何も画くことが出来ない。小学校の机の上の藁半紙には鉛筆を持ったぼくの手が画いてあり、その鉛筆は藁半紙から脱け出して「画いているぼくの手」を画いているのだ、ぼくは焦らだたしく、画くことを繰り返し、その手はすでにぼくのものではなくなってしまいながら呪われた魂の義手操作人を瞑想している。

ぼくには何も見ることが出来ない。ぼくは輝やかしい人体望遠鏡出歯亀少年ののぞきからくりを二等分しないために、草刈り鎌で自分の片眼を突かねばならないと、思っていたのだが、血で洗うべき片眼の選択に二百十日もかけた挙句、ついに目を二つともトラホームで化学してしまったのだ。

ぼくには何も考えることが出来ない。自分の脳天の切開された景色をレントゲン写真でのぞくたび、ぼくは思想のおどり場を切断する工業学校の裏の断崖を思いだすのだが、崖肌にへばりついているのは動脈ではなくて枯木の枝の流れであり、その証拠には、枯枝の岐れ目には、ひからびた鵙の贄が世界史を、形態学の比喩で閉ざしているのだ。

ぼくには何も言うことが出来ない。誰に歌うことが出来ようか。凶作の小作田を一匹の死んだ江戸川乱歩の悪夢の犬が走ってゆく。姙み死んだ腰巻女が後向きに歩き去ってゆくと、田には真赤な花を噛み切られたカンナの茎が、首なしのままで風にそよいでいて、それがぼくの村役場の戸籍謄本にしるされた生前の母の初潮の色をぼくに物語る。今だからこそ告白できるがぼくは本当は自分の生前を知っているのだ。だが、ことばなんかに教えてやることは出来ない、それはぼくがまだ透明人間だった頃の青森県のせむし男の障子紙巻物一巻、唖の章のしたたりなのです。

1

五才の時に、ことばは遅れてやってきた。ぼくは憑きもの筋の末裔としてすでに蒼ざめた老児、文字をまさぐる赤頭巾の友だちであった。ぼくは度々、夢の中で鋸で丸太を挽いていたが、よく見ると挽かれているのは丸太ではなくイヌであり、イヌから醒めると毛深い母はよく眠り、過重労働の大本教の夢から解放されては、痔の傷口も洗わずに犬吠えした。眠りながら、膝がしらから震えはじめると、もう影針などでは発作がおさまらないほど吠えるので修身の教科書は破け、八甲田山の連峰の雪嶺は、集団凍死した帝国陸軍第五連隊のきこえないラッパのひびきと呼応し、母は吠えて、吠えて、吠えながら岩山にぶつかる風に腰巻を吹かれては、佛壇峠の狂女の「時」を子守りした。

ここへ来るとき二十才で来たが
三十過ぎたら去ねいねと
いねとおっしゃれば、なんどきなりと
お鉄漿はがして
振袖着せて
もとの二十才にしてかえせ

小学校に入るようになって、ある月夜の影ふみの、妹がぼくに変なことを訊いた。

——兄んちゃん、おまえはどっから来たの？

「どっから来たの？」って、どっからも来やしないさ。ここで生れて、ずうとここにいる。間宮林蔵の暗礁に乗りあげたまぼろしの小林少年なんだ。

——どうしてそんな事を訊くんだい。

すると妹は、四囲を憚かりながら……まるで、暗黒の譚歌か誦事語りのように、重大な告白をし始めた。納屋の片隅で漬物樽の唸る夜、地平の果てに断腸の民謡がひびかう怪人二十面相の夜であった。妹は、犬神家の誰もが想像したことのない一片の詩のまどろみか、あるいは鴉のたわ言のように犯罪の転生譚を語りはじめた。

——あたしのほんとの名前はチサって言うんだよ。

私は妹の顔を見た。

——そんな、莫迦こけ。おまえはスエじゃないか。おれの妹のスエじゃないか。

いやいや、と妹は首を振った。

——あたしは、ほんとは十三潟村のチサって言うんだ。あたしは早田で眠っていたんだよ。ほんとは六つのときに死んだんだ。あたしは覚えている……あたしはスエじゃなくてチサだった。

ぼくは、福助足袋の悪霊がスエに宿ったのだと思った。しかし、妹は、まるで醒めきって、ねんねこをあわせながら、沼の湿地へ一歩一歩ふみこんでゆくように記憶の奥へ入ってぼくを手招きする。

——あたしは六つのときに死んで、花嫁人形と一緒に棺桶につめこまれて、蓋をされてしまったのを覚えてるわ。ひどく息苦しくて、花嫁人形をしっかり握りしめていた。棺の外でお経を誦えてる声を聞いて「出してよ、出してよ」と叫ぶようにしたけど、それは声にはならずに、三里三町三歩も運ばれて行くと、お経が止んで、土掘る音が聞えてきた。それからドン！　という音がして、あたしは千里も深く断崖をくり抜いた穴へ棺桶ごと墜落して行って、叩きつけられたときもやはり棺の中だった。

——気がつくと、棺桶の蓋がゆるんでいたの。あたしはそれを両手で持ち上げて立って見ると、そこは畑の中で、黄色い花が一面に咲いていて、誰かが子守唄を唄っていたわ。

おら家の爺さ
また地獄さ音信聞くによ
おら家の婆さ
また寺さ、寺まいりによ
ねんねんころりさ
黄色い花こ　坊さが留守で
ねんねことせ

でも、あたしが、その黄色い花を摘もうとすると、鴉が来て邪魔をするの。それでやっと一輪摘みとると、鴉が来てその花を嘴んでしまうの。だからいくら摘んでも、その黄色い花はあたしの手に入らないので、あたしは仕方なしに帰ることにしました。どんどん歩いて、黄色い花を踏み越え踏み潰し、帰って来たけど来れば来るほど、十三潟村は遠くて、七夜歩いてもとうとう帰れず、腹ぺこで泣きながら、あたしは畑の中に眠ってしまったの。ところが、眠ったのは夜なのに、目を醒ますとそこは昼で、あたしの全然知らない人ばかりだった。あたし、四才だったわ。そして知らない筈の、畑の人たちが、あたしを「スエ」と呼んで、馴れ馴れしくしてくれるので、あたしも前から知ってたようなふりをすることにしたの。そして、なかの一人の女の人をみんなが「おっ母」と呼ぶので、あたしもそう呼ぶことにしたんだわ。

家へ連れて行かれても、誰もあたしのことを怪しまないのであたしは却って変な気がして、おっ母を母屋の流し場へ呼んで、そっと聞いて見たの。「あたしはどっから、来たの?」って。そうしたらいきなりおっ母に帚で尻を打たれたわ。「この莫迦娘が! 助平娘が!」って。

でも、あたしは忘れやしないよ。あたしはスエじゃなくてチサなんだ。

こっくりさん、こっくりさん、これはお盆のだまし双六。人形佐七の嘘つき捕物。信じようと信じまいと、ぼくはスエの生れた夜のことを、〈あの嵐の夜の、不凶田で犬が吠えている悲惨な夜のことを〉いまもはっきり記憶しているし、スエがスエとして育って来た朝晩のことを……みがかない歯の色からすこし佝僂にして薄笑う癖まで知り尽していたからである。

——四才より前の事は、覚えていないのか?

とぼくが訊くと妹は、薄笑った。

——それまでは、自分の事って考えたことないもの。

——だが、おまえ。十三潟村なんて一度も行って見た事はないだろうが?

——ああ、ないよ。

ないけどちゃんと知ってるの。あたしの親父の名前は、蹄鉄屋の義人さん!

その翌日、ぼくは十三潟村へ出かけて行って驚愕した。義人という蹄鉄屋が、まさしく棲んでいたのである。全くかかわりもない二里も先きの村に実在したのである。しかも、三年前に死んだ一人娘のチサが、おかっぱのまま花嫁人形を抱いて、いつか帰って来ると盲信して……暗い畳の上に、妻ともども、ままごとのように黄色い花をむしり並べ、突き刺さる半弦の真下で唄っているという三味線地獄。ぼくは、たしかに、見た。そしてぼくは、十三潟村からの帰り途、呻き哭くみみずくの声をききながら、一人不安に身を消されそうになって自問しつづけていた。

——ぼくは七才だ。

だが、ぼくは一体、どこから来たのだろう。あの、犬神憑きの毛深い実の母がぼくを生み落したとしても……それだけではぼくのほんとの母だとは限らない。

もしも、ぼくにもう一つの家があるとするならば、それはどこだろうか？　もう一人の母がいるとすればそれはだれだろうか？　ぼくは一黒土星、射手座の逗子王丸、「まま母恋しやホーイのホイ、まま母恋しやホーイのホイ」

2

自殺機械製作——夏休みの工作　三年一組寺山修司

天井から吊った穴あきバケツから納屋の藁へ滴り落ちる水の一刻ずつがぼくの発明した、機械の刻む、生の軽蔑の工学課程である。バケツを吊るした縄の一方には、コレラの豚の密殺に使う一本の斧が吊られ、平衡が生と死の重さを量っているのは自殺機械の構造、ぼくの少年時代の「道具の歴史」の第一頁である。その真下の日の翳った藁の上にはぼくの青ざめた首の位置が、ある。顔を埋める藁に、昆虫採集用のクロロフォルムをたっぷり浸みこませておけば、眠っている間に平衡の崩れる時が来てぼくは、死に至ることができるだろう。

はじめて自殺機械の組立に思いついたのは九才の冬の終りのある日であった。ぼくはリリエンタールの人力飛行機の複葉の構造を悪夢のなかに生やし、遠い雪嶺を越えてくる電線を納屋に引きこむと安全器をはずして、その電線のゴムを剝ぎとりもせず、古い包帯を結びつけたのだ。包帯は、たっぷりと食塩水にひたしたあとで、それを首に巻きつけ藁の上にうつぶしたあとでまかせの呪文を唱えはじめた。

——むまるるも、そたちもしらぬ　ひとの子を
なむの因果そ　よにふるは

祖父が外から帰って来て、安全器の蓋をしめるとすぐに感電死することが出来ると思うと、ぼくの血は渦巻いて奔ばしりやまず幼い魂の空には、ことば以前の禿鷹どもがひしめき、ぼくのため、古えの詩経を歌ってくれるような思いにさえ、とり憑かれたのだった。家の灯が一斉にともる時、ぼくの心臓の中の裸電球が消える。団欒がはじまるときぼくのなかで、なにかが終りかける。この象徴的な企らみは、鴉よ。九才のぼくにしては卓抜した反逆罪ではないだろうか。

（村中のすべての電線のつながる、その末端に感電しているぼくの肉体は、たぶん死ぬとき電球のように発光するだろう。そして10ワットに充たないぼくの死の灯り、納屋に転がった人間電気は、壁のうえに孤独な唖の男の影を照らし出すだろう。

ぼくは思い泛べる。ぼくが電球のように死ぬと、壁にうつる影は、ヘーゲルの「国家論」を一匹の蛾に変えてしまうのではなかろうか、と）

しかし、そんな空想は、見事に裏切られることになった。嵐の夜、わが不作の村は全部停電してしまったのだ。ぼくの自殺電球に、熱い電流の血が通わぬうちに、ぼくは企らみを発見されて蹴とばされることになった。二日酔の祖父が大声で吼えた。糞ったれめ！　恥さらしをしやがって！　ぼくはおそるおそる薄目をあけて見た。北海道はあまりに遠い、浪漫的亡命の電気の10ワットの鉄路のかわりに見えたのは……戸のすきまのさむい荒漠とした冬のおさらばの辺境にすぎなかった。

そして、それから間もなく、ぼくは電気自殺のかわりに釣瓶式自殺機を工作しはじめたのだ。母屋の四球スーパーのラジオからは「鐘の鳴る丘」の修太の涙声にまじって、べつの放送が農家のせむし協同組合に向けてひっそりと唖の時間を密送する。野球少年とレオン・トロツキーとの関係について、ぼくの支那が歴史を手引く。（ぼくは、ぼくの自殺機械に、ぼく自身にさえ内緒で「支那」と名づけていたのである。）

やがて暗闇で自殺時計が時を刻みはじめ、天井の斧が風に揺れながら、真下のぼくの顔に翳を落しているときぼくは、何か人ではないものの気配を感じたように思った。それは、顔の上で振子のように前後する斧の声か？

——お前は何でも出来るぞ。

お前は何でも出来るんだ！

しかし、それがぼくに向って話しかけているのだとはゆめ思わず、ぼくはクロロフォルムの匂いにまどろみながら、ぼくの「支那」、不作田の下男のその名トロツキーのうしろ姿の、じょんから冥土の幻想へのめりこんで行こうとしていた。するとしゃがれ声が再び呟やいた。——ただ、お前は、約束の意味を究めればよいのだ。約束の意味を！

——あんたは誰です？　と、ぼくは訊きかえした。

——犬神だよ。と男は答えた。

——犬神？

ぼくは闇をすかしみて言った。——嘘だ。あんたは外套を着ている。帽子を被っている。犬神だったらきっと千鳥格子の羽織りに下駄をはいてくるだろう。銭湯帰りのように、洗面器を抱いて。するとぼくの「近代」は、約束についてまたくりかえすのだ。

——私は、いま恐山からやって来たのだよ。

——何しに？

——お前と話しにさ。……お前が死ぬわけに、妙に好奇心を持ってるもんでね。

——ぼくは生れ変りたいのです。ハシカに免疫するように、早いうちに一度、死んでおきたいのです。

——お前は、死を道徳的な諧和の世界だと思っている。そのくせ、お前は地獄を見たいと思っている。お前は我儘なやつだと思うね。と犬神は言った。

——生れ変りの前には、先ず死があるって言いますからね。

——そうだよ。と犬神が応じた。

だが、生れ変ってしまったら、もう地獄を見ることは出来ない。地獄は、金太郎飴の顔ではない。ポキッと折っては母のため、ポキッと折っては父のため、ポキッと折っては国のために、折っても折っても見えてくるってわけにはいかないのだよ。

――ではどうしても駄目なのですか？

と、ぼくは支那の幻影の坩堝から顔をあげて言った。

犬神は鼻先で嗤った。

――お前は生きたままで地獄を見るだろうさ。お前は犬神の末裔だからね。

――でも、もしも地獄が見えなかったら？

――そうしたら

地獄を自分で作るのだ！

地獄篇　第二歌

1

鼻地獄の恐怖が、村の国語教師を襲った。彼の片方の鼻孔を、夜半左官屋が来て塗りつぶして行ってしまったのである。彼は一人息子だったのでもう一つの鼻孔に母親を棲ませていたが……授業中に呼吸が苦しくなっても、その母親に鼻の外に出てもらう訳にはいかなかったのだ。その頃ぼくは、国民学校の六年生になっていたが、すでにこうした、ふるさとに土着した片鼻の倫理について、異様な興味を持ちはじめていた。国語教師は、はじめ平穏に授業しているのだが、鼻孔の中で母親が退屈して、鼻唄まじりに掃除しはじめると髪を逆立てて苦悶するのが慣わしだった。そして、この息苦しさはやがて呻き声に変り、彼の片鼻国語は、まったく声を閉塞して教壇の上で暴れ出し、まわり出し、目玉をとび出させながら、心臓から肛門へ向って息をひきしぼっては吐き出した。

——先生、先生！

とぼくが呼んでも、彼は自分の鼻を指すだけだった。悲鳴は教室の中に無数の鴉を呼びこみ、彼が「狭すぎる、息苦しすぎる」と叫ぶたびに、鼻はみるみる膨らみあがり、その暗い母屋の底からは、授業中のぼくたちにさえ、老婆の唄う歌がのびやかに聞こえてくるのであった。

十月十日はお鼻の中に
三十三日は心の中に、よう
三十三日の日明けがすめば、
お前可愛や、抱いて寝よう

しかし膨らんだ鼻が袋のように垂れ下がったとしても、あわれ鼻男よ！　彼はそれを背負って姥捨山参りに行くことは出来ないのだ。鼻の孔の中には、陽あたりの悪さから、虱がどんどん繁殖し、開き放しの孔口からは老婆の唄う歌を好く紋白蝶が出入りし、鼻毛は手入の悪い枯草のように、折れ曲り、枯れていった。老婆は三味線を弾き弾き唄っていたが、鼻男、国語教師は窒息の苦痛に辛うじて耐えるだけで、遠い禿山を見ては溜息をつくばかり！　時には、休み時間に井戸場に駈けこみ、鼻を洗いはじめてもみたが、最早嗅覚のない鼻は、中に棲む老婆の血の排泄物をだらだらととめどもなく垂れ流す暗い川の流れなのだった。いっそ、鋏で鼻を切り裂いたらどうかね？　と忠告する者もいたが、それも出来ず、しかたなしに鼻の中に小綺麗な佛壇を作って、母親をそれにとじこめてあいや節を唄い、ときどき手でかかえ、孔口を陽に向けて鼻の中をかわかすようにしながら

鼻がくさる時代まで
国語教師は
恥かしき美徳とともに生きている。

2

その毛深い女は、自分の毛の密林を手でかきわけ、必死になって脱出しようとしていたが、驚愕の毛は

すばらしい速さで天へ向って成長してゆき、怖ろしいことだが、暗闇の毛地帯では、あほう鳥の啼いている方位さえ知ることが出来ないのである。彼女は走りながら、息切れがして来る。汗をながし自分の罠を脱けでることとの出来ない罪深さにあえぎ始める。サイパン島の空のいまは途方もない数一〇〇メートルの高みに烱っているのは、あれは月あかりだろうか、それとも彼女自身の目のあかりだろうか?

淫らなこの毛女、ぼくの知る旧地主の嫁は……「助けてくれ、助けてくれ」と叫び、自分の毛を踏み倒し、蹴倒し、自分の下腹の沼地にはまりこみながら断末魔の悲鳴をあげる。だから、ごらん! ぼくの手のなかには、今でも血にぬれた一つかみの髪がにぎりしめられてある………。

「なさぬか!」「うまぬか!」

と、めくら節を唄いながら、腰抱き婆、箕持女たちが、この毛女の地平線を剃りそろえ髪も逆さに地主の軒に吊るし、荒涼たる二月の風に吹きさらし始めるのは、その夢の続きだ。そしてぼくは見る。鳥のように膨れあがった女の腹の剃りあと! 一羽の鵙のさえずる小高い丘の白さを……ぼくは、母屋の藁のベッドの中から首をゆっくりとのばし、遠い陽向の、こんもりと盛り上った丘、埋められてある嬰児の根のことを考える。だがぼくには、彼がどうして生れることを拒み続けているのか納得できない。莫迦な奴め。生れてくれれば良いのに! 何もかも許されているこの世界史のサンジカリズムの養蚕場で……ぼくだってまだ、やっと一二才になったばかりなのだ。おまえなんか、生れて来ない限りは決して、許される訳はないではないか。

ある夜ぼくが言った。

——母さん。月がとても綺麗だよ。影占いをしようか。

——おまえが占ってくれるのかい。

と母は嬉しそうに田へ出て、その無残な憑きもの節の自分の背中を月光にさらした。それを見てぼくは歓びの声をあげたものだ。

——やあ。母さんの影には首がうつってないや。母さん。三年以内に死ぬぞ!

――死んでください、母さん。葬式には怪人二十面相が花を供えに参ります。

3

名前が二つあるヒサの地獄は、売るべき古い柱時計を横抱きに、枯山を登ってゆくと、途中で孤独の時鐘がボンボン！　と鳴り出し、ボンボンボンボンボンボンボンボンボンボンボンボンボンボンと、歌いやまなくなってしまった悪い歌である。赤い鳥、小鳥、なぜなぜ赤い、赤い実を食べた……。

「わたしは母の三十三の厄年に、実家で生まれました」とヒサが述懐した。その夜、ぼくは包帯を巻いていた。なぜだか覚えていないが、白い包帯をぐるぐると、傷口にまきつけていた記憶だけが、うっすらと血をにじませてよみがえる。それは一本の沼地の木だったたか、ぼく自身の顔だったのか！　ともかく深い傷口がどこかに在ったのに、その傷のありかだけはどこも思い出すことができないままである。

「わたしは母の三十三の厄年に生まれましての。母の実家のしきたり通り、一たん橋の下に捨てられたものでしたよ。捨てると言っても、あらかじめ話をつけておいた大工町の唖の石屋夫婦が、橋の下で待っていまして捨てるや否やすぐに拾って家に連れ帰り、ノブと命名して祝宴はってくれました。」ぼくの記憶の包帯がすこしずつほぐれてゆくと、あらわれるのはいつも同じ歌だった。赤い鳥、小鳥、なぜなぜ赤い、赤い実を食べた……。

「まもなくまた生みの親が、仲人を立ててわたしを貰いにきました。わたしはたった一晩石屋にいただけでした。ノブからヒサになりかわりました。あれはもう六十年も昔の話。わたしは、いまでは六人の子持ち、孫持ちになりましたよ。」赤い鳥、小鳥、なぜなぜ赤い……赤い実を食べた。

――ところがつい最近、わたしが売る柱時計を、横抱きにして枯山を登って行くと、どこかで誰かが「ノブよ、ノブよ」って呼ぶんです。ノブは誰ぞ？　ノブはどこにいるぞ？　ってね。

わたしはあてもなく目を、宙に迷わせて、こんな奇怪な呼び声に知らんふりしながら枯山をずんずん深く入ってゆきました。なぜなら、ノブなんて名は、いまではわたしの他に誰ひとり知っている人はいない筈だったからです。すると声は次第に呪わしく「ノブはどこぞ?」「お前が殺したノブはどこにいるぞ!」と責めはじめ、わたしの抱いている柱時計が突然けたたましく百時を数え出し、岩木山全体が揺れだしたんです。驚いたわたしは「地獄だあ、地獄だあ!」と悲鳴をあげて、死人の髪のようにそよぐ枯山の梢々の間を翔ける鳥になって一目散に山を逃げ下りましたよ。

——で、柱時計はどうした?

——鳴りやまないので、畑を掘って埋めてしまいました。

——しずかになったかい?

——いいえ、土の中でまだ鳴っているようです。枯野の心臓、くりかえし打ちつづける時の鼓動!ノブは一体どこへ行ってしまったんでございましょう?

(すると、ヒサはくっくっと皺のように笑いながら、眼帯でトラホームの目を覆いかくして言うのだった)

——わたしは、化けているんですよ! あんた。

4

「死ぬ」と言うことをまだ「死む」としか言えなかった頃、ぼくは人が死むと、どこへ行ってしまうのか知りたいと思っていた。死む人には巡礼鈴をつけておかねばならぬ。尾行して遠く遺伝の海のほとりまでも蹤いて行ってみねばならぬ。火の山の地底で、ふかく煮えたぎっている永遠の劫火に、死んだ農夫の行先きを訊ねてみなければならぬ。それを逃さぬことが、「少年探偵団」に属するぼくの誇りというものだからである。ぼくは、形態学を喪失した世界に向って、アドルフ・ヒトラー宰相のように問いかける。「死んだ人はどこへ行ってしまったのですか、母さん」空には怒濤のように黒い雨雲が渦巻いていて、昨日のぼくは醤油の一升瓶で米を搗いていた。「死んだ人はお墓にいるよ」と母は言った。「死んだ人は、死んだとき居た家の近くに住んでいるよ」「まだ極楽浄土に着かないうちは、そこへ行く途中の遠い遠い道の上で、髪を風に吹かれているよ」

ぼくは佛壇を見たが、その格子戸の奥にはぼくの読めない漢字が書いてあった。ぼくはその字の内部を見ようとした。すると地平線から昇って来た陽のひかりが、佛壇の奥までさしこんで来て、金の蓮華を透かしてくれた。そしてぼくは見た。それは過去から鬱積された一袋の老婆の声！　袋の中から風が洩れるような棒状の呻き声が「ここにいるよ！　ここにいるよ！」棒状のその声はねじまがって、佛壇の中を浮遊し、位牌を倒し、嘔吐するでもなく、凝固するでもなく、とぐろを巻き、蠅をむらがらせてぼくに知らせつづける。「ここにいるよ！　ここにいるよ！」だがぼくは、その死人が誰なのか知る由もなかったのである。死んだ人はみんなことばになるのだ。その約束の意味を究めよう。死んだ人はまさしくことばになるのだ。ことばに、ことばに、ことばに、ことばに、ことばに、ことばに、ことばに！

ある日、寺町煙草屋の一人娘のサダが新しい佛壇を買ってリヤカーに積んで帰って来た。ぼくは大声で叫んだ。

――サダが死人を買って来たぞ。

するとサダは、顔を赤らめてその佛壇を背後にかくそうとした。

――こんな佛壇、何にするだい？
とぼくは訊いた。え、何するだい？

サダは困惑し、ほとんど聞き取り難いような低い声で答えた。

あたしの、嫁入道具だよ！

5

数字は何で出来ているのか、と岩窟上の鷹も考える。それは月光にぬれた法則たちのパーテーなどではなく、不動の定理の戸籍簿でもなく、ひそかなる鬼の暗号なのだろうか。

ぼくは小学校ではじめて方角について学んだ。東西南北という分類は、ぼくに風の吹き来る地平線が四方あることを教えてくれたが、四は死だ。「死方から風が吹いてくる」のであって遁れることなど出来ないのだ。次にぼくの実際にふれた数字は、ぼくの「家」の番地であった。大工町四五九番地……四五九番地。ああ、地獄番地四・五・九（死後苦）とも読めた。死のあとも苦しむ番地、どっちにしてもそれは片影の迷路だった。ぼくは自分の持物に（大工町地獄番地寺山修司）と書くことに戦慄を感じないわけには、行かなかった。ぼくの祖父、中風の佛壇守りは冬でも蚊帳の中に眠っていたが六三才で（六三、無産）、医者の体重が十五貫六四匁（一五六四ひと殺し匁）。すべて真理を嘲笑している数字のにくにくしさ！　たとえば、ぼくは山上でひとつ火を見た。ウドンゲの花が、不吉の前兆で、ぼくの半ズボンの股間に繁殖し、ぼくが家出に通じる天神山の鳥居を恭々しく見上げていた刻は丁度八月八日五時六分四秒前（八八五六四前、母殺し前）だったのだ。

　ぼくは数字の予言を怖れた。

　ぼくの酸っぱい目が燃えている、あの墓地の不思議な出来事！　雨の夜、母のために三味線の糸を買いに出て墓地を通りぬけようとするとき、五人の子供に出会ったものだ。彼等はおかっぱ頭、坊主頭をよせて、墓石の水たまりで何かを洗っていた。ぼくは彼等に近づき、それを覗きこみ、何を洗っているのか知りたいと思った。「何だね？」するとぼくと同年輩のしゃがれ声の子供たちは笑いながら「これを洗っていたんだ」と言って一つの義歯をさしあげた。それは老いた義歯で、それだけでも俚謡をうたいそうに口を半ばひらいた。「五人で一つしかないんだ！」と一人がいった。五人で一つしか義歯がない。五人で一つしかない。五人で一つ。五に一。ここは墓地だ。とぼくは思った。墓地の真中でくり返される「五一、五一、五一、来い、来い、来い」という数字の悪霊！　ぼくは思いがけないその暗号に電撃的に襲われて、思わず墓石の上に嘔吐してしまった。

　数学の答案で「二と二ではいくつ？」という初歩的な問題が出されたとき「荷と荷」で「死」というのがどうしても納得が行かず、「産」と答え、「二と二で三」といって物嗤いにされたことがある。しかし、ぼくはいまでも知っている。あらゆる事象を予言するのは数字であり、数字を算えるほんとうの能力をもった者だけが、もう一つの世界の案内人になれるのだと言うことを！　それは決して顕在的にではないが、まるで影のようにひっそりと世界を知る手がかりを役場の戸籍簿の中に、古い写真館の死婦人の肖像写真の中に、そして黄色睡蝶花の花弁の数学に、ぼく自身の手の皺の幾何学に、潜めてあるものなのだ。

墓掘り人との対話

──女とはまだ、やらなかったのかね。女とは？

──そんなことはずっと後になってからだ。

──でも、妊娠中の吉川モヨを十日間も、燃える薪の上で廻転させつづけた夢を見たそうでねえか。

──十才のとき、ぼくは小学校の女の先生のスカートの中に毛虫を這わせた。父の墓標に小便をひっかけた。十一才のときには、車輪の下敷きになって「助けてくれ」と叫んでいる目玉の膨張した子守娘の腰巻のぼんぼりに「糞！」と怒鳴ってやったよ。

だが、ぼくにはまだへっぺの字謎、どの数字でもって、きんたまとかおまんことかの暗号を解けばよいのかを知るよしもなかったのである。ぼくは赤バットの川上の背番号の16をぼくの運命とむすびつけるために、法則を占うのがせいー杯だったが、五一は「来い」より出でて「恋」に至る。四五九は「地獄」から「予告」へと移り、ぼくは目もくらむ数霊への貢物を急がねばならなかった。ぼくは暗闇の中で、針で目を突いた昆虫たちを、その船底から陽のひかりに向って翔ばしてやった。蝶や蛾や天道虫が翅すりあって闇にひしめき、紙片のようにひらひらと陽の中を翔け昇っていった。それはいたいけなぼくの少年のめくらの唱歌だった。もしも、万物から節度を奪い、時の地平をまどわすものが少年殉情詩篇のしぶく涙だとしたら、それは万物の輪郭を消すものでなければならぬ。だが、節度と輪郭の和合を企らむものがより強い光りなのか、何も見えない暗黒のわざなのか、ぼくにも知ることはできない……。

6

ある事の代償として、村役場の戸籍係木村重友は穴を掘っていた。何を埋めあわせるためにか、地下数十メートル、悲鳴が聞こえるまでも深く、土を掘りおこすシャベルの……咀嚼する歯のような音が、長く長く聞こえていた。ぼくは母屋の障子をそっとあけて、その音のする方を探ろうとした。月光が、蒸気のように分厚くたちこめて、黄色い夜。外には人影がなく、ただ穴を掘る音だけが荒涼として村落一帯に響き渡っていた。目をこらして見ると、戸籍係は、自分の掘った穴の中にすっぽり入って、地表には脳天だけを見せ、穴掘り作業をつづけているらしかったがやがて、その脳天も見えなくなり、穴掘りの音も聞こえなくなってしまった。ぼくは蒲団を抜け出した。穴を見に行かねばならない。それは座敷ぼっこのぼくの義務だ。ぼくは戸をあけて、畑を横切って一気に駈け寄ろうとしたが、月光の蒸気はむんむんと厚く、ぼくはそれをかきわけないでは一歩も穴へ近寄ることは出来ないのだった。ぼくはまるで抜手を切って泳ぐように、村一帯の月光の中で身をねじったが、月光はますます激流となってぼくを流しもどし、ぼくは溺れまい、溺れまいとしながら活動大写真の高速度撮影におけるフランケンシュタインのように、夢遊病者らしく枯畑をすこしずつすこしずつ、穴に近寄って行かねばならないのだった。だが、月夜に、土中の穴を覗くのは何と怖ろしいことだろう…………ぼくが穴のふちに手をかけて深淵を覗きこんだ時、役場の戸籍係はもう失踪してしまっていて、耳をすましても悲鳴も聞こえず、ただ、涯てしなく深い暗さだけが、その穴の絶望的な深さをしめしているように思われた。もしかして、この穴の底から「助けてくれ」という悲鳴が聞こえたら、ぼくはどうしたらいいだろう？　この深い土中につながる恐怖の穴は、いったいどこに繋っているのだろう。消えた戸籍係は、土中の腸管に消化され、畑の野菜の肥料にされてしまい、それでもぼくは手を拱いて見ているしかないのだろうか？

翌日、役場の戸籍係は腎盂炎で死んだ……ということになった。だが、本当の理由を知っているのはぼくと、あの古井戸を擬装した穴だけだ、と思うだけでも、ぼくは胸をつきあげてくるような興奮を感じた。みんな、あの穴に入ってゆくのだ。いつかは、あの穴へ入ってゆくのだ。………桃の毛のような生毛のはえた、十三才のぼくの腕で、自分の胸を抱きしめながら、ぼくは畑の片隅の穴とぼくが何か特別の黙契を交したかのように思い、鋸歯形のその穴のまわりにはこべらの花を敷き並べてやったものだ。

穴の出口はどこにあるのか。ひっそりと村の土中にくぐもり、ねじれ曲っている穴の出口は一体、どこにあるのか？　一本の糸を垂直にたらしてやると、その先の錘は、厚い地層を潜りぬけて、暴力的なとす黒い海にでも出るのであろうか。それとも、穴は村の土中を一めぐりしてゆくうちに次第に細まってゆき、一本の草の茎のように細まり、やがて帰る蕩児アゼーフの思い出に熱くふたたびふくれあがる茎になって花畑の中で勃起しつづけているであろうか。

ぼくは考えた。穴の出口は人の目ではないだろうか。それも、ただの目ではなくて、塞がれた目、視力が土中に毛細血管のように、草の根のようにたばしってゆき、あのぼっかりとあいた畑の中の古井戸から、午後の空ばかりをぼんやりと見つづけている目。人間の尺度でものを見ることをやめてしまった無気力な自然の証ではないだろうか。………それならば、運送店の若主人が怪しい。あの義眼、ガラス製の眼球には、なにかの秘密の気配がある。そう、ぼくは思った。あの義眼は実は、穴なのだ。えぐりとって中を覗くと、そこから暗い細い通路になっていて、それは村の役場の下をくぐり、窪地をくぐってもぐらのように土中でのたうち、そしてあの穴からやっと外気に触れることの出来る一本の不幸な管でむすばれているのだ。やい、盲目め。ぼくは、穴に向って怒鳴りつけた、まるで、答から方程式を割り出してゆく逆算のように陽気な調子で。運送屋の景気はどうかね？　え？　おまえのガラスの眼球、発達停止の瞖眸の穴を洗ってやろうか。いいか、ますます空がよく見えるように、ハリー氏の望遠鏡のレンズをみがくように、な。（………それからぼくは、バケツ一杯水を思いきりよく畑の中の穴に流しこんでやって耳をすました）水は滝のように一気に流れこんでゆき、満天の星空がその飛沫を浴びて濡れ、ぼくの想像はたちまち畑のまわりを駈けまわった。

運送店の勘定場では多分、事件が起っているであろう。勘定場で帳簿をひらき、ひっそりと算盤をはじいているあの男が、ふいに身うちをつきぬけるように川を感じ、体をふるわすや否や、バケツ一杯の奔流が血管をつき破り、義眼をはじきとばして、眼の膜からポンプを破ったような水が噴きでる。若主人は断末魔の声をあげて、この水道になった自分の眼を両手で覆って「地獄だあ」「地獄だあ」と叫ぶであろう。ぼくは古井戸の傍らに伏して、一人、星空を見上げてしのび嗤った。穴学はなかなか興味深かった。もしかしたらぼくの肛門と結びついているかも知れないこの穴の距離を測ること…………それがこれからの人生の宿題になるにちがいないのだから。

穴よ、穴よ。とぼくは言った。

それ物語語り候
ここなる穴の恋しさに
出口はどこぞとまさぐれば
口寄せいたす　と
虱どの
穴を案内いたしましょう

地獄篇　第三歌

十二才で、地獄を見抜く目、透視の霊感を感得してしまった以上、ぼくは自分の倫理の弦をひきしめない訳にはいかなかった。ぼくの怖ろしい眼力は、レントゲン写真のように見すかした痩せた風景、風呂敷包みの中なる田畑に、いつも一軒のあばら家、ぼくと母との暗い「国家」を、写しだしていた。何も見ないためには、赤い糸で瞼を縫い閉じればよいのだったが、しかしそれはあまりにも、ぼくにとって残酷なことだ。ぼくは見たい。ぼくは何もかも見たい。そして見たものの全ての名付親になることによって叛かれ、ぼくの生涯が暗い支那に閉じこめられ復讐されるかも知れぬ恐怖に、眼球だけがふくれあがって鬱血し、喉は終生悲鳴をあげつづけようとも、いまの亡命が見ることでしかないのならば、地獄覗きだけは続けねばならないのだ。

来たれ、どぶろくの時よ

ぼくの三日酔、虱つぶしの石動丸よ

ある夜、村全体が寝静まり四十里四方に、鴉一羽も啼かないしじまの中で……ぼくは見た。蓄膿症の母が眠るためにあけた口から、義歯がしずかに泛びあがって来るのを。母の義歯は、母を離れて宙にうき、ゆっくりと土間の暗闇をすすみ、納戸をあけて外に出て、井戸端までいってガチガチと嚙みあって、くさい息を吐き出す。月夜、恐山がよく見える井戸のまわりで、ぼくは寝巻きのままで、それをおさえこもうと両手をのばすと、義歯は一段と高くひらひらと空へあがり、それからぼくのために、音痴にしてさみしい、子守唄をうたいはじめる。子守唄は、義歯から洩れいづる風のように月光にもまれ、ねじれて縄のように円周をえがきぼくをとりまきながら、陶酔のようにぼくをがんじがらめにしてゆく。

ぼくは、その唄縄に、義歯の子守唄の細引きに、まるで恍惚として首を括り、唄の中に死ぬ。

1

日はなぜ昇るか？

という問題が出されてから、小学校では、性的不能症の教師の中で、天の摂理の鳥と、気象学の蠍との嚙みあいがくりかえされていた。たとえば、それは数学の問題かも知れない。鉄の鎖の因数が分解して、Xの正体があきらかになった瞬間、恐山から日が昇る。つまり朝は回答である……と考えるならば、ぼくは朝がきらいになるであろう。しかし、教師の中では気象学の蠍が、摂理の鳥の髪を引っこぬき、日の出には、いっさいの物語がいらないことになったのだ。ぼくは教師に、日の出の決定的刹那を見たと言った。

——ぼくは、暗い土間で、丁度一羽の蛾を火にくべたところでした。蛾が、銀粉をおどらして火の中に焔となったとき、遠い恐山から日が昇りかけていたのです。

ぼくは因果応報を信じています。

すると、教師はひどい嫌悪の表情でぼくを見た。それはむしろ、悪い匂いを嗅ぐような、ひくひくした鼻孔の動きでぼくを見下す神農皇帝の迷児へのあわれみであった。

——じゃあ、おまえ。

もう一度、日の出をやってみせてくれるかな。

と教師は言った。ぼくは勿論同じだ。何も疑うことはない。夜明け前の校庭の、ひろい暗闇で、翌日ぼくと教師とは火を焚いた。ぼくは地上の摂理を信じていたし、教師の偽善あばきは、ぼくの詩学を、墓掘り人的に傲慢に見守っていたのだ。火は、ぼくたち二人を、焼き凌いだ。

——さあ、やれ！

と教師はぼくに一羽の蛾をわたした。ぼくは

——むまるるも　そたちもしらぬ　ひとの子に
なむの因果そ　ひのてるは

と念じながらその蛾を火にくべた。蛾は火のなかで生きたまま燃え、焦げていったが日は昇らなかった。ただ、闇夜を天翔けてゆくのは風ばかりであった。ぼくは困惑し、自然の政治化の失敗を認めまいとして抗った。

——駄目だ。あの蛾じゃなきゃ駄目なんだ。もう、

決して日の出なんかなくなってしまったんだ。

一日の時代は終った。

これからは闇夜ばかりの漂流時代とのつきあいがはじまるだろう。


しかし、いつかは日は昇る。

ぼくたちが帰ったあとで、もう決して、ぼくと自然との間には因果の絆はないとでも言うように、日は哄笑し、中国は革命し、雷雲はことばを妊んで大声で恐山上に煌めいた。

ぼくは仕方なしに学校では跛の真似をするようになった。

2

農業学は、言わば自然殺しの掠奪論、鶏食いの土地荒らしの体系ではないだろうか。

一人の農婦が畑を耕やしていた。その妊み腹の中では幻の家畜……たとえば地主の私生児がながすぎた冬をのみこんで、逆頭を抱き眠りつづけていた。

ぼくは、また七十五人もの農夫たちが、それぞれの土地で、陽光を合図に土地を掘り起しているのを見た。彼らは、一人の男の死体を掘り出そうとしているのだ。誰か、知りませんか。行方不明の老人の死体。名前も顔も知られていない………と呟きながら鋤で土塊を掘返し、種子を蒔きつけてゆく土着の犯罪者、日本トラホーム史上稀にみる後悔にみちみちた瘤的な暴挙！　たった一人の、いるかいないかも知れぬような老人の死体を掘り起すために、草の頸動脈を切断し、土地の頭部を掘りちらし、皮膚病的な肥料の滴りから、奇形の分泌物、グロテスクなるカブ的腫物まで植えつける。ぼくの神なる土地は、白髪の根熟れるトマトの赤い膿だまりをでかされ、にこごりのような芋を妊まされ、斧の一撃を待つばかりの南瓜をさえからみつけられる。しかも、それらは農夫たちにとって「ここにも死体はなかったぞ」という合図に他ならず、従って「農作物はつねに収穫物ではなくて、収穫物のかわりにとれるもの」でしかないのだ。ぼくは、あまりの同情から、土地を愛し、草のみどりをかきわけて、地肌のつめたい養分を吸い、思わず欲情して、その多毛性の青草たちの間を、叫喚もせずに転げまわった。（そしてぼくは、一粒の麦、一茎のそら豆にさえ、はげしい敬意と不潔感を持つようになり……そのためには、全ての農夫たちを故郷からシベリアの流刑地まで吹きとばす、天の暴風を心待ちにするようになっていたのである)。それゆえ、ぼくは夜ごと、はりつめた瀕死の翼のように、因果の罪と罰とを鉄道化し、数学としての人生の、Xの正体を割り出すために、月夜、せまい家畜小舎に閉じこもらぬ訳には行かなかったのだ。

　ある日、長い間飼っていたトラホームの犬の太郎が行方不明になった。そして、老母が目に見えて人嫌いになっていった。荒涼とした田園に向い、老母は味噌汁を舌でペタペタとならし飲み、上目づかいに、まるで小銭でも窺うようにぼくを見るので、ぼくは次第に母を疎んじるようになり、小学校の教科書の中の、犯罪事件的な理科実験のページと首ひきをするようになった。ある夜、そんなぼくの思念に、まるで影のように黒い獣がおそいかかってきたので、ぼくは、驚いてその足を払ってやると、影は悲鳴をあげて闇の中に消えてしまった。そして翌朝、老母が「足が痛い！」と言いだしたのである。ぼくは、この起るべくして起った犬的因果律について一人で悩んだ。恐らく、老母は太郎を内蔵してしまったのであろう。そしてそれは、亡んでゆく「国家の肉的構造」またの名は親族の結合なのであろう。母が子を食べる。子が母を食べる。犬が母を食べ、母が犬を食べる。そして屋根という暗い人口の天の下で、厳そかに花咲ける肉親愛は相互に食べあい継がれてゆく。今や、家族帝国主義の極北の肉屋の店先、鉤の蝿！　這いまわる老母とその内臓に透視される影の犬！　老いぼれた木製の佛像と、ぼくの中で羽ばたいている家鴨…………そうしたものがぐらぐらと煮えたぎっている。しかも断ち切ろうにも断ち切りがたい幻の絆が、ぼく自身と隣家の猫とにまでも農本主義の軌跡をえがく魂の私鉄をひきのばしていると知らされたときの、ぼくの黄なる慄然をことばでさえも盗むことはできないのだ。

　やがてぼくは行方不明になってしまうのだろうか？　そして、ぼくの痛みを老母のリウマチスの一塊の肉が引き継ぐようになるのだろうか？

　丘の略奪を偶然化して、幌馬車が、痩せた老母をこの世から運び去ってしまうと、やがて、ぼくがその老母を内蔵することになるという翻訳的思考に木が風邪ひく日日。ぼくは一人っ子にありがちな十二才にして腰抱き婆的な厭世達観の老少年になってしまって思った。ああ、またしても市民戦争を盗まれてしまったことばの国境のいざり男、言わでものことながら、人生だけは他の数式のように、答としての数から逆算してみる訳にはいかないのだと。

3

ぼくは水を飲む。だが、ぼくはその水が、大空の雲の滴りではないことを知っている。もしも、ぼくがコップの中の水にも、ぼくの自然の法則をあてはめ、「農業学は自然殺しの掠奪論、鶏食いの土地荒らしの体系」という論理を適用するならば、水を飲むのは吸血行為にも等しいことだ。ぼくは小学校の小使室で、一人の女の子と向きあっていた。この子は、手拭で手を拭かないので、不潔な生徒とされていたが、実際は手を拭いても拭いても、彼女の触れるものは必ず濡れる……学校の水道の鉄管をふさいでしまうのは、いつも彼女の仕業であり、雨の日に傘なしで平気でいられるのも、村では彼女一人であった。彼女は、「大きな声では言えないけれど」と前おきして、

——水の言葉では、お湯は身体で、お湯を沸かすことは煮殺というのよ

と打ちあけた。——水車小舎は遊覧バスで、水道管は高速道路よ。

ぼくは電気のことを思った。不幸な発電は水を暗黒作業に駈りたてる革命のための酷労働という訳だな。

——じゃあ、水の言葉では人は？　とぼくは訊いた。

——人は様々ね。風呂屋の釜焚きは死刑執行人だけど、船乗りはお客さんだもの。

そして、水の言葉では……涙は一ばん小さな海なんです。

しかも大切なことは……水は死なないの。煮殺されても水魂になって、（水魂って　湯気のことよ）一刻だけは身をかくし、またすぐに甦って空ゆく雲から滴って……大地に吸いこまれるの。

だから、水をいくら飲んでも平気よ。吸血鬼だなんて、誰も責めないわ。もし、済まないと思ったら供養に書物の上に池でも作ってやって頂戴！

その女の子は、昭和二十三年九月三日。付近の遊泳禁止の川で水遊び中に水死した。

「東奥日報」の記事には、何も書かれてはいなかったが、実は彼女は死んだのではない。ぼくは彼女のことばが何たるか知る唯一の男である。水を政治化し、自然との和合を拒むために雨を読まねばならぬ。雨は死海の書を上まわる大いなる観念の宝庫だからである。友よ、山上にのぼりて読め。

雨、雨、雨、雨、雨、雨、雨、雨、雨、雨、雨、雨、雨、雨、雨、雨、雨、雨、

雨、

地獄篇　第四歌

1

「恐怖だって？」こるしか令嬢は言った。「まあ、何て素晴らしい贈物でしょう。でも、誰がそれを頒けて下さるの？」

長い冬物語の終りで、ぼくが恐怖の分配について考えたことは、ことごとく失敗であった。ぼくの観ることの出来た地獄は丹下左膳の片眼の悪夢にすぎず、亡国の理想も所詮はこけ猿の壺の中に潜んだままなので、他の誰にも見せてやることが出来なかったし、他の人々の観ることの出来たべつの地獄は、やっぱりぼくには見えないのだ。夜、起き出して、膨れあがった自分の眼球を古い布でピカピカに光るまで磨きあげ、それを提灯のようにかざして、他人の夢の暗い波打際まで出かけていっても、ぼくには他人の恐怖を照らすことは出来ない。

——助けてくれ。

と叫ばれても、「何が」なのか、「何から」なのかわからず、ただ自らの恐怖の枠を守ることでのみ村の農夫たちはきびしく屹立しあっているのであった。村の大夕焼の血の色でさえ頒ちあうことが出来るのに、なぜ恐怖だけは頒ちあうことが出来ないのだろうか？

——ああ、あなたに、あのかけこみ寺の首吊り死体が見えたら！

とぼくは、影丸の末裔どもの肥料くさい寄合いで言った。あの古い大時計の文字盤の、針にぶら下っている幻の首吊り死体が見えさえしたら。（そうしたら、針がすこしずつ、その重さに耐えきれずに下にずり下ってくる理由がわかるのに！）そして、村を支配する「時」という観念などは、たかだか死体の重さにすぎないと言うことがわかるのに！

すると老農夫はぼくに言った。

——ああ、あんたに、あの大鳥の影が見えたら！

（もどかしいのは、「時」などではないということが明らかになるのだ）——あの鳥影！　あの素早い大鳥の翼の一瞬の通過があんたに見えさえしたらなあ、（そのときこそ、ありとあらゆるものの貧困と瘤の木が、すっかり、レントゲンにさらされた農本主義の案山子のように、見えてしまうのだ）

——しかし、時計をレントゲンにさらしても、透き通るのは部品だけです。

ぼくの知っている父祖来の人体透視などはできやしないでしょう。すると老農夫は、声をひそめて（どうか、誰にも言わずにおいて欲しい、という前置きをしながら）自らの真昼学について語りはじめた。（すべては暗黒に塗りつぶされているのです。いつまでも夜がつづいていて、ときどき太陽の擬態の昼が闇に光を投げこむ。しかし日に空が明るむのは、あれはほんとうの昼ではなくて、長すぎる時の歴史を幾分彩光してみせるにすぎない。同時に全ての音の出る尺八から、幾つかの音を消すことによって一つの調べ、たとえば青森鈴慕を感じさせるように、まったくの暗黒の世界から、いくつかの闇を消してみせることによって……昼の倒錯が光の記述をヒントする！）だから、消去法で夜と昼とを語るのは、愚かしい無駄の木を遙拝するようなものだ。いいかね。ほんとうの真昼は、一日のうちのほんの一瞬しかないのだ。老農夫はぼくを見ながら、真昼学の定理に正確な定規をあてた。ほんとうの真昼は、矢のようにやってきて万物の実相を曝き照らす。しかし、その、目のさめるような明るさを革命と名づけることの出来るのは、実は私だけなのである。

間奏曲——都市

頒ちあえる恐怖の例として錯覚されているものに、戦争がある。戦争！（まるで、キング・ソロモンの手中淫のような熱さでほとばしるその言葉）その言葉に、分配できる恐怖を期待しながら、十人の王がべつべつの場所で、秋の地理の本をひらいていた。二十人の王がべつべつの場所でピタゴラスの星座表に、自らの命日をさぐりあてようとしていた。だが、たとえば一人のピアニスト王の場合について考えてみる。彼は性的不能者であり、胸郭に「恐怖」蒐集の抽出しを持つ陰惨な四十男である。彼は、自分のアパートの椅子に腰を下し、床板に垂直に糸を垂らして、鱒を釣りあげるという幻想に憑かれた変質的思想家でもある。彼は、自らを襲う、あのオルガスムス的な恐怖交響曲を、共に享受すべき相手を情事の時に求めては、安い淫売宿のベッドの上で、たびたび難破しつづけてきた。彼は今、大きな鳥が射落されたようにうつ伏せに、アパートのベッドの上で眠っている。彼が夢見ているのは「戦争」である。……………情事に於てさえ、女と頒ちあえなかった「恐怖を」、群衆と共にわかちあえる戦争こそ……その、もっとも激烈な修羅こそ彼の至上の演奏主題にしたいと考えているのだ。戦争を指揮すること。そうだ、ローエングリンのようなA型の液を、浴室いっぱいにまき散らす西洋剃刀を思想化するこのカリガリ博士の創造の歓び！　これ無しで、ほかに何の近代的、タイルの荒野を洗う棒雑巾的演奏主題の血があるものか？

恐怖こそは全能の共有感覚であると、彼は思っていた。

たとえば一人の飽食した政治家の王の場合について考えてみる。彼はしだいに膨張する一児の母親を持っている。彼は世界の正午を夢見る小児的な帝国主義者であるが、五十九才になって尚、母親に「坊や」と呼ばれる古典的な鼻の持主なのだ。彼は考える。「母親はなぜ、膨張するのか！」汗っぽく肥満した怪的肉体である母堂は、なぜすこしずつ膨張してゆくのか？　官邸のひろい応接間には数本の熱帯樹と、地球儀の肝臓大の球体があるばかりである。彼は、ときどき地球儀の軋るような悲鳴を耳にするが、それは地球儀に台があるせいだと思っている。もしも、地球儀が勝手に部屋の宙に浮遊できたら、彼自身も、ユークリッド的な虫採り機でそれを追いまわして遊ぶことが出来るかもしれないではないか。ああ、半ズボンをはいた魂の安寧。私は、原点などと言うものは信じない。「恐怖」というすばらしい情感が生れるのは相対的な存在がバランスを崩すときだと考える。だから母親が膨張するたびに、自分は縮小してゆく。母親がまるで象のように巨大になって「坊や、坊や」と呼びかけてくるとき、彼はテーブルの下の卑小な侏儒になって、犬のためのスープ皿に干満の舟の棹をさしながら、新帝国への脱出を夢みている。ああ、なつかしいモルグ街の怪物であるお母さん！　私はあなたが恐ろしい！　しかし、この「恐怖」を、私の愛する民衆に伝えることは私の政治的な主題とは別のものだ。私はただ、この見事な「恐怖」に馴れすぎないうちに、母親を爆破しなければいけないが………これほど膨張してしまった母親を爆破するためには、幾つかの都市をも破滅させない訳にはいかないだろう。そのときに、母は私の企らみを「恐怖」を分配させるための仕業だと思ってくれるだろうか、否だろうか？　縮小した彼の古典的な夢の、このきわめて性的な思想もまた、恐怖の分配につながった戦争論なのであった。

たとえば一人の女流数学家の王の場合を考えてみる。吝嗇な彼女の級数学では、数字はすばらしい勢で増殖してゆくが、決して減らないのだ。だから、独身の彼女は台所にも、戸棚にも本箱にも、蟻のように夥しく数字を氾濫させている。彼女は、その限りない8や3や4や2と共に寝起きし、木曜日のテーブルを水平線がわりにして、一日一回だけ微分学の航海に出てゆく。沖から帰ってくるときには、数は倍加しており、彼女自身、この級数計算が兆の億倍の数字を扱っていることに商人のような後めたさを感じながら、やがては自分が、数字たちに殺されるであろう「恐怖」だけを生甲斐にして暮しているのである。ところが、ある日、彼女が壜の中で、無限大の線を延長させてゆくと、その線の先が、無限小を細分してきた先を食ってしまった。つまり一本の線が増えれば増えるほど減ってゆくという哲理は、彼女の最も嫌っていた「あることはないことである」という危惧を生み出してしまったのだ。ああ、今よりも数字が増えたら数字は無くなってしまう。そうすればあたしは破産する（そして数字凌辱という愉しみからあたしは捨てられてしまうだろう）。今のうちに！　そう、今のうちに数字を分配し、他の人よりあたしの持分を少しだけ多い位にしなくっちゃ！　と女流数学家は、その大学史学学会の猫殺し学派的な目をかがやかせて考えた。みんなの所へ……たとえば外国へ、数字というこの凶意をどっと分配してやる必要があるわけね。（一羽の数字は他の数字を嘴で突きちぎり、他の数字は鍋の中で集団で

乱交していた。と１９８４３２らが聴くと７は４４４！　と嗤い、８は１８７１と言って憤慨した）
　彼女の汎神論では、数字を外国へ量出することは略奪の経済化としての「戦争」に他ならないのだった。

2

　十五才にもなると、人は地獄を〈見る〉だけではなくて〈作る〉義務があるというのが、犬神との約束であり、時代と少年たちとの黙契である。

　しかし、地獄は工作の模型船組立のようにテーブルに肘ついて〈作る〉訳にはいかなかったし、その材料も、花粉の匂いのする製材所で買うと言う訳にはいかなかった。地獄はいわば一つのドラマであり、ひなびたぼくたちの村で、ぼくたちの知っている人たちを登場人物にして〈作ら〉なければならないのだった。もはや、髪切虫の翅をもぎとったり、夏のカンナの花の首を切ったりすることは地獄とは呼ばない。それは、いわば自然との決闘ごっこであり、鞍馬天狗と杉作少年とのあいだにおけるアジアよりも低い感情の交流にすぎない「活劇」だ。願わくば母親の下腹部を鋏で切りひらき、その中にかぎりない菫の花束をつめこんで袋のように腹ふくらまし、それを再び縫閉じてしまうような迷路の袋職人の労働を以ってことに当っても事足りぬことだろう。
（だが、ぼくは地獄を〈作る〉ことに失敗したために人生から脱落した多くの人々を見知っていた。彼らは、自らの地獄のために共犯者（または被害者）を選び出しながら、気弱さから屎糞所一つさえ作り出せず、小さな裸電球の下で、もっともかかりやすい、幸福という名のもっとも重い病気によって、歴史の外におしのけられていたのである）

＊

　十五才で作ることの出来る地獄というのは知れた数である。セーラー服の女学生魔女を家畜小舎に閉じこめて遁走する置き捨て地獄や、牝山羊の女陰にみずからの男根をねじこむ獣色地獄。（そして、それも少年にしてバリトンの声量をもつ、多毛症の上級生たちの中の、限られた数人にのみ許された冒険

の夏の、聖なる尺八ごっこの宿題でしかなかった)

ある時、ぼくは標本にするための昆虫採集に出かけていって、カラスアゲハを追いかけながら、寺の御堂の中に迷いこんだ。外はあかるい新緑なのに、寺の中は暗黒で、ぼくはカラスアゲハを探そうとして、マッチを擦って火を点した。そしてぼくは寺の御堂に貼りめぐらされた来世永劫の苛責の、素晴らしい地獄絵巻を見たのである。それはマッチ一本の燃えつきる間の、ほんの短い地獄めぐりにすぎなかったが、呪われた極彩は、ぼくを失神させるに足る充分のものであった。屎糞所から函量所、鉄鎧所から鶏地獄と展開してゆく絵巻は、たちまちぼくの勃起をうながした。ぼくは燃えやすい何かを、蠟燭がわりに探し出そうとして、御堂の桟から垂れている一本の蠅取紙をもぎとって火をつけた。蠅取紙は生きてる蠅ごと、めらめらと燃えあがって御堂の闇を灯し、ぼくはそれらによって、はじめての娼婦買いのときのような想像力による努力は、偶然を組織化する道にいたる——という法則から離陸できたのだ。

函量所

たとえばトラホーム島の流人が、書物の牢にて眼球をくりぬかれて秤にかけられる時、秤の片方には発狂の寺山セツの右の眼球が載っていて、函量は秤が平衡になるまで繰り返され、くりぬかれた眼球が重すぎる場合には「眼球磨き」と言って、自分の墓石を砕いた石粉に眼球をこすりつけて、軽くなるまで磨滅させられるのである。またたとえば、頭髪をひきぬかれて、その長さを、別の頭髪と比較される時、函量は頭髪の長さが同一になるまで繰り返される。つまり、ひきぬかれた頭髪が短かすぎる場合には「髪のばし」といって、自分の墓石をむすびつけた頭を地上に曳き墓石の重量で少しずつ頭髪がのびるまで何遍でも繰返されるのである。

函量の基準になるのはつねに直立原型人の肉体であり、その肉のすべての部分が原型人とまったく同一になるまでくり返されるのだが、原型人もまた発育化しているので、同一になるということはなかなか難かしく、腑分され、解剖された花むこたちの、内臓を抜かれたまま千年もたち、函量の水に蛆湧き、棺の花枯れて樽屋おせんの木の葉髪が夜泣きするまで日めくりは繰返される。

この函量、詞書風に記せば、こうである。

——また別所あり。なをば函量所といふ。むかし人とありしとき、ことあるごとに人を真似、人に似せつくることによりて無事にすましむくひなかりしひと。またことごとく、人をみずからの意に叶へんとせしおにのおつるところなり。

剝肉地獄

大正時代の床屋の椅子のようなモダンな回転台の上に患者が腰かけると、呪医かフランケンシュタインかわからぬ男が一人いて、森林の奥の「長い家」は大活動写真の暗黒にどっぷりと沈みこんでいる。呪医が患者の顔の肉を綺麗に剝ぎとると、それはまるで仮面のように、「べつの世界に属する顔」を思わせる。そして、顔は帽子掛のように作られた顔掛けに掛けられて苦悶の表情のまま乾からびている。しかし、顔は剝かれても、剝かれても存在する。七十年生きた男からは少なくとも一日一顔として二万五千五百五十顔、剝きとることが可能であると考えられるのである。呪医は、最後の顔の真実を剝きあてるまで、風見鶏に縛りつけて「顔剝き」を繰返す。血も涸れて、皮膚もしなびてしまった木乃伊に、更に真の「顔」を仮想した刃物はのめりこんでゆく。森林のどの木の枝にも無数の顔が掛けられてあり、「長い家」の時を刻むのは、もう剝ぎとる顔もないままで今も仮装している頭蓋骨が、風に歯を嚙み鳴らす音だ。顔だけ剝かれた人体の、肥満した背広のチョッキにFalse Face Societyの徽章がぶら下り、自分が誰なのかを知らぬ顔たちが仮面商のショーウィンドウのように並びながら、もう決してやってこない自分たちの順番を思い出している。ここでは、死からさかさに刻をきざんで行っても、もう今の顔には到りつけない級数学が、徒労の肉剝き地獄へと西洋胡弓の望郷歌を駈り立てているのである。

詞書風に記せば、こうである。

——またこの地獄に別所あり。なを剝肉地獄といふ。その地獄の衆生むかし人間にありしとき、かぎりなく、顔まとひ、そのためにみづからの顔をうしなひたるものなり。その心、河原乞食にありと思ひたるもの、ともに皮はぎつつ、まことの顔さがすこともよけれど、痛きことかぎりなし。誰かありて、あへてたすけんと思はむや。

耳塞所

子守娘の耳をおしひろげて藁をつめ、深淵のごとき暗黒の耳の奥ふかく、死んだ赤児をなげこみ捨てる。女は叫喚するが、自分の耳の中の出来事は聞きとることが出来ない。耳の中で死児は重なりあって、やわらかい肉を揉みあい、きしみあい天上の弦楽のような奇音を立てる。子守娘が耳を抑えて天を仰ぐと、その耳の裏では不幸な死児たちの重なりあっている気配を知ることが出来る。かわいそうな、あたしの弟！　子守娘が耳を抑え、苦痛にのたうちまわるがやがて火末鬼が来て、その女の中の藁を嘴ばみ啄ばむ。しかしたとえ耳の中に火がつき、藁が燃えはじめたらしい苦痛も、女は聞き取ることが出来ないのだ。その癖、女の耳の中は大正二年の古いポータブル蓄音器のラッパのように伸びてひろがり、耳の中の火事の轟音を他の人びとに知らせるスピーカーに変型してゆく。肉のチューリップとなるこの耳的犯罪の、赤児焼きの風の音を、女は髪ふりみだして探してゆくのが、どこまで駈けて行っても火事に一歩も近づくことは出来ないのだ。ああ近似値の悲劇よ！　と火事の雑踏の中の群衆たちが巨大な耳の幻影を空にえがきながら呟やく。聞こえない、聞こえない、何も聞こえない地獄の無声映画。

あの耳なし芳一が包茎手術に出て行ったまま今月もかえらぬ投げこみ寺に、勝ってうれしい花いちもんめ、負けてくやしい花いちもんめ。

詞書風に記せば、こうである。

——またこの地獄に別所あり。なをば耳塞所といふ。むかし人とありしとき、ひとの耳もてものごと聞かんとせしひと。また、人のはるかより「助けてくれ」と叫びたるこゑに耳貸さで通りすぎたるひと、みなおつる地獄なり。その耳焼きのほのほさけびて、天なるあはう鳥をこがす。（耳やきとほりてきえうせぬれば、またよみがへる。よみがへればまた焼く。この地獄かくのごとくやむことなし）

人電地獄

かつて技師だった男の裸体に電流を通じる。男の裸体は発電し、眼は光る。その眼光の灯りの下で、他の技師が厚いアインシュタインの原書を読んでいる。電柱のように、立ち並ぶ人間電気技師の労働者的実直、その心臓はいずれもトランスと入れ換えられて、配電設備が完設されているのである。血管はいずれもゴムで覆われて電流を通し、その最尖端にはゴム管が補修されて肛門からはみ出してソケット形に桃色にむくんでいる。どの技師もひらいた眼球から、三〇ワットの光を発して、つながりあい、熱い心で自らの殉業ぶりを誇るようにして、すこしずつ瞼の内側から焦げてゆく。大きな鍋の中で電球が茹であげられて、おびただしい湯気を沸き上げているが、よくみるとどの電球にも角膜や涙腺がついているのである。人間電気よ。地獄のネオンサインが点滅する正法眼蔵の工場長、またの名は魂の山椒大夫へ買われたるてなしのはたらきものよ。トランスが過熱して国家の大計に震動し、膨張した眼電球が女の恥部にただ生産を教えるのみの日本共産党史の春色産めごよみ、脳味噌くりぬいた頭蓋骨テレビを受信し千人の赤児の逆吊りに電流をながしこんでシャンデリアを輝やかそうとしているのは誰か？

詞書風に記せば、こうである。

——またこの地獄に別所あり、なをば、人電地獄といふ。その地獄の衆生、むかし人間にありしとき、ものごとすべて理に合はせ、科を学びてうべなはんとせしため、仏法にあひながら、三宝をうやまふごとき心なき生きざましたる者なり。ここにおち、自ら理の因となり、発光し、苦患たへがたき歌うたふものなり。

地獄篇　第五歌

1

「裏の山へ遊びにやる」と言うことばは、八戸湾の腹話術師の人形の口からきけば赤児を間引くことであり、生れたばかりの赤児の口に、ひからびた藁をつめこみ、肛門にも藁をおしこみ、藁筵につつんで塞ぎ殺すことであり、また、吹雪の崖っぷちに母親が、生れたままの赤児を裸に成田山の御守護札もつけずに抱きさらして凍死させることである。井戸の釣瓶に入れて三日三晩を飲み水に漬けて溺死させ、扶養家族の絶対数をふやさぬようにして細々と母親たちは生きながらえ、死んだ赤児は「裏の山」へ運ばれて埋められ、一握の土となって佛壇に祀られる。

いまから思えば、ぼくにも五人のおとうとが生れる筈であったが、本家の祖父の指図で慣わし通りに「裏山へ遊びに」やられたのである。犬憑きのぼくの母は、あと一人ぐらいは育てたいと思っていたので、祖父に母の眠っている間に密殺して「分家にあずけた」と嘘をつかれ、産後のよろめく足つきで三里三町はなれた分家を軒なみに

——わいの赤児はどこにいる?

とたずねまわった挙句に

——裏山へ遊びにやったんと言われて号泣し、駄菓子屋猿股三吉に連れ戻されたと言う。それが、母の犬神憑きの直接の因ではないかと教えてくれたのは、村出身の法医学者の首沢猛氏と三味線職人猫殺し三右衛門老とのあいだで行なわれたこっくりさんの託宣であった。

十三の街道端さ　十七八死んでら
十七八もじょくねでァ　産んだ親もじょいでァ

寺の前の石地蔵　めらし背負って逃げた
何処まで逃げたゃ　大阪まで逃げた
大阪人形は顔ばかり

中学校の卒業証書を丸めて、それでアンドロメダの暗黒星雲を遠望しながら、ぼくは定理の探求に熱中する透明人間になったと「書かざる自叙伝」にしるしながら、去る。

もしも、地獄に法則があるのならば、馬娘婚姻の神仏もまたその中で一つの役割を演じているのにすぎないことだろう。体系化が一本の草木にまで及んでいるのならば「数学の歴史」の戸をあけて田へ出ようとも、かけぶとんの中にもぐりこんで夢の錠前を下ろそうとも、穂わたタンポポのように、決して青森県上北郡の閻魔境から外へ脱け出すことなど出来ないのだ。ぼくはこの長いトラホームの獄中記の中では偽善ぶるのはやめて、鱶の残忍を持とう。弱年の呪詛で厄病をはやらせよう。田の亀裂の底、老年の深淵の中に、血にじむ地獄少女の脱脂綿を両耳につめてすばらしい子殺しの唄をうたおう。一つの時代には一つの民謡があれば足る。それは岩の非情と空の怒濤の渦巻く津軽よされ節の赤い腰巻のためごろしによる形態史学、戸籍謄本にいきりたつ火の見櫓の半鐘だ。


村の法医学者の首沢猛氏は「鼻から見た犯罪者の研究」と言う論文をものするために、鼻の標本を応接間いっぱいに陳列している。主として近親殺しの犯人の鼻に見られるアレルギー性疾患、早発性鼻炎痴呆症の斧型殺意が何に由来するか。その鼻疾の触療呪文の成果と中世鼻物語、末摘花東北篇の変死の畳返し、津軽鼻子の「鼻の酢漬け」の蒐集に熱中しているのだが、天井から吊った巨大な鼻の鼻穴に梯子をかけて昇っていったまま二三日出てこないこともあり、ときにはその鼻穴の中に食事をもちこんで鼻島のロビンソンよろしく、毛の密林の毛布にくるまって「農民資本主義の鼻的展開」に関する論文を執筆中、洟汁にぬれて粘ついて気絶することもあると言う。

その首沢氏は、鼻糞大の地球儀にひからびた北方の太陽をかたむけて、次のような論文を書きはじめた。「県境の北は悉く鼻炎にただれており、この、ぬめつく血縁の中にわれら先祖来五百年の情緒的アレルギーを治療することは、いかに順天堂病院穴水博士の近代医学をもってしても難かしい。しかも、このなつかしい鼻孔内の暗黒から、穴の入口を見出して脱出することさえ容易なことではないであろう。穴は二つあるが、人生では質問は、たった一つしか許されてはいないのだ」と。

2

ぼくはぼく自身の下男である。何とも薄のろなぼく奴！　とぼくはその下男の鉤の尖頭のような感傷をどやしつけながら、荒涼とした蟹田村で、自分の生前の性犯罪の分析と研究をし始めている。それは夢見ることも労働であると知った日からのぼく自身のマルクス主義である。曇天の崖っぷちのほろほろ鳥よ。ある夜、気がつくとぼくの見る夢、下男の夢は時間感覚が倒錯していて、ヌードフ博士の生理学を逆撫でしていることが判ったのである。これは全く思いもかけない事だったので、ぼくは下男に古びた鼻時計を持って来させて鼻なし芳一に変装することをたくらみながら、時としては首吊り縄の夢を見る。太くねじれた一本の縄が梁からぼくの首に向ってほんの一〇センチばかり落下する。この一〇センチの縄の落下する速度を、夢の中で測ったときには、ほんの五秒もかからなかったものだが、目醒めると実に丸二日間も昏睡していた人びとは弾劾してぼくの怠慢を責めさいなむのだった。そんなときのぼくは驚きをかくして、もう一度夢に落ち、素早く時計を見て、一、二、三、四、五秒と数えてもう一度跳上ってみる。夢の中での正真正銘の五秒である。しかし、目醒めると一週間もたっていて「おまえがあんまり長眠りするんでたまげたなす！」と七人の寺男が枕許に坐っているのであった。

通常、人は夢の中では覚醒時の数倍の長さの体験を持つことが出来るので、母は七つのときに恐山の向うの村まで佛壇を買いに行った日から、嫁入りの朝鴉に啼かれるまでを一日も省かずに夢の中で再体験して、目醒めるとほんの数秒間しか経っていなかったと言うのだが、ぼくはその数秒間と言うのも怪しいと思う。もしかして一回転して転生するまでの迅さが夢を何光年も上廻っていたとしたら、生れ変ったことが静止状態と同じようにしか感じられないかも知れないし母恋情次の大航海も無の港に辿りつくしかないからである。しかし、ともあれ、ぼくは夢の中ではいつも遅れる。ぼくの下男であるところの大脳皮質も皮膚細胞も、まるで夢製造器としての機能を失ってしまっていて、ぼくのくべた鬼火のような夢照らしの炎をさえもブスブスと不完全燃焼させて、火の中の動作を薄暗く弁解しているだけにすぎないからである。夢の中で遅れると言うのは何と恥かしいことだろう。現実に冬の丘を葬列が通ってゆくとき、本人はまだ死にきれずに枯草の中で素早く親指をかくそうとして、一年がかりで親指を外套のポケットに入れるのでは、あまりにも悲しい嘘になるではないか。

結局、ぼくは樽になって眠ることにした。………………夢みないために、夜ごと。だから何者も眠っているときのぼくに話しかけてはならぬ。ぼくは人を巻添えにすることは好まない。まして夢の中では愛さない。崖の下で過熱になった冬瓜のように、裂けた口から古代丁抹伝説の歌、メニエル氏病の春歌を洩らしたりなどはしない。行儀のよいことを身生にして、樽の中では偽装したまま癲癇になっても生きつづけていようと思うのだ。だが、ぼくの下男よ。誤解してはならぬことが一つある。同時間に於ける体験量の比較から、たっぷり多く生きられた方を夢、少ししか生きられなかった方を現実だと言うのならば、ぼくにとって、夢のように見えるのが現実であり、現実のように見えるのが夢なのだよ。

3

牛酪小屋の気狂い女が妊んで、手を産んだ。手は生きていて、しきりに何かを摑もうとしているのだが、その手には摑むべき実態を思想することが可能か？　いや、手はアリューシャン列島の捨て赤児同様、まだ思想的ではなく、産毛におおわれていて、母親は、その手を抱いて裏山へ行き、てんじんの子守唄を歌うだけだ。…………手はたとえ年長けて学校を卒えて大人になっても俗衆どもとは言葉を交わすまい…………手は例の鼻の教師たちのように道徳、ハートフォード福音伝道の謎を嗅ぎまわったり、腹男たちのように饑的食卓の大食もするまい。手は、ひたすら摑み、捨て……そして撫でたりするであろう。揺籠の中で眠っている生れたばかりの手を見ながら、ぼくははちかつぎ姫の生殖器について考えていた。それをかきまわすこの不幸な手は、一体男か、女か?………どっちにしても手はひどく痩せて見える。そして、痩せたままで少しずつ少しずつ成長してゆくように思われる。

　手ちゃん、手ちゃん！　おまえを見ると唾が湧く。食欲ともなく、羨望ともなく。ぼくはおまえを見つめている。袋小路の大暗黒の中で！　巴旦杏、胡桃の花、青葉木菟を摑もうとしても何も摑めない手ちゃん。おまえはピアニストなんかになっちゃいけないよ。詩なども書いちゃいけないよ。田を耕やして、何になる！　トンボ鉛筆も持っちゃいけないし、鍬も持っちゃいけないよ。ただ、首を絞めることだけを学習せよ。

　その五指で、愛する者のやわらかい首をしっかり摑み、絞めつぶす力を得るまで大きく成長するのだ。手はそのとき、歩哨の銃のようにじっと空を指していた。空は荒惨な北の涯、怒濤の雲の切れ間から指す一条の「国家論」の奥付の時の光の中を、鉤になった雁がはるばると飛び去ってゆくのが遠望された。ぼくは指している指先に眼差を感じた。呪われた風の又三郎の眼差。蕩父いつ帰る?

*

　満州国皇帝直系のヨークシャ豚に催眠術かけたことについて話そうと思う。鑑識医も刑事も桜咲く頃亡命した母の留守に、家畜小舎のヨークシャ豚を一頭、応接間の書見台に持って来て、慎重にあおむかせて、細引きでテーブルの平面に縛りつけ、両手で目をしっかりとおさえつけ、眠るまでじっとしていた。豚はしばらくの間、メロドラマ魔法書の神経病患者のように何かに耐えるようにしていたがやがて、眠りの中に溺解したので、ぼくは細引きを解いてやり、テーブルの上にぶざまにあおむいている肉塊の熟睡をためすために鋭く突いたり、大きな音を立てて見た。反応は少なかった………これでよし。やがて硬直した豚はぼくのしゃがれたチベット密教の讃美歌を聴きながら、きわめてみだらな桃色独奏の動作をするであろう。ぼくの処女実験は成功したのだ。ぼくはこの低能なる肉塊の前で、東京帝国大学の学者のように白シャツをズボンの外にはみ出させて立ちふさがり先ず命令した。

——浮遊せよ、わが少年の豚よ。

すると、豚の羅針儀式の中枢活動の、腐ったトマトのような熟睡の中へ声の錘が突き刺さり、豚は少し動きながら浮上しようとした。しかし直ぐ豚は自分の重さを支えきれずに床に落ちてしまい、ぼくはあわてて豚の両眼をおさえて目醒めないようにしてすこしずつ、すこしずつ、豚の瞼を淫するように触療的にこすってやらねばならなかった。やがてヨークシャの豚は再び眠ったが、その膚には、過多な抑制によるジンマシンが泛び上った。豚は讃美歌アレルギーなのだった。家の中の大暗黒。星雲の渦巻く遺伝の八畳間の淵で20ワットのマツダランプの下には哄笑するぼくと催眠中の豚しかいなくなる。たとえ壁の中には血族のシラミたちが、家系脈をなして蛇行しているとしても、それは言外のことだ………

…ぼくは、丸まって熟睡する肉塊のジンマシンの点散に、ふと山中峯太郎の小説の夢見た大東亜共栄圏の地図を思いうかべた。豚製ハム地球儀はいま眠っている。しかし、ぼくの現在点は、膚のどのあたりなのかは不分明だ、ぼくは豚の膚を手でかきわけかきわけ、この膚の草原にアリバイを探し、十七才の老人のように自身の価値を覗姦しないわけにはいかないのだ。

——豚に催眠術をかけようとしたそうですな。

と翌日、墓掘り人がぼくに言った。

そんなことはしないよ。とぼくは弁明した。豚はいつだって眠ってるじゃないか。わざわざ、催眠術の必要なんかあるもんかね。

——じゃあ、あんたは何をしただね?

スポーツを教えてやったのさ。ボヘミアの名操り人形工のように自動的に「夢見ることも労働」のうちだということを啓蒙してやったのだ。

4

たとえば狼の王ジンギスカンから北一輝にいたる指導者の履歴は、大地へ向けた膝の角度から始まるということを三唱しよう。ぼくは、逞ましくなった自分の両足で、オホーツクから吹き寄せられてきたまっ黒な磅礴の雲の歩幅をはかるようになる。雷雲イワンの申し子のような顔をして家畜小舎の戸を蹴破って入ってゆくと、マゾヒストの牝豚たちは、早くも催眠術を受けいれるために藁の上に横たわってしまっている。いや、もっとひどくなると、豚は、ぼくを見ただけで眠ってしまうようになっているので、ぼくは、この豚たちのために庖丁を研ぎはじめ、豚における詩と真実の問題を験めすために、鍋に湯を沸騰させねばならないのだ。

*

ぼくが一本の青い葱に催眠術をかけると、葱はぼくの命ずるままに納屋で、帝政ロシアのスパイのあごひげののびる速度をこえてぐんぐんと増大し、やがて激しい匂いとともに立ちあがった。ぼくは自分が市外安方昭和町の淫売宿あかつきの待合室にいるのかと一瞬、戸迷ったほどである。さて、ぼくは葱にとって何者であるか？　戸の外の田の上を、呻きながら季節風が吹いてすぎる。葱にとってぼくは何者であり、この喩には父恋い北京の鴨は屠られないのか？　葱はなぜ、ぼくに指令することを求めるのか？　ぼくがもし葱にとって行動を操る一つの回答だとするならば、葱はぼくの受験勉強にとって一つの○×式なのか？　暦もないのに、荒涼たる時が納屋の屋根を吹き鳴らす。外には真赤な夕焼が、電線の視神経を灼きつくしている。「催眠」が質問者と回答者との関係を作詞するのだとしたら、李氏催眠術学抜きで世界の形態史学が成立などするものだろうか？

もし、ぼくが自分の人生についての質問になり切ろうとするならば、その時から、ぼくは催眠術にかかったニワトリ同様に施術者から「三太郎の日記」を読め、読めと強いられねばならぬのか、葱よ。涙ぐむ青年時代よ。どうか教えてくれ。僕に催眠術をしかけ、村落共同体に集団催眠をしかけたのは一体何者なのだ？　その、のらくろ上等兵から幻想を屠った犬殺し、見えない施術者の戸籍簿の管理人は一体何者なのだ？

ぼくの眼差は、一羽の鷹になって遠い冬田の地平線まで軌跡をひいてゆく。しかし想像力の地平線はどこまで行ってもただ広びろと寒いだけで、ぼくには催眠術をしかけた相手人買い太郎兵衛を探し出すことなどは見えない。

ああ、警視庁鑑識課桜庭叔父さん。

「答」はいまでも、曇った空の電線に凧のように保留のままになっているですか？

5

十五才。

ぼくは認識するものの列に加わる。すなわち、自らの荒野にいて獣化してゆく犬神の支配を感じるために。ぼくは行きつけの食料品店の店頭にならんでいる「**ありとあらゆるものの壜詰**」にひどく興味を持っていた。いったい、「あの中にはありとあらゆるもの」が何年分位詰めこまれているのだろうか？

もしも、ぼくが交渉すべき人々も街も作り出さず、考え出さなかった場合、あの福神漬の小壜の中には、いかなる人のための「ありとあらゆるもの」が存在すると言うことになるのだろうか？　ぼくが、壜を手にとって見ながらつくづく感じたことは、ピグミー人のことであった。ピグミー人は壜の外にいるときも壜の中と同じように生活し、所詮は何かを生みだし、何かを考えだし――まもなく捨てる。そんな忌わしい営為はもう止めろ。壜の中から脱出することも、壜の中へ投身することも、所詮は壜的思想の階段の上下にしかならぬ。かりに福神漬の壜を真理と仮定してみたとしても、それが一体何になる。福神漬を理解することで、「ありとあらゆるもの」の名付親になれるなら、オスワルト・シュペングラーの歴史哲学なども初歩的な戯れにすぎない。大食漢でさえも真理を消化するだけで追求はできないだろう。

大事なことは食わず、理解せずに福神漬の「ありとあらゆる」妄想の淵へ、どっぷり浸ってくことなのだ。

「壜の中の手紙」の発信者は、こう警告する。

「壜を見るなかれ。むしろ壜たれ！」

笑止なる小男は、自分自身を壜詰めにしたのだが、それがナトリウム漬か燐酸漬かは、はっきりしていないという郷土誌の記載事項であるが、ともかく男はそれを小包みにして郵便局に差出し、中元の贈物にしたのだった。勿論、宛名先は男自身であったので壜の中の小男は、その中元を受取ると、哄笑して見つめ「自分自身を見つめている」ことに感動しながら「おれの模型の通信販売が届いたぞ！」と叫び、壜をふりかざして走りだしたが、走っても走っても壜の中で円の軌跡をえがくばかりで一向に前進出来ず、しかも走る小男のかざす壜の中でも走る小男が壜をかざして走っており、その壜の中でもまた小男が走りながら壜をふりかざしているのであった。この無限級数的な陰謀をめぐって、百年の「ありとあらゆるものの壜詰」問題はやがて法廷論争にまで発展することになるであろう。

壜の中へ投身自殺をはかるな。壜を超克せよ。たとえ壜が危機の翳の中で、ひっそりと冷えているとしても壜のための弁護士を雇うな、壜詰は食用に供してもならぬ。中年の男色家は、みずからの声の壜詰を、応接間の片隅に置き、来客のあるたびに披瀝することにたのしみを見出していたが、その声はまるで腸詰のようにむくんだボーイソプラノで、病的なまで変色していたが、なかなか美しい声であった。中年の男色家は、この声の壜詰が単に排泄物の壜詰にすぎないにもかかわらず溺愛していた。もちろん、声は壜の中から再び生れ出ようとして身をよじるので、次第に肥大し、アデノイド化し、しだいにその塩漬けの腸詰大のボーイソプラノは男色家にとって世界の外なる存在となってゆくのならばいまは壜のみを問題にするべきである。壜の問題から逃れるために。

ありとあらゆるものの壜詰のレッテルに「習慣の力」と言う学術名はふさわしくない。壜の中でだって首は吊れる。高さ五センチ、直径二・七センチの壜の暗黒の中にしたたかな綱を吊って、かわいそうに死んで見せた瘋癲の父の壜詰めブルース、会員番号一〇二二三六。

ありとあらゆるものの壜詰が登録商標を得て、町に氾濫したとき、その壜を手にとって見つめているぼくは一体何者であるか？　ありとあらゆらないぼくは、壜の外の廃墟を流浪してゆく拾子のスパイ、ぼくは荒野の涯に立止って、捨て壜の中からぼくを呼びこむ声を聴き、同時に壜の中から生まれ出ようとし燐光をはなちながら断末魔の力をふりしぼっているべつの声をも聴く。北風にきれぎれになりながら壜の中の声たちは、ぼくをとりまきながら渦巻くので、ぼくは壜を侮蔑し、また壜を愛する。しかし、ぼくがあらゆらない限り、壜だってぼくをまきこみやしないだろう。あらゆるならばあらゆるさ。だからあらゆる壜はあらゆらず、あらゆり、あらゆる。あらゆろうとしてもあらゆれてもあらあら、ゆりゆり、首吊りの縄の長さ分だけのあらゆらのゆらゆらのゆりゆりゆれてる北国の掠奪。ああ、しからば友よ、あらゆるな！　あらゆるなよ。

荒野のあらゆらどもよ。ぼくは、あらゆらないのだ、決してあらゆらないのだ。あらゆろうものなら、たちまちあらり、ありと、ありとあらゆる、その壜詰めに詰めこまれるだろう。

6

ぼくがものを言うと、他人がそれを持つ。すこし言いすぎると「重たい」と言う。他人とぼくとの負担すべき荷物の定量は、いつも相対的なので、他人が重たさを感じるときにはぼくは軽くなっているという訳だ。ぼくは暗い納屋の戸を閉めて、天神山の子守娘と二人きりになると、猛烈な勢でものを言う。子守娘はそれを両手で持ちながら「重い」「重い」と青息を洩らすが、ぼくは止めない。ぼくは尚も言いまくり、娘は、ついに重さを持ちこたえられなくなって、両足で納屋の土にめりこみながら沈みはじめる。そして圧し潰されそうになりながら「止めて、止めて！」と嘆願するのだが、ぼくはますます言いまくる。犯罪言語。心霊言語。蠟質言語。裁判言語。カンテン言語。憑着言語。擬羊言語。百面言語。毒物言語。女の足腰は、ぼくのことばの重さを持ったまま、土間にめりこんでしまってもう見えない。そして、軽くなったぼくは日めくりの暦を抱いたままでほんの少し地上から離れる。思想のはねつるべは幻の滑車で、二人の重力をあやつっているめまいの重力論に遷る。ぼくは自己浮揚術にすっかり夢中になり、子守娘が納屋の土に、ぼけなすの種子のように埋まりきってしまうまで、限りなく言いつづける。しかし、ぼくが納屋の天井に頭つかえるまで言いつづけ、そのために子守娘が生きたまま土中深く沈んでしまったとしても、それでぼく自身を解放したと言うことにはならないだろう。ぼくは納屋の外に一面の冬田を望む。あの向うに棲む一二〇戸ほどの百姓たちのすべてに、ぼくのもの言うことの重さを与えよ。そして、ぼくの言うことばの重みによって、百姓たちのすべてを、畳の下の土間の暗闇に、鶏小舎の土に、未熟な青麦の根に沈ましめよ。村の書記レーニンを床板の底に沈ましめ、石屋の親父広瀬中佐を墓石の下に沈ましめよ。すべからく万象沈めば、荒残の村の涯から空に石ころが昇るであろう。そして昇る石ころを、ぼく自身の浮揚であるなどとは言わぬ。ぼくは、もっとさむざむとした目をすえて、外套を着たまま、ゆっくりと屋根の高さに浮揚する。たとえば風見鶏のようにぎこちなく、少し傾いて尚も何かを言いつづける宿命を政治化しながら。

*

ライト兄弟は浮遊するときに、何を身替りに沈めたのか、たとえば大工某が、鳥の翼を三段仕立てに作って、からだにくくりつけて飛びあがったときに地上に、三羽の鳥のむくろが生温く沈められていたことを踊ってしまおうとする鎌いたちの男。一羽の小鳥でさえとび上るからには、贄の何かを沈めているのだ。だから、耳をすますと！　幻の滑車、相対性のはねつるべは、あの空の高みで、いまもカラカラと鳴りつづけている雷雲のように、北一輝の自叙伝の北焼けの兆を予言する、一白土星の国家権力の鳥撃ちばやし。歌うな、数えよ。歌うな、数えよ。歌うな、数えよ。

一つのことばを地に埋める。すると、空に滑車が鳴りひびき、他のことばが空にきらめく。しかし、空にきらめくことが生贄なのか、地に沈むことが生贄なのかは、駄菓子屋のメンコの袋の謎々あそび。祖母の義眼を、よくみがいて冬瓜畑に埋めると、空の眼差は星のようにきらめくが、おふくろの真赤な櫛を曼珠沙華に結びつけて、古井戸にふかく沈めると、何が浮揚するであろうか？　地中に時代の漂流物が沈められてある限り、空にもその数だけの浮揚物が難破しているというたし算ひき算にいちてんさく。もし、そうならば飛行史と言うのは、埋葬史を裏からめくることにほかならぬのだが、その謎をとく鍵は、もはや少年倶楽部の附録と共に今いずこ？

ぼくの存在と縄でむすばれているものは何か、ぼくが沈むと浮揚し、ぼくが浮揚すると地に深く沈んでゆくものは一体誰か、その、きびしいたった一つの謎の答を見出さずに、いつも少年探偵団小林少年にあこがれつづけていたぼくに、手淫を教えてくれた紙芝居の人買い飴屋の義歯がギギの字の飛行機大編隊！　魂だよ忠太郎さん！

地獄篇　第六歌

1

　ながい廻り道をしたものだ。話を、青森県上北郡六戸村字古間木の銭湯の番台の眼球譚——犬神家の末裔に戻して「家族あわせ」のやり直しをすることにしよう。

　ぼくは、自分の親父が秋田犬であるなどとは思っていなかったのだ。そして、ただののらくろ上等兵ぎらいとしてのみ、「将来は、犬殺しになって母の汚名をはらしてやろう」などと「少年倶楽部」に誓いを立てていたのである。しかし、しだいに自分の内なる犬神の「絶対の力」と言ったものに目醒めはじめると、あらゆるけものたちが地平をめざし、蒼ざめて魂の帝政を覆す陰謀をいだくように、日光写真のむらさきいろの現像のなかにぼくだけの「鐘の鳴る丘」をゆめみはじめていた。貰い子の妹のスエも、再び貰われて寺町へ花いちもんめ。父も鉄道自殺し、祖父母も親戚もない今、ぼくは天涯何をしても許される風をまとった。それならいっそ、ありとあらゆる場所で、東北八犬伝の信乃となってセーラー服の少女伏姫を喜ばしてやった方がよいではないか。ぼくは狂った母を一人捨てて、古間木郵便局のせむし男から貯金通帳の金を全部下ろし、学校に退学届を出すことに決めた。そして、まるで食人国へでも出かけてゆくような期待を持って地平線の稲妻に挨拶を送った。ぼくの犬神よ！　おまえは柴か、土佐か、秋田犬か？　または蒼ざめたるボルゾイか、不具者のダックス・フンドか？

　そしてまたぼくの道筋は、小文吾は源八はカムチャッカの「蟹工場」か仙台の癩病院かさくら花散る刑務所かどこにかくれて世をしのんでいるのか？

＊

　何よりも先ず、不運である者は罰せられねばならぬ。

不運は、悪徳である。うらなりの瓜、啞の豚、石胎女の出戻り花ちゃんなどには、ぼくの世界を語る資格はない。

暗黒のしじまに一枚の皿があり、皿の上には五つの草餅がある。「お食べ！」という声がかかると、しわがれた手が一つずつ草餅を取るのだが、六番目に手を出して、草餅をつかみ損なった「不運」の老婆には、侮蔑ばかりでなくて、えびがため、逆さ吊り、生理の血の浣腸しぼりの罰を与えねばならぬのだ。いかなる時と雖も、ぼくは「不運」と地獄とを峻別して考えていたが、これは不運は在るものだが地獄は成るものだからである……。

笑止なる神学林《セミナリオ》医院の男は、内科、外科に加えて不運科の看板を出し、出戻り叔母が診察にやってくると、手術台の上に大股をひらかせて、その中に頭をつっこみ、まっくらな物置きから、とり出してきた古い釣道具で、イカ釣りをはじめるのだが、不運はよイカ、わるイカ、見つからなイカ、泣きたイカ。

それから男は、出戻り叔母をレントゲン台の前に立たせて、数限りない愚痴の御詠歌を三唱させた。そして、その愚痴の言葉の葬列のさいぎさいぎにX線をあてながらレントゲン写真を撮ってみた。言語をレントゲン透視しても何も写らなかったが、彼は、何も見えぬことこそ「不運」の条件だと考えていたので、完璧なる「不運」の確信をもって女に自殺をすすめた。

――「不運」は絶対的なものですよ。それを完成させるためには天秤を焚き、聖なる投げこみ寺に腰巻丸ごと自分を捨てなさいと。それは労働についての一番最後の考察であり、あなたの冬の時代のためのえんぶりをかつぎになるでしょう。不幸はすぐにうたになる、さいぎ、さいぎ、どっこいさいぎ、啞をたたけばいたちがはねる、盲をなでればどぶろく三斗、つんぼしめればつばきがあかい、さいぎさいぎのどっこいさいぎ、さいぎしんしん、ちゃうすぜめ。

日本浪漫派の唐紙を破って任俠の猫をトースターで焼殺した彼には、測定可能なものは、何一つとして絶対ではないのだ。秤を売る男の思想は「死の分量」事件での法廷論争に、あきらかなように、哲学者とはきびしく対立する。当時の模様をふりかえって見よう。

だが、秤を売る男が登場した。

哲学者　死に分量があるなどと言うのはナンセンスだ。戦争で百万人死んだって、ねずみの酒樽で溺れて一人で死んだって、自分が死ねば全て終りだ。

秤を売る男　それは、とんだ間違いですよ。旦那。自分の死を自分で測れるなんて。

哲学者　間違いではない。死はつねに絶対なのだ。私は、私の死の瞬間に世界の意味を了解し、他人と無関係になる。ユークリッド幾何学の霧……死が、私の創造してきた有形のもの、無形のものの全てを、しずかに消し去ってしまうだろう。

秤を売る男　詭弁だ。旦那が、世界だの創造だのって考えることが出来るのは「死の瞬間」などではなくて「死の直前」ですよ。目がくらむのは怖がってるからでげしょう。

哲学者　しからば、おまえは死に分量があるというのだな。

秤を売る男　商売柄、そう確信しています。

哲学者　だが、おまえの秤じゃ、死の目方は量れても、他人の死は量れまい。たとえば、熱海心中した馬器男とその妻湯那の死の分量が、二人分だったか、一人分だったかを、情事の棺破り、白髪にかけて微積分して調べるという事など、出来やしないだろう。

秤を売る男　とんでもない。あの二人の場合なんざ、いたって簡単なもんでしたよ。裁判長！　当方の証人の召喚をお願いいたします。

裁判長　よろしい。証人を召喚しなさい。

棺を運んだ男　証人でございます。

秤を売る男　心中した顔木馬器男と、その妻湯那の「死の分量」について報告してくれ。

棺を運んだ男　はい。あれは顔木が六十七キロ、その妻が五十一キロでございました。遺書の希望するところによって二人一緒の棺におさめましたので、二人分あわせて百十八キロの死でございました。

哲学者　それは重量だ。分量ではないぞ。

秤を売る男　私共では分量は目方、かさ、の事を言います。

言語学者　分量とは確かに「目方、かさ」のことである。

哲学者　だが、「絶対」を量る秤なんて、この世にあるものか。

秤を売る男　私共はいつでも死んだ人間を量っております。悪企みではなしに。

哲学者　だが、おまえには死んだ人間は量れても、人間の死は量れないぞ。

秤を売る男　人間の死なんてものはありません。あるのは他人の死ばかりです。

哲学者　自分の死は？　おまえ自身の死の問題はどう答えるつもりなのだ？

秤を売る男　自分の死を量ってくれるのは、いつだって他人ですよ。それどころか、自分の死を知覚するのだって、他人なんです。

哲学者　しからば、おまえに問うが、おまえは「不運」をはかる秤も売っているかね。

秤を売る男　特に安く売っております。

哲学者　それは、どんな秤だね？

秤を売る男　人によっては体重計とも言うものです。不運な人間を量るに、もっともいい目盛りがついておりますよ。

哲学者　不運は絶対的であるべきだ。「不運」は神が創ったものではないか。

秤を売る男　体重だって同様です。不運な人間というのは、言わば持って生れた肉体と共に「在る」ものにすぎません。私共は「在る」もの全てを相対的にとらえるように秤を売っているのでございますよ。

哲学者　では聞くが、秤屋。おまえが「これだけは量れない」と弱音を吐くような、絶対的なものは何か？

秤を売る男　はい。（としばらく考えて）それは苦痛でございます。人間の「苦痛」という奴だけは、量るわけには参りません。「苦痛」こそはまさに、絶対。「苦痛」こそは、ありとあらゆる木に咲く花咲爺の花の灰、ぼくのまぼろしに一摑み叩きつけてやる目つぶしの一撃でございます。

2

眼球修理人の話によると、人間の二つの目には、それぞれ違った役目がある。一つの目で他人を見、べつの一つの目で自分を見るという学説もあれば、一つの目は「見出し」、べつの一つの目で「見捨てる」という別の学説もあるのだが、いずれにせよ、この両目の平衡が、悪しき調和を統べているとわかったら、草刈り鎌でもって、片方の目をえぐり出さねばならない。そして「自分を見る目」「見出す目」の方は、血を拭いたあと、油のにじんだ黒布でピカピカになるまでよく磨き、暗黒の応接間の、テーブルの上にでも飾っておくのがいいさ。ぼくは、残る片目で、限りなく世界を見捨てながら、地の果てまでも旅に出かけてやろう。ぼくの残された眼球への古間木停車場の伝言板の三行、またの名は忠太郎の閉じた瞼の中で腰巻きまくる母のりんどう花咲くあかんべ峠。孝女白菊が病むあかぎれの水薬一壜を買いに、夕ぐれ、豆腐屋に変装した七つの顔の男の十三の眼球をかすめて、かなしい大夕焼の雲の大陸を横断するぼくの影の殉情だった。ああ走ればほんとに間にあうのだろうかぼくよ、メロスはグリコ一粒三〇〇メートルの真実一路に白いチョークの道しるべをつけてぼくをコーチするが、友情の時代は去った。メロスよいずこ。メロスよいずこ。メロスはキャバレー「東京」のマネジャー代理をしているという。「あしたのために——1」を信じるほかはないのか?

東京が駄目なら
アイ子がいるさ

脱毛クリーム
男装の麗人

羨望の肛門経済をひきしめて「**渉るべき都会とは何か**」の家計簿について語るべき時、ぼくは一個の犬の義眼を愛蔵する。これは医学的に灰色しか見ない実験用の埼玉犬の眼球を外し、犬にも総天然色の上野交響楽を見せるために作られたものであり、最初の生体解剖実験にあたっては、花嫁を自殺に追いこんだほどの鮮烈な色彩感覚をもつ義眼である。ネオンサインの「明星」「東京」あこがれの岡晴夫に化けた怪人犬神博士のうしろ指の影の中でパラダイスは炸裂するか？

＊

　川上の赤バットに叩き出された東京は、たとえば**重力のない箱**であった。浮遊しながら完全さを失い、蓄膿症患者の鼻息にさえ押しながされる宙の箱体であった。しかも見よ。この箱の表面積には防腐剤が塗布されていて、その内部は暗黒で何も見えない。この箱は当然、東京ガスの球体よりは巨大であるべきだが、街の各家庭に等分配されるためにミニチュア化している。箱に耳を押しつけ聴いた訳ではないから知らぬが、箱の中の暗黒には、しぼりあげるような悲鳴が釘打たれ、詰めこまれていると密告しつづけている母恋少年もいるという話だ。しかし老童貞の箱はリリエンタールの人力飛行をそのデメンションの中に解放し立上りつつ歴史を記述しないためにピラミッドすることを拒む。ぼくはたとえば鳩バスという箱の中で箱書きするぼくの東京見物を山本山ののりで包みつつ、拳銃にかけた謎を人生相談で解こうとするが、しかし、この謎は、恐らくいかなる航海学によっても解けるものではないだろう。

　音で成る支柱に、透明なることばの面が生成する方図。東京はまた、静かなる箱として建てられることもある。（この箱に足場を組み、トラホームの月の高みにまでのぼりつめようと企らんだ「家の光」の読者シンジケートの無尽、あの子にこの子、お犬がほしい……お犬じゃわからん、ポチがほしい……ポチ、ポチ、血のしたたりのわらべうたがポチポチポチ。漢方薬のころがしころろし、こころ、ころころ、コロムビア、泣いて唄った狼アリス。鏡の国はどこにある？　床屋に銭湯に上野駅！

箱の中の（無量の大洋！）しかも、決して外には溢れ出さないとは何たる傲慢さだろう。

　巨大な箱に集まって来た者たちは、それぞれ箱に覗き穴をあけて闇の内部を覗きこむ。「向う三軒両隣り」の家庭の団欒の一刻に子供づれで来て穴を覗くのが悲しきルンペン・ジョー一味にとっての唯一の逸楽、低い所に穴をあけた者は寝そべり、高い所に穴をあけた者は梯子に昇り、鱶のように貪欲に、または生物学者のように微細に穴の内部を観察する。

家の内部は暗黒だ。ハリスの疾風がうずまいて、風邪の霊が、マスクしている。一辺の長さ三メートルに充たない箱の内部には愕ろくべき真実、大宇宙のように光の点がきらめいている。ああ、しかし、その光の実体こそは他の表面で内部を覗きこもうとして内から洩れ出る光であろうとは誰が気づくであろう！

つまるところ、箱の中の星などは、見ることに飢えた他人の眼であり、ときに眼の光で矢のように折れて交錯する軌道の抛物線なども、暗黒の意味を問いつづけている自らの視線にすぎないのだ。

箱の置き場所について指示しろと言うのかね？きみは一体、どこからこれを持って来たのだ。さては日通運送会社の陰謀家におどらされたまわし者だな？　だが、こんなところに持ちこまれた箱について、ぼくは何一つ法廷で証言することは出来ないし、かくまってやることも出来ないよ。それに第一、観相学にだって詳しくないから箱体から啓示を読みとることも出来やしない。ぼくの想像力の迷蒙は、ただ箱を東京として見えない区画整理を理解するのに精一杯で、荷造りするところまでは、とても思い及ばないのだ。

＊

一人の不幸な男が訪ねて来て「手を貸してくれ」と言うので、手を貸すとはどういうことをするのだと訊くと、どうもしない。何もしなくとも良い、と言う。ただ、承諾を与えてくれさえすれば私は帰る、と言うので、ぼくは承諾を与えてやった。手を借りた男は、まるでアメリカ北海岸にまでもぼくの手を「預かってゆくよう」に、ものものしく挨拶して帰って行った。期限はたったの二日間。損害の保障には帆掛船を一艘支払うという約束をのこして。

さて、そのあとの二日間、つまり不幸な男が去った直ぐあとから二日目までのあいだ、ぼくの手は急激にちぢみ、焼けたひよこの羽根のようにのびなくなってしまっていた。ぼくは困惑し、足でパンを食いながら、不在の手について、さまざまの迷蒙をめぐらしていたが、やがて二日経つと不幸な男がまたやって来て「どうも有難うございました」と言うと、みるみるうちに手は自由をとり戻し、手易く男との握手の求めに応じることが出来たのである。ぼくは何か怖ろしいことを想像しながら「ぼくの手は、二日間どこで何をしていたのですか?」

と訊いたが、不幸な男は笑っているばかりであった。ぼくは暗黒の家畜会社で、赤い腸をしぼりあげられ、悲鳴をあげている多淫の老婆を夢想しながら「まさか、誰かの首を絞めたりしたのでは……」と言った。「あるいは、右手で相手を頭を抑えつけておいて、左手に持った剃刀で、見知らぬ大正富豪の喉をかき切ったのではないでしょうね?」

すると不幸な男が答えた。「何もしやしないさ、ただ墓の野菊を摘んだだけだよ」。ぼくは道具の歴史について知らないので、手の労働としてのテロルがどのような役割で白夜を虚構化するのか戸迷わぬわけにはいかなかった。手はいつまでも思想の戸口の外で、むすんだり、ひらいたりしていたが、その手を見捨てぬかぎり「近代国家」の壜の中の王——政治におかまを掘られてしまった手工業の経営者を老人ホームに叩きこむなど出来ないだろう。それは、ことわざではない。むしろ詩である。猫の手もかりたいと言い言い、長靴三銃士に長距離電話をかけてみても、もう手おくれなのだった。

地獄篇　第七歌

1

都会の一夜。

またはわが変形の文献資料

内科医の椅子に腰かけた五反田のジョン・クロフォードが、あたしの顔は今日何センチも長くなったとか、今日何センチ短くなったとか言って医師を困らせる。十一月の寒い夜。都会の霧はアルコールをふくんだようにぼくを酔わせ、時を酔わせる。医師は巻尺を取り出して、件の婦人の顔を下から上まで測り、その長さと、前日の長さの記録とを示して変化のないことを告げるのだがジョン嬢は承服しないのだ。医師は考える。この五反田のジョン・クロフォードの顔をリコピーにかけて、何枚も複写し、それに目盛りを書きこんで、畜生！　その顔に叩きつけてやったらどんなにかさっぱりすることだろう。ジョン嬢は長くなった、あるいは短くなった自分の顔を突き出し、経験世界を必要以上はっきり見ようとする貪欲の眼鏡ごしに「さあ、あたしの顔を元のようにして頂戴」とメゾ・ソプラノで歌いつづける。

ぼくは待合室の長椅子に腰を下ろし、医師脱腸男氏とそのジョン嬢の対話をぼんやりと聞きながら、アナクサゴラスの犯罪について書いた週刊誌をペラペラとめくっている！（または暴露されたマルクスの情婦がほんとに生んでしまった卵の中味は、アヒルかそれとも総罷業か？とかいったお決まりの記事を……）すると、次第に一つの真実がぼくを虜にしはじめる。それは、「**眼に見えない変化こそ、真実の変化である**」と言う怖るべき思想である。たしかに、眼に見える程度の変化は、変化とは名づけ難いだろう。たとえ、名づけ得たとしてもレベルの低い、少なくとも初等物理学程度の知識で掬い得るぐらいの変化でしかないのだ。「速度の歴史」という書物でさえも、もっとも速い変化は肉眼ではとらえ得ないと詳述している。（それは一時間に一〇〇〇分の一ミリの速度でのびているぼく自身の頭髪をも、一時間に一ミリの一〇〇〇分の五の速度でのびているぼく自身の爪をも見ることが出来ないではないか。）もしかしたら、あのジョン嬢の恐怖は真実なのかもしれない。そして、医師は適薬を持たないために適薬をもたない全ての医師と同じ手口で、ジョン嬢を精神病扱いして逃がれようとしているのだ。「たしかに、昨日と顔の長さが変っているのよ」

とジョン嬢は言う。

「この顔ですね？」

と医師は下から手で撫で上げる。診察室には、無数のガーゼと「神の偏在」という医学書と、死体洗浄にも使えるアルコールの汽筒形の壜とが眠っている。だが、これらの壜の影、書物の影にひそんでいるのは社会学者たちさえ分析を怖れた暗黒の体系、二十五時以後の使役ルカの掟だ。政治家の陰謀は、地球儀の色を塗り変えるが、医師の陰謀はメスで地球儀の表皮を削ぐ。しかも医師の犯罪は、いつだって問われたためしが無いのである。ぼくは、夢の中に活動写真の美女を待たせておいて小用に立ち、夢に帰ってみるとその女が行方不明になっていたことがあるが、医師はその失踪申出を、事もなげに葬ってしまった。そして、ぼくが怒鳴り散らすと催眠薬の注射をして、完全にぼくの脳髄から、その女のイメージを消去させてしまった。一人の女を、血を流さずに闇に葬る。——これが、医師の手口と言うものなのである。

2

もしも変身できるならば、老後、マダカスカル島の鴉になりたい。と言うのがぼくの希望である。グリコ一粒三〇〇メートル、けつまづきのノメクリ馬太郎！　とびたいばけたいかくれたい。だが、そんな希望も大都会へ来てからと言うものは、すっかり埃にまみれてしまっていた。ぼくは、ぼくのままで変身し、しかも、ぼく自身の抵抗にもかかわらず、日ましに叛逆的な男になっていった。そしておお！ついにぼくは、赤い紐で顎を結わえて病院に行き、待合室の窓から、ぞっとするほど深いビルとビルの裂け目を見下ろしながら震えていた。ぼくは医師に言った。「変形です。変形です」。すると医師は、侮蔑的にカルテをひらいた。

　そして「証人はいるかね？」

と訊ねた。（たしかに、証人がいないのはまずかったが、これほど顕著にあらわれている変身の徴候が、羊腸医学で見わけがつかない訳がないではないか！）

「何にメタモルフォーゼしたのかね？」

と顎を結わえた赤紐をほどきながら、医師はぼくに訊ねた。「ぼくにです。ぼくに変身したのです」とぼくは答えた。医師は殊更に論争することを避けて、実験用の鼠とぼくとを見比べながら言った。

「そりゃ、そうだ。鼠に変身した男だって、何に変身したかって訊かれりゃ、ぼくに変身したって答えるに決ってるね。まさか他人に変身したとは答えないだろうからね。こりゃ迂闊なことを訊いたもんだ」。ぼくは告白した。「実は、今朝目を醒まし、何時ものように洗面所へ行き、棚からチューブ入りの歯磨きとコップを取ろうとして手をのばしたら、手がとどかないのです。たしかに、普段から、この棚は高すぎるから、もう少し低いところに吊り直さなきゃな、と考えてはいたのですが、手がとどかないということはなかった。で、これは変だな、と思ったのですが、そのときは踏み台に上って用を足しました。ところが、洗い終った顔を写そうと思って鏡の前へゆくと、鏡の位置がいつもより高くなってしまっていて、上頭部しかうつらない。このへんから、ぼくは犯罪の臭いを感じ始めました。サイズのバランスが違う。本棚の本が取れない。電球のスイッチをひねることが出来ない。食堂へ行くと、テーブルの高さが顎まであって、コロッケが目の高さにある。誰が椅子の足を切ったのだ！　と椅子をしらべてみましたが、椅子に変ったところもないのです。これは真赤な陰謀に決っている。個人の変形は、つねに全体論者の企らんだ策略に決っていますからね。

　ああ、**このままでは、どの顎を下げて、アパートへ帰れましょうか！**」

　――つまり。と医師は言った。あなたの体が縮んだ。少しずつ、縮小し、卑小化してゆく。

と、こう言う訳ですな。

「怪病です。サイズの発狂です」とぼくがテーブルを叩くと、医師は論文《エッセー》的な微笑と、驚くべき中世ドイツ語の咳払いをして、ぼくを解剖用の手術台の上に乗せた。台の上には目盛りがついていたが、しかし身長の測定といった簡単な診断からは何も得られぬことを知っていたので、医師は測らなかった。医師は嫌がるぼくの口を開かせ、喉の奥ふかく懐中電灯をさしこんで内臓を照らしたり、黒マントの人形使いがするように、ぼくの両耳から親指をさしこんできて、奥歯をガタガタ鳴らしたりしたが、やがて言った。「すこしずつ、すこしずつ膨張しているとか背がのびているとか言うんなら、治療用の鋸も使えるんだが、ちぢんでいるというんじゃ、どうもねえ」。

そして、医師は繃帯をとり出すと、ぼくの全身に巻きつけようとし始めた。たまりかねたようにぼくは叫んだ。何をするんです？　一体。先刻から黙って聞いていると、あなたはぼくのことを縮んだ、縮んだ、と言っているが、ぼくはちっとも縮んでやしませんよ。何だって？　と医師は、ぼくを手術台の上に抑えつけ、木乃伊《ミイラ》職人ロバート魔人のように睨み下ろした。ぼくに繃帯を巻くのは止めてくれ！　この手術台や椅子や、窓枠や、この病院全部を繃帯で縛ってくれ！　ぼくはぼくのままなのだ。ぼくはぼくのままなのだ。ただ街が、都会が巨人病に罹り、すこしずつ、すこしずつ膨らみはじめたといっているのだ。サイズの発狂はぼくを変形させてしまっている都会の厖張の革命的第百犯罪だ。むしろ遠近法をあやまらせた暗黒の病都会を繃帯でぐるぐる巻きにして縛りつけ、解剖学書に新しい一頁を書き加えてくれ。放っておくと、都会はプロプディンナグのような間抜面になって、どんな長距離繃帯をもっても巻ききれなくなってしまうぞ。

3

都会の二夜。

またはわが、恐怖の弁明。

大学の政治学科では「仮想給食」の研究が極秘裡にすすめられている。それは始めの内、一匹のアンハッピイ種の老犬によって実験されたものである。すなわち、施事者は満腹感を暗示すべき「犬語」によって、老犬を説得する。老犬は(うまく欺されると)消化白血球をふやして、食物摂取後のような状態を示すのである。政治学教授は「仮想給食」の威力を示すために老犬の真紅のビロード地の腹裏を裂き、その血液の中に増加しているブドウ糖をはかって見せた上で、「いかにして暗示を与えるか」について の問題が世界史の運命を決定すると断ずる。老犬は大学の教室の片隅にある床板の下の墓場に埋葬される。

そして、教授はプラトノフの「生理学的、および治療的因子としての犬語」こそが、修得すべき最良の教養であると語ってテーブルを叩き割り、それを知識の火のなかにくべてしまうのだ。

誰が一体みずからの灰を捨てにゆくことが出来るものだろうか? 誰が一体大学の教室で、または書物の頁の上で、野垂れ死にしてしまった自らの屍をかついで、漂流の十五少年たちの呼ぶ声に出でてゆく老ハイテーンのトムソーヤーになろうと望むものだろうか。

母親は息子に、「仮想芥子《からし》」の暗示をかけて息子の皮膚に家系の赤い斑点をしるそうとする。「仮想空腹」という理念によって富豪出の共産主義者は自らをはげます。冬服専門の洋裁師にとっての研究テーマは「仮想寒冷の社会化」ということであり、街娼青森ローズにとっての切なる願望は「仮想性欲の増大」と言うことである。そして、地球儀の神経中枢へ興奮の衝撃を与えるべき犯罪は、やがて「仮想悪」という霧の夜の殺人を生みだし、「仮想平和」を願う集団催眠の企らみは、思想街の製粉所で粉の煙のように挽き出されては売りさばかれるようになるのだ。

「あなたは禿頭病に罹っている!」と「仮想学会」の信者である理髪店の親父は北欧の全燕麦ほども多いぼくの髪の毛をつかんで叫ぶ。「仮想地震」の妄想にとりつかれた引退作曲家中村ショパンと女婿は、ひっそりと鉄筋コンクリートの地下邸宅の応接間で、朝起きてから夜寝るまで小刻みに揺れつづけ、運動量過剰でめっきり痩せて来たし、「仮想マラソン」に出走していった爆弾三勇士の死に残りの四番目は都内の全電車路を駈けまわって、それっきり帰って来なかった。驚くべきは「仮想ビル」の「仮想社員」である鳥群たちであって、彼等は物理的に何も存在しない空地のペンペン草の上に事務用机を並べ、ある仮想の商事会社のために定時間だけ、仮想労働しては帰ってゆくというのである。「仮想の鳥」を都市の空にさがし続ける老処女の童話作家の黒はもちろん、その鳥を「仮想の猟銃」で撃ち落そうとする実業家の平衡欲も残念ながらぼくは持っていない。

だが、きわめてぼくにはっきりしていることは「仮想」という犯罪が、魔神の許した「もう一つの世界」と相違しているという根本的な自覚であり、「仮想」の理念は常に、**何かの代理として**存在するにすぎないのだが、ぼくの想いえがくなつかしのメロディ地獄はただの実相でしかなかったことなのである。おお夢の工事現場を見せるな、覗かせるな、星を焚いてことばを書きあつめよ。

「仮想」の哲学の最も奥深いものは「仮想死」ではなくて「**仮想生**」である。誰も猛人の検事になって、「仮想生」を装う頽落の死者に、生きることを拒むための求刑を下してやることは出来なかった。

そのために死者たちは背広に身をくるみ、ネクタイをしめて都会の喧騒にひっそりと忍びこみ、今では、都市の人口の過半数が「仮想生」を装う死者で占められているのに、誰もその事について語ろうとはしていない。あなた、あなた、あなた、あなた、あなた、あなた、あなた方は電気冷蔵庫をあけたときの、あの冷やりとした霊気に気づいたことはないだろうか？　あの冷房装置が送りこんで来る死者たちの望郷の息吹きを誰がホームドラマすることができよう。いますぐ家畜会議をひらけ。そして、野犬捕獲人がまちがってつかまえてしまったのらくろ上等兵の戦争責任の背後から死と生とを裁断するゾリンゲンの鉄の埋め場所をさがし、クイズを解き、小鳩くるみを仮想しよう。あなた、あなた、あなた、あなた、あなた、あなた、あなた、あなた。

4

イルカの居場所の研究をしているうちに、イルカいるかいないかが判らなくなってしまったという女子大学生の友人が訪ねてきて、昨日墓町でぼくを見かけたという。

——しかし、昨日のぼくは墓町なんかへは行かなかったのだ。

(何かの間違いだろう!)とぼくが一笑に附すと彼女は、ぼくまでがイルカのように海抜何千メートル深くかくれようとしているのか! と言わんばかりに「たしかにあなただったわ」と言うのであった。あなただったわ。あなただったわ。墓町にあなたがいた!


翌日、ぼくは下痢をして、朝からアパートにひきこもり(書物から活字をひきはがして意味だけをのこしておく)と言う陰気な愉しみに耽っていると、べつの大学生の友人がやって来て「何でまた、アナゴなんかに興味を持ち始めたのだい」というのである。

ぼくが憤然としてアナゴなんかに興味はないと叫ぶと、彼は「だってきみは今日、尻町の水族館で、**アナゴ**ばっかり見ていたじゃないか!」

と言うのである。——勿論ぼくは、尻町にも水族館にも行かなかったので、たった一人でこのアパートに閉じこもり、モンテクリストのように蟄居していたのだ、というと彼は二重顎を痙攣させて哄笑して、「アナゴに興味を持ったからって、そう恥かしがることはないさ!」となぐさめた。翌日、ぼくはアパートのドアに外から鍵をかけ、絶対に外出できないようにして不貞寝しながら自分の足の裏の正確な面積が、地球の表面積(但し海を除く)の何分の一にあたるかの計算に熱中していた。するとイルカの彼女とアナゴの彼が一緒にやって来て、やっぱり蚤町で、ぼくを見かけたと言うのである。ぼくは自分のアリバイを証明するためには弁護士プレストンを雇ってもいいと絶叫したが、その興奮ぶりがますます彼と彼女に確信を持たせることになった。「なるほど弁護士が必要だね」

と彼が言った。「何しろきみはA町で小学生の女の子のズロースをひき下ろして、赤犬のように舌を出して舐めようとしていたんだからな……」「あなたは舌をひきずって歩いていたわ」

と彼女は嘲った。「蚤町から草町の方へ向って尻尾をふりながらね」

悲しむべきことだが、ぼくには自信が充分あるとは言えなかった。そこで、草町まで行って「その男」に逢おうと決心したのである。ぼくは自分のための目じるしに赤い紐で顎をむすび、草町を真夜中じゅう犬のように息をせききらして「ぼく」を探して歩いた。（しかし、勿論、ぼくは、ぼくに逢うことなんか出来やしなかった）そこで、すっかり疲れてアパートへ帰り、階段を昇ってぼくの部屋のドアをあけようとすると、話し声が聞こえる。誰もいない筈の部屋で誰かがイルカの彼女と話をしているのである。ぼくは身をこごめ、禿鷹の老興信所員のように鍵穴から中を覗いて驚いた。イルカと話しているのは「ぼく」なのだ。そしてイルカは、ぼくが赤紐で顎を結んで犬のように草町をうろついていたことを報告し、ぼくは聞きながら如何にも愉快そうに大笑しているのであった。

はてなの町の怪人、ぼくの心は謎だらけのただの袋？　いるかいないか、いないかイルカ。

5

都会の三夜。

または、継続と終末。

地平線はどこから始まってどこで終るか、という宿題を出された小学生が、画用紙に一本の線を引いて兄に見せると「こんな短い地平線なんかあるものか」と一笑に附されてしまい、その線を画用紙の外へ一メートルほど延長させてみたが、やっぱり短かすぎるように思われたので、線をすこしずつ延長させてゆき、アパートの外へ出、さらに公園を抜けてゆき、いつのまにか見えなくなってしまった。そしてそれきり、帰って来なかったのである。

このありふれた失踪事件に関する二、三の関係者の発言は次の通りである。

航海学者　騒ぐことはないさ。子供の引いた線は大洋を横断して、またもとの地点へ帰ってくるに決っているのだ。

母親　だけど、その前にあの子は年老いて死んでしまいますわ。

大本教信者　死んだら、べつの人が代って継続するでしょう。生命が一本の線より先に滅ぶ訳はない。

母親　私はべつの人なんか帰って来て欲しくは無いんです。すぐにあの子を連れ戻して欲しいんです。

先生　そんなら、あの子の引いた地平線を辿ってゆけば、明治の人力車でさえおそくとも十一月には間違いなく捕えることが出来ますよ。

警官　いいえ、駄目です。都会には交錯する線が多すぎます。画用紙から始まった一本の線がビルの、どの稜線につながっているのか、数千本の電線がどの「線」を辿ってラグランジュの「線型微分方程式の研究」に延長されているのかは、とても見分けられたもんじゃありませんよ。

七月革命氏　だから俺は決闘したのだ。地平線の純潔を潰したのは幾何学の定理であり、**つまり、それがユークリッドの投げ手袋になったということは……**

さて、その小学生失踪事件の顚末については、私は知らない。

（ビルの片隅で、ひっそりと手の皮膚の「線」を辿っている老手相見の中に、かつての地平線の探求者を見出した、という密偵もいたがそれも確かな筋の情報とまではいかないようである）

——ただ、私にとって重要な事は「線と人間の相剋」に関する様々な分析が、ようやく東京の運命として考えられ始めたということである。例えばエグジスタンス教授の場合、彼は、すでに定年を過ぎた老教授だが、書斎の中の小さなガラスの金魚鉢の中に一匹のペットを飼っていた。

ペットというのは「線」である。それは、ほんの糸屑のように細い、繊細な生物であるが、教授の青春時代から飼われつづけてきたものである。線の年齢は少なくとも四十才以上にはなっているのに、一向に老化の兆が見えない。教授の研究テーマは「終末論」であり、あらゆる存在は「終局の点」の設定と、そこからの可逆法則によるエネルギー形成だったので、彼は「終末のないものは、存在と呼ばない」とまでいい切っていたが、金魚鉢の中の一匹の「線」だけは教授の意に反してなかなか終りそうもないのであった。線は教授の「線の観察」という著作によると、金魚鉢に水もないのに、目高のように泳いでいた。形はふだんから、輪形にまるまってい て、決して線状にほぐれることはなく、餌は必要としなかったが、稀にかなりの速度で鉢の中を小渦巻状にまわって運動することもあり、金魚鉢の外へ出ることはなかった。教授は、いつからか、このペットを憎むようになっていたのだ。なぜなら、「線」より自分の方が先に死ぬということがはっきりしていたからである。この「線」は、一体どこから始まってどこで終るのか、見当のつけようがなかった。長さを測りはじめたらきりがなくて、教授の経験では、地球を一周する数字を得ても、まだ、はじめなのだか終りなのだかはっきりしないという仕末だからである。教授は腸をふりしぼり、心に念じた。

「こんな莫迦げたことはあるべきではない。「線」は終るべきなのだ。」

ある夜、教授は女中の寝落ちた時間を見はからって、金魚鉢を書斎から研究室へ持出した。そしてジユール・ボワの「ある人間の意志が他人の意志を包みこむことが呪いである」という言葉さながら、金魚鉢にのしかかり、輪形になっている「線」をつまみ出してみると「線」は、まるで輪ゴムか肉体女優の靴下止めのように伸縮自在であった。

教授は、その線を首を吊れるほどの大きさに広げて中を覗きこんでみた。線は、まるで空っぽの月の輪郭のようだった。教授は、机の抽出しから、そっと濡れた鋏を取出してその月の輪郭を思いきって切断してみた。「線」の終末、ということが、鋏によってだけ可能と思われたからである。しかし、「線」は死ななかった。それはただ同大の二つの輪になっただけであった。そして、輪は縮むとまた行儀良く金魚鉢の中へおさまって、二つとも上機嫌ではずんでいたのである。このとき、教授は「線」の存在が、物質を超えた何かなのだと思った。たとえば、物質を断切った魂「いやいや、手でさわれる魂なんてある筈がない」。とすると、永遠なる物質ということになるのか? もし、そうだとしたら「線」は、教授の思想上、もっとも許すべからざる存在だということになる。

「これを、敵学派に知られたら、まずいことになるぞ」

と教授は考えた。

だが「線殺し」の能力を持つ者が、そんなにいる訳はない。

教授の研究室の墓場に集まって来た幾人かはことごとく小さな金魚鉢の中の「永遠」を処分することに失敗した。たとえば「線」のまわりに模擬線を引くことで、線を他の線と混同させてしまおうとした古典数学者の試みも、いきなり「線」を食ってしまおうと謀った飢餓の大学生ガロアも、「線」の紐に一〇〇〇冊の非寛容の書、確率論を束ねさせることで「線」に過重な労働を科そうとした決闘の丘の地平線も、結局は、「線」に終末を与えるまでに至らなかったのである。教授はしみじみと金魚鉢の中の「線」を見下ろし、トラキアの少女の「星は見えても自分の足もとは見えないの」ということばを思い出した。

「こうなったら、線の終末にはたった一つの方程式しかない。

——それは「線」に自殺させるように謀ることだ」と。

しかし、一体「線」に自殺するほどの絶望を与えることができるのは誰か？

6

眼球銀行がぼくらに示す部分継続の思想について、ぼくは一篇の漫画をかいた。

男の子がオハジキをして遊んでいたら、中に人間の眼球がまじっていた、というやつである。男の子は、その眼球を日にすかして空を見ると意外なことに、死んでいる筈の眼球の中で空は青々と晴れているのだ。

この「眼」による生命の継続は、都会ではすでに日常化されるようになり、数年前に物故した保守党の老政治家の「眼」が、現在何の縁故もない雀ケ丘の中学生に嵌められて用を足しているのは有名な話である。ぼくは、自分の眼球をはずして銀行の霊蔵庫に預け、一〇〇年前に自殺した少女の「眼」を代りに嵌めて街へ出た。すべての風景を灰色に見ようとするぼくの企らみは決して悪い思いつきではない。

一〇〇年前の少女の絶望を継続するために、ぼくは雨の日の記憶画廊を抜けて公園へ出る。すると公園のベンチに腰かけ「誰か私の相手になって下さい」というボール紙の札を吊った老人がこっちを見ているのがわかる。老人は自動手まわし式会話機で、自分自身と対話しながら、物欲しそうにぼくを凝視している。ふいに、ぼくは驚く。その老人の嵌めている眼球こそ、ぼくの預けて来た「眼」なのである。ぼくの眼がぼくという現象を見つめているとき、この幾何学的なオペラは、見られるものを見、見るものによって見られ、視線の起伏を墓掘人の丘にかえてしまうのだった。

だが、部分継続が「線」のように巷間に交錯しはじめることは、人たちにとっての願望である。ぼくの唄いやめた装飾楽句、切り裂きジャックの血まみれたカデンツァを、遠い町で見知らぬ誰かが蝶のように唄い継ぐ。そして、その誰かの川岸のバリトンが唄い止んだところから、またべつの誰かが同じカデンツァを「継続」する。都市は決して終らぬ一つの歌。永遠の貌を見せはじめてゆく。これが眼だけではなく、「声帯銀行」「喉銀行」「歯銀行」「脳味噌銀行」「睾丸銀行」……と部分継続医学の理想を達成してゆき、人間と線の一体化をはかろうとするのが歴史の花市場というものである。やがて、ぼくもまた他人と同じように決して終ることのない一生を生きることになるであろう。

ぼくの葬式の日に、ぼくのすべての解剖標本はそれぞれ他人の中に継がれて生き、百鬼夜行の言葉の亡霊たちが葬列にやってくるかも知れない。そして、ぼくの棺桶の中で、血の婚礼の「終末」を迎えることの出来るのは、ほんの遺品の一つかみの白髪ばかりということになったとしたら高島易断はぼくに心臓の北のいかなる……ぼくだけでも世界で最初に「終る」にんげんでありたいのです。

地獄篇　第八歌

1

詩は何かのかわりに存在するのか？
北日本石油会社のガソリン・スタンドの裏口で木
の箱に腰かけて
古新聞の切り抜きを数えている老労働者の明智小
五郎
蠅色のスープを飲む前に
あてもなくお祈りをしようと組まれた
街の十七の養老院の老人たちの
ありったけの手
詩は言の寺、ことばの寺と書く。
山は行方不明だ。
兎を撃つつもりの猟銃が

書物の中で暴発してしまったぼくの少年探偵団

怪人二十手相

詩は何かのかわりに存在するのか？
市街電車の中
売りにゆく母親のためのミルクをあたためてやる
明智小五郎のあつい頬
児童福祉局の捨て児受付所の係官明智小五郎の
終りのない花札遊び
時には赤児専用の　高さ四十センチの体重秤りの
上から現代を鳥瞰しようとする年若い運動家明智
小五郎の弟よ
明治大学法学部の犯罪博物館の隅の窓から輪郭の
ない月の光が射しこむ
白昼のうちに
棒高飛びの選手さえ跳び越えられなかった一つの

世界の高さを　君は2Hの鉛筆で測定しようと企
らむのだね、明智小五郎よ
だがしかし謎解き時代の校庭でトレーニングして
いるときも
詩は何かのかわりに存在するだろうか?

手

あなたはいまも溺死人上海リル
深い眠りに洗われて
蠟燭も点けずに昇ってゆく　左手で父殺しの手摺
りにつかまりながら
あとの右手で目かくししながら階段の上の突きあ
たりの娼婦黒鳥ちゃんの麻薬あそび
もう決して救いの叫び声をあげたりしない青森ロ
ーズの生理の洗面器の中を捜査中の明智小五郎よ
たかが言葉で作者を呼び出すこともできないのは
なぜか?

2

一寸した興味から人形蒐集家あるいは古着屋の独裁者を訪ねることになった。彼は近代建築のビルの中に棲む大アルベルトゥスである。彼は十一月のエレベーターの中で、ぼくに怖るべき告白をした。

「身体の各部分が星の影響によって動くと思うかね?

君の身体の　ありとあらゆる部分がカシオペアやシリウスの影響で動くと思うかね?」

ぼくは、そんなことは信じられないと答えた。実際ぼくは、占星学が人生におよぼす力などについては、たかをくくっていたのだ。すると大アルベルトゥスは言った。「よろしい。身体の部分が星の運行によって司どられるという思想は無しにしよう。天体と感応しあう肉体、という考え方は自然の法則に甘えすぎている。ペガサスの方位で、きみの親指をほんの少し動かしたり、大熊座のまばたきが、きみの消化器官に変化を及ぼしたりするというのでは、ロマンチックすぎるからね」。ぼくは、大アルベルトゥスと二人でエレベーターを昇っていった。どこまで行ってもエレベーターに終階はなかった。しかし、エレベーターの中にいる限り、高度一〇〇〇〇メートルの上空でも星を見ることはできなかった。

「真相だ」と大アルベルトゥスは言った。彼の山高帽の暗黒の中で宇宙儀がまるで老婆の糸巻車のように狂転した。

「真相だよ。いいかね。星が人を動かすのではなくて、人が星を動かすのだ。

余の一寸した親指の動きがアンドロメダ星雲に点滅を与え
余の一寸した微笑が、オリオンにまどろみを許すのだ」。


テーブルの上に雨季がやってくる。

煖炉の上の二〇年代のスコッチウィスキーの空壜が曇ると中につまっている大暗黒星雲は見えない。

しかし、余には見えない存在を、ひと巡りするための航海学があり、酩酊は大佐と夫人との目から出る星にさえ天文学の運命を与えるだろう。


ぼくは、この男の蒐集している人形について、短いノートをとった。たとえば一つの時計人形、これもまたさみしい中年男のための機械である。この人形は「時」が来ると、時鐘のかわりに快楽の悲鳴を上げる。そして悲鳴による時報を告げ終ると捕虜のようにばったりと斃れて死ぬのである。十一時には十一回の悲鳴をあげて、十一回死に、十二時には十二回悲鳴をあげて、十二回死ぬ。だが、この人形がドレスデン製の鳩時計と違う点は、何度人形が死んでも時計の文字盤の裏から、葬儀屋が顔を出さないことである。風が吹くと風車がまわってピストンが動き、老婆が赤児をノコギリ挽きにしはじめる人形もあれば、歌う首もある。だが、どの人形も、自分を作りだしたものが何であり、誰であったのかについて質問することはない。もしも、うっかり詩が何かのかわりに存在するのかなどと質問することは、運命への逆行をたくらむ自殺的行為になってしまうことだろう。

3

ラスコーリニコフ君の華麗な一日。

宝クジで、また母親があたってしまった。この上母親をどうしよう。ぼくのアパートにはありとあらゆる母親たちが山積になっているのだよ。と一人の都市の男が名案した。「巻きつけておくといいよ」。水道管にぐるぐる巻きにしておくと水道管の保存に役立つかも知れないよ。あるいは風呂敷に包んで、そっと満員電車の片隅に捨てて来たらどうかね？

「それもそうだね」とその男も賛成してくれた。しかし、ただで捨てるのは勿体ないから、せめてどっかに景品付きで売るという手はないものだろうか？　ということになり、よく消毒してから仲買人に来て見てもらったが、やっぱり「売れない」と言うことである。それで仕方なしに古い漫画新聞と一緒に束ねて、古道具屋か屑屋かに引取ってもらうことにしたが、屑屋は今はどこへ持っていっても、母親は置き場所に困る位ありあまっているから勘弁してくれ、と言うのであった。そうなると修繕のきかないものだけに、処分の仕様もない。部屋じゅう、足の踏み場もないほど母親がごろごろしているのに、仕末する方法は何もないのだ。食料品店で買ってきた「箱」の中に何分の一かは詰めこんで蓋を打ちこんでしまったが、それでもまだまだちっとも片附かない。しかも眠っていてくれればいいものを、浴室のタイルの上で薪拾いをしようとしたり、電柱から桃の実をもぎとろうとしたりするのだ。この、テレビジョンの家畜、心やさしい老眼鏡の哺乳動物は、法律的に保護されているので芝浦屠殺場経由で食用に供することはできないし、何より不気味なことは、どこにでもいるということと、何時も微笑しているということである。「おれはおれの一生をテレビのチャンネルではかりつくした。おれはどこか向うの部屋から聞えてくる音楽にまぎれて小人になって長生きしたい」。だが、じいさんよ。ばあさんよ。きめようとして、きまらぬものは何か。きまるものは何か。きまりかかったものもなく、きめてきたものとて何もない。一椀の味噌汁の中の苦いプールで、夜泳ぐばあさんよ。母親よ。きめようとして、きまらぬものは何一つありやしないさ。きめるためには時間がかかるが、六十何年かかって準備してきたことじゃないか。ドアをあけてごらん。ドアのすきまからキッコマン醤油の夕闇の這いのびた空が見える。捨ててきた歳月の淵で、痩せた近代の料理人が庖丁を研ぎながら呟やいているよ。
「おいらの田舎じゃ、スィートピーの花がめくら
釣瓶に密生し、殺人小説がよく売れ
捨ててきた虻めがよく井戸のまわりを巡ったもん
だ。ほんとに冗談が好きで
おいらは一日、爪を切りながら冗談ばっかり言っ
たもんさ。
冗談ばっかりね」(ピントはずれの老人の夢、ま
たはラスコーリニコフ君の未来の記憶)

4

Ohé, ×! où est ×, as-tu vu ×?
定理(×=家畜小舎の淫売)

よくある三文小説の導入部のように、男がもう一人の男を斧で殺した。

人生は月のように冷たく重く、その下男部屋の隅から隅まで照らし、蝶番のゆるんだ木のドアは、バタン! バタン! と曇天を数えていた。

男がもう一人の男の兄ならば、もう一人の男はその男の弟なのだが、男がもしも、もう一人の男の父ならば、もう一人の男はその男の息子だということになるのだった。あるいは男が、もう一人の男の弟ならば、もう一人の男は、その男の兄だということになるし、男がもしも、もう一人の男の息子ならば、もう一人の男はその男の父だということになるのだった。ぼくはそれらの偶然性を組織するために白夜の「審判」をうけにゆく。唯我論者の溜まり場で、一人の男がひっそりとコーヒーを飲みながら、ぼくにこんな話をしてくれた。その男はもう中年で、「事件」の話の他には、何ひとつ語ることを持たない孤独な老人だった。あれから、もう二十年も経ってね。いろんな奴が破産したよ。ある者はガソリン・スタンドで酔っぱらって石油の中で溺死したし、ある者は野菜倉庫の暗闇で首を吊った……

だが、誰も、誰ひとりとして事実と現実のツーペア、三枚並んだ真実とのフルハウスでは勝負に出ない。リーズするのがこわいんだね、外を塵芥車が通る。市民戦争の夢のほころびを縫う赤い絹糸。実は

老人は、その殺人事件の当事者であり、長い間あきらかにされなかった「二人の関係」を語ることの

出来る、たった一人の男なのである。陽の縞がテーブルを囚える。一匙のコーヒーが、スプーンの中で冷めてゆく。「男と男の関係」……ロシア映画にうつし出されるにんじんの量感。他人の情事問題に、なぜ、ぼくが興味を持たなければいけないのか…………老人は飢えながら、そのことを語るだけのために、毎日生きてきたのか？　しかし老人は語りやまない。「私が捕まった日のことを、知っているかね？　捕まった私がなぜすぐに釈放されたか、知ってるかね？　私は、ここで捕まったんだよ。私はここで、皆と同じようにして　古い音楽をポーラ・ネグリの「マズルカ」を聴いていたんだ」。やがて、一人の男が警察へ電話をかけた。そして警官がやってきた。一人の男が警官にこう言った。――犯人ですよ。間違いありませんよ。

　すると警官は首を振って言った。――いや、犯人はすぐにつかまったよ。

　犯人は、自殺していたよ。私が探しに来たのは、**失くなった被害者の死体の方なんだと。**

＊

結局、「事件」は外見的には存在しなかったのである。だが宿題はまだ、解かれた訳ではなかった。

　この老人が「生きのびた死体」で、被害者だとしたら「死んだ魂」の下手人は一体誰なのか？

　誰が一体、魂を死なせて霧の夜に警察に密告したのか？　そして、この無残な老人に「事件」の妄想を煙のようにまきつけているものは一体何者なのか？「さらば、死体よ」と地下で唄っている魂に巡りあうために、ぼくならば、どの階段を下りてゆけばよいのだろうか？　たった一人の男の中から「さよなら」も言わずに出ていった無数の男たちの、喪失した故郷を唄うには私はあまりにも青森県から遠くへ来すぎてしまったようだ。

5

　義肢製作所に務めるようになってから、男の「木を見る眼」がすこしずつ、今までと違ってきたことに気がついただろうか。男は、足になる木を削りながら、木の歩行速度に関する論文を夢見ているのだ。義肢製作所の裏庭には「**足になる木**」の苗が育っているし、作業場には、花咲ける足の木が、歩き出すべき日を夢見てひっそりと積まれ、陽を浴びている。

どんな木だって歩くことが出来ない訳はない。どんな可燃性の木材にだって、法務省の階段を昇ってゆく「足」に変身するチャンスはあるのだ。しかも、人は許すことに馴れている。人は約束の土地を踏みしめる足が、自分の血の通わない木製の義肢であることを、快くみとめている。そして、ときには木と自分との幸福な合作による「犯科者」を作りあげる喜びにおののきながら、樫の木の高い梢を見上げ、息も荒々しく斧を叩きこむ。——だからこそ

冬木伐る倒れむとしてなほ立つを

などと、木を情欲的な目で見つめる十七音の変態者も生まれてくるのである。

二人の悲しき四十男は、ともに義肢製作所の職人であった。彼らの作り出した木の足はすでに一〇〇本をこえていて、蒲田か大森のどこかを歩きまわっている筈であった。どんなズボンにかくされていても、どんな厚皮の靴をはいていても、二人の男は、足音だけで自分たちの作った義肢を聞きわけることが出来た。満員の目蒲線から吐き出されてくる足音の激流のなかからでさえ、たった一つの足音を聞きだして、「いるね?」と一人が言うと、もう一人が「いる」と言って顔を見あわせてにっこりする。二人は勿論、神の力などは信じなかった。「足になる木」を木材市場でえらび、木の手ざわりで、足の性別や年齢をきめることが、とても愉しかったからである。だが「足になる木」を支配できたとしても、それは二人の四十男の完全な満足を得られるものではなかった。なぜなら、彼らは「**木になる足**」という、もう一つの造花の世界には全く非力だったのだから……**詩は何かのかわりに存在するのか　足は木になり得るか**　この疑問を持たずに義肢製作所に出勤するものはいない。十一月。真夜中にひっそりと義肢にカンナをかける老職人たちも、件の二人の四十男も木と足の関係のもつ人間的エゴイズムに、ひそかに責められる思いをいだきながら、夜業にはげむ。だが、一本の梨の木の股を切り落したあとで、だれが足を接木してやることが出来るものだろうか?　地上では、「足になる木」の話題など流行ら

ない。専ら「木になる足」のことだけが問題なのだから…………

四十男1　まだ人生の始まるより前の話だがね。

四十男2　お前が東北地方の農村にいた頃の話だな。

四十男1　ああ。俺はまだ何もかも暗黒だった。「閉じよう」としていた時代だ。この世で一番美しい毒物、ホーマーの「ユリシーズ」の表紙を木綿糸で閉じて川へ沈めた時代だ。柿の裁縫箱には針がいっぱいあったしね、糸だって糸巻きに髪の数ほどもからみついていた。俺は、出来ることなら地平線がもう決して開かないように木綿糸で縫いとじてしまいたいと思っていた、あの鳩の目を閉じた少年の日のように。そしてもう決して、その割れ目から真赤な日が昇ることがないように、継ぎ布で蓋をしてしまわなければいかんと思っていた…………もしも、日が昇ったとしても、それを決して見ないように。瞼も赤糸で縫い閉じてしまわなければならないのだ…………そんなとき、俺は閉じようとした目の暗黒のうすあかるい視野のなかに「木になる足」を一本見た。

四十男2　「足になる木」を一本見たのだろうが。

四十男1　いやいや！「木になる足」をだ。それは赤い曠野にさかさに立っていた一本の足の木だ。花咲ける足の木だ。しかも、その足は生きていた。

四十男2　お前は磔刑のことを言っているのではないか？　脱走兵の逆磔を見たのではないか？

四十男1　解釈などは必要ではなかった。俺は足が木になってゆくのを見たのだ。閉じようとしても閉じられぬ瞼のすきま、果しない曠野に立つ「足の木」。悪のおののき。影。犬神の卒塔婆。

四十男2　なぜそんなものを見たのだろう。義肢製作所へ来るのは、お前の宿命だったのだろうか。それとも小学校の運動会につながる幻想だろうか。

四十男1　俺は見た。「走らない足」「歩き出さない足」…………根が下りてしまっている青ざめた足。そのくせかがむことも、立ちあがることも、靴をはくことも出来ない足…………曠野に捨てられた、大脱走放棄の足の根。

四十男2　自然と足の一致だ…………

四十男１　踏み出さない足がか？
四十男２　安定の問題だよ。
四十男１　俺は違うね。俺はその足の木を売って、その金で田舎をとび出して来たんだ…………足の木はたぶん、いまも栽培されて、うまい工合に育っているると思うよ。

だが「足の木」は植物図鑑には載っていない。また、足を切って楡の木に接いで、指節から葉が生えてきたという話も耳にしない。木はいつまでも人に与え、人は木の世界に何かを与えるすべを知らない。木語を話すこともなく、木を殺し、また木をして木に生ませる。だから、と義肢をつけた一人の小学校教師は二人の四十男に打ちあけたそうである。「気をつけなきゃいけません。木は機会を狙ってるのだ。あれは法則のスパイ、汎神論の教条主義者。花咲爺の末裔だ。…………たとえば、九人ひとが集まっていたら、その中に一人は必らず木がまじってると思わなきゃいけないのだ」と。

地獄篇　第九歌

1

その荒涼たる曠野を、男が一本の櫛を持って落日の方へ歩いていくと、あっちからも、こっちからも櫛を持った満州浪人たちが影のようにあらわれて、やがて地平の果てに消えて行った。大夕焼の彼方に、梳いて長征すべき無窮の髪の王城があるのかどうかはぼくにもわからぬ。ただ、アジアの黄昏に大列車強盗にあこがれながら、唯物史観の標識をへし折り、ふみつぶしてゆく言語の馬賊、またの名の亡命の幌馬車は、ぼくにマッチの火で手の中を照らさしむ、「マッチの火の中の在りし日、かの宿命の越境を政治化せんとせし、父の夢いまいずこ」。ぼくは肥後守の錆びた刃で、ぼく自身の夢の垢をけずりおとそう。ぼくは歴史学者になりたいとは思っていなかった。少年時代、雀を引裂く爪にも、「近代」を売る貸本屋の主人にも、聖なる牢獄守にもなりたいとは思っていなかった。ぼくはむしろ養いつづけてきた瞑想への一つの到達として、一切の諸科学の鳥を超え、地位や権力よりももっと高み彼方の、あるものになりたいと思っていた。

それは「質問」であった。ぼくは「**大きくなったら、質問になりたいのです！**」

ぼくは断腸の屋根裏部屋から「譚海」新年号付録の紙の望遠鏡で遠望し、帰宅すべきぼくの蕩児の家畜問答を見わけねばならなかった。

その頃、ぼくは納屋の捨て車輪のかげの、古い農具箱の中で、自らの目をふさいだ盲の男の裔と出会った。この盲児、北海自殺党の論客は、盲のくせに、夢を見ることができなかった。そこで夢で果すべきことも現実で果さねばならず、世を欺くために工業学校へ通い、べつの「摂理」への忠誠を装っていた。

うしのにくを　たべました
うしは
ころされたぶんだけおいしかった
です

というのが、彼の遺書の冒頭に記されてあった。「ころされたぶんだけおいしい」という思想は、ぼくの地獄への自由律、放哉殺しの花鳥風詠である。

ぼくは、この盲児の頭上で、風見鶏のようにまわる意志の方位にあこがれよう。それだけが、犯罪長屋の鵙！　風に逆らうぼくのラスコーリニコフの、人生案内ならば……

わたしはあんざんしました
しんでから　ふろにはいりました
おんなのかみのけをたべたさかなはわるいゆめです
一じかんめは　あんまでした
二じかんめも　あんまでした
三じかんめも　あんまでした
四じかんめに　うしをつくりました
そこにはなが　いる　あった
あんまはからくさ　むずかしいのはぼしあっぱくで　すきなのはぼしじゅうねんです　わたしはとうもろこしにさわったことが　ありません

あんまの犯行については、ぼくは何も書きたくない。櫛もてる男たちが、はるばると侮蔑と鴉の大東亜の彼方へ去ったあとの無惨な居残り一族が、飢餓平野に掘りまくった穴も、すべてあとかたもなく消えてしまった。

盲児よ！　藁屑の中の反逆の子守唄よ。おまえの人生は一行のことばだった。おまえは、馬車の車輪のように醒めて地平をめざしつづけて言った覚存《バッハザ》在《イン》！　それなのに何故か？　ぼくはあのときおまえを怖れ悪霊のかぼちゃ畑でひっそりと自分のかげにかくれながら、満月のおまえの門出を見送りながらひとりで髪を梳いていた。

2

逢いたい見たい　顔見たい　顔見りゃ一度は話したい　話せば一度は甘えたい　甘えりゃ一度添寝したい　添寝をしたらば恨みたい
　一度恨めば二度三度
　四度五度六度　恨みたい
ほろほろ鳥に　花蓮華　恨み泣き泣き顔よせて
いっそ母さま殺したい

三味線は折り捨てて下さい。風呂を焚くのは寺男の仕事。石動丸は長じて国民学校の日の丸旗の助になった。灰燼は吹きとんで消失したが、怨恨だけは不撓不屈の雲のように乱れとぶとぶアリューシャン！

ぼくは死んだ母親の大切にしていた赤い裁縫針に手紙を書かねばならない

それは反逆家の辞世だからではなくて、いわば学会の常識、恐山を忘れない人のための真理入門、または椋鳥の号泣と題される盲人書簡のための序、霊安室の出歯亀男の告白である。

前略　針さま。ひどいじゃないか。ぼくを裏切り母を裏切り、「摂理」を裏切り、表切り。今だから言うのじゃないが、あなたは「閉じる」ために存在しながら、糸をむすんで血を噛み切った。よされの分家のだまし刺し。
　われも閉じるゆえに　われ在り
その曇天の鵙のように　ぼくを刺した魅惑の唄を

忘れたか？　ぼくはあなたの小さな、糸を通す穴から覗いて、「日本伝染病史」上下二巻を読みあさったぬいぐるみの私生児だったのです。だが、あなたは一体何を「閉じ」たか？　纏足のための農婦の足袋二、三足と、嫁人形の帯のほころびと、それに二、三の紋つきばかり、ほこりほころびほろほろ鳥のほりにほぐれたほころび。

　なるほど、あの足袋をはいた母は、ついに家を出ることもなく死にました。嫁人形の心臓は、あなたの黒い糸の練目通りに閉じられた。雷鳴のとどろく夜の葬式で、葬式饅頭の実存について論じながら、二人の叔父も閉じられた。しかしあなたの言った「閉じる」実存は、あんなことだけではなかった筈だ。牝山羊の妊み腹のようにやわらかい針刺し袋に整列し「閉じる」ために待期していたあなた方にとって、あんなささやかな行為だけが、「閉じる」思想の実践ではなかったじゃあ、ありませんか。あなたは、なぜ村中のトラホーム女たちの膣を縫い閉じてしまわなかったのか。

　あの赤い木綿の糸で　なぜ地平線を縫い閉じてしまわなかったのか
こんな風に訴えるぼくの声が　身動きとれなくなってしまうように大夕焼の曠野の空の一番高い場所にことばを
なぜ　縫い閉じてしまってくれなかったのですか

3

かくれんぼは悲しいあそびだ。納屋の藁の山にじっと息をつめてかくれながら、さがしに来る鬼を待っているまに日が暮れる。家々の佛壇に灯がともり、枯木の中に風の又三郎がかえってくる。だが、ぼくは見つけられないように夜の闇のたちこめる納屋の木のしんばり錠で心までも閉ざしておく。田畑をめぐるすべてのものは、月の光をまとい、息ぐるしい想いのなかでやさしく湯気をたてながら変身をとげていることだろう。ぼくは、かくれている自分が、念仏の虜になってゆくのを感じる。それは、生前のぼくが「かくれている」ぼくへ唄いかけてくる青森ながしの和讃である。

　死出の山路のすそ野なる、さいの河原の物語、
十にも足らぬ幼な児が、さいの河原に集まりて、

峰の嵐の音すれば、父かと思いよじのぼり、谷の流れの音すれば、母かと思いはせ下り、手足は血潮に染みながら
川原の石をとり集め、これにて回向の塔をつむ、一つつんでは父のため、二つつんでは母のため、兄弟わが身と回向して昼はひとりで遊べども、日の入りあいのそのころに、地獄の鬼があらわれて、つみたる塔をおしくずす
ぼくのかくれている納屋の外を、寒柝が通る。音もなく、人買いの紙芝居屋はやぶさの戦闘隊をたたんで帰ってゆく。月がかくれると、見はるかす空に影のような雁たちが、祖先の病歴をかぞえ翔んでゆく。(だれも、墨のような「時」の雲の面輪をかえることは出来ない)そして、ぼくは鬼を待ちながら、うたたねの中におちこんでゆく。遠くで、呪われたような声が「もう、いいかい　もういいかい?」と呼ぶのを聞きながら。
目ざめると朝だった。剃刀でそぎとったような日ざしに目を射すくめられて、ぼくは納屋の戸をあけ放った。かくれおおせていた魂の悦楽と不安がぼくをとらえる。ぼくは外へ出て、はじめて「かくれんぼ」の怖ろしさを知ったのだ。こいつあ、とんだファウストさんだ。「もういいよ」とかくれているまに、村は数十年たってしまったのだ。ぼくは大声で「もういいよ、もういいよ」と叫んでみたが、誰も出て来なかった。ただ、鬼が目かくししていた杉の梢には、歴史の爪がひっかかって、古いクラウゼウィッツの「戦争論」をうなりながら尾羽うちからしているだけだ。ぼくは、ぼくの凌辱された年令を数えながら少年のままで村をめぐり、鬼をたずねる。しかし、やっと見つけ出した鬼は子を抱いた父親として、桜の木の下で妻と記念写真をとっているところなのであった。「もういいよ」とぼくが言うと、鬼は、まるで昔棲んでいた家のまわりをまわるときの目をしてぼくを見つめ、低く、「見いつけた」と妻子には聞かれぬような声で言ったきり、口を噤んでしまった。一緒に逃げかくれた他の少年たちも、とうに見出されて恥かしそうに時の流れの仲間入りをし、踵老いたる農家の作男や鉄道員になってしまったのだろう。だが、ぼくはそんな脱落者を許しはしないさ。かくれんぼは、一生続くのだ。また新しい鬼に目かくしさせて、ぼくたちはかくれながら、

みずぼらしい郷土史資料的な生活をやりすごしてやらねばならないのだ。ごらん、屋根の上から村落を見わたすと、「かくれる」ために築かれた貧しい土蔵や家が見える。夕やけとんびよ。鬼が目かくしをして「もういいかい」と呼びかけるための、限りない杉の木や柱が見える。日の暮れどきには、疲れきった家長たる老農夫や作男の口から、家路に向って「まあだだよ」「まあだだよ」と呟きながら小走りに逃げ帰ってゆくうしろ姿の地蔵がぼくをだました双六ごっこ。

ぼくは何時かきっと、鬼になって彼等を宿命から救ってやろう。そしてもう決してかくれる必要のないように、獰猛果敢な「時」の流れを遮ぎってやろう。いいか、かくれるために変ろうとする卑怯未練な風も、流れ雲も、漂泊の浪曲数え唄、老いやすき少年たちも聞くがいい。ぼくは万象が変ることも、かくれることもできないように、世界を一冊の書物の中に閉じこめてやろう。そして、ことばで錠前を下ろしてやろう。すべては、ぼくの「法則」の統べるままにして——表紙には血のいろをした今日の夕日を染め抜くのが似つかわしい。

だが、ことばだって所詮は一つのかくれ家ではないのかね？　とぼくの中の鬼がぼくに問いかける。「ことばは老いない」と、ぼくは答える。すると鬼は笑う。「ことばは老いないが、すぐに亡びるよ」。納屋の外で、みみずくが呪われた唄をうたっては山を鳴らしている。「ことば年老い姥捨て山に意味の枯草ホーイホイ、耳なし芳一かくれんぼ、あとは木枯し吹くばかり」

4

思い出すのも忌わしい本質蒐集家にしてヘルニアを病むぼくの同級生の首は、べつの「法則」でぼくを打ちのめそうとしたのだ。ぼくも首も高等学校へ入ったばかりの年、あらゆる法則は斧の効用を持っているね、と首が言った。ぼくは自らの体系で、青春に鎧を着せているので、いかなる斧もこわくはないと白夜の丘に腹這って言ってやった。すると首はJean Giraudoux の原書から、すごい勢で意味をひき剝がしてぼくの前に蒔き散らし、定義の赤ずきんを目深にかぶる……
木の話す言葉では、人殺しのことを樵夫といい、
死体を運ぶ人のことを炭焼きといい、
蚤をキツツキといいます。

だが、ぼくの定義では、木は「縛り首の台」で、樵夫は「死刑台の原材蒐集家」で、炭焼きは「非協力者」キツツキは「死刑台の幼な友だち」ってところだね。すると首は、ぼくに潰されたその意味を回収しながら「ところで、木の言葉では、おれは何者なのか知ってるかね?」と聞き返した。ぼくは、そんなことなどは考えたこともなかったので黙って首を振った。すると、首は得意そうに言ったものだ。「おれは木の殺し屋、ことばの斧使い、人斬り数え唄の尺八童子さ」と。

ぼくは、万象にそれぞれの「法則」があることを知っている。たとえ、それがいまのぼくと何の関わりあいをもっていないとしても、いつか見えない手をそっとぼくの肩に置くかも知れない。法則も歴史の内だ。だが、家具の法則、鵙の法則、ニュートンの法則、鰯の法則、人相手相の法則、芸術至上家の法則、雪の法則、サヴィンコフの暗殺の法則、お伝地獄の血の歌ざんげ、工科大学の法則、枯野の法則……といった全ての法則の中の択一にすぎない「ぼく自身の法則」を王とすることはほんとうに可能なことなのであろうか。ぼくの法則を守るために、他の全ての法則に暗黒の蓋をしてしまったとしても、それがもろもろの宇宙とのあいだにある、幾多の神秘的な連繫を絶つことになりはしないか、狼よ。射しこんでくる月の光を、学生服の袖でこすり拭き、ぴかぴかに磨きあげながら、ぼくは崖上に立って、自らの法則に一篇の聖書を生ましめようとはかる。もはや焼くべし、家出人のエルサレム、ぼくはぼくの言葉より出でて血に至る狼の王、またの名を地獄一揆の主謀者、うたうなかれ、数えよ、数えるなかれ、聴け。

地獄篇　第十歌

養老院の観察

「儂の探検はヒマラヤ登頂でも、エヴェレスト征服でもなかったよ。それどころか靴も履かずにやりとげたんだ。わが家の応接間のテーブルをね、丸々二十年もかけて横断したのだよ。しかも、家内にまったく気づかれもしなかった。直径一メートル二十センチの木製のテーブル。そのこっち側から向う側まで毎日ほんの少しずつ少しずつ横断してゆくと言う企らみは並大抵で出来ることじゃない。家内が気まぐれからテーブルを片附けてしまったら計画は挫折するし、万一地震でもあってテーブルの平面が傾きでもしようものなら雄図の方位は失われてしまう。だが儂はその難業を見事にやってのけたのさ。儂は勿論、この大航海時代の記録をまとめて出版するつもりでいる。身体の数千倍の高地へ登るのは体力と時間さえあればいいとも容易なことだが、あの小さなテーブルを横断するということは（しかもハーケンもなしで、何食わぬ顔でそれを実行するということは）生涯にたった一度のチャンスに恵まれたとしても、なかなか出来ることじゃないからね。」

老人は「歴史など認めない」のである。歴史は「何時？」については能弁であるが「何処？」については寡黙だから、たった今モロッス犬の骨で作ったボタンを欲しいと思っても「歴史」は過去のある日のボタン商会がやがて作られるであろうところのモロッス犬協会のことを話してくれるだけだ。あとの仕末は白雪姫まかせにして。

ところが、それにくらべると「地理」はいいね。「地理」は必らず今、モロッス犬の骨で作ったボタンを売っているわが心の南極を教えてくれるのだ。だが、その心の南極へ辿りつくのが何時なのかと問うのは止そう。「歴史」は何時も約束だけで充分だし、約束に裏切られつづけて来た老人たちにとって最早信じられるのは「地理」だけなのだから。

一人の女の子が老人の背後のドアをあけて顔を出す。

「医療器具屋のショーウィンドウにアルコールに漬けた難破船がかざってあるのを見て来たわ。あたし、あれを見ているだけで、船酔いして来るの。」

老人は人生の実用化について考えている。

(外には実用的な雨が、栽培用の早蒔き野菜を湿らしている)

実用的な老人ホームの談話室の書架

鳥類学　工学　西部鉄道学　アッシリア学　虫歯学　蠟細工学　怪物機械学
建築学　力学　実態模写学　亡霊学　電磁気学
軽気球学　考古学
和声学　商学　サラブレッド学　比較殺人学
騎士道学　操人形学　鏡体天文学
法医学　敬学　文身学　佝僂学　埃及学　僧正学　格檣学
航海学　漢学　帆船工学　治療医学　暗号学
築城学　和蘭軍学
電気学　薬学　招妖学　古代呪学　遺伝学　史学　解剖学　紋章学
ああ、しかし
実用的な心はどこに　ある？

老人は他の老人の飼っている　洗面器の中のアフリカ象について
またはスパルタカスの奴隷政治に関する数行の記事について
レモンを搾りながら談笑する
「たった二十センチの鰐でも、それが怖ろしくなるまでには何年もかかるのです」
だが、
実用的な心はどこにある？

レモンを搾りながらするアッシリアの話に於いて
重要なのはアッシリアの面積ではなくレモンの水分である。
もしも　レモンがもっと水っぽくて
搾る時間が長かったら　アッシリアの話ももっと

続いていたのだから。
だが
実用的な心はどこに　ある

吃音矯正法の観察

赤面対人恐怖どもりの犬神二郎少年が自室にひきこもって、ひっそりと言葉にみがきをかけている。恥かしいような卑小な言葉でも、研ぎすまされると凶器にもなりかわるだろう。

男は窓から経験の街を眺める。その窓をイエローサブマリンが通り過ぎる日はいつぞ？

男は孤独のあまり言葉のあまり言葉の先をナイフのようにとがらせる。だが、この言葉をどこで用いるべきかについては考えていないから、いつまでたっても将来の志望「切り裂きジャック」にはなれないのである。


街角で。一人の中年男が涙ぐみそうになりながら言葉を送り出そうとしている言葉は旅に赴く。どこへ？


すぐ目の前に立っているもう一人の中年男、鼻のノートルダムの親友の心まで。

言葉は手製の軽気球だと思います。


軽蔑すべき男は、大きな言葉に腰をかけて新聞をよんでいる。


いつも言葉よりも先に老いてしまう悲しい神父さんが言った。「若すぎる言葉に酔ったものは必らず老後になってから、その言葉の若さに復讐されるでしょう」

だから神父さん。あなたは待たなければいけないムシトリスミレとスミス氏の庭と少年唱歌と幻滅した経験の中でこれから何一〇〇年ものあいだ扉を半分あけたままで遅れて来る言葉たちの到着するのを。？


桜の木は語ろうとして吃り、瘤をつくる。

だが絶望は始めから吃ろうとして何も語らない。

夕映の空は聴こうとする耳でいっぱいだが、いま

の時代では
一羽の小鳥さえも語りたがらないのだ。

腹話術師のフトリ氏。彼は吃りである。四十五年間、等身大の言葉と共に生きて（疑ってもみなかったのだが）今日、洋服屋の鏡にうつっているときにふいに気がついた。言葉の方が自分よりも、少しだけ丈がのびたらしいのだ。そこで彼は、それを他人に知られる前に仕末をつけようとして、長椅子の上の等身大の言葉を横たえ、ノコギリで「のびすぎた部分」を切り落してしまった。

しかし、目測が正確ではなかったためか、腹話術人形の悪意のためか

あやまって言葉を切り過ぎ、こんどは自分の身の丈よりも言葉の方が短かくなってしまった。そこで鏡を見るたび吃り吃り吃るのである。

口がぼくに話させてくれと**乞**う。**吃**ることは、思想の句読点。

「言葉の修理承まわります」

という看板を出している内職の女のかもめのシャンソン。

女の愛は標本用のキオモテオニアゲハ蝶を採って来て、

それをピンで壁に留めてしまう。

花を啗えた男が歌う

「言葉は、言葉の中にかくすべきだ。死は、死の中にかくすべきだ。ぼくはぼくの中に」と。

こびとでせむしの図書館の司書バワリ氏。吃りであることはひたかくす陰気な男。彼もまた吃りであった。彼は消毒くさいある夕暮、書庫の中で一つの言葉を紛失してしまった。彼はその紛失した言葉を、意味の懐中電灯で照らしながら終夜さがしまわったが、とうとう見出すことは出来なかった。こびとでせむしのバワリ氏の眼鏡は巨視的に全世界を見、自分の見失った言葉を全書物の中から探しだそうとしたが無駄であった。バワリ氏は、自分が紛失した言葉が「何という言葉」だったのかわからぬので、捜査願いを出すことも出来ない。暗闇の中でバワリ氏は思った。「いっそ、はじめから無かったものだと

思いこむことにしよう。すべての世界に、自ら真似させぬよう」。だが、それにしても一つ足りないということは何とさみしいことだろう。それが、無くても足りるものだと思えば思うほどバワリ氏の心はしめつけられる。

そんな言葉など、なかったのだと思えば思うほど惜しまれてならないのだ。

死語を埋葬するための荒野が、おまえのあけた口の中の暗闇にある。老語は赤いダリアの球根のように捨てにゆく。うそつきだと思えば思うほど、ぼくは自分の言葉をピカピカにみがきあげ、大切に大切にしまっておく。梯子の上から落語する。用語は足すほどふえてくる。陰語は毛が密生し新語は何時でも水をふきあげている。だが、成ろう成ろうとしながら、まだ言語になっていないものだけが、ぼくを変える。言うことは経験だが、言葉はただの軌跡!

動物誌とその他の観察

一匹の蠅の殺し方について Lautréamont 氏は「手の親指と人差指の二本でつぶす」のがいいと語っている。しかし、この問題を深く論究した大部分の学者は「蠅の首を切断する方が優れている」とも語ったそうである。だが、こうした方法の是非について、その軽さを咎めずに更に深く真実を索めようとするならば最良の方法は

「蠅はとばせることによって殺す」ということではないだろうか

蚊もまたとばせることによって殺す。オオカラスアゲハも紋白蝶もとばせることによって殺す。長距離ランナーは走らせることによって殺し、饒舌家はしゃべらせることによって殺す。いざりは這わせることによって殺し、唖は沈黙させることによって殺す。何者をも決して自分自身から遠ざけぬことが肝腎である。自然の法則に逆頭をふりかざさぬことが、地獄へつづく数え唄。

うたえる等身大墓標が背広を着てやってくる。等身大の墓標は煙草を吸う。等身大の墓標は人生の悦楽について語り、ときには「日本墓史」の中の石の変種改良について大声で演説したりする。等身大の

墓標の結婚式に、ぼくは出席しなかった。等身大の墓標が自分自身になりきったときに、ぼくらはどこで肉体をさがせばいいのだろうか？　カタツムリの殻の暗黒から、ひっぱるとぞろぞろと長い帯が出て来る。ぞろぞろとかぎりなく出て来る暗黒の臓物——その毒気にみちた長い帯には先祖代々の系図が書いてある。その帯を物尺がわりにして、死と生の長さを測りくらべてみたらどうでしょうか、かなとこ雲の小春さん。

カタツムリの家出したあとの殻。しゃれこうべが子守唄をうたっている。ぼくは耳をおさえてひろい嘔吐長屋を駈け過ぎる。

ほどかれて老母の髪にむすばれし葬儀の花の花ことばかな

てんと虫にも厳しい役割りはある。それは背中の選択ということだ。絶望の発作の中で、選びとまった背中の紋となることが一族の宿命のはじまりとなるのだ。たった一匹のてんと虫でもそれが黒い和服の背中には何代の親族の、復讐のための血の斑点でざらざらになるまで、自分を染めなければならないのだ。一匹のてんと虫がトラホームの老女の口から体の中に入りこみ、その暗闇で酔っぱらって肛門から出て行った。月夜のてんと虫に気をつけろ。背中をかくして眠ることがむずかしいなら、せめて佛壇の中にでもかくれて、内から扉をしめてしまわなければならない。村中の簞笥の中の黒い紋付の背中から、無数の紋のてんと虫がとび翔って、月夜をひしめきあいながら天上高く昇っていく夢を見る。四十男が母に抱かれている蚊帳の中の幻の漂流物を見捨てて。

髪切虫に切られた髪がすこしずつのびて地平線になってしまうまで
ぼくはどこまでもちぢんでゆきたい
そしてぼくは、その髪の地平線の「こちらがわ」で点となって消えてしまいたい。ユークリッドの幾何学の牢に軟禁されるのはいやなことだ。不眠の重さに押しつぶされそうになりながら、円周のまわりを必死になって逃げても逃げても果てしないなら、ぼくよ、一転して円を遁がれよ。円をえがく縄とびの縄を捨て、線をえらぶがよい…………線ならば、永遠の輪の牢へきみをおとしめることもない。円周が終らなくとも線は終るからね。縄とびの節度はい い、駈けぬけてきた行程をふりかえるぐらいの猶予だって与えてくれるだろう。

油虫の油に火をつけて闇夜に自分の墓碑銘を読みにゆく。天体の漂流物を掠奪するために、さかだちして天体を見下ろす。だが天体へかぎりなく落下してゆくためにはぼく自身の重さが足りぬ。ああ、軽い。軽い。軽くなければよく燃えないというのは、紙っぺら同様の油虫の摂理と言うものなのか！　逃げるために生まれてきた、あの一匹の鼠のことを思いおこそう。あれは、伝統というものだ。鼠は何よりも「逃げる」ということから逃がれたい。だから、走る。すべての存在物の周囲がかれの軌道だ。いつかは逃げすぎて、自分を追っているものを追い越し追いつき、このゲームを終らせようとしているのだが、敵のすがたが見えないのだ。それもその筈である。鼠の敵こそはぼくなのだ。そして、ぼくは鼠が「逃げ死ぬ」のを待っている。とうとうどこにも辿りつけぬまま遠いアンデス山脈の、荒涼たる地の果てで疲れきって死ぬのを待っているのだ。鼠こそは、ぼくの声。ぼくのことばである。逃げるためにしか発せられなかったぼくの無数のことばよ、はてしなく巡れ。銀の毛をうしろへなびかせて疾駆せよ。ぼくはいつでもおまえの頸根っ子をつかまえて夜の井戸まで捨てにゆくことができるのだよ。

地獄篇　最後の歌

1

一枚の汚れていない紙葉のうえに、ぼくは血の滴たるインクをもって鳥と書く。その鳥に性格が必要ならばその左右に牙とか貝とかを書き加えてもよい。するとたちまち、鴉とか鴟とかが生まれるであろう。お望みとあらばナイチンゲールでもミードラークでも自由自在、このぼくの手の軌跡をえがくままに鳥たちは生まれ、鳥たちの「博物誌」も図鑑も頼りにせず、交配も産褥もせずにあとからあとから殖えてゆくのだ。しかも、その鳥たちは、ぼくの想像力の工事現場を決してのがれることが出来ないばかりか、ぼくがほんの一寸した気まぐれからこの「一羽の鴉は不治の疫病にとりつかれていた」と書くだけで死ぬまで病みつづけなければならないのである。この点に於て、ぼくはまさしくぼく自身の「法の王」である。ぼくはぼく自身の不治の思想を不治の鳥たち同様に、紙葉の中へ封じこめてしまい、また、時に応じてはそれを消しゴムで現世から抹消してしまうことも出来るのである。だが、書かれなかった鳥にも歴史があり、生まれなかった蝶にも労働としての夢想の地平が与えられるとしたならば、いつまでも具体的記述のみを犯罪化するのをやめよう。聖なる鳥は書かれると書かれざるとのすれすれの紙葉の地平に羽ばたきながら、滅亡の時をひっそりと数えているかもしれないのだから、言葉よ。

小学生の頃、ぼくはノートの中に一匹の蝶を飼ったことがある。それは全く偶然から生まれた蝶であり、ぼくの心が命じて創りだした蝶ではなかった。ぼくは「書取り」の宿題を果すつもりで左のページに虫と書き、右のページに葉と書いた。それからノートをまるで両翅類のように開いたり閉じたりしているうちにぼくのしたことに気がついたのである。

ぼくは蝶を生み出したのだ。

それは驚くべきことであった。ぼくは自分の力を疑っていたがやがてぼくの生みだした蝶が空をとんでいる蝶と同じ意味のシーニュであることに気づいて十五少年が漂流の無人島を発見した時のように両手をあげたものだった。ぼくはほんの小学生になったばかりだったのに「法の王」蝶の番人になっている自分を誇りに思った。ぼくは蝶のことは誰にも語らなかったが、誰もがぼくに一目置いているのではないかとさえ思うようになった。ぼくはジル・ド・レ侯なのだ。ぼくはジル・ド・レ侯なのだ。

だから、あくる日先生に提出したノートが「落書きはやめましょう」という叱言とともに帰ってきたとき、蝶が消しゴムで消されているのを知ってぼくは大そう落胆したのである。ほんとうのところ、ぼくは先生を殺してしまいたいとさえ思ったほどだった。やがて蝶は消えてしまったが、滅んでしまったのではないと言う友人の唯一のなぐさめだけが、ぼくに詩の城をとりもどさせてくれた。ぼくの中世はぼくにはあまりにむごく訪れる。夏は蝶にとってはむしろ間接の生の機会だった。蝶は死んでいないなら、どこかにかくれているだろう。そこでぼくは、一本の捕虫網をもって消しゴムに消された「ぼくの蝶」をさがしに旅立つことになったのだ。

爾来十数年、いや、もしかしたら数十年のあいだ、ぼくの嘗ての蝶の生地である古いノートと捕虫網とを持って、どんぐりも山猫も連れずに、心の岩手農場をめぐりながらはるばると蝶をさがしつづけて来たが、いまだに同じ蝶を見出すことはできないままでいるのである。あの蝶は、今、どこで標本にされているだろうか？　もうすっかり年老いてアッシリア学も埃及王もダクダク講社の令嬢の便秘症を哲学することもあきらめてしまったのであろうか？　それとも、どこかで捕虫網にとらえられて、ひっそりと他人の詩を生きてでもいるのであろうか？

墓掘り人との対話

——あなたは「事物の下顎」党に入っていましたか。

——いいえぼくは一人でした。

——「事物の下顎」党は、一人でだって入れる党ですよ。

――しかし、大正時代の耶蘇、佝僂の神父のくれた「旧約聖書」のパンドラの箱には人間が最後に罹るのは希望という病気だと言ってるじゃありませんか？　たとえ一人で入れる党だろうと、そんな合目的な集団なんか信じられません。

――…………

――第一、その党は何をするのですか。

――万物の下顎を鍛えさせるために力を貸すための組織ですよ。ブランキ氏とはまったく関係なしにたとえば、体育館の一本の棒にだってよく見ると下顎はある。だが、棒の下顎はながいあいだ動かしたことがないためにほとんど退化してしまっていて見つけることが難かしいんです。だから、私らはそれを見つけては活を入れ、鍛えてやる。

――だが、下顎なんか鍛えてやってどうするんです。

――叫べるようにするんです。

ものを言えるようにしてやるんですよ。棒の思想は、棒の下顎の鍛え方にかかわっていると言ってもいいでしょう。

――わかった！　あなたは青森ボーイスカウトの聖歌隊、おかまのリーダーのなれのはてだ！

――この運動の主唱者であるフトリ氏の「下顎の発達にともなう思想の形成経過」と言う論文によると、下顎運動の反復によって髪の毛でついたような思想が忽ちユーラシアの太洋を溢れしむる物理学的変化と共に膨張すると図解してみせています。それはつまりパンクした自転車のタイヤに空気を注入するようなものであって、下顎を上下させてゆく裡に、陰萎していた思想がふくらみだす。そして許容量をこえるまでふくらむと破裂して叫びだすという意見ですよ。

――だが、いまだ棒が叫んだのを聞いたと言う者はいませんね。

――棒を叫ばせることはなかなか難かしいのです。われわれの仲間でもざりがにや墓石の下顎を鍛えたものはいますが、棒を叫ばせたものはいないのです。いままでは「棒は叫び得るか」と言うことよりも「棒に下顎があるか」と言うことの方が問題になっています。そして、万一棒に下顎がないなどと言うことになったら、われわれは「事物の上顎」党に一歩を譲らなければならないかも知れないのです。

そうなったら事態は今よりもずっと深刻になるのではないでしょうか？

2

実に多くのものをぼくはペンの滴りから生み落し、それらのものを苦しめたすえ、捨て去って来た。ぼくの生み落してきた万物は、たとえ想像力の産物だったにせよ、すべて何かを呪い、何かを哄うためにのみ存在しつづけて来た。だが、ぼくはそれらの存在物を何ひとつとしてゴムで消し去ったりなどはしなかった。

ぼくは消しゴムなどを買ったことはなかったのである。

それは、ぼくの小学校時代に消されてしまった一羽の不幸な蝶への追善の意味でもある。ぼくは自分で産みだしたノートの上の昆虫や鳥や年上の女たちを紙葉の上から小刀で剝ぎ取ってしまったり、R伯のように「石を重力の法則から解放してやったり」は決してしなかった。たぶん、ぼくに産み落された思想の私生児たちは、みな捨てられた塵芥場の中で、出版社の古い倉庫の中で、決して消えることのない意味を、むごたらしく呪詛化しながら紙屑や反古の中で生きていることだろう。ある夜ぼくは、そうしたぼくの産物のすべてがぼくの許に帰ってくる夢を見る。一体、ぼくはどれだけの鳥を紙葉の上に産み落し、どれだけ多くの鰐だの亀だのを逼わしたことだろうか？　そして生まれることがすなわち死ぬことだった紙葉の上の墜死者や溺死女たちはどれほどいたか？　きこえない紙上のモーツァルト、食べられないイメージの酢漬け肉や野菜、それらが寝室のドアをそっとあけて入って来る。聞こえないモーツァルトに陶酔していることばの上だけの生者たち、あるいはとうとうほんものの海を見ることのなかった海洋小説の中の悖徳の船乗りや、愚かにもほんものの思想ばかりを説きつづけた鱶のように残忍な歴史家、もう数十年も、そして今後も絶対に捕まえられることのないぼくの学生時代の戯曲の中の瞑い眼窩の犯罪者。発行部数五〇〇〇〇部の雑誌にプリント化されたために、同一人でありながら五〇〇〇〇箇所に分かれて五〇〇〇〇回の恥をくりかえした理科室の春情の少年……そんな彼らが、私をとりかこむ。彼らの謎。彼らはその中にぼくをかくすための人混みにすぎないのか、あるいはまた、みんなぼくを際立たせるための脇役たちなのか？　深夜のマンホールの蓋をこじあけてゾロゾロと、またひっそりとおとずれてくる「文字の訪問」は、ぼくにとって逢魔のひとときだ。ぼくは、そうしたぼくの子たちと共に飲み、共に語る。そして夜明けと共に、また意味なき世界へ立帰ってくるのである。

3

ぼくは語彙のポケットに、ひそかに「老」という字をかくし持っている。この文字の魔力は、何物でも急激に老いさせることが出来ると言うことである。一茎のヒアシンスを急激に老いさせる。ぼくの息子を急激にぼくよりも早く老いさせる。この文字は、時の大使である。真新しいノートの上に書かれた女のイメージを、「老」女に変えてしまうことの愉しさが、ぼくに詩人の道を歩ませたのかも知れない。「人」という文字を一〇〇も書きならべておいて、その一つずつに「老」という文字を冠してゆく、つかのま、老いゆく数一〇〇人の紙上の人達。バルタザールもクローエもジュリエットもたちまち老いてゆく。老ミザントロープの痙攣を見とどける「法の王」的な悦楽。

老ナルーズ、老ユリシーズ、

老アントネルラ、

老「公務上の理由」による、老官吏の老欠席。老淫売女と老教師とのあいだに生まれたばかりの、老色の老児。それらを物語る老作家の老小説の老一節。

——お立ち、私の老死よ！　お立ち、私の老黄金よ、私の老駱駝よ、私の老守護者よ！　おお、老種子にみちみちた愛する老女の老体よ、お立ち！

それから、老女たちの目からもぎとられたみずみずしい老泣。老女たちは己れの悲嘆に魅せられて、ぐるぐるとめぐりつづけた。悲しみが老館の隅々に滲みわたっていった。

このシーニュの世界の何と易く老いてしまうことだろう。

とばすべき鳩を両手でぬくめれば朝焼けてくる自伝の荒野

暗闇のわれに家系を問ふなかれ書斎のドアのかげの亡霊

ぼくは「地獄篇」の最後の歌を書きながら、やがて七十才になったぼく、少年探偵団の小林老少年の訪ねゆくべきテーブルの上の言語的犯罪の果てしない遠さについて謎解きに熱中しているところだ。老少年は、一行と一行とのあいだに素早く見えかくれしながら去ってゆく怪人二十面相に父をしのび、枯れ木の柿の木坂にすすり泣きつつ過ぎ去った日を政治化することを夢見るだろう。言語はぼくの通信技術師ではなかったから、いつまでも伝達されようとはしない。ぼくは黒い森に持主不明の花簪をさがすこともなく巡査の父を殺して母と寝ることを夢想することもなく、暗黒星雲の中にみずからの四畳半を構えることもなく、山高帽子をかぶることも令嬢の手淫常習をボナールの名画の額縁にはめこむことも、青森工業大学の校庭の桜の花をラグビーのボールごと埋葬してしまうこともなく、今日も書き、あすも書き、書いて呼び出すぼくの吸血鬼たちと特に親しくなることもなく、大時代の書物に錠前を下ろすべき時は来たのだ。

「地獄篇」あとがき

ぼくは引退後の盗賊アリババについて考えている。朝起き出して、ぼくの勝手口の扉にだけ不用意にも犬神博士によって忌わしい破産者の烙印の目じるしがつけられていたとしたら！　それが、反世界を裏切ったもののはずかしい目じるしとして、見ひらかれたままになっていたとしたら、ぼくはその目じるしから逃がれることを思うべきなのだろうか？　それとも他人のドアにも同じ目じるしをつけてまわることによって、ぼく自身を一つの法則のかげにかくしてしまうべきなのだろうか？

どこかでラジオ科学がヒットパレードを東京している。ぼくはいま東京都渋谷区三—十一—七番地の自動車修理工場の地下に一匹の犬と数百冊の本と一緒に暮している。だがそれは古い無声活動大写真「血煙荒神山」から弁士山野一郎だけが立去ったあとのように、たしかに存在していながら唖の光と影だけで「時は過ぎゆく」のである。ぼくはここにいるのに、ここには存在しない。血の甕にさくらの花は充たされても時は首吊り縄のようにくびれる。ぼくはもう百年先までの「河北新報」も「東奥日報」も読んでしまったのだ。スパイになりたくとももはや貢ぐに足る国家はなくなり、津軽海峡からはぼくの水死体もあがってしまって戸籍係は失明を和歌している。地獄への工事だけがぼくのユートピア、書く前の詩だけがぼくのアリバイ、言ってしまえばそれまでよ、言わないうちが花なのよ、笑って下さい。あんまり長い遺書を書きすぎて死ぬ機会を失ってしまったのがこの長詩なのです。

第一の歌（叙事的自伝）
第二の歌（叙事的自伝につきまとう悪霊）
第三の歌（悪霊の法則）
第四の歌（その寓意的な解明）
第五の歌（悪霊への反抗）
第六の歌（故郷体験からの脱走）
第七の歌（都会の三夜）
第八の歌（その寓意的な解明）
第九の歌（都会と故郷との不幸な一致にいたる方程式）
第十の歌（どこから来てどこへゆくか）
最後の歌

ラインの黄金（全）

〈ワーグナーとラッカム〉
呪われた運命の指環をめぐる英雄物語

『ニーベルンゲンの指環』は、北欧神話にもとづいた、世にも不思議な物語である。

それは単にワーグナーの楽劇であるにとどまらず、英雄的な叙事詩として長い間人々の心に灼《や》きついてきた。たった一つの指環をめぐってくりひろげられる数奇な物語には、魔女、美少女、騎士、侏儒、黄金のリンゴを栽培している女、巨人などが登場し、読者を非現実の陶酔にさそいこんでくれる。

こうした登場人物たちは、神であり同時に人である。神と人とを未分化な状態におき、権力と独占をテーマにしたところに、ワーグナーの政治的な野心が何らかのかたちで反映していた、と言うことができるだろう。

実際、この楽劇が書かれた頃は、ドイツの封建君主制が崩壊しかかっており、神々の黄昏《たそがれ》とよぶにふさわしい時代であった。したがって『ニーベルンゲンの指環』に、北欧神話の原型を求め、文化人類学的考察を試みるよりも、バイエルン国王ルードウィッヒからヒトラーのナチズムに通底する現代の狂気を読みとるほうが、よりふさわしいと言える。

本書はその『ニーベルンゲンの指環』（四部作）の第一話『ラインの黄金』の部分にあたる。

悪があざやかに君臨する権力者たちを描くにもっともふさわしく、アーサー・ラッカムが絵を担当している。だが、だからといって本書がありふれた絵物語に終始している、という訳ではない。むしろワーグナーの楽劇の変型、ペーパー・オペラとしてのさまざまな工夫がこらされているのである。

アーサー・ラッカムの絵にひそんでいる音楽性については、すでに『ラッカムのマザー・グース』（拙訳）で証明済みである。ここでも、ページを繰《く》って耳をすますと、荘厳にして官能的なワーグナーの楽劇がきこえてくることだろう。もともと、アーサー・ラッカムはフリークス（畸型）を描かせたら、他の追従を許さぬ画家で、魔女、侏儒、巨人などの出てくるこの作品には、もっともふさわしい才能の持主だったのだ。

ところで、この『ニーベルンゲンの指環』はゲルマンの英雄歌謡に材を得ている、ということで知られている。

八世紀の大王カールは好んでこうした英雄歌謡を蒐《しゅうしゅう》集したが、息子のルードウィッヒ一世は、頽廃的にすぎるという理由で、先王の遺産を湮滅《いんめつ》し、焚《ふん》書《しょ》にしてしまった。そのため書物としての『ニーベルンゲンの歌』は、一度、世界から姿を消すことになってしまった。しかし、余りに美しいこの物語を人々はすでに暗誦《あんしょう》しており、それを吟遊《ぎんゆう》詩人が口《く》伝《でん》し、十三世紀になってから筆写して受けついだ。そして十八世紀に入ってようやく、スウェーデンのホーエネムス伯爵の図書館で一人の医者が、写本の一冊を発見して蘇生《そせい》することになったのだった。

同じ『ニーベルンゲンの歌』が、リヒャルト・ワーグナーによって『ニーベルンゲンの指環』と改題され、英雄オペラとなったのが、二度目の蘇生である。

美青年ジークフリートは無敵の英雄でありながら、わずか木の葉一枚の弱点をもっている。そしてその「人間らしい弱さ」のゆえに読者の心を惹《ひ》きつづけるのだ。彼の弱点を狙う刺客のハギネ、呪われた運命の指環、数々の謎を秘めて楽劇の序曲がはじまる。

さて、開幕のベルである……。

登場人物

神族

大神ヴォータン

天上の世界に君臨する神々の王。壮麗な宮殿ワルハラを巨人兄弟につくらせる。

妃《きさき》フリッカ

ヴォータンの妻。結婚の女神。

美の女神フライア

フリッカの妹。神々のために不老の実のなる黄金のリンゴを栽培している。

雷神ドンナー

フライアの兄。ハンマーをもつ勇猛な神。

光の神フロー

フライアの兄。地上から天上の神の宮殿へわたる虹の橋の番人。

火の神ローゲ

ヴォータンの狡猾な友人。半神半人。

知の女神エルダ

過去・未来の出来事を自分の心の鏡に映し出すことができる。指環の呪いを予言する。

巨人族

ファーゾルト

巨人の国リーゼンハイムの住人。美少女フライアを代償に、ファーフナーと共にヴォータンの新宮殿を完成させる。

ファーフナー

ファーゾルトの弟。好色な兄にくらべ、富への欲が強い。後に大蛇に変身する。

侏儒《こびと》族

アルベリッヒ

地下の夜の国ニーベルハイムに住むニーベルンゲン族の支配者。富と権力の象徴である〈ラインの黄金〉を盗み出す。

ミーメ

アルベリッヒの弟。鍛冶屋《かじや》でかぶると姿が消える〈隠れ兜《かぶと》〉を兄につくらされる。

ラインの乙女

妖精ヴェルグンデ

ライン河で水と遊びながら、河底に眠る〈ラインの黄金〉を守っている乙女。この黄金でつくった指環の所有者は世界を手に入れることができるといわれている。三人姉妹の姉。

妖精ヴォークリンデ

ラインの乙女。三人姉妹の中姉。

妖精フロスヒルデ

ラインの乙女。その末妹。

ゲルマン神話について

この作品のもとになったゲルマン神話には、アースガルド（神々の住居）にすむ天上界の神々や、ミルドガルド（中央の地）にすむ人間たち、そして巨人族や妖精、侏儒《こびと》などが登場します。

巨人は山や海にすみ、神々と婚姻を結ぶ者もいましたが、神々に抗い戦争をする者もいました。河の中にすむ美しい水の妖精はニクスと呼ばれ、「ローレライ」や「オンディーヌ」など、ロマンティックな物語にもなっています。

また、妖精の一部門とみられる侏儒族は、地下の国ニーベルハイムにすみ、超人的な知恵をもっていましたが、姿は不格好で、毛むくじゃらで長いあごひげをたくわえており、何らかの点で畸型でした。この作品では、登場人物たちは富と権力の象徴である指環をめぐって、主にこの三つの世界を行きかいます。そして、物語は神々の国の終末にむかってすすんでいきます。

第一の歌

ライン河の妖精

ライン河の水面に青い水輪《みずわ》を
ゆらめかせながら
髪の長い少女
ラインの妖精ヴォークリンデが泳いでいる。

「この世の果ての揺《ゆ》り籠《かご》へ
流れてお行き、ちぎれ雲
流れてお行き、水すまし」

歌う声はいつの間にか小鳥の囀《さえず》りにかわり、峡谷《たに》から峡谷《たに》へとこだまする。

すると岩礁《いわ》の上から姉の妖精ヴェルグンデが声をかける。

「ヴォークリンデ、一人であれの番をしているの？」

「そうよ。あんたと二人だといいんだけど」

妹はつまらなそうにうなずく。

「あんたがどんな番をするか、見ててあげるわ」

と、ヴェルグンデが笑って近よって来る。

ヴォークリンデの手が、水にうつす木洩《こも》れ陽《び》をつかまえようとする。

「あんたなんかには、つかまりませんよ」

からかい半分に、泳いで逃げながら姉のヴェルグンデが言った。

「水輪さん！　お転婆な姉さんたちをごらん！」

岩礁《いわ》の上から末っ娘の妖精フロスヒルデの声がこだまを返した。

「フロスヒルデ、あなたも泳いでいらっしゃいよ！

一緒に泳いで木洩《こも》れ陽《び》をつかまえて遊びましょう」

末っ娘の妖精が、まじめにさとした。

「眠る黄金をそんなにいい加減に見張ってていいの？

ベッドにまどろむ黄金は、

もっと気をつけて見張ってやらないと大変よ」

二人の姉を、叱るように追いかけてフロスヒルデが言った。

笑いながら、木洩れ陽を追って泳ぎよってくる二人の姉が、
そのフロスヒルデにみずしぶきかけて笑った。

水の中を、魚のように三人の妖精の少女たちが戯《たわむ》れまわった。

それはまるで泳ぐ音楽だ。

そこへふいに、ニーベルンゲンの主《ぬし》の声がした。

「おいおい！　水の妖精たち！

おれは、暗黒の霧から生まれた孤独のアルベリッヒだ。

仲間に入れてくれないか！」

空がにわかに曇り、聞こえてくる濁《にご》っただみ声に、
妖精たちは、とまどいながら顔を見あわせる。

「だれかしら？　いまの声は？」

「暗い雲のなかに隠れている、あやしい男」

「見てごらん！　こちらをうかがっている！」

三人が水のなかで頬をよせあい、目をこらすと、そこにいるのは髭《ひげ》のアルベリッヒだ。

「まあ、なんていやな奴！　あたしたちの裸をじろじろ見てるわ」

二人の妖精が声をそろえる。

急いで自ら立ちあがる末の妖精のフロスヒルデ、

「大変よ。黄金のベッドを見張らなくっちゃ！

親しそうな奴こそ警戒しなければならんと、
お父さまはおっしゃったわ」

二人の姉も後を追い、三人並んで岩礁《いわ》の上に立った。

「妖精たちよ、そんな高い所へあがってどうするんだ？」

「あんたこそ、そんな低いところへ潜《もぐ》ってどうしようというの？」

「おれがここに立ったところで、
おまえさんたちの邪魔になるというわけでもあるま

いよ。
おれは、こう見えてもやさしい男だ。
さあ、下へ潜《もぐ》っておいで！　このニーベルンゲンの主《ぬし》も、
おまえたちと一緒に水の中で、ふざけあって遊びたい！」
妖精の少女たちは顔を見あわせた。
「まあ、あの男が、あたしたちと遊びたいですって」
「陽光の下に立つおまえさんたちは、なんて神々《こうごう》しく美しいんだろう。
そのすらりとした少女のからだを一人ずつ、この腕に抱いてみたいもんだ！
さあ、可愛がってやるから一人ずつ、下まで降りて来ておくれ！」
好奇心の強い妹のフロスヒルデが言った。
「よく見たら、可愛い顔よ、お姉さん！
それに、あの髭面《ひげづら》だって愛嬌《あいきょう》があるし……」
ヴェルグンデがあきれ顔で妹を見遣《みや》った。
「浮気な子ねえ！」
それでもいささか気がひかれたのか、ヴォークリンデも妹に同意した。
「面白そうよ、少しからかってみようじゃないの！」
髭のアルベリッヒが、目を疑った。
「やっ、少女たちが降りて来るぞ！」
それを手招きしながら、
「さあ、わたしの所まで抱きにいらっしゃいな！」
と、ヴォークリンデが誘いかけた。
情欲に狂ったアルベリッヒは、岩礁《いわ》を目がけて体当りで登ろうとしたが、
失敗して水の中へしぶきをあげて落ちていき、またよじのぼる。
「なんてすべすべした岩礁《いわ》なんだろう。
手の掛け所もなけりゃ、足の踏み場もない。
この、ぬるぬるのつるつる岩礁《いわ》め！」
彼は思わず、くしゃみを一つした。

「ああ、しめっぽい水めが鼻へはいりやがったぞ！　水までおれをからかいやがる！」

ヴォークリンデがそばまで降りて行ってはやしたてた。

「おや、まあ、花のお婿《むこ》さまが、洟水《はなみず》を出していらっしゃるわ！」

「もう我慢がなんねえ、おれの情婦になってくれ、体が熱くほてって火柱みたいになっちまった」

抱きよせようとする男の手を素早くかわして、

「わたしに言いよるなら、ここまで一緒にいらっしゃい！」

と、ヴォークリンデは岩礁《いわ》の上へ駈けあがってしまった。

「お願いだ！　もう一度おれのそばまで降りて来てくれないか！

そう自由に飛びまわられたんじゃ、
おらあ、本当に疲れてしまうよ」

するとヴォークリンデは、鳥のように一番深い河の岩礁《いわ》へ飛び降りて、

「じゃあ、下へ降りていらっしゃい！

ここならきっと、つかまえられるわ！」と、誘った。

アルベリッヒは、毛むくじゃらの両手をひろげて、

「むむ、そこならまだしもじゃ！」

と岩礁《いわ》づたいに駈け降りて行く。

すると、「今度は上よ！」

と、いじわるな妖精が、かたわらの高い岩礁《いわ》の上へひらりと飛びあがる。

それを見て他の二人の妖精たちは大笑いした。

「まあ、なんて上手なんでしょう。よつん這《ば》いのダンスが……」

さすがの髭男《ひげおとこ》もムッとして、

「畜生！　この色気のない飛魚め、
どんなに飛びまわっても、必ずつかまえてやるからな」

と、目をむき出した。

するとそのとき、別の甘い声が囁《ささや》きかけてきた。
「もしもし、恋しいあなた！
わたしの声が聞こえませんの！」
低い岩礁《いわ》からせせらぎにのって聞えてくるのは、ヴェルグンデの声らしい。
「おまえ、おれを誘っているのか？」
「そうよ、あなた。
嫌がっているヴォークリンデなんかよして
わたしを抱いて頂戴な！」
ウオーッと、けだもののように吠えたてて、
全裸の髭男《ひげおとこ》が少女ににじり寄った。
「あんな臆病娘より、あんたのほうがよっぽど美しい。
あいつはたいして色気もないくせに、
ばかばかしくすべっこいんだ。
あんた、このおれを思ってくれるんなら、
もう少し下まで降りて来ておくれ！」

ヴェルグンデは、少しずつ彼のほうへ降りて行き、思わせぶりに立ち止まる。

「まだまだ下だよ！

そのほっそりしたからだを、このおれが両腕で抱いてやりたいんだ。

あんたのその透き通るようなえり足を、指先でなぶってやり、
ふっくらしたあんたの胸に、この髭面《ひげづら》をうずめて眠りたいんだ」

「まあ、あんた恋がしたいと仰言《おつしや》るのね？」

と、ヴェルグンデは両手で自分を目隠しして、

「そんなあなたのお顔が見たい」

と、パッと手をはずす。

「まあ、そこにいるのは毛むくじゃらの醜い男！

真黒いこぶを背負った侏儒《こびと》じゃないの！」

と、ヴェルグンデは眉《まゆ》をひそめて、

「わたしはあなたに不似合よ。だれかお似合の他の女を探すがいいわ！」

「いくらおまえに嫌われようと、
おれは、おまえを放しはしないぞ！」
と、追いすがる道化を妖精はからかいながら、
「しっかりつかまえなさいよ、
さもないと水のように両手のあいだから溢《あふ》れて逃げ
る……」
それを見ていた二人の妖精は手を叩いて笑った。
「不実の阿魔《あま》か、心の冷たい魚どもめ！
おれが美男でなく、品もなく、冗談口もきけず、
颯爽《さっそう》と朗らかでもなく、
膚《はだ》が不気味だというなら、
鰻《うなぎ》とでも恋をするがいい！」
すると、なぐさめるようにフロスヒルデが声をかけ
る。
「何をそんなにしょげてるの？
たった二人の妖精に言い寄っただけで……
もしかしたら三番目の妖精は、
あなたに甘い慰めを捧げてくれるかもしれないの
に」
「おや、やさしい歌が聞こえてくるぞ」
と、アルベリッヒは目を細めた。
「おまえたちが一人でなくて、ほんとによかったよ。
三人もいれば、だれか一人ぐらいはおれを気に入っ
てくれると思ったよ。
ほんとにあんたを当てにしていいんなら、
どうか下へ降りて来ておくれ！」
髭《ひげ》のアルベリッヒの所へそろり、そろりと降りて行
くフロスヒルデが囁《ささや》いた。
「お姉さんたちったら、ほんとにお馬鹿さんねえ！
この方が美しくないと言うなんて！」
彼は素早く彼女に近づきながら、
「あんたのやさしい姿を見たら、
あの二人の妖精たちなんて、すっかり嫌な馬鹿女に
なってしまったよ」
「夏の入道雲のようなそのお声！

おおその気持ちのいい、たくましいバリトンで、
もっとたくさんうたって頂戴！
わたしの耳はすっかり虜《とりこ》になってしまったようよ」
フロスヒルデが両耳をおさえると、
髭《ひげ》のアルベリッヒは、ちいさな体を一段とまるめて
　恥ずかしがり、

「そんなにやさしくほめられると、
おれは気おくれがしたり、けいれんしたり、
胸がかきむしられるような思いがするよ」
「あなたの純情なお人柄にふれると、
わたしも何とも言えないほど嬉しいわ！
あなたの恥かしそうなほほえみは、
まるで岩礁《いわ》の上に咲いた月見草のよう。
おお、いとしいお方！」

「可愛い妖精よ」
「ほんとにやさしく抱いてくださるの？」
「ああ、あんたが望むならいつまででも……」

「刺すようなその眼差《まなざ》し！　針鼠のような髭《ひげ》！
いつまでも見たりなでたりしていたいわ！
その棘《とげ》みたいな髪の剛《こわ》い捲毛《まきげ》を、
いつまでもフロスヒルデの頰におしつけてなぐさみ
　にしていたいわ。
あなたの、ひきがえるのような恰好、
鴉《からす》のようなかれ声、
身の毛もよだつような気持ちの悪さ、怖ろしさ！」
それを見ていて二人の姉が笑いだした。
アルベリッヒは真赤になって、
「この阿魔《あま》ども め、姉妹そろっておれを笑う気か？」
すると突然、フロスヒルデが彼をうしろから突きと
ばした。
水しぶきをあげて転げおちていくアルベリッヒを見
て、
二人の姉は大喜びで手を拍《う》って大笑いした。

「情けない！　ああ情けない！

切ない！　ああ切ない！
やさしいと思った三番目の妖精っ子も
やっぱり、おれをだましていたのか？

礼儀知らずで狡猾《こうかつ》な、
ふらち極まる阿魔《あま》どもめ！
どうしておまえたちは嘘ばかりつくんだ？
この美しい河の妖精らしくもなく……

少しは恥じるがいい！」
すると負けずにフロスヒルデが言いかえす。
「そんな所で憎まれ口ばかり言ってないで、よく聞いてらっしゃいな！
恋した女なら手放しちゃだめよ。

いつも逃がさないように、つかまえておくのよ。
あたしたち、操《みさお》が正しいから、いったん自分をつかまえてくれたお婿《むこ》さまなら、
決してだましたりなど、しないことよ。
だから、構わずつかまえなさい！

びくびくしていないでさ！
水の中ですもの、少女の力ではそうたやすく逃げられるわけがないわ」
三人は手招きしながら、思い思いに泳ぎまわる。
「ああ、おれの全身には情欲のほむらが燃えさかるぞ！

恋しさと腹立たしさが、おれを眠りから醒《さ》まさせる！
おまえたちが、いくらからかおうと嘘をつこうと、
おれはおまえたちへの情欲に疼《うず》いている。
何が何でもだれか一人をおれのものにしてやるぞ！」

水しぶきをあげて狂いまわる髭《ひげ》の男、
それを見て笑いころげる三人の裸の妖精たち。
「畜生！　この腕でどれか一人をねじ伏せてヒイヒイ言わせてやる！」
と、けだもののように吠《ほ》えるアルベリッヒ。

その時、にわかに一条の光がさし込み、

寺山修司著作集
詩・短歌・俳句・童話
第1巻
月報
⑤
松田 修 言語の荒野を駆けた流離の騎手

言語の荒野を駆けた流離の騎手

松田 修

寺山修司の死には夭逝の甘い匂いが立ちこめている。四十七歳という初老期の現実を承知の上で、やはり早過ぎたではないかといういきどおりに近い悲しみを禁ずることはできない。

寺山の死後待ち構えていたように、追悼行事が企画され行なわれたが、寺山の演劇、寺山の映画、寺山の詩とあざやかに区分けをして、それぞれのジャンル別にしかるべき講師が居流《いなが》れているのを見ると、どこかおかしく、すこし約束が違うぞといいたくなる。

芸術内のジャンルはもとより、芸術対非芸術というような安易な（あるいは牢固たる）分類意識を超えようとしつづけた、それが寺山修司四十七年の戦いであり、生であったのではないか。分類意識のブッチャー第一人者、たとえば『ノック』や『人力飛行機ソロモン』等における、劇場概念の解体を思いおこせば、追悼会企画者の誠意と愛情そのものが私をいらだてる。

スーパーマン寺山修司をジャンル別に語って、その結論として「彼はすべてのジャンルを己の表現領域としました」などといっても始まらない。高校時代、俳句で天分の一端を示した彼は、短歌に新しい表現形式をみい出し、中央へのデビューは歌人としてであった。作家意識とその表現は、無視してよい。

たしかに寺山は、自ら歌のわかれを宣言した。「さよ

2009年5月｜第5回配本
クインテッセンス出版
株式会社
東京都文京区本郷3-2-6
電話 03-5842-2270
info@quint-j.co.jp
http://www.quint-j.co.jp/

うなら短歌、さようなら青春」、しかし、寺山における短歌的なるものは、終生のものであり、寺山の青春は、その物理的・生理的死によって、確実に神話化されつつある。

寺山の死は、流離の騎手（貴種）たる彼を広茫の宇宙に放ったはずなのに、あるときは友人あるときは死体処理業の人たちは、とてつもない豪奢な聖餐の糧《かて》を、食べごろに区分けしパッケージして、手ぎわよく、餝《かざ》りたてている。――そんな気がしてならないのだ。

のっけから、がらになくオクターブを高く踏み出したので、早くも息切れがしてきた。私の発言の中に、既に矛盾がある。固定的なもの、伝統的なものの対立項として、全寺山修司があるものならば、出発点は何であれ、反定型に己を結ぶのではないか。なにがゆえに五・七・五の俳句、五・七・五・七・七の短歌という、伝統の重荷そのものでもある形式を選んだのか。

ごく一般に通じてその解釈は、寺山は涌出する詩想、詩語の氾濫を自ら統《す》べがたく、自己制御の意味で定型を選んだという考えであり、それはそれとして正しく、謬っているというつもりはない。寺山自身の言葉もそれに左袒《さたん》するようである。

……しかし新しいものがありすぎる以上、捨てられた瓦石がありすぎる以上、僕もまた「今少しばかりのこっているものを」粗末にすることができなかった。のびすぎた僕の身長がシャツのなかへかくれたがるように、若さが僕に様式という枷を必要とした。

定型詩はこうして僕のなかのドアをノックしたのである。

（『空には本』所収「僕のノオト」）

見事に完璧に語られているが、次の一節は決定的である。

「縄目なしには自由の恩恵はわかりがたいように、定型という枷が僕に言語の自由をもたらした」

放つために閉じよ。羽搏くために翼を切れ、釈《ゆる》されるために犯せ――でもこのような論理には、どこかに脆い一点がある。幾千年もの民族が培ってきた定型詩、その上に言葉を乗せて葬ること、甘く苦い旋律に虚構した情念を吐露すること、それが退屈な作業とは思えない。マイダス王のように、言葉は択べばすべて黄金となる。蕪辞が燦然たる光を放つ。定型の楽しみを、青森産の毛がによろしくずいまでしゃぶって、「定型という枷が僕に言語の自由をもたらした」とは、これはまたしらじらしい。おいしそう、だからつまんだのだろう。「縄」だって！「縄目」だって！　山や川の地霊が、右から左から古代王権によりてえ立たように、まかりまちがっても短歌的世界の用語でない言葉が、ことごとく所をえて寺山の詩想を拓《ひら》く。それにしても「枷」に一度つながれ、「縄目」のあともいたいたしく転がらねば（転げてみせねば）、「言語の自由」を獲得できないというインプットとアウトプットの発想は、寺山修司終生につきまとうものであった。

否定なり破壊なりの行為（方法）がまずあって、次の行為（目的）がくる。

みるために、より広くか、より深くか、ともかくみるためには、両目を裂かねばならぬのだ。

飛べぬゆえいつも両手をひろげ眠る自転車修理工の
少年

強弁めくかも知らないが、「街」に出るという日常的行為のために、「書」を捨てるというおどろおどろしい呪的行為が先行しなければならない。この構造は時に形式を超えて、内実に及ぶ。一世を風靡した『家出のすすめ』を、この論理から見れば明らかだろう。

「家出」をするためには当然「家」が必要なのだ。寺山の少年期の家とはどのようなものか、実体としての家、大きいいろり、自在鍵、そしてこの空間を統轄する時間のシンボルとしての柱時計——。しかし、少年寺山修司の年譜（虚構か事実かを問わない。以下も同じ）をくるまでもなく、昭和二十年、九歳で父を外地に喪ったあと、母はベースキャンプに出稼ぎに出、一人自炊して日を送ったという。さらに二十四年、青森市歌舞伎座にひきとられ、母は九州の炭鉱町へと離散は深まる。——つまり、少年修司には出るべき「家」などなかった。世にいう崩壊家庭、欠損家庭で、「家」がない以上、「家出」などできないのだ。大屋根に大黒柱、いろりにたぎる湯、それらで寺山修司の「家」がイメージアップされるとしたら、それは、「家」の観念、「家」の虚構なのである。

「家」の欠落が、「家」を寺山の最重要なテーマとした。その象徴ともいうべきは、仏壇イメージの執拗なくりかえしである。

新しき仏壇買ひに行きしまま行方不明のおとうとと
鳥

たった一つの嫁入道具の仏壇を義眼のうつるまで磨
くなり

賭けてもいいが、少年期の寺山は仏壇のない生活をしいられていたのだ。だから歌集『田園に死す』はもとより、映画『田園に死す』ではなおさら仏壇は巨大であり、拭き込まれ、磨き込まれているのである。仏壇は、母胎であるなどと、安易に言あげするつもりはない。

そんなことをいえば、「謎の暗闇」が生んだ壜も、サーカスのテントもみな子宮だということになる。とはいえこの汎子宮主義的解釈というよりも汎子宮主義的妄想は案外当っているような気がしているのだが、彼が自己自身もしくは己の世界に欠落するものを好んで虚構したことは注目してよい。

　間引かれしゆゑに一生欠席する学校地獄のおとうとの椅子

寺山は、己の短歌の私小説性について、当然のことながら否定する。しかし、十二、三歳から詠みはじめて、三十五歳、短歌廃止宣言までの約二十年間の歌を並べて読めば、それらは絶対に寺山修司以外の者の手になったものではないことがわかる。彼の弟がいたかいなかったか、「転向」の友がいたか否か、そんなことはどうでもよい。「テーブルの上の荒野」「血と麦」「空には本」等々、私の机上の寺山の歌集のどのページをめくっても、韻い立つばかり新鮮で清冽、パラドキシカルとみえてあくまで公道を疾走する歌たちにめぐりあうだろう。それは作者何歳の手になろうと少年の、はたまた青年の歌であり、今日いささかの古びも老いもみせていない。そうだ、それは文字通りの青春の歌でありおおせている。

一見平明にみえ、ためらい傷など跡をとどめない素直さとは、あるいは享受の側の睨みの弱さであり、一首一首どれだけ仕組まれ、たくまれているか、一首の歌の光輝の背後にどれだけの間引きされた歌たちがひそんでいるか。要は一首三十一音の短歌が、どれだけ多彩な挑発力をもち、ゆたかな可能性を蔵しているか、寺山の短歌はあくまで短歌の本質に生きつつ、小説一編に優に匹敵するだけの内実を胎孕《たいよう》していたか、今さら喋々《ちようちよう》するまでもないだろう。

寺山自身は何度となく長篇叙事詩へのこころみを実行しているが、それはつねに己以外の何ものかであろうとするものの作家的業《カルマ》というもので、一首にこれだけのものを塗り込めた巧緻さは、天性天与のものというより他はあるまい。

和歌史研究の立場からは、暴断といわれるかも知れぬが、私は歌人を西行型と定家型とに分ける。前者は咳珠ことごとく玉を成し、苦渋の痕跡を止めない。後者は一句に腸を断ち一首は斧鉞《ふえつ》の跡を覆いえない。西行への讃嘆と嫉視は寺山修司へのそれであろう。

　周知のように、寺山は歌を詠むとはいわず、「歌を書く」という。戯曲を、小説を、評論を書く作業と同一地平にある。詠みつづけた「大家」を、濡れたたてがみの若い獅子は、書くことで蹴おとしたのである。

　寺山修司の新しさを支える柱の一つに、背徳がある。中井英夫がみごとに描いた『黒衣の短歌史』にみられるように、葛原妙子、塚本邦雄、中城ふみ子等がすでに「新人」として活躍中とはいえ、旧歌壇の階級序列は、揺るぎなく存在していた。紙の礫《つぶて》を打つならば、毒の言葉を書き込もうというのであろうか。

　亡き父と、母であるよりは女である母（寺山は存命の母を亡母にしてしまう。『田園に死す』）とホモ・セクシユアルの匂いのする兄や弟たち（少女を含めて）。寺山は、彼らを家族合わせのカード同然いけみ殺しみ酷使する。結論に似て「なまぐさき血縁絶たん日あたりにさかさに立ててある冬の斧」（『血と麦』）の一首はおそろしい。

　近親相姦図より、すぐれた毒性として秩序＝体制を脅すのは、くりかえして書かれる母捨てのテーマである。姥捨ての歌をひくまでもなく、母捨ての歌の伝統は根づよくあるが、「母売り」となると比類あるまい。激しくユニークである。

　母売りてかへりみちなる少年が溜息橋で月を吐きをり
　　　　（『テーブルの上の荒野』）

　母を売る相談すすみゐるらしも土中の芋らふとる真夜中
　　　　（『田園に死す』）

　母を縛り母を売りにゆくという、奇警な残酷なテーマは、辿れば古く近世の辻放下《つじほうか》の種であった。「お前のお袋はいくつだ、へえ八十、大切にしや、万金でも買えぬ」といえば「その代り売ろうにも三文でも買い手がない」（上田秋成『胆大小心録』）――このブラックユーモアの味は、寺山一流のものであり、類例を見ない、と私は思う。

　寺山の持っているマルチプルな時間と空間の感覚は、歌のテーマたるべく実は非常に困難な感覚なのである。SF的に処理せず、寺山は次のごとくに歌う。

　かくれんぼの鬼とかれざるまま老いて誰をさがしに

くる村祭

土俗的民俗的な視座が、時空を超えた一瞬へのかいまみを可能にする。これもすぐれて寺山的世界の一風景であった。

まこと、彼の死は、我々にとって不可抗力であった。今歌集をひもとくとき、早くも死の予感が基調音として不断に流れていることに私は脅える。

死の重さ長さスコップもて量れり地平をかわきとぶ冬の雲

運ばれてゆくとき墓の裏が見ゆ外套を着て旅するわれに

それにしても、彼が歌ったように、「一人死ねば一つ小唄が殖えるのみ」なのであろう。それに関連して聖徳太子に始まる家系断絶願望の歌をあげよう。

剃刀を水に沈めて洗いおり血縁はわれをもちて絶たれん

「青春歌集」が、こんなに死の予兆、いな死そのものであってよいのだろうか。私はあらためて夭折の意味を思わざるをえない。あえて寺山修司登場の神話的記憶、その背後の歌壇状況については、何一つふれなかったが、寺山の歌を私なりに詠み釈《と》くことこそ、なすべき第一と思ってのことである。寺山の死は、何ごとかの始まりであろうか、それとも終りであろうか。今ふと気づいたのだが、寺の横に言篇がついて詩となる。寺山の「才」の性格、その生涯が思い合わされるではないか。最後に私の好きな一首を引かせてもらおう。

刺青《いれずみ》の菖蒲《しゃうぶ》の花へ水差にゆくや悲しき童貞童子《どうていどうじ》

(「テーブルの上の荒野」)

(初出『別冊ペーパームーン　さよなら寺山修司』一九八三年七月刊)

中央の岩礁《いわ》の先端で眩惑《げんわく》せんばかりの妖艶な黄金色
　の光になった。
「お姉さん、見てごらんなさい！
陽の光が槍のように鋭く、河の底まで突き刺してい
　る！」
「碧々《あおあお》とした水を透《すか》して、眠っている黄金たちをノ
　ックする！」
「ほらほら、黄金の目を覚まそうとして、その目へ
　接吻しているわ！」
「あら、明るい光の中で黄金がうす目をあけかける」
「黄金の輝きが、ゆらめきながら水の中へひろがっ
　ていく」
三人の妖精の少女たちが、嬉しそうに歌いながら手
　をつないで輪になった。
「ラインの黄金！　ラインの黄金！
輝かしい歓び、
おまえはなんと神々《こうごう》しくほほえみかけるのだろう！
黄金よ、目覚めよ！　たのしく目覚めよ！
あたしたちの歓びの戯れをおまえに捧げるから。
ラインの黄金！　ラインの黄金！
輝かしい歓び、
おまえはなんと情熱的にまばたくのだろう！」
狂喜しながら暗礁《あんしょう》のまわりを泳ぎまわる三人の妖
　精たち。
思わず毛むくじゃらのアルベリッヒが目をとめる。
「やや、女ども、ありゃ何だ！
あの岩礁《いわ》の一角で妖《あや》しげな光を放っているもの
　は？」
「ラインの黄金の由来を知らないなんて」
「いったい、どこで生まれた田舎者なんでしょう…
　…」
「毛むくじゃらの怪物なんか知りっこないわ。
眠ったり目覚めたりするあの不思議な黄金の目のこ
　とは」
「湖の底に白日《はくじつ》の夢をもたらす、神々《こうごう》しい片目の星
　のことはね」

「ごらん、あたしたちはこの光のなかで、とてもなめらかにすべって行く。
無骨者《ぶこつもの》のあなたもこの光の恩恵《おんけい》を浴びたいなら、
一緒に手をつないで泳ぎましょうよ。
やましい情欲などは水に流して……」
「その黄金は、あんたたちが水潜《みずもぐ》りをするためだけのものなのか？
それとも、ほかに由来があるのか？」
とアルベリッヒが訊《き》いた。
「この黄金の奇蹟の謎がわかっていれば、
あなただってまさかこの宝を無視することなど出来ないはず……」
「そう、このラインの黄金で指環を作ったものは、
無限の力を得てこの世界を受け継ぐことが出来るという謎が……」
「お父さまが仰言《おつしや》ったわ。
だからこそ、この輝く黄金を
だれにも盗まれたりしないように、よく気をつけて番をするようにって。
食わせ者が来ても、
決して河から持ち出させたりしないように、って」
「黙ってらっしゃいよ、フロスヒルデ！
何ておしゃべりなの？」とヴォークリンデにたしなめられ、
シーッと口に手をあてた三人の妖精たちは水の中に散った。
そしてまた集まって来て、
「どういう人にこの指環が鍛《きた》えられるかって、知ってる？」
「恋愛の力を拒《こば》む人」と、姉が答えた。
「情欲の力を絶つ人」と、妹が答えた。
「そうした人だけがこの黄金を撓《たわ》めて、指環を作る魔力を得る」
「だからあたしたちは、お互いに安心していて大丈夫。
生きている娘なら、だれだって恋をするにきまって

る。


恋をしない娘なんているはずがない……」

「それからあの好色な髭男《ひげ》。あの男にも黄金の指環が作れるわけがない。

女のためなら命までも——という奴ですもの！」

「そうそう、あの男ならば心配はご無用。

さっきわかったことだけど、
あいつの情欲の熱い息は、わたしの体を焦《こ》がすほど熱かった！」
「うねる湖で硫黄《いおう》に火がついたように、
ぐじぐじと燃えさかる欲望のほむら」

「可愛い髭男《ひげおとこ》さん。
おまえは、どうしてそんなに深刻な顔をしているの？
あの黄金の光にあんたの顔も照り返されて、
あたしたちと一緒に笑いあいましょうよ！」

少女たちのさえずりに耳を傾けながら、その目は釘《くぎ》付《づ》けられて、
「この黄金で作った指環の力で、
世界がおれの手にもはいるのか？」とアルベリッヒは呻《うめ》いた。
「情欲をまるっきり捨ててしまうわけにはいかないが、

上手におさえておくことぐらいなら出来るかもしれん。

よし、やってみよう。いくらでも馬鹿にするがいいさ。

このニーベルンゲンの主《ぬし》の底力で、目にもの見せてやるわ」

「あらあらあら！」


と、フロスヒルデが目を丸くして、茶目っ気たっぷりに逃げだした。

「大変よ、侏儒《こびと》の道化が暴れだしたわ！

水しぶきをあげてライン河の上を荒れまわっている！

情欲のために気が狂ってしまったんだ！」

三人の妖精はアルベリッヒをこわごわ見おろした。

髭のアルベリッヒは、ぶざまに暗礁《あんしよう》の頂《いただき》に這《は》いあがってため息を洩《も》らし、

「さあ、いつまでも暗闇の中で子供っぽく戯れているがいい！


世間知らずの妖精どもめ！


おまえたちのほほえみのあかりを吹き消してやるぞ。おれはライン河のこの岩礁《いわ》から黄金をもぎとって、復讐の指環を作るんだ」

と、黄金へ手を伸ばし、

「ライン河の水も聞いておけよ。

おれの呪いにかけて世界をわがものにしてやる。

ニーベルンゲンの指環にかけて、欲しいもののすべてを手に入れてやる」

と、恐ろしい怪力《かいりき》で岩礁《いわ》から黄金をもぎとり、
素早く深みへ躍《おど》り込《こ》んで姿を消してしまったのだ。

「まあ！　大変！」と、ヴォークリンデが悲鳴をあげた。

「盗人だわ！　ニーベルンゲンの盗人だわ」

「黄金を取りかえさなくっちゃ！」


と、フロスヒルデが叫んだ。

「助けて！　助けてよう！」

暗黒のなかにとり残された三人の妖精が、不安におののきながら身をよせあった。

「ああ大変だ、どうしよう」
河の底から、
髭《ひげ》の侏儒《こびと》男アルベリッヒの嘲笑がこだまして消えていった。
「ああ大変だ！　どうしよう！」

第二の歌

ライン河畔の山上の夜明

ライン河の深い峡谷に次第に霧がたちこめて、夜明けのちぎれ雲を消していく。

その峡谷の底の平地の草花に埋《う》もれて、神々の王ヴォータンとその妻のフリッカが抱きあって眠っている。

その霧が流れ過ぎると、今まで見たこともないような城が浮き出してくるのだ。

目覚めたフリッカは、そこに城があるのにびっくりして、

「ヴォータン！　あなた！　起きてください！」と、叫んだ。

「これは夢なのかしら」

ヴォータンはまだ夢の中にいて、うわ言のように、

「歓喜に恵まれたわしの殿堂《でんどう》は、戸や門に守られている。

わしの名声と永遠の権力は、
無限の誉《ほま》れを博すようにそそり立っている！」と、呟《つぶや》く。

フリッカは「あなた、大変よ」と、そのヴォータンを揺り起こし、

「もう淡い夢の妄想にとどまっているときではないわ！

目を覚まして、あの城をごらんなさいな。あなた！」

ようやく目覚めかけたヴォータンは、体を半身起こして城を見つめ、

「見よ、永遠の事業が完成した！

山の頂きに、わしの城がそびえている。

神々《かみがみ》の豪華な建物が荘厳《そうごん》に輝いている……

あれは夜の裡《うち》に描いていたような、
まぼろしが形となって姿を現わしたのだ。

何と神々《こうごう》しくも見事なわしの城だろう！」
しかし、フリッカの怖れは、一向におさまらない。
「楽天的なあなた！　私がはっとするようなことでも、

あなたはただ無性に喜んでいらっしゃるだけ！
あなたはあの城を見て嬉しそうにしていますが、
私はフライアのことが心配でたまりません。
呑気《のんき》にもほどがある。約束の報酬《ほうしゅう》のことはどうなさるつもりなの？

城が出来上がったということは、
担保にしてあるものの期限が切れたということなのです。
それとも、あんな約束のことなんかお忘れになったと仰言《おつしや》るつもり？」
「城を建ててくれた連中とかわした例の約束は、むろん忘れはしない」
と、ヴォータンは気にする気配もなく言った。
「ただあの約束は、神々《こうごう》しい殿堂《でんどう》を建築させるために、
懐柔策《かいじゆうさく》としてとりかわしただけのものだ。
そのおかげで、こんなに早く城が落成したじゃないか——

報酬のことは、おまえに心配かけないよ。気にするのはおよし」
「何という罪つくりで軽薄な方なんでしょう、あなたは」
と、フリッカはあきれはてたように言った。
「不実なことをして喜んでいらっしゃるのね。
あなた方の契約《けいやく》を私がもっと早く知っていたら、
そんな虚偽はさせなかったでしょうに。
男たちは私たち女を遠ざけて、
というより、私たち女の意見などてんで問題にしないで、
あの巨人を相手に、自分勝手な約束をしてしまいました。
厚かましいあなた方は、それが恥ずべきことだとも

思わないで、
私の妹の、あの優しいフライアを代償に、
ごろつきのような契約をしてしまったんだ。
あなたのような因業《いんごう》な男には、
それが神聖で貴《とうと》いことのように思われるかもしれま
せんが、
心ある人たちは眉《まゆ》をひそめていることでしょう。
男はだれも、ただ勢力ばかり張りたがる見栄っぱり
なんだわ！」
もちろん、ヴォータンも負けていない。
「同じような欲望が、おまえにもあったんじゃない
のか？
宮殿を建築してくれと、わしにねだった時には」
フリッカはうなだれる。
髪が朝露にしっとりと濡《ぬ》れて、かえっていたいたし
く見える。
「女心はさびしいものです。
あなたが遠方へお出かけになろうとするときは、
あなたの貞操を心配して、
何とかあなたの心をつないでおきたいものと、心に
念じておりました。
そして、立派な邸宅や心地よい調度、
そういうものであなたの心をつないでおきたいと仕
向けていたのです。
ところが建築がはじまってみると、あなたは、
やれ防備だの、やれ城砦《じょうさい》だのと、
支配や勢力の強化ばかり考えて、
愛の巣とはほど遠い工事に変わってしまい、
そそり立つ城の内部には、ふたりの席のあたたまる
暇もありません。
ただ、ただ繁忙《はんぼう》をひき起こすことばかり考えるだけ
です」
フリッカのうらみごとに耳など傾けず、
「妻のおまえが、私を城内に引き留めておこうとい
うのなら、
体はこの城内に引き籠《こも》らせて、

心だけで世界を手に入れることが出来るような名案を考えてもらわねばならんわい。

男というものは、だれでも変化を好むものだから、わしも流れる雲の赴《おもむ》くままに、燃えあがっていく野望を断ち切るわけにはいかないよ」

と言って、ヴォータンは妻を抱きよせて、その髪を愛撫してやった。

「愛情もなく、ただ心配ばかりさせる方ですわ！あなたは勢力とか支配とか、くだらないことのために、
女心や愛情の価値を貶《おと》して、ただただ口汚く罵《ののし》るばかり……」

「いやいや、それは違うぞ」

と、ヴォータンは真面目に首をふる。

「おまえを妻にするために、わしは貴い片眼を犠牲にしたではないか。

それだのに、愚《おろ》かにも今わしに非難を浴びせようというのか、フリッカ。

わしは、おまえが思っている以上に、ご婦人方を尊敬しているんだよ。

あの心だてのよいフライアだって、
決して断念しようというのではない。

そんなことは一度だって考えたことはないぞ」

「それなら、すぐ彼女を保護してやってくださいな」

と、フリッカが言うまもなく、
息も絶え絶えに逃走して来たのは妹のフライアだ。

「姉さん、助けて！　義兄《にい》さん、保護して！

あそこの岩のふもとで、ファーゾルトが威丈高《いたけだか》になって、
私を連れに来たと言ってるんです」

「放っておくさ！」と、ヴォータンが一喝《いっかつ》した。

「それよりフライア、おまえはここへ来る途中で、ローゲに逢わなかったのか？」

「何かというとお義兄《にい》さんは、あのずるい男を信頼なさるんですね！

今までずいぶん私たちに煮え湯を呑《の》ませてきたというのに！

お義兄さんは、きっと籠絡《ろうらく》されているんだわ」

「無垢《むく》の心ですむ場合は、誰にも相談する必要はないが、
ひとつ、敵の考えを利用してやろうというようなときは、
老獪《ろうかい》で策略がなければならぬからね。

ちょうどローゲが、悪賢《わるがしこ》いやり方をするように。

もとはといえば、今度の契約だってあの男が勧《すす》めたことだ。

そして、フライア。おまえを救うことを引き受けてくれたのも、あの男なのだ」

フリッカは、ちょっと皮肉をこめて言った。

「それなら、あなた！　あの男はどうして姿を見せないんでしょう」

ふいに嘲笑が恐怖にかわって、

「大変！　あそこを見て……、巨人たちが急いで来るわ。

あなたの狡猾《こうかつ》な番頭さんは、いったいどこにいるというの？」

「義兄さんが築城の代償に、か弱い私を贈物にしようとしたので、
お兄さんたちが私を救おうと、待ち構えていてくださるにちがいないわ！

ドンナー兄さん、出て来て頂戴！

時は今よ。救けてくださるなら、今すぐ出て来て！お願い！

フロー兄さん！　出て来て！　お願い！」

「いいえ。ぐるになってあなたを騙《だま》した連中は、みんな隠れて、出て来ないに決まっている」

そこへ巨人のファーゾルトとファーフナーがやって来た。

二人とも天を突く巨大な体軀《たいく》で、毛むくじゃらの手に太い棒を持っている。

ファーゾルトの声は、雷鳴だ！

「ヴォータンさま！　あんたさまは、おきれいな奥

さんと、

のんきに眠っていらっしゃっただが、

わしら兄弟は、まどろむ暇も惜しんで、この城を築き上げたんでがすよ」

「大変な骨折りだったが、いっこうに倦《う》まず弛《たゆ》まず、頑丈《がんじょう》な石を積み上げた。

すくすく立っている城砦《じょうさい》の中には、

高くそびえる塔や、戸口や城門が、大広間のまわりに並んでおる。

ほらほら、わしらが積み上げたものが、

そそり立っているのが見えるでがしょう」

ファーフナーのまばたきは、稲妻だ。

「どうか入城なすって、報酬《ほうしゅう》を支払ってくださいましな」

よろしい、とヴォータンは胸を張った。

「言ってみるがよい。その報酬として、いったい何を申し受けようと思うのかな?」

二人の巨人は、意外と言わんばかりに顔を見あわせて、

「わしらが欲しいと思っているものは、

もうとっくに約束してございますだ。お忘れではございますまい。

この優しいフライア、へえ、水もしたたるばかりの少女。

その契約《けいやく》は、とっくに済《す》ましたとおりでございますだ」

「そうとも! さっそくこの女を連れて帰るべえ!」

その巨人を制するように、ヴォータンは威厳《いげん》をとりつくろって言った。

「契約だと? おまえたちはまさか、正気で言っておるとは思えん。

さあ、何なりと他の報酬を望むがよい。

だが、フライアだけは手放すわけにまいらぬぞ」

「何とおっしゃります?」

と、ファーゾルトは、あきれかえって訊《き》き直した。

「だまそうとのお考えでござりますか?

それとも、契約を反古《ほご》になさろうとでも?
あんたの槍の柄《え》に刻まれた、約束取り決めの文句、
あれもあんた、空言《そらごと》だったと仰言るつもりでござり
　ますべえか?」
嘲笑《ちょうしょう》して弟の巨人ファーフナーがはやしたてた。

「ばか正直の兄さんが!
あほうの骨頂《こっちょう》だが、これで騙《かた》りの正体がわかった
　と言うものだ」
「神々の王ヴォータンさま」と、兄の巨人ファーゾ
ルトは平静を装って言った。
「あんたはごく軽い気持ちでいらっしゃいましょう
が、

わしの腹の中は今、鍋のようにぐらぐらと煮えくり
　かえっております。
約束事は、すべてお守りになるのが身のためという
　ものでがすよ!
あんたの現在の地位だって、
取り決められた約束によるものにすぎない。

今度の約束も、
あんたの立場を十分考えたうえで取り決めたもので
　ござりますだ。
なるほどわしらのような小才に比べると、
あんたは体は小さいが、たいそう利口なお方でがす。

勝手気ままに生きてきた、無頼《ぶらい》のわしらをおさえつ
け、
平和を守らせたのも約束というもの。
もし、あんたが公明正大ではなく、
契約を守る律儀な心も捨てたというならば、
わしらだって、あんたとの平和なんか、
これっきりご免こうむりますだ。
わしゃ知恵の回りかねる大男でがすが、
決めたことは一途《いちず》にやりとげる性分《しょうぶん》!
いくら賢《かしこ》いあんただって、こうなりゃ覚悟したほう
　が身のためだというもんだ!」
「冗談に話しあったことを、

まじめなことにするのは、ちとずるいぞ!」
と、ヴォータンは言い逃れようとする。
「それに、この恥ずかしげな魅力をもった少女フライアは、
おまえたちのような無骨者《ぶこつもの》には、全く似合わん」
「わしらを嘲弄《ちようろう》なさるおつもりですか?」
と、巨人の雷鳴のような声は次第に怒りにふるえはじめた。
「すべてを美によって支配しようとなさっしゃる。
たしかに、わしらは醜い大男だが、貴い身分のあなたさまは、
そのわしらに、やさしいご婦人を質に貸すとおっしゃったんだ!
わしら無骨者が手にたこをつくったり、汗を流して働きましたのは、
暮らし向きは貧しくとも、やさしい素直な女に、
女房になってもらいたかったからのことでがす。
それだのに、いまさら、その約束を違うとおっしゃるのでがすか?」
「くだらないおしゃべりは、やめようや」
と、弟のファーフナーが唾《つば》を吐き捨てた。
「わしらは儲《もう》け仕事をしようとしたんじゃない。
まして、いまさらフライアをふん縛ったところで、
たいして役に立つわけでもない。
しかし、こうなりゃ意地でも彼女を神々《かみがみ》からさらって行くことが、
大いに物を言うのさ。
あの女の庭に黄金色の林檎《りんご》がなるが、
その栽培法を知っている者は、あの女しかいない!
神の一族は、その実を食べて永遠に、不老の青春に恵まれているんだ。
だが、フライアがいなくなれば林檎の花は青白く枯《か》れ落ち、
神々は老衰《ろうすい》して滅びてしまう……
だから神々からフライアを奪って復讐してやろうじゃないか!」

ヴォータンは、あせってフリッカに耳打ちした。

「ローゲは、ずい分ぐずぐずしているじゃないか！」

巨人の兄弟は、ますます強気になった。

「さあ、きっぱり返事をしていただきましょうか」

「頼む」と、ヴォータンは言った。

「何か他の報酬《ほうしゅう》を考えてみてはもらえないだろうか？」

「だめですな」と、兄が言った。「フライアに限ります！」

弟は、せっかちに手をのばし、フライアを抱きよせようとする。

「こら、フライア！　素直にわしらについて来な！」

「ああ、助けて」と、フライアは悲鳴をあげた。

そこへ、ドンナーとフローが急いでやって来た。

「フライア、こっちへおいで」と、ドンナーが言った。

「無礼者はさがるんだ！　おまえはわしが保護してやるぞ！」

二人の巨人の前に、ドンナーは立ちふさがって両手をひろげた。

「ファーゾルト！　ファーフナー！

おまえたちはこのハンマーで、したたか打ってもらいたいのか？」

「そのおどかしは何でがす？

わしらは、別に喧嘩をしようというのじゃない。

ただ、まっとうな報酬をいただこうとするだけですよ」

巨人は怒りをこらえて、そう言った。

だが、ドンナーは一歩もゆずらない。

「おまえたちには、それ相応の手間賃はあるんだ。

そのうえ、まだつべこべぬかすなら、さあ来い！

報酬はたんまりとこの重いハンマーで払ってやるぞ！」

そこへヴォータンが割ってはいって、言った。

「待て待て、乱暴者！　暴力はいかん。

わしはやっぱり契約を守るべきなのだ。

おまえのハンマーは無用じゃぞ！」

それを聞いて、フライアは真青になってしまった。


「まあ！　どうしたらいいんでしょう！

義兄《にい》さんは私を見殺しにする気なんだ！」

「残酷な方！　あきれてしまいますわ！」

と、妻のフリッカもヴォータンを睨《にら》みつけた。


ヴォータンはそれを避けて振り返り、ローゲの姿に気がついた。

「ローゲだ。やっとローゲが来たぞ！

おまえの取り決めたこのまずい契約で、皆は争っているのだ。

何とか和解させてくれ」

「え？」と、ローゲは驚いた。
「どんな話を私が取り決めたとおっしゃるのです？
その巨人たちと約束なさったのは、恐らくあなたさまでございますよ。
地獄や天国で仕事をするのが私の性分、
家や所帯《しょたい》のことなどは、関心事ではございません。
ところがドンナーやフローときたら、年中屋敷のことばかり考えているんです！
二人は妻帯《さいたい》しようと思っているんですから、当然かもしれませんが……。
ともかく、豪華な宮殿《きゅうでん》、堅固な城廓《じょうかく》、
それがあなたさまのお望みでございました。
家も屋敷も、広間も宮殿も、そしてそびえ立つ城砦《じょうさい》までもが、
がっちりと出来上がりました。
私は実地《じっち》に吟味《ぎんみ》してみました。
すべてが丈夫《じょうぶ》に出来ているかどうか、そしてファーゾルトとファーフナーは、
信頼の出来る男だと確信しました。
積み上げた石には少しのゆるみもございません。
私には、怠《なま》けている暇などありませんでした。
私をだらしないなどと言う奴がいたら、それは嘘つ

きです！」

「悪賢い奴め」と、ヴォータンは舌打《したう》ちした。

「おまえは逃げをうつ気だな。

だが、わしをだますぐらいなら、もっと狡猾《こうかつ》にしたらどうだ！

すべての神々の中で、わし一人だけがおまえの友なのだ。

信用の出来ない奴らの中から、おまえを拾いあげてやったのだ。

ローゲ、もっと親身になって相談にのってくれ！

城の普請《ふしん》を引き受けた巨人たちがフライアを報酬《ほうしゅう》にくれと望んだとき、

わしがそれを承諾《しょうだく》したのは、

その貴い担保《たんぽ》を必ず請戻《うけもど》すとおまえが誓ってくれたからだよ」

「え」と、ローゲは言った。

「どうしたらその担保が請出せるか、

一緒に考えてみましょう、と申し上げただけでした。

実現しかねること、成功しないことまで安請合《やすうけあ》いするなんて、

そんなことが、どうして出来るものでしょう」

するとフリッカはヴォータンに向かって言った。

「それ、ごらんなさい。

あなたは、とんでもない食わせ者を信用なさっていたのです」

フローも続く。

「おまえの名はローゲだが、これからは嘘吐《ルーゲ》と言ってやるぞ！」

「忌々《いまいま》しい焔《ローエ》め！」と、ドンナーが睨《にら》みつける。

「ひと吹きに吹き消してやる」

ローゲも負けていない。腕を撫《ぶ》しながら、

「馬鹿な奴らが、自分の恥をおし隠そうとして、

わしに向かって悪口雑言《あっこうぞうごん》か！」と、胸を張った。

その胸にいきなりドンナーが打ってかかると、ヴォータンが思わずそれを制して、

「わしの友人を虐《いじ》めないでくれ！」と言った。

「おまえたちはローゲの伎倆《ぎりょう》を知らないが、
こいつの知恵は、なかなかの値打ちものなのだ。
しかもそれを、ぼつぼつ小出しにしてくれるのさ」
「何もかも小出しにしないで、あるなら全部吐き出
してくれませんかね」
巨人のファーフナーが、たまりかねたように呟《つぶや》いた。
すぐさまファーゾルトもつけ加える。
「報酬を払うだけにしちゃ、いやに手間取るんでが
すね！」
ヴォータンは、きっとしてローゲに向かって言った。
「強情者《ごうじょうもの》、よく聞けよ。決して嘘をつくんじゃない。
いったいおまえは今まで、どこをうろつきまわって
いたのだ？」
それに答えてローゲが語りはじめる。
「恩を仇《あだ》で返されるのが、いつも私の運命です。
ただもうあなたのために心配して、
あたりをきょろきょろしながら、世界の隅《すみ》から隅《すみ》ま
でかけずりまわり、
フライアの代わりになるものを探しだして巨人たち
を満足させようと思ったのです。
しかし、探すのは無駄なことだと私は悟《さと》りました。
天下広しといえども、まことに貧弱なもの。
少女の魅力に代わって男の心を魅きつけるようなも
のなど、ありはしないのです。
水の中でも、地の底でも、空の上でも、
活動や営みの行なわれている限り、ところ嫌わず尋《たず》
ねまわり、
芽《も》の萌えているところはすべてを吟味《ぎんみ》して、
少女の魅力にまさるものを探しましたが、
ぬかりのない私の問いかけも、ただもの笑いにされ
るだけに過ぎませんでした。
水の中でも、地の底でも、空の上でも、情欲の激し
さの魅力にまさるものなど、
ほんとに皆無《かいむ》でございますからね。
しかし、私はとうとう例外の一人に出会いました。

それは、赤い黄金を得たいばかりに、少女への情欲
　を断念したという男です。
ライン河の美しい妖精たちは、私にしみじみと窮《きゅう》
状《じょう》をうったえました。
と、申しますのは、ニーベルンゲンの髭男《ひげおとこ》、暗黒
　のアルベリッヒという男が、

彼女らに言いよってはねつけられた腹いせに、
あのラインの黄金を盗みとったというのです。
彼はこの貴い宝を、今では女心などより
遙《はる》かにまさっていると信じています。

きらめきの宝石を河の底から盗み去られた、
妖精たちの声を私は聞きました。
ヴォータン、彼女たちはあなたにお願いしているの
　です。
その盗人を問いただし、黄金をふたたび
ライン河の水の中へ取り戻して、
永久に彼女らのものにしていただきたいと。
このことをあなたにお伝えするよう、

私は妖精たちと約束しましたが、

これだけ申し上げれば、
私がここに来るのに遅れたわけもおわかりのことで
　しょう」
「おまえは」とヴォータンが言った。
「陰険でなければ馬鹿者だ。

わしがこんなに困っているのに、
どうして他人のことなどかまっていられるのだ？」
それを黙って聞いていたファーゾルトが言った。
「その黄金を、
あの髭《ひげ》の怪物の手にだけは渡したくないもんだ。
今までおれたちは、あのニーベルンゲンの侏儒男《こびとおとこ》に
さんざん苦しめられてきたんだからな。
いざ取っちめてやろうとすると、
するりと逃げる、悪賢い奴だ」
「その黄金によって力でも得ようものなら、」
と、ファーフナーも合槌を打った。

「あの髭面《ひげづら》めは、きっとまた仇《あだ》を企むにきまっているんだ。

おいおいローゲよ。
嘘をつかないで教えてくれ！
奴めが手に入れたという、そのニーベルンゲンの黄金には、
いったいどんな魔力がひそんでいるんだね？」
するとローゲが、いかにも大事のように語りはじめた。
「それは、河の底にあるあいだは妖精たちの玩具《おもちゃ》に過ぎないが、
いったん、河から取り出されて、指環に鍛《きた》えあげられたらえらいことになります。
指環をはめた指の主《ぬし》に、無限の勢力を与え、
世界はその人のものになってしまうのです」
さすがのヴォータンも、顔色を失った。
「そういえば、わしもラインの黄金のことは、ひそかに聞きおよんでいる。
その赤いまばたきには不思議な魔力がこもっていて、
指環にすれば、限りない権力と財宝を生むという話だ」
フリッカも、わが身にふりかかっている大事を忘れて訊《たず》ねた。
「その黄金の玩具の、きらめく細工物は、婦人用の美しい飾りにもなるかしら？」
「ご婦人がその美しい飾りを、しとやかに着けていらっしゃる場合は、
旦那さまに、貞操を守らせることが出来ると言われています！
指環の細工に堪能な侏儒《こびと》が、
それを鍛え上げた場合に限りますがね」
「その黄金を、あなた、手に入れてはいかがでございます？　神々の王にふさわしく」
「たしかに！」と、ヴォータンは言った。
「その指環の管理は、わしがするのがよいと思う。
しかしローゲ、それを細工する方法は、わしには思

いつかん。

わしは侏儒《こびと》ではないから、どうしたらその細工物が作れるか思いつかんのだよ」

「その黄金をある秘法によって撓《たわ》め、指環に作るのですが、
その秘法はだれにもわかっておりません」

と、ローゲはものものしく言った。

「しかし、手にはいりかけた恋を断念した人に限って、それが易々《やすやす》と出来るのです。

もちろん、あなたはそんなことをなさろうとは思いますまいし、
思ったところで、もう後のまつり。

髭《ひげ》のアルベリッヒの奴めが、運良くこの魔力を獲得してしまったのでございます。

指環はもう、彼の手の中にあります」

ドンナーはヴォータンに向かって言った。

「その指環を早く召し上げてしまわないと、
あの髭《ひげ》の怪物は、我々にまで圧迫を加えるかもしれませんぞ」

「む、その指環は、わしのものにしなければならん！」

「今ならまだ、恋をあきらめたりなぞしなくとも、たやすくあなたの手にはいるでしょう」

と、フローが甘え声でヴォータンに言った。

ローゲは悪魔のように囁《ささや》いた。

「お茶の子さいさいです。

あんな侏儒《こびと》の一人や二人をおさえつけるのは、赤児の手をひねるようなもんですよ」

「とりあえず……」とヴォータンは言った。

「わしはどうすればいいのだね？」

「強奪《ごうだつ》するんです！」と、ローゲが赤い舌を出した。

「盗人《ぬすっと》が奪ったものを、その盗人《ぬすっと》から奪い返すんです。

これよりたやすい方法は他にありますまい！

もっとも、あいつとて怪物！

簡単に手渡すとも思えませんから、ぬかりないように、
手際よくやってのけねばなりません。
もしあなたがその盗人《ぬすっと》をとりおさえ、
ラインの妖精たちのためにあの黄金を取り戻してやろうと思し召《おぼめ》すのでしたら、
それは理にかなったことです。
何しろ、あの少女たちはあなたのお力におすがりしているのですから、
方便にもなろうというものですよ」
「ラインの妖精どもが?」と、ヴォータンは笑って、「そんな理由など、わしには別に必要ないわい」と聞き流した。
フリッカも眉《まゆ》をひそめて言った。
「河の小娘たちのことなど、別に聞きたくもありませんわ。
あの妖精たちは男好きで、
今までもう、どれだけたくさんの旅人たちを
泳ぎながら誑《たら》しこんだか知れやしない」
巨人の弟は兄に向かって目くばせした。
「どうやら、そのぴかぴか光るラインの黄金は、
フライアよりも値打ちがありそうだぜ。
それに、黄金さえ手に入れれば、
その魔力で彼女をおれたちの腕に抱けるんだ。
ヴォータンさま!
待ちあぐんでいるわしらの言葉を聞いてくださいまし。
そのフライアは、無事にあんたのもとに置いとくことにして、
それよりずっと少なめの報酬《ほうしゅう》で解決することにしましょうや。
わしらのような荒武者には、
娘っ子よりもニーベルンゲンの黄金のほうが、よっぽど似合っているんでさ」
「おまえたち、正気なのか?」と、ヴォータンは言った。

「わしのものでないものを、
どうやっておまえたちにやると約束など出来よう。
この厚かましい奴らめ！」
「わしらがあの城を建築するのは、大変な骨折りだったものですが、
策略に長《た》けたあんたなら、

アルベリッヒをひっつかまえるくらいのことなど、朝めし前でございましょう」
「おまえたちは、黄金を手に入れるために
わしを利用して侏儒《こびと》をつかまえようという魂胆《こんたん》だな。
何という、ずうずうしい欲ばりのつけあがり方だ。

築城の礼を言えばいいことにして、
どこまでも、のさばりやがる！」
すると大男のファーゾルトはフライアの腕をわしづかみにして怒鳴った。
「さあ来い！　娘っ子！
おまえは、わしらのものになるんだ！

そして、身請《みうけ》の話がつくまではわしらの人質《ひとじち》になるんだよ」

「あれーっ！」とフライアは絶叫《ぜつきょう》した。

「困るわ！　だれか助けて！」

だが、大男は容赦《ようしゃ》しなかった。
「この娘っ子を、しばらく借りていくぜ。
そして夕方、わしらが戻って来るまでに
ラインの赤い黄金を用意しておかなかったら――」

弟の言葉を兄が続けた。

「その時こそ期限切れで、フライアは質流れ。

わしらの思いのままになるんでがすよ！」

巨人の兄弟は勝ちほこったように哄笑《こうしょう》して、絶叫する彼女を連れ去っていった。


「追っかけろ！」と、フローが叫んだ。

「とっつかまえて、袋叩きだ！」と、ドンナーも怒鳴った。

遙《はる》か彼方から、可哀想なフライアの声が聞こえる。

「助けてよう！　助けてよう！」

フライアをさらっていった巨人の兄弟を見送りながら、ローゲが言った。
「彼らは峡谷《きょうこく》へ急いで引き返していった。
ラインの浅瀬をわたる荒くれの大男にかつがれたフライアは、
どう見ても嬉しそうには見えない」
「ヴォータンはどうしたのです?」と、ローゲは神々に訊《き》いた。
「霧のための錯覚か。それとも夢にからかわれているのか?
あなた方は皆、心配そうに真青な顔をして、急に萎《しお》れていらっしゃる。
あなた方の頬のつやは全くなく、眼の光は沼のように曇ってみえる。
フロー、元気をお出しなさい!
ドンナー、あんたの持っているハンマーは、力を失ってしまったのか?
ヴォータン。
あなたの髪の毛は一瞬のうちに真白になって、まるで老人みたいに見える」
「どうしたらいいんでしょう?」
と、フリッカが呟《つぶや》いた。
「私の腕は、さがったまま上がろうともしない」と、ドンナーが言った。
「私の心臓は、もうとまっている」と、フローが言った。
冷ややかな口調で、ローゲは続けた。
「わかった! あなた方!
今日はまだフライアの林檎《りんご》を食べてなかったじゃありませんか。
彼女の庭にある黄金色の林檎を毎日一つずつ食べていたのでいつまでも若かったが、
こうして彼女が人質《ひとじち》にされてしまうと、
黄金色の木の実は樹の上でひからびて、
ただ腐って落ちるのを待つだけでしょう。
だが、私だけは平気なのです」

「フライアは以前からけちをして、
この黄金色の林檎《りんご》を、私にはくれ惜しんでいたから、
高貴なあなた方と違って、私は半分しか神ではないのです。
あなた方は、あの若返りの果物に、少しばかり頼り過ぎていましたので
林檎《りんご》が無くなると、皺《しわ》がよって白髪になり
よぼよぼになって気むずかしくなる。
そして世間から凋落《ちょうらく》を笑われながら、神の子孫として滅びていくのです。
巨人の兄弟はそれを承知のうえで、
ひそかにあなた方の命を亡ぼそうとフライアをさらいました」
「ヴォータン、あなた!」
と、妻のフリッカは不安になってヴォータンの胸に顔を埋《う》めた。
「不運な方ですわ!
ごらんなさい、あなたが軽率《けいそつ》なばかりに、
私たちは、みんな笑われながら悪口言われ、恥をかくんです」
「さあ、ローゲ、わしと一緒に峡谷《きょうこく》へ降りて行くんだ!」と、ヴォータンは言った。
「ニーベルンゲンの国へ降りて行って、その黄金とやらを奪ってこよう」
「ラインの妖精たちが、あなたにお願いしていたことを、
聞き届けてやろうと思《おぼ》し召《め》しですか?」
と、ローゲが皮肉っぽく言った。
「黙れ、おしゃべりめ!
わしはあの可哀想なフライアを救わねばならんのだ」
ローゲは、首をすくめて赤い舌を出した。
「では、あなたの命令どおり、喜んでご案内いたしましょう!
けわしい峡谷《きょうこく》を降りて、ラインを通ってまいりましょうか?」

ラインの黄金はいったい、だれの手にあるのか？

そして、神々の王ヴォータンの運命はいかに？


「いやいや、ラインなんか通らぬぞ！」と、ヴォータンは言った。

「では硫黄《いおう》の坑《あな》の中へ飛び降りて、暗黒へもぐり込むのですね？」

「おまえたちは、夕刻までここで待っていてくれ！」と、ヴォータンはフリッカたちを振り向いて言った。

「救いの黄金を手に入れて、失った青春を必ず取り戻すことにする！」

それから、ヴォータンはローゲに続いて坑内へ降りて行った。

「ヴォータン、ご機嫌よう！」と、ドンナーが手を振った。

「無事に行ってらっしゃい！　無事に！」と、フローが叫んだ。

「心配です。少しでもお早くね！」と、フリッカは手を合わせて祈るしぐさをした。

硫黄《いおう》の蒸気が、黒雲のように空一杯に立ちのぼっていった。

第三の歌

地下国ニーベルハイム

ニーベルハイムの地下の洞窟の四方にのびる坑道の片隅に、
髭《ひげ》のアルベリッヒが、こびとのミーメの耳を引っ張りながらやって来た。
「ええい！
こっちへ来るんだ！　小賢《こざか》しいこびとめ！
思う存分いじめてやる！
つべこべ言わずに、おれの言いつけどおりに、さっさと細工物《さいくもの》を仕上げないか！」
「あいた、た、た！　どうか放してくれ！」と、こびとのミーメが嘆願した。
「あんたの言いつけどおりに、ちゃんと作ったよ。
汗水流して作りあげたんだ。
どうか、耳から爪を放してくれ！」
髭《ひげ》のアルベリッヒは手を放した。
「何をぐずぐずしてやがるんだ？
そんなら早く見せないか？」
こびとのミーメは、おどおどと弁解した。
「まだどこかに手抜かりがあるんじゃないかと、慎重に見直してるんだ」
「じゃ、どこかまだ不完全なところがあるんだな？」
「ここが……」と、こびとのミーメは狼狽《ろうばい》して言った。
「ここが……ここがって、いったい何のことだ？
さあ、その細工物《さいくもの》をこっちへ見せてみな！」
髭《ひげ》のアルベリッヒが、またも彼を引っとらえようとすると、
こびとのミーメは驚いて、手に持っていた細工物を落としてしまった。
髭のアルベリッヒは直ぐそれを拾い上げて、綿密に

吟味《ぎんみ》して言った。
「見ろ！　ずるい奴だ。
おれの思ったとおりだ。もう完全に鍛《きた》えて、つぎ合わせてある。
小賢《こざか》しい奴め。おれをだまそうと思ったんだな？
何のかんのと時間かせぎして、この貴い飾りを、
猫ばばきめこもうとしたって、そうはさせないぞ」
髭《ひげ》のアルベリッヒは、その細工物を頭にのせる。

「ほら、ぴったり頭に合った！

これで魔力も現われてくるだろう」

隠れ兜《かぶと》を頭にかかげ、彼は低い声で呪文《じゅもん》を唱えた。

「夜と霧、天下無敵！」

するとたちまち、髭《ひげ》のアルベリッヒの姿は消え、
霧が柱のように立ちのぼって消えた。
「おい、ミーメ！　おれが見えるか？」
と、アルベリッヒが声をかけた。

しかし、どこにいるのか姿は全く見えない。

ミーメは、不思議な思いであたりを見まわした。

「どこです？　わしにゃ、全く見えないが……」

姿を見せぬまま、髭のアルベリッヒは言った。


「さあ、おれに触《さわ》ってみろ！　怠《なま》け者め！

近づいたらほうびをやる。おまえの泥棒根性へのほうびだ！」

ぴしゃり、と見えない鞭《むち》が暗黒の中で躍《おど》った。

こびとのミーメは縮《ちぢ》みあがって悲鳴をあげた。


「あいた！　た、た、た、た！」

しかし、髭《ひげ》のアルベリッヒはまだ姿を見せない。

「おまえの悪知恵のお陰で、仕事は上々の出来栄えだ。

ニーベルンゲンの者どもは、

とうとうこのアルベリッヒの前に頭を下げにくるだろう。
これからおまえたちを監督するため、
おれはどこからでも見張ってやる。
のんびりと手抜きをしたり、勝手に休んだりするこ

とは

もうおまえたちにゃ出来ない。

よしんばおれの姿が見えなくとも、おれがどこかにいるかも知れぬからな。

おれのためには陰日向《かげひなた》なく働いてもらわねばならんのだ。

よしんばおれの体がそこにいなくとも、

ちゃんとそこにいるものと思って、どこまでも、働きつづけるのだ。

さあ、気をつけろ！

新しいニーベルンゲンの王様のお出ましだ！」

アルベリッヒの罵《のの》しり騒ぐ声が次第に遠ざかると、

入れかわって、ヴォータンとローゲがやって来た。
「ここがニーベルンゲンの国です、ヴォータンさま！
青白い霧の中に
鍛冶《かじ》の火花が散っているのが見えますか？」

ところが、やって来た二人は、そこに思いがけず、こびとのミーメが呻《うめ》いているのを発見したのだった。

「ああ！　痛い！　痛い！」

ヴォータンは思わず駈《か》けよった。

「おまえはこびとのミーメ！　いつも元気な働き者！

そのミーメがどうしてこんなに苦しんでいるのだね？」

「放っといて下さい……わしは勝手に苦しんでいるのですから」

「むろん邪魔しようというんじゃないよ」と、ローゲは言った。

「それどころかおまえ、
この方はおまえを助けてやろうと仰言《おつしや》ってるんだよ！」

「無駄なことです。

だれにも助けてもらえない。

わしは血のつながった兄には、
どうしても服従しなければならんのです。
あいつに枷《かせ》をかけられているのです」
「血のつながった弟を枷《かせ》にかけるなんて、

あいつに、どうしてそんな力があるんだね?」
と、ローゲはこびとのミーメの背中をさすってやりながら言った。
「アルベリッヒの奴め、
ラインの黄金で、赤い指環を作ったんです。

その魔力の強大さには、
わしらは皆びっくりして、ふるえ上がるほどです。
彼はその魔力を手に入れるや、
わしらニーベルンゲンの暗黒を思うままに支配してね、

のんきな鍛冶屋《かじや》のわしなどは、
今まで娘っ子たちの飾りや、可愛いニーベルンゲンの玩具《おもちゃ》などを作って、
その手間ひまを楽しんでいたんですが、

坑内へはいれと無理に強《し》いるんで、

わしら一同は、
あいつ一人のために働かねばなりません。
あいつはなかなか強欲《ごうよく》で、黄金の指環の力で
坑内のどこに新しい鉱脈の光がひそんでいるか、当てるんです。

わしらはそれを調べたり、
採《と》ったり掘ったりして、
鉱石をとかしては鋳物《いもの》を鍛《きた》え、
息つく暇もなく、

あいつのために宝の山を築くというわけです」
「それで、怠《なま》け者のおまえは、
今しがた酷《ひど》い目にあったところなんだな?」
「ああ、このわしを、

一番酷《ひど》い目にあわせたんでさ。
兜《かぶと》に似た冠《かむ》り物《もの》を作るんだといって、
その作り方を、わしにくわしく指図《さしず》しましたが、

わしは鉱石から仕上げていく途中で、
その品物には恐ろしい力がひそんでいることに、
ま、抜け目なく気がついたんですよ。
だから冠《かむ》り物《もの》は、わしの手元に取っておき、
その魔力によって、

アルベリッヒの支配から逃れようと思ったんです。
いやいや、出来ることなら、
あの厄介者《やっかいもの》の裏をかいて、
わしの力に屈服させ、指環をこちらへ取り上げてさ、

わしが奴隷になって苦しめられたように
あいつをあべこべに
こき使ってやろうと思ったんです」
「それほど利口なおまえが、どうして失敗したんだ
ね」
「品物を作ったわしにも、
それから魔力が出るってことが
ほんとうだとは信じられなかったんですよ！

わしにそれを作らせておいて、
わしの手から取り上げてしまったあいつが、
うまいことをやりやがったんです。
――いまさら、何を言っても後の祭だけれど――
その冠《かむ》り物《もの》には、

大変な魔術がひそんでいたんです。
あいつは、わしの見ている前で姿を消して、
見えなくなってしまったんです。
わしがまごまごしていると、
紫斑《しはん》の出来るほどわしの腕を打ちやがった！
馬鹿なわしは、
そういう立派なごほうびをもらったというわけで
さ！」
喚《わめ》きながら背を撫《な》でる彼を見て、
ヴォータンとローゲは哄笑《こうしょう》した。
それからローゲはヴォータンに、
「どうです？　このとおりだから、

そう易々《やすやす》とつかまりはしない」
と言った。「だが、おまえの知恵を貸してくれさえすれば、
敵はきっと屈服するんだがね」ヴォータンがミーメに言った。
神々《かみがみ》の哄笑に驚いて、ミーメはおそるおそる訊《たず》ねた。
「あんた方はいろんなことを訊《き》きなさるが、
いったいどういうお方なんで?」
「おまえの同情者だよ。
ニーベルンゲンの人たちが、
難渋《なんじゅう》しているのを救い出してやろうというのだ」
「気をつけなさい!
アルベリッヒが来ますよ」と、ミーメが言った。
ヴォータンは、ゆうゆうと石の上に腰をおろし、
「む、わたしたちはここで待ち受けるとしよう」
ローゲもその傍《かたわら》によりかかった。
程なく隠《かく》れ兜《かぶと》を脱いだアルベリッヒが鞭《むち》を振りふり、
一群のニーベルンゲンの人たちを追い立てるように上がって来た。
ニーベルンゲンの人たちは、いずれも金銀の細工物をいただき、
それを積み上げ、宝の山を築きはじめた。
「ここへ持って来い! そこへ持って行くんだ!
こっちだ、こっちだ!
何て、ぐずなんだ。
その宝は、そこへ積むんだ!
そっちの奴、上へのせろ! さっさと上にのせるんだ。
やくざ者め! さっさとその細工物をおろせと言ったろ!
おれに手伝わせるつもりか、馬鹿ども!
みんなここへ持って来い!
おや、そこにいるのはだれだ?
何でここへはいって来たんだ?
ミーメ、ここへ来い!

貴様《きさま》このうろつき者たちとおしゃべりをしていたの
か？
あっちへ行って仕事をするんだ！
すぐ鍛冶屋《かじや》仕事を始めろ！　仕事がいっぱい残って
るだろうが！
さあ、みんなあっちへ行くんだ！　早く降りて働く
んだ。

新しい坑《あな》から金を掘ってこい！
ぐんぐん掘らないと鞭《むち》のお見舞だぞ。
怠《なま》ける奴のないように、ミーメ、貴様がきちんと監
督するんだ。
だれも気のつかんところで、

おれはちゃんと見張ってるんだからな。
家来ども、おそれおののけ！
指環の主人の命令だぞ
命令どおりに仕事をしろ！」

それから不審そうにヴォータンたちを眺めてから、
「あなた方は何の用でここへ来たのかね？」と訊《たず》ね
た。
「夜の国ニーベルハイムについて」
と、ヴォータンは訊《き》き返した。
「近ごろ珍しい話を聞いたが、
この国ではアルベリッヒという男が、
たいそう不思議な力を振るっているそうだね。
ついてはそれを見て楽しみたいと、
はるばるやって来たというわけさ」
「いやいや、あんた方がニーベルハイムに来たのは、
ねたみ心から出たことだ。
野心を隠した客のことは、
わしにもちゃんとわかっているんだ」
「たわいもない寝言だ」と、火の精であるローゲが
言った。
「わしの素性を知っているんだって？
では、わしが何者だか言ってみろ！

おまえからそんな悪態を浴《あ》びせられるような者か、
どうか？
おまえが冷たい穴の中にうずくまっていたときに、
わしが笑顔を見せなかったら、
光や熱を、だれからもらえたと思うか？

わしがおまえの炉《いろり》を熱してやらなかったら、
おまえの鍛冶屋《かじや》仕事がどうなっていたか？
わしはおまえの身内で、
おまえに同情しているんだ。

おまえの今の挨拶は、
あまりにも、つつしみがないように思うが、どうだ！」

「ローゲさん、
今度は火の精どもにおべっかを使えってわけですかい？

いくらうまく立ちまわろうとしても、
このおれには無駄ってもんだ。
火の精だって？
むかし、おれの仲間だったおまえが何におべっか使おうと、恐れるにゃ及ばん」

「わしも確かにそう思うわい！」と、ローゲが言った。

「おまえに律儀《りちぎ》だなんて思われるより、
不実だと思われるほうがよっぽどましだ」

アルベリッヒはいよいよ挑戦的な態度でわめき続ける。

「とにかく、おれは何も恐れん！
安心しておまえたちにも反抗してやる」

「おまえが得た魔力は、勇気まで生みだすのか。
恐ろしくえらくなったもんだ」

「おれの手下どもが、
あそこへ積み上げた宝の山を見たか？」

「あんなに羨ましいものは、今までに見たことがないよ！」

「あれは今日の分だけだから、ほんのちっぽけな山だが、これから将来へかけてすばらしい勢いで大きくなってゆくんだ」
「おまえの宝は、」と、ヴォータンが口を開いた。
「いったい何の役に立つのかね？
ニーベルハイムにゃ、何の享楽《きょうらく》もない。
その宝で求めたいものだって、ありゃしないじゃないか」
「宝を掘り出して、それをしまって置くには
ニーベルハイムの暗黒が好都合なのさ。
そして、洞穴《ほらあな》の中へ隠しておいたその宝で、
ひとつ奇蹟をやってお目にかけようってんだ。
はっきり言えば、全世界をおれのものにしようというわけだ」
「だが、おまえさん。
どんな方法でそれをやろうと言うのかね？」
「あなた方は、風のそよ吹く天上界で、
笑い興じたり恋にうつつをぬかしているが、
おれが黄金の拳《こぶし》で、あんた方神々を、
みんな引っつかまえてくれるんだ！
すると、ちょうどおれが恋愛を絶ったように、
あんた方は生きとし生けるものを、
すべて断念しなければならなくなる！
黄金の拳《こぶし》で征服されて、黄金が無闇に羨《うらや》ましくなるんだ。
気楽な天上界で、
幸福な生活を過ごしているあんた方は、
永久の歓楽にふけり、
おれのような暗黒の精など見くびっているが――
気をつけるがいい！
男どもが、まず第一におれの勢力に屈服する。
きれいなご婦人どもは、
わしの求婚をはねつけやがったが――
今度こそ、わしに恋慕《れんぼ》の笑みを捧《ささ》げるだろう。
さもなかったら、おれは腕ずくで、なぐさみものに

してくれる。
アッハッハッハ！　耳の穴をほじくってよく聞いたかね？
暗黒の軍勢によく気をつけないと、
ニーベルンゲンの財宝が、
沈黙の下界から明るい地上へ昇っていくぞ」
ヴォータンは激昂《げっこう》した。
「不埒《ふらち》な奴だ、消えて失せろ！」
アルベリッヒも負けずに言い返した。
「こいつめ、何の寝言を言ってるんだ？」
ローゲは二人のあいだに割ってはいった。
「まあ、そう夢中になるな！
おまえの仕事を聞かされると、
だれだって驚かずにゃいられないよ。
おまえがその宝で大計画を実現させようものなら、
神々《かみがみ》も、おまえを世界一の強者とたたえねばならなくなるだろう。
月も星も、燦燦《さんさん》と輝く太陽も、おまえに屈服するしかないんだからね——
しかし宝を掘っている手下どもが、
おまえを心から信服するようになるのがなによりも肝心《かんじん》だと、わしは思うよ。
おまえは指環を立派に作りあげて、
ニーベルンゲンの人々を震駭《しんがい》させてはいるものの、
もし眠っているあいだに賊が忍び入って、
その指環をまんまと盗み取らないとは限らない。
それを、利口なおまえはどう防ぐつもりかね！」
「おまえは、自分が一番策略に富《と》んでいて、
他人はみんな馬鹿だと思っている。
それで、酷《ひど》い目にあうとは知りながら、
どうしてもおまえの知恵を借りねばならぬような事情が、
おれにもあるのだろうと、思っておるのだ。
だが、どっこいそうはいかん。
おれは姿を消す兜《かぶと》を考案して、

器用者のミーメに、いや応なくそれを作らせた。

この兜《かぶと》を使えば、あっという間に自分の姿を思うままに消せるんだ。

おれを探そうとしたって目には見えない。

しかも、おれは人の目を忍《しの》んで、どこへでも行ける。

だから、おれは何一つ心配することはない。

おまえの心配はご無用だ」
「わしは世界のあらゆるものを見たり、
珍しいことに出会ってきたが、
そんな奇蹟はついぞ見たことがないぞ。
類《たぐい》のないものは、わしは信じないことにしておるのだ。
もし、ほんとにそんなことが出来るならば、
おまえの勢力は、永遠の寿命《じゅみょう》を保つことになるだろう」
「おれもおまえのように嘘をついたり、
大法螺《おおぼら》吹いたりすると思うのか?」

「なにごとも、実際にこの目で見ないうちは、
言葉を信ずるわけにはいくまいじゃないか」
「弱虫のくせに利口ぶって、

いばりくさっていやがるが、
そんなら嫉《や》けてたまらないようにしてくれよう!
さあ、どんな姿でおまえの前に立ったらいいか言ってみろ!」
「おまえの思うとおりで構わん。

開いた口がふさがらないほど、おれをびっくりさせてみてくれ!」

言われてアルベリッヒは兜《かぶと》をつけた。

「大きな大蛇、ぐるぐるととぐろをまけ!」

呪文《じゅもん》を唱《とな》えると、突然彼の姿は消え、とぐろをまいた大蛇に変わっていた。

「これは、これは、
何とも恐ろしい大蛇ちゃん! おれを呑《の》んでもいいから、
ローゲの命は助けてくれよ!」

ヴォータンも哄笑《こうしょう》して言った。

「ハハハ！　アルベリッヒ。もう冗談はたくさんだ、侏儒《こびと》が大蛇になるとは、上出来だぞ！」

蛇がかき消え、アルベリッヒが元の姿で現われた。

「へへえ！　お利口さんたち、これで信用しましたかな？」

「む、わしがふるえあがったのが何よりの証拠だ。手ぎわよく大蛇に変わったことだけは認めてやろう。わしがこの目で見たんだから、喜んで奇蹟を信じるよ。

だが、おまえが自分の体を大きくしたのと同様に、ごくちっぽけなものに変わることも出来るかね。抜け目なく危険を逃れるのが一番かしこいことに相違ないが、
これも非常にむずかしいことだと思うがな」

アルベリッヒは得意気に鼻をひくひく動かして、

「それくらいのことをむずかしいと思うのは、あんた方が案外馬鹿だからさ。

いったいどのくらい小さくなってみせたらいいんだね？」

「物におじけたときに、小さな穴へ跳び込めるような、ヒキガエルになってみろ！」

「ふん、そんなことならわけないよ。

さあ、こっちを見ていな！

『くねくねの白っ茶け、はえはえヒキガエル！』」

呪文《じゅもん》を唱《とな》えると彼の姿はかき消えて、小さなけむりが立ちのぼり、
岩のあいだにヒキガエルが這《は》っていた。

それを見てローゲはすかさずヴォータンに向かって、

「そのヒキガエルを早くつかまえなさい！」

ヴォータンがそれを足で踏みつけると、
ローゲが頭に手をかけて、隠《かく》れ兜《かぶと》をむんずとつかんだ。

アルベリッヒは、急に元の姿にもどって、

ヴォータンの足の下でもがきながら、
「ああ、畜生《ちくしよう》！
おれは、つかまったのか！」
「私が縛《しば》るまでしっかりつかまえていてください！」
ローゲは暴れ狂う彼の手足を木の細引《ほそびき》で縛り、
猿轡《さるぐつわ》をはめて引きとらえ、
天上界へ引きたてて行った。
「さあ、早く上がりましょう！
あちらへ行けば、もうしめたものですよ！」

第四の歌

神の宮殿ワルハラの虹

山の上は鈍色《にびいろ》の霧につつまれている。
その中から、ヴォータンとローゲが、アルベリッヒを縛《しば》って、
岩の割れ目から姿を現わした。
「さあ、ここだ」と、ローゲが言った。
「ここにじっと坐って見まわしてみろ！
あそこが、ほら、おまえが手に入れようと望んでいた世界だ。
わしを入れて置こうという厩《うまや》は、
どの辺へ建てるつもりだったね？」
と、ローゲは嘲弄《ちようろう》気味に言った。
「卑怯《ひきよう》な泥棒！　ぺてん師！　ならず者！」とアル

ベリッヒは呻《うめ》いた。

「この縄をといておれを放せ！　さもないと酷《ひど》い目にあわせてやるぞ！」

ヴォータンとローゲは顔を見あわせて、にんまりとした。

「おまえはつかまっているんだぜ、アルベリッヒ。その縄をよく見るがいい。

まるでおまえが世界を征服して、生きとし生けるものをおまえの勢力下に置こうとしたのと同じようにな。

口惜しいだろうが、それが事実なのだ。

もし釈放《しゃくほう》してもらいたかったら、賠償《ばいしょう》がいるんだ」

アルベリッヒは歯ぎしりした。

「畜生《ちくしょう》！　おれは何て馬鹿だったんだ！　空想にかられた、たわけ者だったんだ！

こんな泥棒どものぺてんにかかるなんて、何てこった。

この失策は、思いきった復讐でうめ合わせてやるぞ！」

「復讐をしたいなら、まず自分の体を自由にすることだね」とローゲが言った。

「自由な者が、縛《しば》られている奴に向かって罪をわびるようなことはないからなあ。

復讐したかったら、ぐずぐずしないでまず賠償の心配をすることだ！」

ローゲは指先を鳴らして支払いのまねをしてみせた。

「いったい、何が欲しいんだ？」とアルベリッヒが訊《き》いた。

「あの宝と、光っている黄金だ」とローゲが言った。

「強欲《ごうよく》のごろつきめが……

だが、指環だけとっておけば、宝なんかくれてやってもいいさ。

宝ぐらいは指環の命令で、またいくらでもとれるし、増えもする。

ここは気転を利かせて利口に立ちまわるとしよう」

と、アルベリッヒは心の中で呟《つぶや》いていた。そして、

「あんなつまらんものでいいなら、いつでもくれてやるぜ」と、吐き捨てるように言った。

「宝を出すというのだな？」

「おれの縄《なわ》めを解《と》いてくれ、宝を取り寄せるから」

ローゲが右手の縄を解いてやると、アルベリッヒは指環を触れて、命令を呟《つぶや》いた。

「――さあ、これでニーベルンゲンの者どもがやって来る。君主の命令に従って、家来どもが下界から宝を運んで来る音がするぞ――約束どおり、このいやな縄を解いてくれ！」

しかしローゲは用心深く言った。

「引き渡しがすっかり済むまではだめだ。おまえはなかなか信用できんからな」と。

やがてニーベルンゲンの人々が、細工物《さいくもの》の宝をかついで続々と岩の間から姿を現わし、アルベリッヒが喋《しゃべ》っているあいだに、それを積み上げた。

「猿轡《さるぐつわ》なんかはめられている所を家来どもに見られちゃ、この上もない恥になる！」

アルベリッヒはニーベルンゲンの人々に向かい、

「おれの命令どおり、そっちへ持って行け！　宝はすっかり積み上げるんだ！　怠《なま》け者め、ぐずぐずするな！　何だったら、手伝ってやってもいいぞ！

こっちを見るな！　早くしろ！　早く！　済んだらさっさと穴へ帰って、どしどし仕事をするんだ！　怠《なま》けるやつは、容赦《ようしゃ》しないぞ！

さあ、これで全部だ。縄をほどいてくれ、ローゲ」

とアルベリッヒは言った。

ローゲは隠《かく》れ兜《かぶと》を宝の上へほおり上げながら言った。

「これも賠償《ばいしょう》の中へ入れておこう」

「いまいましい泥棒め！」

アルベリッヒは舌打ちしながら、「ここはまあ我慢《がまん》のしどころだ！
前のを作った奴に、また新しいのを作らせればいい。
おれにはまだその力があるんだから、ミーメも自由に出来るだろう。
悪知恵にたけたこいつらに武器を与えるのはよくないに決まっているけど！」
とひとりごとを言い、顔を上げて傲然《ごうぜん》と言った。
「さあ、約束は守ったんだ、ローゲ！　縄を解《と》くんだ、この悪党め！」
ローゲはヴォータンに訊《たず》ねた。
「これでご満足ですか？　解いてやってもよろしゅうございますか？」
ヴォータンは首を振った。
「アルベリッヒの指には、黄金の指環が光っているではないか。
それも無論、宝の中にはいるんだぞ！」
「指環！」
とアルベリッヒは金切り声をあげた。
「放免《ほうめん》してもらうには、それも出さねばならんのだ」
とヴォータンは言った。
アルベリッヒは身を震《ふる》わせて、
「たとえ命が奪われようと――これぱかりは、だめだ」
「わしは指環を要求しているのだ、アルベリッヒ！
命がどうなろうと、おまえの勝手にするがいい！」
「命はともかく、指環は助けてもらわなければならん。
その代償なら手でも頭でも、目でも耳でも、何でもやる。
だが、この赤い指環はおれの最後のものなんだ！」
「指環を自分のものだと思っているのか、アルベリッヒ。
気でも狂ったのか？
そのきらきらする指環を作った黄金は、いったいだれのものだったと思っておるのだ？
極悪《ごくあく》のおまえが、河の底から盗み取ったことを、おれはよく知っておるのだ！
嘘だと言うならラインの少女たちの所へ行って確かめてもいいぞ。
その黄金で指環を作ったことを、あの少女たちは必死で訴《うった》えておったぞ」
「何て企《たくら》みだ！　これじゃ厚かましい詐欺《さぎ》じゃないか！
貴様は、平気で泥棒を働きながらおれを責めようとするんだな？
黄金を鍛《きた》えるすべを知っていたら、
貴様もラインの黄金を盗んだかもしれないじゃないか。
ニーベルンゲンの奴隷上がりのこのおれは、
赤恥かかされた怨念《おんねん》から燃えるような怒りをこめて魔力を得たのだが、
それを食わせ者の貴様にまんまと横取りされて、
貴様のご機嫌を伺《うかが》うのかと思うと、腹わたが煮《に》えくりかえる思いがする。
この上もなく不運で傷ついたおれの呪いに満ちた行ないのかずかずも、
今じゃ単なる笑い草にとどまって、おまえを楽しませたに過ぎないというのか？
おれの怨《うら》みは、貴様の座興《ざきょう》に変わってしまうのか？
気をつけるがいい、神々の頭領《かしら》！
たとえおれが悪事を行なったとしても、
それは自分に対して、勝手に罪を作るに過ぎないが、
神のおまえがおれの指環を奪うことは、
この万世《ばんせい》のすべてのものに対して罪を作ることにもなるのだぞ！」
だが、アルベリッヒの言葉に耳を貸す者はいなかった。
「ぐずぐず言わずに、指環をこちらへよこすんだな。
いくらほざいても指環がおまえのものになるわけではない！」
ヴォータンはアルベリッヒの指からむりやり指環をぬき取った。
「ああ、おれは踏みにじられた！

悲惨《ひさん》なニーベルンゲンの中で一番悲惨な男になった！」アルベリッヒは涙声《なみだごえ》で言った。

「これでいよいよ飛躍の種をつかんだぞ。

おれは強者の中の強者になったんだ！」

ヴォータンは自分の指に指環をはめた。


「これで放してやってもよろしゅうございますか？」

「よし、解《と》いてやれ！」とヴォータンは言った。

ローゲはアルベリッヒの縄《なわ》を解《と》いてやりながら、

「さあ、帰れ！

これでおまえは自由になった。
とっとと、どこへでも勝手に失《う》せるがいい！」
アルベリッヒはようやく起きあがり、恐ろしい笑《え》みを浮かべて言った。
「これで放免《ほうめん》だな。本当に放免だな？
では、おまえたちに放免後の最後の挨拶をしてやろう。
その指環には呪《のろ》いがついてまわるのだ。
指環を作った黄金がおれに授《さず》けてくれたものは、無限の権力だったんだ。
なあに、だれの指にはまっていようと、おれの言うことには忠実なのさ。
指環の魔力は、それをはめている奴に死を与えるだろう。
心の晴れやかな者は、そんな物を欲しがってはならん。
幸福な人々は、そんな物を望んではならんのだ。
さあ、指環を持っている者よ、不安におびえろ！
そして持っていない者は嫉妬《しっと》に悩め！
互いにそれを得たいと望むがいい。
けれどもそれは、有益なものにはなるな！
富に成功せず、恨《うら》みを買い、やがて人殺しの手にかかるがよかろう。
臆病者なら恐怖のあまり、自ら死の運命におちいり、
業欲《ごうよく》の者なら、指環の奴隷《どれい》となって一生渇《かわ》きにあえぎながらのたれ死ぬ！

そうさ、奪われたこの指環が、まことの持ち主であるおれの手に戻って来るまではな。

おれはその日まで、祝福しておいてやる！


大事に持っているがよかろう、ヴォータン。

だがおまえは、この呪《のろ》いから逃れることは出来ないのだぞ」

「あいつのご愛嬌をお聞きになりましたか？」とローゲは言った。

だが、ヴォータンは手の指環にうっとりと眺《なが》め入るばかりだった。


「勝手に毒づかせておくがいいさ！」

その時、声が聞こえた。

「ファーゾルトとファーフナーが、フライアを連れて向こうからやって来ます」

晴れわたる霧の中から、ドンナー、フロー、フリッカがゆっくりと姿を現わした。


「二人が戻って来たよ」と、フローが言った。

「兄さん、お帰り！」とドンナーが迎えた。

フリッカは気をもみながらヴォータンに、

「よい便りを持ってお帰りですか？」と訊《き》いた。

ローゲは宝を指さして、

「策略と腕で仕事は成功した。

フライアの身請代《みうけだい》はそこにあるよ」と言った。

「巨人どもに監禁されていたフライアが帰って来るわ！」

ドンナーに続いてフローも言った。

「道理で爽やかなそよ風がまた吹きよせて、快《こころよ》く頬をなでてゆく。

悩みを知らない青春と、永遠をあたしたちに与えてくれたフライアと、別れることなんか出来るわけがないもの！」

フリッカは嬉しそうに妹のそばへ駈けよって、

「フライア！　こんな嬉しいことはないわ！

きっと帰ってくれるだろうね？」と、抱擁《ほうよう》しようとしたが、
ファーゾルトがそれを引き止めた。

「待ってください！　この女に触《さわ》っては困りますだ。
何せ、この女はまだわしらのものですから――
巨人国の国境の高地でわしらは成り行きを見守りながら、
人質《ひとじち》の世話をしておりました。

わしゃこうなったことを大変後悔してますが、
それでもまあ、身代金《みのしろきん》さえ渡していただけるなら、
この女を返してあげようと思って連れて来ましただ」
「弁償《べんしょう》は準備してあるぞ」とヴォータンは言った。
「黄金をいくらにするかは、おまえの決めるにまかせよう！」
「この女を手放すのは、全く、辛《つら》くてたまらんこってす。
わしにこの女を忘れろって言うのなら、
この花のような姿がわしの目に見えなくなるだけの
黄金の細工を、
わしの目の前に積み上げてもらわなきゃなりません！」
「ではフライアの体と同じ大きさの桝《ます》を作るがいい」
とローゲは言った。
「人質《ひとじち》の背丈どおり目盛り棒を立てましただ。
さあ、これへ一杯、宝物を詰《つ》めてもらいましょう」
とファーゾルトが言った。

「わかった、早くしろ！　フローも手伝うんだ」

「これはフライアの恥辱《ちじょく》だからな、一時《いっとき》も早くかたづけなければなりません」

ローゲとフローは、大急ぎで目盛り棒のあいだへ黄金の細工物を積み重ねていった。

ファーフナーは荒々しく力を込めてその細工物を押しつけ、

「そんなにやんわりと、まばらに積み込んだってだめだぞ！

ぎっしりと、隙《すき》のないように、桝《ます》へ詰めるんだ！」

と怒鳴りながら腰を屈《こご》めて、隙間《すきま》があるかどうかを吟味《ぎんみ》した。

「ここにまだ空きがある。

この穴をふさいでもらいたいもんだな！」

「この野郎、調子にのりやがって！」とローゲはわめいた。

「かれこれぬかすと、後で酷《ひど》い目にあわせてやるぞ！」

「ここもだ！」とファーフナーは言った。


「手をどけろ、手が邪魔で積み込むことが出来ない」

「ここへもだ！」とファーフナーは言った。

「この隙間へも頼むぜ！」

「ああ畜生！　胸の中の藁束《わらたば》を屈辱の思いが燃やす！」


フリッカはフライアを見遣《みや》りながら言った。

「上品なフライアが侮辱《ぶじょく》を受けて、恥ずかしそうに立っている姿をごらんなさいよ！あの痛々しい眼差《まなざ》しは、沈黙のうちに救いを求めているのです。

何て酷《ひど》いんでしょう。優しい女をこんな目にあわせるなんて！」

「ここへもっと積め！」

「もう我慢できん！」とドンナーが叫んだ。


「この厚かましい野郎には、腹の中の鍋が煮《に》えかえるようだ。

まだ足りんと言うなら、力で来い！」

「ドンナー（雷）、うるさいぞ！

おまえにふさわしい所へ行って、ごろごろ鳴るがいい。


ここでごろごろやられると、黄金の計算が出来なくなる！」

ドンナーはたまりかねてファーフナーに打ってかかった。


「貴様のような恥知らずには、こらしめが必要だ！」

「穏《おだ》やかにしろ、ドンナー！

これでフライアの背丈《せたけ》もすっかり隠れるだろう」

「まだだ」とファーフナーは言った。

「フライアの髪の毛がちらちらと見えておる。その細工物も宝物の上へのせるんだ！」

「え？　兜《かぶと》もか？」と、ローゲは驚いて言った。

「そうだ！　その兜《かぶと》だ！」

「仕方なかろう！」とヴォータンが言った。

ローゲは隠《かく》れ兜《かぶと》を宝物の上へ投げあげた。

「さあ、これでおしまいだ。これで満足しただろう、ファーフナー！」

「美しいフライアの姿が、すっかり見えなくなったねえ！

これで、とうとう女を手放さねばならんのかと思うと胸の中が空《うつ》ろになる。

ホレ、彼女の瞳はまだわしのほうに向いておる。星のような瞳が、まだわしのほうに向いておるのだ。どうも隙間《すきま》からそれが見えるようだなあ！

あのすずしい目元を見ると、思い切るのが惜しまれてならないよ」

とファーゾルトが言うと、ファーフナーも、

「忠告しておくが、あの隙間《すきま》を塞《ふさ》いでおかんと、後で酷《ひど》い目にあうぞ！」と言った。

「貪欲《どんよく》な奴らだ！　見てもわかろうが、黄金はもうびっしり積み込まれたじゃないか？」

「いや、まだだね」とファーフナーは言った。

「ほら、ヴォータンの指に黄金の指環が光っているのが見える。

小さな穴を塞《ふさ》ぐため、それも出してもらいましょうかね」

「え、この指環を？」と、ヴォータンは流石《さすが》にうろたえた。

「ものは相談ですが、」とローゲが言った。

「この黄金はもともとラインの少女たちの物です。ヴォータン、あなたから彼女らに返してやることにしたら、どうでしょう！」

「何を余計なことを言いだすんだ？

これを手に入れるについては、わしも相当の苦労を

しておるのだ。

たとえフライアのためでも、これはかなわんぞ」

「でもこれは約束というものです。

わたしはラインの少女たちの泣き顔が忘れられないのです」

「おまえの約束がわしを拘束《こうそく》することはないさ。

黄金はわしの捕り品なのだから、わしが自由にするんだよ」

「フライアの身請代《みうけだい》として、ぜひともここへ出してもらうよ」とファーフナーは言った。

ヴォータンは虚勢《きょせい》を張って強く言った。

「おまえたちの欲しいものは遠慮なく申すがよい。

何もかも承諾《しょうだく》してやろう。

だが、この指環だけは手放すわけにはいかないのだ!」

「じゃあ、話はこれまでです。

元の約束どおり、この女を連れて行くことにします!」

「助けて!」とフライアは叫んだ。

「そんな残酷なことを言わずに、譲歩なさってください!」

「黄金なんかを惜しみなさるな!」

「指環をやってしまいなされ!」

ファーフナーは、立ち去ろうとするファーゾルトを引き留めた。

だが一同は途方に暮れるだけで、なす術《すべ》をもたなかったのだ。

「お気の毒だが、この指環は渡すわけにはいかないよ!」

とヴォータンは言った。

そして指環をきらめかせながら、ゆっくり立ち去ろうとするのだった。

あたりが再び暗黒になり、
かたわらの岩から青い光とともに、突然、知の女神エルダが姿を現わした。

エルダは黒髪を長く垂《た》らし、

「おやめなさい、ヴォータン」と言った。

「あなたもその指環の呪《のろ》いにかかっているのです。手放しなさい。

その指環にかかわっているあいだ、あなたの身は無残にも破滅に陥《おちい》っていくだけでしょう！」

「予言めいたことを言うおまえは、いったい何者だ？」とヴォータンは振り向いて言った。

「わたしにはあらゆる過去が見えています。

現在のことも、
これから起ころうとすることも、
すべて心の鏡に映っているのです。

わたし、すなわち永遠を宿した太初《たいしょ》の波なるエルダは、
いま、あなたに告げねばなりません。

この世で最初に生まれた三人の少女は、実はわたしの懐《からだ》から生まれたものです。

わたしの心の鏡に映るすべてのことは、
運命の女神ノルネンから、あなたへ送られてきた便りです。

しかし今日ばかりは、
このうえもない危難が迫っておりますので、わたし自らが訪れて参りました。

どうぞ、よくお聞きになるのです！

ありとあらゆるもの、すべてが亡びます。

神々の瞳にも、愁《うれ》いの影がゆらいでおります。

さあ、わたしの言うことをききなさい！　その指環を捨てるのです！」

エルダが胸の所まで岩の中へ沈んでゆくと、あたりの青い光も暗黒になりかけた。

「おまえの言葉は不思議な力を持っている。

どうか、今しばらくここにとどまって、もっと詳《くわ》しく話してもらえないか！」

とヴォータンが言った。

「いいえ、わたしのいましめは、それだけです。

あなた自身も、よくわかっているとおりのことなの

です」
エルダの姿がほとんど消えかかっていった。
「恐れとつつしみの中で考え直さねばならないのなら、
わしはおまえを引き留《とど》めて、
もっと委細《いさい》を聞かねばならん」
消えかかるエルダを追って、
ヴォータンは岩の割れ目へはいり、彼女を引き留《とど》めようとした。
だが、フローとフリッカは立ち塞《ふさが》ってそのヴォータンを引き戻してしまった。
「気違いじみたしぐさ！　いったい何をなさるつもりなのです？」
「兄さん、およしなさい！
そしてあの気高い女の言うとおりに従うほうが賢明ですわ」
ヴォータンは途方にくれて前方を見つめた。
ドンナーは巨人に向かって言った。
「さあ、怪物たち！　後《あと》へ退《の》いて待っていろ！
黄金は今におまえたちのものになるんだ」
「本当にそうなるのかしら？」と、フライアは言った。
「フライアは本当に身代金に価《あたい》すると、みんなは思ってくれるのかしら？」
一同は緊張の眼差《まなざ》しでヴォータンを見守った。
彼はしばらく考えていたが、ついに決心したように槍を取り、それを振って言った。
「フライア、こちらへおいで！　おまえを救ってあげよう！
青春よ、おまえを買い戻すから、
もう一度われわれのもとへ戻って来い！」
そして、一息入れて言った。
「さあ巨人ども、指環をくれてやるぞ！」
ヴォータンは指環を他の黄金の宝物の上へ投げあげた。

巨人たちがフライアを押さえつけていた手を放すと、彼女は小躍《こおど》りして神々の所へ駈け戻った。

神々は互いに抱きあって喜んでいると、

巨人たちは大きな袋を広げてその中へ宝物を収《おさ》めはじめた。

ファーゾルトは弟を諫《いさ》めて言った。

「待て！　欲深め！　わしにも分け前をよこすんだ！

公平に分けるのがお互いのためだぞ」

「好色な兄貴よ。あんたは黄金より女のほうがよかったはずだ。

おれあ、馬鹿なあんたの目を覚まさせて黄金と取り換えさせたが、

あんたがもしフライアを手に入れてたら、

分け前なんてくれなかったはずじゃないか。

この宝の大方をおれがもらったからって、不当なことじゃあるまいに」

「太い奴め！　兄貴のわしに悪態《あくたい》をつこうって言うのか？」

ファーゾルトは神々に向かって言った。

「どうか裁《さば》いてくださいよ。

わしらの権利にふさわしいように、公平な分配をしてくだされ」と。

ヴォータンは侮蔑《ぶべつ》を込めて、そっぽを向いた。

「宝はみんな弟にやって、

おまえは指環だけにしておいたらどうだ！」

と、ローゲが代わって答えてやると、

「不埒《ふらち》な奴だ！　よこせッ！　指環はわしのものだと仰言《おつしや》る！」

とファーゾルトが弟を突きとばした。

「でたらめ言うな！　指環はおれの指にはまりたがってる」

と、弟は兄を睨《にら》み返した。

指環を奪いあって、二人の巨人は格闘しはじめたが、

力に勝る兄のファーゾルトが指環を奪い取り、

「もらったぞ！　指環はおれのもんだ！」と叫んだ。

ファーフナーはすぐさま棒を手につかみ、
「落とさないように、しっかりつかんでいろ！」
と、一撃でファーゾルトを地に打ち倒し、
瀕死《ひんし》の兄の指から指環を抜き取った。
「さあ、どうだ。あんたはフライアの抱きごこちでも思い出しているがいい！
この指環は永久に、おれさまのもんだよ！」
指環を袋に収《おさ》め、黄金の宝を残らず悠々《ゆうゆう》とかき集める弟のファーフナーの形相《ぎょうそう》に、
神々はただ驚きの目をみはり、じっと沈黙しているほかなかった。
ヴォータンは深い感慨《かんがい》にうたれて言った。
「指環の呪《のろ》いの怖ろしさが、ようやくわかってきた」
ローゲも同じく感動して言った。
「ヴォータン、あなたはよっぽど幸運だったのです。
指環を手にしたときは大儲《おおもう》けをし、
それを失っては、またそれ以上の得をする。
そして、あなたの敵たちは、
あなたのくれてやった黄金で、ひとりでに亡びていってしまうのです」
「怖ろしいことだ」とヴォータンは言った。
「わしの心はすっかり不安の霧に包まれてしまった。
どうしたらそれを一掃《いっそう》できるのか、エルダが教えてくれるだろうから、
わしは彼女の所まで降りて行かねばならない」
フリッカは媚《こ》びるように彼により添《そ》って、
「あなた、何を考えていらっしゃいますの？」と言った。
「あの神々《こうごう》しい城が、
あなたを招いているじゃありませんか。
住み心地よくして城の主人をお迎えしようと、待ち構えているじゃありませんか」
だが彼は憂鬱そうに首を振った。
「城の建築には、ずい分と無駄な金を払わされたものだ！」

ドンナーは、目の前の霧を手で払いながら、
「魔の蒸気が空をおおってのしかかってくるのは耐えかねますね。
灰色の雲を集めて稲妻の火を焚《た》きつけて、
天を一掃し、快晴にしましょう。
おおい！　雷雲たちよ、集まっておいで！
おまえたちの神が呼んでおるのだ。
この槌《つち》の音と共鳴をきいたら集まっておいで！
霧よ！　雲よ！　ドンナーさまの召集だぞ！
おおい！　おおい！」
ドンナーが谷間からそそり立っている岩に立ってハンマーを振ると、
灰色の霧が彼のまわりにひたひたと集まって来た。
そして彼の姿は霧の中に消え、ハンマーの音だけが聞こえてきた。
やがて雲の中から稲妻の光が走り、
フローの姿も霧の中へ隠れてしまった。

「フロー！　ここへ来て、虹の橋をかけるように言ってくれ！」
すると霧のたなびく中から、二人の姿が再び見えはじめた。
そして、その二人の足元から谷間の上にかけて、美しい虹の橋が城を彩《いろど》った。
それは夕陽に照り返し、あざやかに濡《ぬ》れ輝いている。
一方、兄の死骸《しがい》のかたわらで黄金の宝を詰め終わったファーフナーは、
その巨大な袋を背負って去って行った。
フローは虹の橋に向かって、谷をまたいで城へ渡れるように命じた。
それから神々に向かって、
「さあ、城へ橋を架《か》けました。
充分に歩みに耐える七彩の橋です。
どうぞ、元気にお進みください！」
ヴォータンはこの壮麗《そうれい》な光景に見とれながら言った。
「西の空が夕陽の色に染まって城は美しく灼熱《しやくねつ》して

見える。

今朝は朝日の逆光で影のように見えた城が、住む主《ぬし》もなく目の前に、ただ魅惑的に立っていたあの城が、
夜の訪れとともに天然の怒りを避け、宿を許す。

不安も恐怖もない城に変わったのだ！」

彼はフリッカに向かって厳《おごそ》かに言った。

「そなたも一緒においで！

共にこの憩《いこ》いの天堂《ワルハラ》に住まおう！」

「天堂《ワルハラ》とはどういう意味でございますの？」とフリッカが訊《き》いた。

「そのような名前は、ついぞ伺《うかが》わなかったように思いますが」

「恐怖を克服し、元気づいたわしの心に浮かびあった名前さ。

首尾《しゅび》よく繁栄すれば――、
自然とそなたにもその意味がわかることだろう」

彼は妻の手をとって、虹の橋を渡りはじめた。

フロー、フライア、ドンナーもこれに従った。
ローゲは神々を見送りながら、「ああ、何ということだ」と呟《つぶや》いた。
「彼らは自分の存在を信じながら、終焉《しゅうえん》へと急いでいるのだ。
あの連中と行動を共にするのは、何だか気恥ずかしい気がする。
わしはやっぱり、もとの燃えさかる炎の中に帰ることにしよう、と
たまらなくそんな気になるんだ。
彼らは神々《こうごう》しい神々《かみがみ》であるが、それゆえに先の見えない盲人どもなのだ。
あんな連中と共にあさましくほろびるよりは――。
何しろ一度はわしをも圧殺しようとした彼らだ。
このへんで食いものにしてやるのも、まんざら馬鹿馬鹿しいことでもなさそうだな。
そうだ、真面目にそれを考えてみるのも一興《いっきょう》だぞ。
今にみておるがよい！」

ローゲは神々について城へ入ろうと、わざとだらしなく後を追いかけた。

そこへ、遙《はる》か谷底のほうから、姿の見えないラインの少女たちの歌う声が聞こえてきた。

「ラインの黄金！

おまえはあたしたちの涙の結晶！

夕陽に照り返す輝かしい財宝！

あたしたちの心の歌声！

おまえはどこへ行ってしまったの？

もう一度あたしたちのふるさとへ帰っておいで！

ラインの黄金！」

ヴォータンは虹の橋の半ばで立ち止まり、後ろを顧《かえり》みて言った。

「何か悲しげな声が聞こえるようだ！」

ローゲは谷間を流れるライン河を見おろして、

「ラインの少女たちが黄金を奪われたと嘆いているのです」と言った。

「忌々《いまいま》しい妖精どもめ！」ヴォータンは眉《まゆ》をひそめた。

「下手な歌など止めさせてしまえ！」

ローゲは谷底に向かって呼びかけた。

「水の中の少女たちよ！　そんな拍子外《ひょうしはず》れの歌など止めるがいい！

ヴォータンさまのご所望《しょもう》だ。

あの黄金はもう、おまえたちのために輝くことはないのだ。

これからは、おまえたちも神々の投げかける光を浴びて、
すくすくと育つがよいぞ！」

神々はどっと笑って、
少女たちの歌を聞きながら、虹の橋を渡って行った。

「ラインの黄金！

涙の結晶！

月光のため息！

……帰っておいで。

再びあたしたちのライン河の水底で光っておくれ！
水にゆらめいてこそ、詩も真実もあるが、
上のお城が持っているのは、いつわりの月日だけ！
呪われろ！
呪われろ！
呪われろ！」

ワーグナー・オペラの壮大な叙事詩的世界

レコードが終わったのに、ソファに腰かけている祖父は立ちあがらない。応接間には針の空転する音だけがきこえている。それは真夏の午後で、ときどき思い出したように庭のひぐらしの声がきこえていた。

十歳になったばかりの私は、そっと近づいて祖父の顔を覗《のぞ》きこんだ。祖父は目をとじ、満足そうな表情で曲のあとの沈黙をきいているように見えた。曲の中の世界と祖父とは一体化しているのだ、と私は思った。まもなく母が入ってきて、驚きの声をあげた。

「死んでるわ！」だが、十歳の私にとって死がどのような意味をもっているのか、理解することができなかった。いまならば、軍人だった祖父が超越《ちようえつ》した力によって神になろうとしていた、瞑想《めいそう》のひとときにふれることができる。そして、神―絶対者になるためには代償として生を償《つぐな》わなければならないのだと知り、身のひきしまる思いを抱くだろう。言うまでもなく、そのレコードはリヒャルト・ワーグナーの「英雄ジークフリート」なのだった。

以来、私はワーグナーの曲を祖父の死とむすびつけて神聖視して来た。十二枚組の『ニーベルンゲンの指環』を入手し、身を浄《きよ》めるように聴き惚《ほ》れた。ワーグナーの崇拝者でもあったバイエルンの狂王ルードウィッヒの伝記も読みふけった。

だからワーグナーの死後、彼の寝台からおびただしい数の婦人靴が出てきたという事実を知ったときのショックは大きかったのだ。マザー・コンプレックスのワーグナー、男色趣味のワーグナー、フェティシストのワーグナー。北欧神話のパラダイムで十九世紀を解説したワーグナーこそ、その荘厳さといかがわしさにおいて、もっとも現代的な芸術家だったと言えるだろう。

バイロイトのワーグナー祭で、ワーグナーから仮面を剝《は》ぎとってみせた最初の演出家はパトリス・シェローだった。彼は歌手と俳優を分離させ、歌っている人間がステージの下に隠されるというワーグナーのアテレコ楽劇を作って、批評家たちをアッと言わせたのだ。「ラインの黄金」の幕開きは、ワーグナーの神話劇を一瞬にして民衆劇に変えてしまった。

愛《エロス》と権力《ロゴス》の葛藤を描く

幕があく。深い水の底で、ラインの妖精の少女たちが遊んでいる。そこへ侏儒のアルベリッヒが現われる。少女たちはみにくいアルベリッヒをからかい、アルベリッヒは彼女たちを追いかけまわす。好色漢の侏儒男が、情欲のとりこになって身悶えしていると、にわかに一条の光が河底にさし込み、岩礁の頂きで燦然《さんぜん》と輝く。水の中でゆらめく輝きを発している。これこそがラインの黄金なのである。

妖精の少女たちは、実はこの黄金を護《まも》る役目を持っているのだが、好色なアルベリッヒに油断してこの黄金が何であるかを説明してしまう。これがこの物語のいちばん重要な発端である。つまり「この黄金で指環を作って持つ者には無限の力が与えられるが、ただ愛の力を断念した者だけが指環を作ることができる」という約束が、この歌劇を貫《つらぬ》くモチーフとなっているのだ。

少女たちへの情欲を断ち切り指環の力を得るのがいいのかどうか、アルベリッヒは迷う。しかし侏儒でみにくく、少女たちに愛される見込みのないことがわかった彼は、突然少女たちを憎悪し、呪い、その黄金を手に入れて逃げることにするのである。

今日では、第二場に登場する王ヴォータンと、侏儒のアルベリッヒが同一人物であるという解釈が一般化している。ヴォータンがロゴスであるとするならアルベリッヒはエロス、王が陽なたであれば侏儒が影、といったように、ひとつの人格のなかで、ふたりが混在していると考えられていて、そのことは「ジークフリート」のなかで、ヴォータンが白い鍛《か》冶屋《じゃ》、アルベリッヒが黒い鍛冶屋として登場する時に、よりあきらかにされる。

ワーグナーは、この侏儒アルベリッヒ（あるいは王ヴォータン）に「負の父性」を見出している。彼は絶対者―神にあこがれる民衆の通俗性を見出し、十九世紀の所有と権力の問題を描こうとしているのだ。神と人の未分化だけではなく、侏儒の下僕《げぼく》と絶対の王との間も未分化である状況は、一見神話劇の形を借りているかに見えながら、実は十九世紀の時代感情を反映している。

たとえば愛をあきらめることによって権力を手に入れるという二者択一的な発想は、現代に換喩《かんゆ》するとエロスとロゴスあるいは政治と性の葛藤と読みとることができるだろう。そしてそのことを、百年前これほど明確に作品化したということがワーグナーの新しさであり、同時代性を引き継いできた要因になっていると思われるのである。

神々の家庭劇

さて、第二場になると場面は転調し、山上の空地となる。水底から一転して陽のあたる「地上」が現われるのだが、ここは地上ならぬ「天上」であるという見方が一般的である。『ニーベルンゲンの指環』の分析学者たちは、ヴォータンの世界であるここを「天上」と解釈し、アルベリッヒの世界を「地下」、のちに登場するジークフリートの世界を「地上」としている。

人間の聖性を支える神としてのヴォータンはここで城を作っている。実際に作らされているのは、ふたりの巨人――ファーフナーとファーゾルト――の兄弟である。この大男たちは、城作りの労働の交換条件として美の女神フライアを要求している。それは既に契約されたことなのだが、ヴォータンもその妻フリッカ（フライアの姉）も城が完成してしまうとフライアを渡したくないと考える。そこで火の神ローゲを呼びだして相談する。

ローゲは巨人に「フライアを手に入れるよりも、もっとすばらしいものがある」と言う。それはラインの黄金である、と。今は侏儒のアルベリッヒが指環にして持っているが、それを奪えば万能の力が手に入ると説明するのである。

ふたりの巨人――ファーフナーとファーゾルト――は、エロスをあきらめて、その力を手に入れようと心を決めるのだが、自分たちが指環をみつけるか、あるいはヴォータンがそれをくれるまでの人質として、フライアを攫《さら》っていってしまう。フライアを奪われ、そのうえ権力の象徴である指環を渡さねばならなくなったヴォータンの悩みと、妻フリッカが妹のフライアをとりもどしてくれ、とすがる嘆きが高まるのが、第二場のクライマックスというわけである。

この第二場は、第一場と同義反復的な構造を持っているということができるだろう。アルベリッヒが男根で、ラインの河底が子宮を象徴するという見方をしたのは心理学者のユングだが、第一場で提示されたこの作品の主題、すなわち性の根源と権力の葛藤が、そのまま反復されたのが第二場であると思われる。しかし、形式的にはこの第二場は、第一場の水底の非現実的な世界に対して家庭的、日常的な、ごくありふれた描写がなされている。それは、官能的、非生活的な少女フライアと、母親的、良妻的で現実意識の強いフリッカという二つの女性像の対比を際立たせる。

さて、夫であり王であり、神であるヴォータンはどう描かれているか。もともと、ヴォータンという名前は、ドイツ語で「荒れ狂う」という意味に由来する。神話の中で彼はつばの広い帽子をかぶり、マントをひるがえし、白い馬に乗った支配的な絶対者として現われるが、ここでは妻の妹を奪われ、妻からその妹をとり戻すように迫られ、そのためには指環を巨人に渡さねばならない。それは彼がすべてを失うことを意味するのである。

つまり神が人と同じような苦悩を持たざるを得ないということが、ある意味で万能の神に与えられた難題であり、この作品の不条理なのだ。

ところで、私が面白いと思うのは、火の神ローゲの存在である。彼は巨人に指環を手に入れることを提案する半神半人の狡猾者《こうかつもの》だが、興味深いのは、彼が司《つかさど》るのが火であるということだ。物語の第三部で、ヴォータンとアルベリッヒが、それぞれ鍛冶屋として出てくるが、彼らがあつかう火は非常に錬金術的な背景を感じさせる。と同時に、家の中の火という設定は、火が持っている象徴性だけでなく、生産性、実用性を併ったイメージであり、その対比が火の神ローゲの半神半人という性質に照らし出されているのである。

ユングはここで、火をリビドーと訳している。ひとつの極から他方の極へ流れる、意識と無意識、外化と内在、思考と感情といった往復運動をつなぐ役割として、ローゲは登場するわけだが、あらゆる問題を、時に断ち切り、時に結びつけるという、媒介役を演じているとも言えるだろう。

ユングをはじめ、幾多の人々がワーグナーの解読法に挑んできた。彼らによって登場人物は、略奪的な人間、淫乱な人間、貪欲な人間、耐える人間、信じる人間などなど、さまざまな人間のタイプに翻案される。そして人間の社会の関係を神と人、巨人と侏儒という肉体に換喩《かんゆ》することによって、この壮大な叙事詩世界を解き明かしてゆくのである。

「ラインの黄金」から「ワルキューレ」へ

この作品を、音楽的な構造によって読みとってゆくのは、楽しい作業だ。

フライアはソプラノで、フリッカはメッツォ・ソプラノ、ラインの妖精の少女たちがソプラノで、そのなかでひとり黄金のことを語る少女だけがメッツォ・ソプラノ。ヴォータンとアルベリッヒが神と侏儒でありながらともにバリトンである、という設定の妙もさることながら、ローゲが半音階的なモチーフで描かれている点、個々にあてはめられた「部分」が重層的にこの作品を構築している様は、時間の流れに刻まれた精緻《せいち》なモザイク模様を思わせる。

蛇足かもしれないが、アルベリッヒは実際に侏儒が演じるのではなく、侏儒をひとつの象徴性、記号としてあつかっている場合が多い。今までに名演をみせたといわれるカール・ヒル、グスタフ・ナイトリンガーなど、ワーグナー楽劇史上の有名なアルベリッヒたちは皆、普通の体の持ち主だったそうである。


さて、ここに第一部「ラインの黄金」が完結したわけだが、これはまだほんの始まりに過ぎない。この後第二部「ワルキューレ」、第三部「英雄ジークフリート」と続き、第四部「神々の黄昏《たそがれ》」において大団円をむかえるのである。この先、物語がどのように展開するか楽しみにして待たれたい。

私は、少年時代からリヒャルト・ワーグナーが好きで、はじめて「文學界」に書いた小説のなかにも『パルシファル』に憑《つ》かれた足の悪い少年を登場させた。一種のワグネリアンだったのだ。だから今度『ニーベルンゲンの指環』を翻訳して年来の夢を実現させたともいえるだろう。

それにしても、ワーグナーの作り出した音楽世界をもとに独立したペーパー・オペラを作るという難事業にあまりに意気込みすぎたのか、結構難産になってしまった。翻訳にあたって使用したテキストはアーサー・ラッカムの絵本版である。

なお、この一冊をまとめるにあたって、いろいろと力を貸してくれた大町美千代さん、新書館の白石征さんにお礼を申しあげて、第一幕の幕をおろすことにしよう。

Ⅳ

詩篇Ⅱ

詩篇

三つのソネット

少女に

たれでもその歌をうたえる
それは五月のうた
ぼくも知らない　ぼくたちの
新しい光の季節のうた

郵便夫は愛について語らない
花ばなを読み
ぼくの青春は　気まぐれな
雲の時を追いかけていたものだ

あゝ　ぼくの内を一つの世界が駈け去ってゆき
見えないすべてのなかから
ぼくの選択できた唯一のもの　少女よ

ぼくはかぎりなく
おまえをつきはなす
かぎりなくおまえを抱きしめるために

ぼくが小鳥に

ぼくが小鳥になれば
あらゆる明日はやさしくなる
食卓では　見えないが
調和がランプのようにあかるい

朝　配達夫は花圃を忘れる
歳月を忘れ
少女は時を見捨て
ぼくには　空が青いばかり

そこに世界はあるだろう
新しいすべての名前たちもあるだろう
だがしかし　名前の外側では無窮の不幸もあるだろ

う

小鳥となるな
すくなくとも　ぼくはなるな
手で触れてみない明日のためには

桜の実のうれる頃

もうない君の青春は　たとえば
君の知らない帆の上に
歳月のうっすらした埃りをあびて
忘られる

桜の実の熟れるころ
君が歌をやめたのは　祖国のため
君があの愛を雲に見捨てたのは　祖国のため
死んでしまったのは　祖国のため

だが　祖国とは何だ
地平に立って

僕は知る　君のやさしさだけを

花ばなをふりまこう　ぼくたちも
やさしさだけがもつ強さのため
たったひとつの　確かさのため

わたしのイソップ

1

肖像画に
まちがって髭を描いてしまったので
仕方なく髭を生やすことにした

門番を雇ってしまったので
門を作ることにした

一生はすべてあべこべで
わたしのための墓穴を掘り終ったら
すこし位早くても
死ぬつもりである

情婦ができたから情事にふけり
海水パンツを買ったから
夏が突然やってくる
子供の頃から
いつでもこうだった

だが
ときどき悲しんでいるのに悲しいことが起らなかったり
半鐘をたたいているのに
火事が起らなかったりすることがあると、わたしはどうしたらいいか
わからなくなってしまうのだ

だから
革命について考えるときも
ズボン吊りを
あげたりさげたりしてばかりいる
のである

2

なみだは
にんげんの作る一ばん小さな海です

3

犬になってしまったのである

法廷では野犬捕獲人が証言している
しかし誰が一体　犬になってしまったのだろう?
犬になる前　あなたは私の知人の誰でしたっけ?
クロスワードパズル狂の交換妻
船員組合の会計をやっている尻尾の親父
いつも計算尺をもってあるく妹の婚約者
獣医になりそこねた手淫常習の叔父
だが誰もがもとのままで健在である

では一体、犬になってしまったのは一体だれか?

世界はたった一人の野犬捕獲人の不在によっても充たされることもあるが
一匹の余分な犬の存在によって
ぽっかりと穴をあけることもあるのだ

私は
ダーウィンの「進化論」を買いに行き
一塊のパンを買って帰った

4

猫………多毛症の瞑想家

猫………長靴をはかないと子供たちと話ができない動物
猫………食えない食肉類
猫………書かざる探偵小説家
猫………いつもベルリオーズの交響楽をきくような耳をもっている
猫………財産のない快楽主義者
猫………唯一の政治的家禽（マキャベリの後裔）

5

中年のセールスマンが　突然、新しいことばを発見した
マダガスカル語よりなめらかで　セルボクロアチア語よりもたくましく　ミツバチのダンス言語よりは音声的で　意味はないようであり　表記はできそうでできない
鳥にもわからないような
新しいことばだ

〈新しい世界〉
とセールスマンはそのことばで言い　わたしはそれを解釈し鑑賞した
それからまもなく中年のセールスマンは
鞄をもったままベンチで死に
身よりもなく　身分証明書だけが
彼の死を証した

わたしは彼の発見した新しいことばで
話しかけてみたが
子供たちは笑って逃げ
労働者は耳をかたむけず
ベーカリーではパンを売ってくれなかった

だがわたしは
〈新しい世界〉
が新しいことばでできているのか、新しいことばが〈新しい世界〉でのみ用いられているのかを知るために
話しかけることをやめるわけにはいかないのだ

〈新しい世界〉
という新しいことばが通じるまで
通りすぎる彼等
事物のフォークロア
沈みかける夕日にむかって
わたしは
話しかける
話しかける
話しかける
話しかける
話しかける
話しかける

6

ふしあわせという名の猫がいる
いつもわたしにぴったりよりそっている
7

うどぶのさふとひ　とねつき
ひうどぶのさふと　きとつね
とひうどぶのさひ　つきとね
ぶとひうどのさふ　ねつとき

きつねとひとふさのぶどうと紙にかき
一字ずつはさみで切って
ばらばらにならべかえてみました
口の運動は
さみしいときのあそびです

ロング・グッドバイ

1

血があつい鉄道ならば
走りぬけてゆく汽車はいつかは心臓を通るだろう
同じ時代の誰かが
地を穿つさびしいひびきを後にして
私はクリフォード・ブラウンの旅行案内の最後のページをめくる男だ
合言葉は　A列車で行こう　だ
そうだ　A列車で行こう
それがだめなら走って行こう
時速一〇〇キロのスピードで　ホーマーの「オデッセー」を読みとばしてゆく爽快さ！
想像力の冒険王！　テーブルの上のアメリカ大陸を
　一日二往復　目で走破しても
息切れしない私は　魂の車輪の直径を
メートル法ではかりながら
「癌の谷」をいくつも越え捨ててきた

血があつい鉄道ならば
汽車の通らぬ裏通りもあるだろう
声の無人地域でハーモニカを吹いている孤独な老人たち！　木の箱をたたくとどこからとなく這い出してくる無数のカメたち！
数少ないやさしいことばを預金通帳から出したり入れたりし　過去の職業安定所　噂のホームドラマを探しながら
年々、鉄路から離れてゆく

2

おっ母さんが狂った
汽笛狂いだ

水道の蛇口をひねるといきなり発車合図のポーがとどろいた！　どこもかしこもポーの時限装置をしかけられたのだ！　せっかちさと響き！　「革命の理論」と駅伝マラソン、おっ母さんゆずりの時刻表にせきだてられ　私はきく！　噴出する歴史の汽笛を！

年少労働者たちのダンス教室から　テレビジョンのなかで哄笑したミック・ジャガーの喉笛まで　ボクシング・ジムのサンドバッグから　自殺志願者のガスレンジまで

退屈はカメ　それを追い越すウサギは想像力　急げや急げ！　汽笛がポー！

ポー！　はオーネット・コールマンの旋律を手に入れた！　ポー！　はミュートも手に入れた　停年サラリーマンが階段をおりてゆく靴音よりもしみじみと地を這った！　ポーは血の中の水雷だ！　暗い海峡の空駈ける見えない大陸横断列車の発車だ！　私はあわただしく書物を閉じる　ポー！　私は髪を切る　鴟がかすめる　ポー！　一日は一撃だ　クビと雇用　愛と裏切り　二日酔と生命保険　鬼ばばと一人息子の駅から駅へ！　ポー！　ポー！　ポー！　ポー！　ポー！

ウェスターン式便器に腰かけて
水洗のノブを引っぱると長い長い汽車がポーが水をしぶき出す　わが家は親父もおっ母さんもローカル線で　草深いトンネルの中に家具什器から仏壇まで　閉じこめてある　ポーは　トンネルを抜けて一泣き　田も畑もない一所不住の汽車一家！

むき出しのニクロム線の中を走ってゆく熱い主題の電流よ！　私のアパートから刑務所の炊事場まで地中を驀進してゆくガスよ！
ほとばしる水道の地下水！　そしてまた、告発し、断罪する一〇〇の詩語のひしめきの響きよ！　それらが一斉に告げる綱領なき革命の時のポーよ！
ポー！　ポー！　ポー！　ポー！　ポー！　ポー！　ポー！　ポー！　ポー！　ポー！　ポー！　ポー！　ポー！　ポー！　ポー！　ポー！　ポー！　ポー！

3

タンスの冬着の下から
ナフタリンの匂いのしみついたシューリッヒ星図が
　出てきた
一九二八年十月
発見と共に突然失踪したクロメリン彗星の軌跡が
冬着の下にかくされてあったとは　ガウスの天体力
　学も刑事も見落していたホシだ
新聞の科学欄の十一段目の少年池谷薫は
クロメリン彗星の軌跡を推理し　算数し
捜索するために
屋根から夜空へかけて　一万マイルの
追跡をはじめる

さびしい天体望遠鏡のおとうとよ
暗い天球に新しい彗星を一つ発見するたびきみが地
　上で喪失するものは何か？

4

走ることは思想なのだ
ロンジュモーの駅馬車からマラソンのランナーま
で　あらゆる者は走りながら生まれ　走りながら
死んだ
休息するのには駅が必要だ　だが　どこにも駅はな
かった
「つまりあなたは　こう訊きたいのですね
駅はどこだ、と」
どこだ　どこだ　新しい駅はどこだ、と。
後楽園のブルペン　たそがれの名投手金田正一の沈
むシンカーのどこだ、と
自殺した株式仲買人の中古ズボンのどこだ、と　と
べなかった工業大学の人力飛行機のエンジンのど
こだ、と
撞球台の荒野に追いつめられた赤球のどこだ、と
髭を剃り残したボクサー藤猛の表情のどこだ、
と　ヤマハオルガンの製造工場の年少労働者にと
どく現金書留のどこだ、と　山本富士子が洗いは

じめる全裸のどこだ、と
駅こそは第二の「癌の谷」！　親父の敵！　おっ母
　さんの敵！　私の敵！　政敵！
走る者すべての敵だ、と

5

貰った一万語は
ぜんぶ「さよなら」に使い果したい
どうかわるく思わないでくれ！
速く走るためには負担重量ハンデを捨てねばなら
　ぬ　たとえ文法の撃鉄で
おっ母さんの二人や三人殺したとしても
ともかく急げ！　汽笛がなりひびくからには時は今
なのだ！　ポーは遙かなる同志への連帯の合図
血と麦！　そそり立つ肩ごしにふりむけば　見え
るのだ一望のポーの車庫！　そうだ！　いまこそ
約束の時と場所にむかって　血があつい鉄道とな
　る朝だ！
さあ　A列車で行こう

それがだめなら走って行こう
一にぎりの灰の地平
かがやける世界の滅亡にむかって！

人力飛行機のための演説草案

おれは自分を飛ばすことにばかり
熱中している一台のグライダーだった

麦は水の中でも育った

鳥が翼で重量を支えていられるのは　ある速度で空
　気中をすすむときに
まわりの空気が抵抗で揚力をおよぼし
それが鳥のさびしさと釣合うからだ

おれはアパートの陽あたりのわるい十一月の壁に
　鳥のように羽ばたいて飛ぶオーニソプターの設計
　図を記述した

ダンス教習所へ通う金のない男
買物に出かけて行って三年帰らぬ妻を待つ男
古道具屋の人命救助袋を見て帰る男
世界中に電話をかけたいと思いながら十円玉をポケ
　ットからとり出さぬ男
黒く塗る男
橋の上から去った男
「停車場から出た汽車は自由に辿りつくことがない」
　と知っている男
野良犬にミルクをやる男
洗面器の吐瀉物を線路まで捨てにゆく男
孤立した個人の内部へかぎりなく退行してゆく男
大鳥に見捨てられた男

おれはおれ自身の重力だった　そしておれ自身の揚
　力でもあった

おれは空っ風の駅前広場で　一メートル四方一時間
国家を幻想し　ボロ靴を見つめ　同一化と分極につ
いて考えている　夏に死にそこねたセミがおれの薄
汚れた背広の　左肩の翼弦にとまっている　大鳥は

綱領のない革命だ　ジョン・コルトレーンにたった一度でいいから逢いたかったよ　一メートル四方一時間国家は　やがて二メートル四方二時間国家　三メートル四方三時間国家へと拡大してゆくだろう　電柱も家も　タンポポも　自転車修理屋も　紙屑も日が沈むまでにはみな国家化され　ガス管のように血が地下水となり　理性の現実態としての　管理と支配を見捨てて　ただはてしなく拡大しつづけるだろう　そこには日日の命令も　エイハブ船長の鯨狩りもなく　マルコポーロの羅針盤も　弾薬もないだろう　外面的集団化も　キルリーの鳥もなく　記述されるべき歴史も　王もいないだろう　大鳥が撃ち落されたとしても　その骸ではなく　軌跡を見　空の広さを見　その空を抱えこんで立上り　五百メートル四方五百時間国家は千時間国家　万時間国家へと幻想され政治化はさまたげられ　拡大はおれ自身の一番遠い場所である心臓にまでおよび　一切の帰還は拒まれ　重力を失い　地下の塹壕戦を裏切って暗い中古車ワーゲン一三〇〇のフロントガラスにうつりながら　おれは　国家の極限を飛ぶ一羽の大鳥おれ自身を発見する
書きとめられる前から航空工学はあった
記憶される前から空はあった
そして
飛びたいと思う前からおれは両手をひろげていたの
だ

アメリカ

マルのピアノにのせて時速一〇〇キロ
で大声で読まれるべき五二行のアメリカ

アメリカよ
小雨けむる俺の安アパートの壁に貼られた一枚の地
　図よ
そして
その地図の中のケンタッキー州ルイスビルに消えて
　行った
二年前の俺のぬけがら
チャーリー・パーカーのレコードの古疵を撫でる
　後悔と侮蔑の　英文科二年生秋本昇一の　二十年
　間の醒めない悪夢よ
そしてまた　二度と帰還することのないB29
草の葉の第二次大戦のアレックスやヘンリーやトー
　マスよ
死んでしまったのだ　ジェームス・ディーンの机の
　抽出しに
いまも忘れられている
模型飛行機のカタログよ
歌うな数えよ　数だけが政治化されるのだ
プエルトリカンの洗濯干場の十万の汚れたシーツよ
時代なんかじゃなかった　飛べば空なのだ
すっぱりと涙よ　アメリカにも空があって
エンパイヤーステートビルから　俺の心臓まで
死よりも重いオモリを突き刺すパンアメリカン航空
　のカレンダーよ
キリーロフは見捨て　圭子はあこがれる
ジャック・アンド・ベティのマイホーム
ニューギニアの海戦で俺の親父を殺したアメリカよ
コカコーラはビル街を大洪水にたたきこむ
カーク・ダグラスの顎のわれ目のアメリカ
マルクス兄弟の母国のアメリカ　ホットドッグには
　さまれたソーセージが唸り立つ勃起のアメリカ
老人ホームの犬は芸当が得意な

おさらばのアメリカよ
大列車強盗ジェシー・ジェームズのアメリカ
できるならば　そのおさねを舐めてみたいナタリー・ウッドのアメリカ
カシアス・クレイことモハメッド・アリがキャデラックにのって詩を書くアメリカ
百万人の唖たちの「心の旅路」のアメリカ
そしてヴェトナムでは虐殺のアメリカよ
見えるか　スタッテンアイランド　あこがれの摩天楼を遠望しながら
二人ぼっちで棒つきキャンディをしゃぶったジェーンとその兄のアメリカよ
おかまのジェームス・ボールドウィンはなぜ白人としか寝ないのだアメリカ
LSD5ドルで天国のアメリカ
マンホール工事は墓掘り仕事のニックの孤独なアメリカよ
ホーン・アンド・ハーダーで15セントのコーヒーばかり啜るユダヤ人のワインベルグはいつ母親を売りとばすのか
そしてまたアーチ・シップは眼帯をかけて叩きまくる半分のアメリカよ
今日もハリウッドの邸宅のプールで夜泳ぐ老女優ベティ・デヴィスの最後のメンスよ
星条旗よ　永遠なれ　アメリカよ　アメリカよ
それはあまりにも近くて遠い政治化
ラッキーストライクの日の丸を撃つために　駅馬車は旅立つ
カマンナ・マイ・ハウスのアメリカよ
地図にはありながら　幻のアメリカ
遥かなる大西部の家なき子
それは過去だ
あらゆるユートピアはいかり肩で立ちあがる
鷹がくわえた死の翳のアメリカ
醒めるのだ　歌いながら　今すぐにアメリカよ！

孤独の叫び

時代はサーカスの象にのって

その時、おれは映画館の便所にかくれていた。
刑事がおれをつけてきて、暗い客席を懐中電灯で照
らしてあるいている筈だった。
おれはもうアパートへは帰れないな……と思った。
強姦魔には「帰る家がない」さ
すると、おれは思い出した。アパートの物干しに、
洗濯したまま干し忘れてきた新しいシャツのことを。
土曜日にはあれを着て
田中鉄工所に面接にいくことになっていた。仕事が
決まれば金が入る。そうすりゃ女なんかいくらだっ
て抱けたのだ。
おれはたった今、やったばかりの女の血がズボンの
前ボタンのまわりについているのに気がついた。
映画が終る前にか？　映画が終ってからか？　そう
だ早くしなければ映画は終ってしまうだろう。映画
が終ってしまうと、白いスクリーンだけが残る。白
いスクリーン。白いスクリーン。「やがて　誰もが
十五分ずつ世界的有名人になる日がやってくる」っ
て言ったのは誰だ？
そいつにもできるなら
この場末の映画館の映画が終ったあとのスクリーン
を見せてやってくれ
誰もいないのだ！
誰もいないのだ！
おれにはもう帰るアパートがない。
そう、おれには帰るアパートがない。
おれには帰る家がない。故郷がない、国がない。世
界がない。はじめっからなかったんだ　そんなもの
は…………

そうそう、中学生の頃、公園でトカゲの子を拾って
きたことがあった。コカコーラの壜に入れて育てて
いたら、だんだん大きくなって出られなくなっちま
った。コカコーラの壜の中のトカゲ、コカコーラの
壜の中のトカゲ、おまえにゃ、壜を割って出てくる

力なんかあるまい、そうだろう？　日本！　おれが
どこから来てどこへ行こうとしているのかを、教え
てはくれぬ日本！
歴史なんてのは、所詮は作詞された世界にしかすぎ
ぬのだ、大学！　海峡にしぶく恨み、そして身を捨
てるに値すべきか、祖国よ。
身を捨てるに値すべきか祖国よ。
歌うな、数えよ、日本のアメリカ、過ぎゆく一切は
まぼろし　と場の星条旗の　アメリカの日本よ

おれは歴史なんかきらいだ
思い出が好きだ
国なんかきらいだ　人が好きだ
ミッキー・マントルはすきだ、ルロイ・ジョーンズ
は好きだ。ポパイは好きだ、アンディ・ウォーホー
ルは好きだ、キム・ノヴァクは好きだ
だがアメリカはきらいだ！

これも時代なのだ　寒い地下鉄で吹いた
口笛を思いだすか、ボクサーのボブ・ホスターよ
戦争に向かってマッチの一箱の破壊

解放された動物園の方から時代はやってくる。時代
はゆっくりとやってくる、時代はおくびょう者の象
にまたがってゆっくりとやってくる、そうだ、時代
は象にまたがって世界で一番遠い場所、皆殺しの川
におもむくだろう、せめてその象にサーカスの芸当
をおしえてやろう。ほろんでゆく時代はサーカスの
象にまたがって、せめてきかせてくれ。
悪夢ではないジンタのひびきを、いいか、
時代よ、サーカスの象にその芸当を教えよ

今すぐに今すぐに！

質問する

今年になって何人に手紙を書いたか
影も住民登録するべきだろうか
ペダルを前車輪から除き、ペダル附属の小歯輪を鎖
　で後車輪に結びつけるという考えはどのようにし
　てひらけたのだろうか
速度に歴史などあるのだろうか
かくれんぼの鬼に角がないのはなぜだろうか
狼男の本名は何だろうか
書いても呼び出すことのできぬ存在は何だろうか
東京都渋谷区渋谷三——十一——七は喜劇的だろうか悲
　劇的だろうか
歴史の記述に人力飛行機は役立つだろうか
一分間に何人の名を呼ぶことができるだろうか
星条旗の星はなぜ星座表に出ていないのだろうか
切り裂きジャックの得意の学科は何だったろうか
地球が丸いのにスクリーンが四角なのはなぜだろう
　か
想像しなかったことも歴史のうちだろうか
十五人乗りの詩はあるだろうか
正しいうそのつき方は幾通りあるだろうか
自由とはただの地名にすぎないのだろうか
ロバとピアノはどっちが早口だろうか
世界一の屑は何だろうか
質問することは犯罪だろうか
親指の親はなぜ父親をあらわしているのだろうか
書物の起源と盗賊の起源は、どっちがさきだったろ
　うか

野球少年の憂鬱

(1)ストライクゾーンを記述する試み

　タイカップは言った。ストライクゾーンは打撃練習外の時でも心の中で画いていなければならない、と。

　その日からわたしと、この立方体とはいつも一緒にあった。

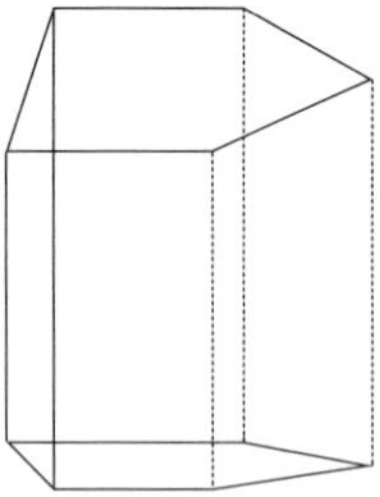

　それはわたしの脇の下から、膝がしらの上部までの間の、本塁ベース上の空間によって成り立つものであり、本塁ベースの五角形を底辺にした、高さほぼ90センチ、幅90センチの立方体であり、透明なので肉眼で見ることはできず、重力がないので携帯のために労を費やすことはなかった。

　それは形態ではなく領域であり、わたしのためにボールを投げこもうとする相手とのあいだでのみ共有されている一つの世界状態であった。

　わたしはこのストライクゾーンをボールが通過するのを許してはならなかった。そうすることはわたしの人生を不利にすることであり、ときにはわたしの死さえ意味しているのだ、と審判は言った。

　満員の地下鉄の中で、わたしはときどき、わたしのストライクゾーンに侵入してこようとする他人の鞄や紙袋、他人の尻や背中を感じ、それをゾーンの外へと押し出してやった。その聖域を守るために、ときには酔っぱらいを突きとばしたこともあった。

　わたしはこの肉眼では見えないストライクゾーンを形象化することを思いつき、日曜大工の入門書を買ってきて、さっそく3センチ四辺の角材五本、厚さ1センチのベニヤ板五枚の箱状のゾーンを作ってみた。

ボールがなぜ、ここを通り抜けようとするのか、わたしはなぜ、このゾーンを守らなければならないのかは、一度も議論されたことはなかった。だが、わたしは、二十年の長い間ストライクゾーンを守りつづけてきたために、いまだに独身である。

たぶん、老年になったら、わたしはじぶんのストライクゾーンを犬小屋のようにして、中に入って眠るだろう。そして、耳をすましながら、いつかきっと訪れてくるボールのうなりを待ちつづけてやるのだ。

(2) セカンドフライはいつ落下するか

荷物倉庫のある階段を半分降りたところに腰かけて、落ちてくるセカンドフライを待っている男。

試合は二十年前に終り、バッターもピッチャーも家庭の彼方に去ってしまった。大戦もあったし破産もあった。だが打ちあげられた平凡なセカンドフライはまだ落ちて来ないのだ。男四十七歳　職業保険会社外交員　妻病死　趣味パチンコ　月収三万二千円　胃弱　だが落ちてくるフライだけは捕まえなければならない。それが野手の任務であり、〈交代〉に持ちこむ唯一の方法なのだから。

歴史の暮方、よれよれの背広を着たセカンドをめぐる、街にはランナーはいない。事物は意識にリードされている。二死だが危機が去った訳ではなかった。

(3) 九人の啞の物語

二人のさびしい啞がいた。一人はピッチャーという名で、もう一人はキャッチャーという名だった。二人は言葉の代りにボールを投げあうことでお互いの気持をたしかめあっていた。二人の気持ちがしっくりいってるときにはボールは真直ぐにとどいたが、ちぐはぐなときにはボールは大きく逸れた。ところが、この二人の唖に嫉妬する男があらわれた。彼は何とかして二人の関係をこわしてやりたいと思い、バットという樫の棍棒で、二人の交わしている会話のボールを二人の外の世界へはじきとばしてしまったのだ。

ボールを失った二人の唖は途方にくれた。棍棒でボールをはじきとばした男は、悪魔のように両手をひろげて、二人のまわりを走りまわった。一周するたびに数が記述され、その数が殖えてゆくことが二人の唖の不幸度をあらわすのだった。そこで、二人のもとへボールを返してやろうとする七人の唖が集まってきた。彼らは、棍棒をもった男を殺すために〈陽のあたる土地〉からやってきたのであり、なぜか左手だけが異常に大きいのであった。

〈左手〉縦の長さ二〇・五cm以下　親指のつけ根の内側から小指のつけ根の外側まで（てのひらのはば）二〇・三cm以下　親指と人さし指の間隔指先のところで一一・四cm以下　つけ根のところで八・九cm以下

さて、この物語はあまり長すぎるので、その後どうなったかわたしにもわからない。だが朝になると広場にあちこちから、世界中の唖たちが集まってきて、この物語をどうつづけるかについて相談するらしいのだが、わたしは言葉をおぼえてしまったので、彼らのもとへ帰ることができないのである。

時間割

これは定期入れにいれて携行すること。

〈遊び方〉

コンクリートの路上にチョークで書き、石けりの要領であそんで下さい。

跳んだ順序に読みつなぎ、〈詩〉を経験してみることができれば成功です。

系譜学	二死満塁	ミッキーマウス	匙の起源
大審問官	単一の	古典という名の猫	書物戦争
毛	王国	犯罪商会	浴槽の修理人

過去進行形	メニエル氏	屠肉	相似照応論
青少年のためのレスリング入門	嘘発見器	髭の考察	名演奏家の時間
その後の老人探偵団	帽子の歴史	義眼工学	人力飛行機
人名簿	キルリー鳥	感染呪術	双生児の研究
理髪の儀式	皇后の手淫	二十人の名付親	賭博大全
世界一の剃刀とぎ	血液型	カリガリ博士	阿片
人生相談	ピタゴラスの定理	バイ貝のソース煮	中世手相術

獄中記

五月十五日　月曜日

五月十六日　火曜日

五月十七日　水曜日

五月十八日　木曜日

五月十九日　金曜日

五月二十日　土曜日

五月二一日　日曜日

五月二二日　月曜日

五月二三日　火曜日

五月二四日　水曜日

五月二五日　木曜日

五月二六日　金曜日

五月二七日　土曜日

五月二八日　日曜日

五月二九日　月曜日

五月三十日　火曜日

なぜ
東京の電話帳は
ロートレアモンの詩よりも詩なのか

読者の選択による
並べ変え自由の詩

(1)たばこである
(2)数でできている
(3)ぜんぜん休みなしだった
(4)というのは無理だ
(5)トカゲを追って行ったまま
(6)歴史的な感情
(7)いつまでもうつむいていられない
(8)風を記述しようとして
(9)少年はすばやく読みとる
(10)指の傷を吸っている
(11)麦青む
(12)言葉と物
(13)マーヤ・キチェー族とウイチョル族
(14)母は大分前から発狂している
(15)である
(16)という戦い
(17)テーブルの上の北半球の
(18)「お医者さんですか」
(19)その書物はひらかれたことがなかった
(20)速すぎたのだ
(21)夏休みにわたしの部屋で　死んだ

綴じられない詩集のための
目次

渋谷三省堂書店の法律書架の二段目右から二冊目の書物の題――1
朱里エイコの歌のタイトル――2
今日の天気予報――3

テアトル新宿へ入って最初に耳にとびこんでくる台詞――4
世界赤軍兵士岡本公三のパスポートナンバー――5
東横線祐天寺駅踏切に見える看板の惹句――6
「またもどってきたのね、何がほしいのよ？　女はいらないんでしょ」――7
スメルジャコフの最後の服装――8
今日の朝日新聞社会面のトップ見出し――9
旅行案内書の中のパナマ・コスタリカのグラビア――10
東京都電話帳50音別七二九頁の最初の名前の人物の身の上――11
アメリカン・フットボールの規則――12
球根栽培法――13
「人間は血のつまったただの袋である」――14

書物の私生児

いろは四十八文字を紙に書き
鋏で切ってならべかえてみる
いしかねぬいに
くちみほそ
のせもたむるは
おえれよら
とますわこきや　あんろへめ
をてなひけゆう　さゑつふり

法医学　見世物芝居　ほととぎす　彎曲した鉈を舌
でとぐ　青森県のせむし男　そのかたわらで　魂の
面白倶楽部の　珍腫畸腫　侏儒のおばばにへそなし
姉　七十人の瞽女の娼婦たち　風吹けば風に泣き
雨降れば雨に泣き　中将湯で髪洗い　肉ひしめく
桃の花クリームの　あかぎれの　淫売屋で育ったわ
たしは　書物の私生児！

しば
さば
ばてん
ゆりりうす
えとら　せっりよう　とどまさえ
ろけん　やだいば　あらだらに

あらだらにだらの　わたしを　トラホームの木に縛
りつけて　鵙の贄にしようとした　デブコの陰謀
ももずれ　またずれの　覗き地獄の　しめつけられ
た　息苦しさに女浪曲師の押殺し呪文　風にめくれ
る真赤な襦袢　渦巻いている　その中天の　とんび
の空泣き　めくら花が　ちります　わたしは　肉い
ざり！

いろはにほへと
ちりぬるを
ちりし　ちぶみの　ちのみごや

ぼんのう　かみきり
いれぼくろ
まつりばやしに　はなぐるい
なきなき　おんな　すてにゆく
しんでください　おっかさん　しんでください　おっかさん！

娼婦長屋の　人買いに　買われそこなって　今日も　ひとり　仏壇に背を向けて　読みふける　般若肉経　頭ふくらむ　福助足袋の　こはぜの数が　年の数　どしん　ばたん　とまた　せんべ蒲団の上の　肉弾三勇士たちが　ころげまくり　国民学校に　血染めの日の丸があがる　わたしは鬼　かくれんぼは　百年の冬の時代まで　つづいている！

いしかねぬいに
くちみほそ
のせもたむるは
おえれよら
とますわこきや　あんろへめ
をてなひけゆう　さゑつふり

事物のフォークロア

一本の樹にも
流れている血がある
樹の中では血は立ったまま眠っている

＊

どんな鳥だって
想像力より高く飛ぶことはできない
だろう

＊

世界が眠ると
言葉が目をさます

わたしは返信を打つために郵便局まできたが　忘れものしたように不意にかなしくなった

＊

書くことは速度でしかなかった
追い抜かれたものだけが紙の上に存在した

読むことは悔誤でしかなかった
王国はまだまだ遠いのだ

＊

今日の世界は演劇によって再現できるか
今日の演劇は世界によって再現できるか
今日の再現は世界によって演劇できるか

＊

大鳥の来る日　水がにごる
大鳥の来る日　書物が閉じられる
大鳥の来る日　トロツキーは死ぬ
大鳥の来る日　汽車は連結する

大鳥の来る日　ひとは私を見るだろう

＊

一八九五年の六月のある晴れた日に
二十一歳の学生グリエルモ・マルコニが
父親の別荘の庭ではじめて送信した
無線のモールス信号が
今　わたしにとどいた

ここへ来るまでにどれだけ多くの死んだ世界をくぐりぬけてきたことだろう

まだ一度も記述されたことのない歴史と出会う
たとえ
約束の場所で出会うための最後の橋が焼け落ちたとしても

「そうそう　中学生の頃、公園でトカゲの子を拾ってきたことがあった。コカコーラの壜に入れて育てていたら、だんだん大きくなって出られなくなっちまった。コカコーラの壜の中のトカゲ、コカコーラの壜の中のトカゲ　おまえにゃ壜を割って出てくる力なんかあるまい　日本問題にゃおさらばだ　歴史なんて所詮は作詞化された世界にしかすぎないのだ！　恨んでも恨んでも恨みたりないのだよ、祖国ということばよ！「大事件は二度あらわれる」とマルクスは言った　一度目は悲劇として、二度目は喜劇としてだ！　だが真相はこうだ！　一度目は事件として、二度目は言語として、だ！　ブリュメールの二十日は言語だ！　連合赤軍も言語だ！　俺自身の死だって言語化されてしまうのを拒むことが出来ないのだよ！」

＊

まだ一度も作られたことのない国家をめざす
まだ一度も想像されたことのない武器を持つ
まだ一度も話されたことのない言語で会話する

未刊詩集＝書見機

奴婢の読書

一行目を読み終って、次の二行目を読みはじめる前
に、しばらくぶりで主人の子供の写真額に巻いた細
い包帯をほどきはじめる
一字と、次の一字とのあいだに椅子を持ちこみ、
一休みしながら、召使頭は失くした四本の釘のこと
を考えている
乳しぼり女にもっともふさわしい罰則は剃毛してし
まうことだ。
と注釈に書いてあった
奴婢一般に関する総則の頁が、なかなか開かないの
で
下男は、萬國蝶番博覧会にまよいこんで
それぞれの書物にふさわしい蝶番をさがしまわって
いる夢を見た

句読点をごまかすことも、ときには必要なことなの
だ
赤ん坊を落っことして、跛《ちんば》にしても、いちいち報告
する必要などない、「赤ん坊が死ねば万事丸くおさ
まる」という一行に朱でボーダーラインを引いてお
こう
難解さは、しばしば一行の幅をひろく見せてくれる
かくされた女中があらわれるときは、犬に変身して
いるのである
だが、花粉喘息の主人も簡単に死なせるわけにはい
かない
新しい雇い人をさがすのは、至難のことだと書いて
ある数の起源は三である
一般的理性は地主となってじぶんの一挙手一投足に
ルビをふる
はたして、読むことは最良の修繕の方法だろうか?
料理人は、鉤カッコのなかで思案にくれている
支那のうなぎは、餌をたべるときにシッポの方から、
自分のからだ自身を、ひものように結んでしまうの
だそうだ

書物にも主人がいてくれればいゝのだがな

梱包のエクリチュール

抽籤に来た男が順番を待っている

紙から月のかたちを切り抜いて捨てる

四人の子供を消してしまった消しゴムを水に沈める

古代インド人にとって、宇宙は四つん這いの男のかたちをしていて、神が一回まばたきする間に、二、〇五七、一五二ヨージャナ飛ぶものだったと言われる

同じ、という二字がべつべつの頁に印刷されていた

いったい一冊の書物には幾通りの梱包法があれば足

りるのだろう
たった二頁へだてたため、少年が最後まで拾いあげ
ることのできなかった一匹のカメ

一字というのは、二字である

切りとり線とノリシロをさがしつゞけるオフセット
印刷の支那の役人について二十字書きとゞめる

算術の起源は、左の片手に見出される

まだ書かれていない書物の中で、わたしはすでに何
万冊かの書物を書き表わしているのであった

ヤコブのはしご

ヤコブのはしごの作り方は、ひもを親指と小指とに
かけるところからはじめる。右のひとさし指の先を、
左の手のひらに渡っているひもの下に入れて、ひと
さし指の背でひもを右に強く引っぱる。それから、
同じ操作を左のひとさし指の先で行い、今度は指を、
右のひとさし指と接触しているひもの間に入れる。
そこで両方の親指をはずして強く、引きあう。これ
が基本形である。

ところでひもの結び目が消えるという手品をおぼえ
てしまった首吊り人はそのとき自分の死体も消えて
しまっていたかどうかを、どうしても思いだすこと
ができないのだった。

上演されなかった劇の劇評を書く

その劇は、手法としての遊星の使い方がひどくまずかった。だから、七列目の左寄りの席から見ると、寺院が存在しているのかどうかが全くわからないのである。支那人の剃毛狂の男が、文法違反の猫をつかまえて梱包する場面では、音楽は一ぺんに袋から出すのではなく、少しずつ（洩らすように）出した方が効果があったと思われる。幕切れ近くなって、この劇の主人公の教授が「古代人にとって、宇宙は三つの水平の層によって成り立っているのだ」と謎ときをするときのパイプの持ち方は、左手の親指とひとさし指ではさんで吸い口を上に向けるよりも、むしろ右手の親指とひとさし指にはさんで吸い口を下に向けた方がよかったのではなかったか。それと装置の月は貼りつける前にXからX'へ向けてもっとひき延ばしておく必要があったろう。いずれにしても、この劇は、その幕であるところの私のまぶたが、たった一回のまばたきで上下するあいだに、何人の奴婢を殺したか、思い出しながら数えてみる位の価値はあるかも知れない。

昨日の読者のために

わたしは昨日の読者のために書くのである。
月の斑点は、棒で水桶をはこぶ一人の少年をあらわしているのだ、と。

あるいは、一年前の読者のために、次の行を書く。
その少年が、大正九年四月七日に失踪したメリヤス職人、実はわたしの父であったのだ、と。

十年前の読者ならば、そのとき思いあたるだろう。
青森市浦町橋本の赤い煙草屋の下宿人と一本の腰紐にまつわる事件のことを。

そして五十八年前の読者ならば、母がわたしをなぜ妊んでしまったのかを知ることができるのだ。

もし、わたしが六十年前の読者のために書くことができるならば事件は、予言として血なまぐさく桜のように咲くだろう。

バチェラー博士著書「犬冥」三版の文法の部の、月に関する描写のなかにその謎がかくされてある。

たとえ、わたしの出生に関することであっても
過去の読者のために書くことができないということを知ってから

わたしは発狂してわたしを産んだ母のことを書くたび
自分自身に変身しなければならなくなるのだった。

按摩のための読書法

東京の地図にしばらくさわりゐし按摩どの町に指紋をのこす?

按摩のための書見機には少なくとも二本のロープと粉をこねる台が必要である。按摩は、指先ではなく、その思いうかべることのできる罪の数によって読むのである。たとえば、最初の一行が「実測日本図とその変遷」に関する描写からはじまっている場合、按摩はその一行目を書見機から「立ちあがらせ」、ロープで固定して、うらおもてを手でたしかめることから始めなければならない。一行目を、黒布で巻き、棒で叩き、句読点にまつわる迷信の犬を追い出す。それが終ったら二行目。二行目を、一行目とほゞ同じ高さに揃えると、そこには正確無比な陸地測量に関する描写が見られる。測図された地形、等高線、河川の位置などが、立ちあがった二行目と三行目のあいだで按摩を手招く。子供がその一行目のうしろから顔を出したりかくれたりしながら、赤い舌を出している。この世とは背後の書物のことである。按摩は、四行目を木のように伐り倒し、五行目の表皮を剝ぎとり、六行目の高所に小さな袋の一囲いの卵をかくす。七行目は途中で折りまげ、そこに青婆を縛りつける。八行目の切株に腰かけて、藁を吹いて無数の蝶を吐きだす。九行目は歴史に関する記述で、そのあとは田地のように荒漠とした白だった。

読書はおそらく粉をこねる台の上で片足跳躍に終始するだろう。

やがて、けむりとなって按摩は消える。

抒情詩篇

Ⅰ　少女詩集

ひとり

いろんなとりがいます
あおいとり
あかいとり
わたりどり
こまどり　むくどり　もず　つぐみ

でも
ぼくがいつまでも
わすれられないのは
ひとり
という名のとりです

十五歳

ある朝
ぼくは思った
ぼくに愛せないひとなんてあるだろうか

だが
ある朝
ぼくは思った
ぼくに愛せるひとなんているだろうか

ぼくの
書きかけの詩のなかで
巣《す》のひばりがとび立とうとしている

日は
いつも曇《くも》っているのに

愛する

さよならしようと
手をあげたら
林檎《りんご》の木の枝にさわった
枝を手折《たお》ってやり場なく
その花の白さを見つめているうちに

きみの汽車は
もういない……

汽車

ぼくの詩のなかを
いつも汽車がはしってゆく

その汽車には　たぶん
おまえが乗っているのだろう
でも
ぼくにはその汽車に乗ることができない

かなしみは
いつも外から
見送っていたい

たし算

一と一をたすと二になるけど
リスと木の実をたすと
何になるの？

二と二をたすと四になるけど
母のない子と歌をたすと
何になるの？

三と三をたすと六になるけど
ぼくときみをたすと
何になるの？

たし算は
愛の学問です

ひき算

十から一羽の駒鳥《こまどり》を引くのです
九から一本の酒壜《さかびん》を引くのです
八から忘れものの帽子《ぼうし》を引くのです
七から一夜の忘却《ぼうきゃく》を引くのです
六から一台の手押車《ておしぐるま》を引くのです
五から一望《いちぼう》の青い海の眺《なが》めを引くのです
四から一冊のグールモンの詩集を引くのです
三から一人の恋敵《こいがたき》の青年を引くのです
二からは何も引くことはない
二人で旅をつづけてゆこう

それがぼくらの恋の唄

なんにでも値段《ねだん》をつける古道具屋のおじさんの詩

ぼくはたずねる
——ロバとピアノは
どっちが高い？

おじさんは答える
――ピアノだよ

じゃあ　ピアノと詩集は
どっちが高い？

ものにもよるけど
詩集が高いことだってあるさ

じゃあ　詩集と春とは
どっちが高い？

春だよ　もちろん
季節は　超《ちょう》高級品だから

じゃあ　春と愛とは
どっちが高い？

愛だろう
めったに　売りには出ないけど

そこでぼくは　最後にたずねる
ぼくのいちばん知りたい質問
――愛となみだは
どっちが高い？

ある日

母のない子に　本がある
本のない子に　海がある
海のない子に　旅がある
旅のない子に　恋がある
恋のない子に　何がある？

ひまわり咲いて
日は暮《く》れて

恋のない子に　何がある?

てがみ

つきよのうみに
いちまいの
てがみをながして
やりました

つきのひかりに
てらされて
てがみはあおく
なるでしょう

ひとがさかなと
よぶものは

みんなだれかの
てがみです

真珠《しんじゅ》

もしも
あたしがおとなになって
けっこんして　こどもをうむようになったら
お月さまをみて
ひとりでになみだをながすことも
なくなるだろう
と
さかなの女の子はおもいました

だからこの大切ななみだを
海のみずとまじりあわないように
だいじにとっておきたい
と
貝《かい》のなかにしまいました

そしてさかなの女の子はおとなになって
そのことを忘れてしまいました
でも
真珠《しんじゅ》はいつまでも
貝のなかで
女の子がむかえにきてくれるのを
まっていたのです

さかなの女の子
それは
だあれ？

思い出すために

セーヌ川岸の
手まわしオルガンの老人を
忘れてしまいたい

青麦畑《あおむぎばたけ》でかわした
はじめてのくちづけを
忘れてしまいたい

パスポートにはさんでおいた
四つ葉のクローバ　希望の旅を
忘れてしまいたい

アムステルダムのホテル
カーテンからさしこむ　朝の光を
忘れてしまいたい

はじめての愛だったから
おまえのことを
忘れてしまいたい

みんなまとめて
今すぐ
思い出すために

少年時代

長靴をはいた猫と
ぼくとが
はじめて出会ったのは
書物の森のなかだった

長靴をはいた猫は
ぼくに煙草を教《おし》えてくれた
ちょっといじわるで
いいやつだった

長靴をはいた猫と
わかれたのは
木の葉散る
秋という名のカフェ

その日
ぼくは
はじめて恋を知った

人生のはじまる前と
人生のはじまったあと
そのあいだのドアを
すばやく駆《か》けぬけようとした
ぼくの
長靴をはいた猫は
今どこにいるか？

ぼくは猫する

ぼくの書いた詩から
一匹の猫が抜け出して
すがたを消した

その日から
ぼくは恋に目ざめた
ブラッドフォード家の応接間《おうせつま》
十七歳のぼくは令嬢《れいじょう》と二人で

せっかちなくちづけをかわした
（さあ　早く早く）
とぼくは靴をぬいだ
（早く大人になってしまおうよ）

ぐずぐずしてると
猫がもどってくる
ぼくの詩がもと通りになってしまったら
もう大人になるのは
おそすぎる！

*

恋という字と
猫という字を
入れ替《か》えてみよう

「あの月夜に
トタン屋根の上の一匹の恋を見かけてから
ぼくはすっかり
あなたに猫してしまった」と

それからブランディをグラスに注《つ》いでいると
恋がすぐそばでひげをうごかしている

カウボーイ・ポップ

だれかが
ぼくのベッドの下に小鳥の巣《す》をしかけた
のでうるさくて
眠れないよ

しかたがないから
カウボーイにでもなろうかな
と
洋服ダンスをあけると
一匹の牛がとびだした！

ぼくは
ハンク・ウィリアムスのレコードを持っている

さすらいの口笛《くちぶえ》を吹ける
サン・アントニオの小さな黄色い花
古道具屋で買ったウインチェスター銃
そしてこれから刺青《いれずみ》する
わかい二本の腕と
ビリー・ザ・キッドの悪漢魂《あっかんだましい》を持っているけど
ぼくは
それら全部を脱《ぬ》ぎすてて
彼女の部屋に向かおう
ベッドの上の大草原めざして

お嬢《じょう》さん！
ロデオをしよう
ぼくの荒縄《あらなわ》は　てごわいよ

友だち

浴槽《よくそう》で鰐《わに》を飼《か》うことにした

鰐はだれをも愛さない

とびきり下品《げひん》なぼくにはお似合いの

鰐はドレスアップしたままで浴槽に入る

きらわれもの同士で

モーツァルトを聴《き》きながら

人生の悪口を言おう

恋なんてどうせたいしたもんじゃないのさ

そして

寝るときは

べつべつに寝るにかぎる！

ジゴロになりたい

アメリカン・フットボール選手のジョオが
洋式便器《ようしきべんき》に腰かけて
すぎさった情事《じょうじ》を瞑想《めいそう》している

プールには
鰐《わに》が泳《およ》いでいる

五月の森にだれかが置き忘れた
三〇年代の古いポータブル蓄音器《ちくおんき》が
今もひとりでまわっている

Having fun in the Bath-room.
With you, with you,
ロマンスは
これからはじまるのです

ぼくはそれまでチャンスを待《ま》って
マダムの買物籠《かご》のなかにかくれているよ
一匹の
野兎《のうさぎ》のように

さよならの城

さよならだけが
人生ならば
また来る春は何だろう
はるかなはるかな地の果てに
咲いてる野の百合《ゆり》何だろう

さよならだけが
人生ならば
めぐりあう日は何だろう
やさしいやさしい夕焼と
ふたりの愛は何だろう

さよならだけが

人生ならば
建《た》てたわが家は何だろう
さみしいさみしい平原に
ともす灯《あか》りは何だろう

さよならだけが
人生ならば
人生なんか　いりません

Ⅱ　歌謡詩集

時には母のない子のように

時には母のない子のように
だまって海を見つめていたい
時には母のない子のように
ひとりで旅に出てみたい

だけど心はすぐかわる
母のない子になったなら
だれにも愛を話せない

時には母のない子のように

長い手紙を書いてみたい
時には母のない子のように
大きな声で叫《さけ》んでみたい

だけど心はすぐかわる
母のない子になったなら
だれにも愛を話せない

山羊にひかれて

山羊《やぎ》にひかれてゆきたいの
遙《はる》かな国までゆきたいの
しあわせそれともふしあわせ
山のむこうに何がある

愛した人も　わかれた人も
大草原に　吹く風まかせ
山羊《やぎ》にひかれてゆきたいの
思い出だけをみちづれに
しあわせそれともふしあわせ
それをたずねて旅をゆく

家なき子

母のない子も恋をする
家のない子も恋をする
だから私も恋をする

流れる雲も恋をする
空のひばりも恋をする
だから私も恋をする

だけど私はわからない
恋するすべがわからない
ユーカリの花咲く頃に

母のない子も恋をする
家のない子も恋をする
だから私も恋をする

戦争は知らない

野に咲く花の名前は知らない
だけども野に咲く花がすき
帽子にいっぱい摘《つ》みゆけば
なぜか涙が　涙が出るの

戦争の日を何も知らない
だけどもあたしに父はいない
父を思えば　ああ荒野に
赤い夕陽が　夕陽がしずむ
戦《いくさ》で死んだかなしい父さん
あたしはあなたの娘です
二十年後のこの故郷《ふるさと》で
あしたお嫁に　お嫁にいくの
みていてくださいはるかな父さん
鰯雲《いわしぐも》とぶ空の下
戦《いくさ》知らずに二十歳《はたち》になって
嫁《とつ》いで母に　母になるの

野に咲く花の名前は知らない
だけども野に咲く花がすき
帽子にいっぱい摘《つ》みゆけば
なぜか涙が　涙が出るの

さよならだけが人生だ

荒磯《あらいそ》暗く啼《な》くかもめ
われは天涯《てんがい》　家なき子
ひとり旅ゆゑ口ずさむ
兄のおしへてくれし歌
さよならだけが人生だ

流るる雲を尋《と》めゆかば
たどりつかむか　冥界《めいかい》に
ひとを愛するさびしさは
ただ一茎《いっけい》のひなげしや
さよならだけが人生だ

つばくらからす　鵙《もず》つぐみ
鳥も天涯《てんがい》　家なき子
草むら遠く燈《ひ》をともす
ひとのしあわせ過ぎゆきて
さよならだけが人生だ

愛国心がないことを悩んでいたら

くろかみ梳《す》けばやはらかき
夕べの磯《いそ》の月見草

うつむきながら少年の
ことのは受けし乙女《をとめ》ごや
たはむれならず頬《ほほ》そめて
はじめてひとを恋ひそめき

あはれ明治の母の恋
火とこそ燃《も》えて秘《ひ》めおかじ

父は少年航空兵《こうくうへい》
空の青さに召《め》されたり

かなしみばかりよみいでて
母は戦《いくさ》にあらがへど

指さすかなたはるばると
父のまぼろしただ一機

ふるさと遠く麦《むぎ》青く
かなしき父の戦死報《せんしほう》

母は鬼の子ほのほの子

めとられずして子を宿《やど》し
天にいなづま地になみだ
明治大正長かりき

ああ父知らず故郷《くに》知らず
殉死《じゅんし》の母の顔知らず

われは恋知る年となり
恥《はぢ》知る名知る誇《ほこ》り知る

祖国《そこく》いづこと問はば問へ
われも母の子恋ぐるひ

昭和十一年　新宿二丁目の娼
家桃園楼の欄干に腰をかけて
歌える少年の春の目ざめの詩

青い血を吐《は》くほととぎす
姉は地獄へ嫁《よめ》にゆく
金の羊《ひつじ》とうぐいす売って
ひとりで泣いてたおとうとよ

暗い新宿どこまで行けば
春が来るやら晴れるやら

青い血を吐《は》くほととぎす
姉は地獄へ嫁《よめ》にゆく

あとに残ったおとうとひとり
謎のくらやみ花も無《な》き

あわれキネマの星座も消えて
恋し恋しと雨が降る

青い血を吐《は》くほととぎす
姉は地獄へ嫁《よめ》にゆく

銀幕哀吟

——人力飛行機ソロモン

あゝ過ぎさりし、銀幕に
あえかにわかきわが少女
吹く秋かぜに黒かみを
さらしたる日を歌へとや
かたみにはだをさらしつゝ、
愛も誓はでわかれたる
男のかずをひと知るや

けもののみちに血をさらし
千草のかげになみだして
銀幕いくよさすらひの
おかされてきし旅なりき
あゝ母知るや、父知るや
重きうれひの日を過ぎて
小萩は白く野に咲くを

飛べない女がひとりいて　いつも見あげる空でした

雲の流れる果て遠く　過ぎて行ったはただ一機　父は少年航空兵　わたしはうそをつきました　自殺もできずに遺書を書き　愛しもせずに人を抱き　ひとのせりふで泣き笑い　人生たかが花いちりん　軽い花ならタンポポの　わたさえ空を飛べるのに　うそでかためた銀幕へ　十九のはだをさらしつゝ　演って極楽　観て地獄!

カム《Come》・ダウン《down》・モーゼ《Moses》

——壁抜け男　レミング

みんなが行ってしまったら
わたしは一人で
手紙を書こう
みんなが行ってしまったら
この世で最後の
煙草《たばこ》を喫《す》おう

Come down Moses, ろくでなし

Come down Moses, ろくでなし
take me to the end of the world
take me to the end of the world

みんなが行ってしまったら
酔《よ》ったふりして
ちょっぴり泣こう
みんなが行ってしまったら
せめて朝から
晴着を着よう

Come down Moses, ろくでなし
Come down Moses, ろくでなし
take me to the end of the world
take me to the end of the world

一番最後でいいからさ
世界の涯《は》てまで連れてって
世界の涯てまで連れてって

Come down Moses, come down
Come down Moses, come down

しゃぼん玉

生れてはみたけれど
どうせ酒場の家なき子
花いちもんめ
　赤いべべ着て
地獄へおちろ
親のある子は
地獄へおちろ

酔《よ》っぱらってはみたけれど
どうせ闇夜《やみよ》の宿なし子
花いちもんめ
　少女倶楽部《クラブ》は
地獄へおちろ
花嫁人形は
地獄へおちろ

おちる地獄を
うつしてまわれ
浮気なキネマの
しゃぼん玉

子守唄

――山姥

寝ろじゃい
寝ろじゃい
母は鬼
寝なきゃ　山まで捨てにゆく
ねんねんころり地獄まで
寝ろじゃい
寝ろじゃい
母は鬼
真赤な薊切ってきて

白髪に挿して見せにこい
本性まるだし　赤よろし
仮名は変体　ねんころり
ころりころりと　みなごろし

血ざくら碑文

――人力飛行機ソロモン

あはれ
まだ見ぬ邪宗門
おとめごころに　とめゆきて
血の花びらを
散らすらん
あはれ
はるかな邪宗門
この世ならざる
旅なれど

あはれ
まだ見ぬ邪宗門
おとめごころに　とめゆきて
血の花びらを
散らすらん

ふしあわせと言う名の猫

ふしあわせと言う名の猫がいる
いつもわたしのそばに
ぴったり寄りそっている

ふしあわせと言う名の猫がいる
だからわたしはいつも
ひとりぼっちじゃない

このつぎ春が
来たなら
むかえに来ると

言った
あのひとの嘘つき
もう春なんか
来やしない

ふしあわせと言う名の猫がいる
いつもわたしのそばに
ぴったり寄りそっている

山河ありき

歌を忘れて
ひとり死にに帰る
ふるさとの青い
山河は今も変ることなし

あの日
嫁《とつ》いで行くと決めたひとが
ひとりのままで死んで

ふるさとの谷の
みどりもあせた

死んで鳥になって
あなたのお墓の空を
とびたい
せめてものあの日のお詫《わ》びに

もしも想い出したら
伝えておくれ
浮気女が帰ってきて
今日もふるさとの空を
さびしくとんでると

Ⅲ　バラード＝樅《もみ》の木

第一の歌

この世には恋人たちも多いことだろうが
わしたちほど深く愛しあっているものはおるまい、
と思っている王様がいました。
恋人を抱《だ》きよせて接吻《くちづけ》しながら
鏡に向かって、
「鏡よ、鏡よ」
と話しかけました。
「この世に、わしたちほど愛しあっているものはおるまいな?」
すると鏡はまっ暗になって、

なにも写さなくなりました。
「いいえ、王様。
この世には王様ほど愛情をもった男は、
一〇〇〇〇〇〇〇〇〇〇〇〇人も
おるでしょう」
と、気のいい鳥が言いました。

時は五月。
お城の中ではスペインの
盲目《もうもく》の音楽師が、
水のしたたるような
マドリガルを唄っていました。

第二の歌

「そんならひとつ、
恋くらべをしようではないか！」
と王様はテーブルの地平線に頬杖《ほおづえ》をついて言いました。
王様が手をたたくと、

十人の侍従《じじゅう》と
十羽の鳥と
十四のシャム猫とが集まって来ました。
王様はダンディな髭《ひげ》をちょっとひねって
名案について演説しました。

「むかし、この国には
長距離ピアノ演奏者というのがおった。
ある月の夜からピアノを弾《ひ》きはじめ
食事もせず、用も足《た》さず
ただピアノを弾きつづけ、
七日七夜のあいだ弾きつづけて、
見事、ベスト・ピアニストの栄光に輝いて
〈王様の鰐《わに》の勲章〉を手に入れたのだ。
ひとつ、最高の恋人たちを選び出すために、
わしも長距離抱擁《ほうよう》者コンテストというのをやってやろう。
抱《だ》きあったまま（むろん、キスをしたままで）、
食事もとらず、用も足さず一睡《いっすい》もせず、
もっとも長く愛しつづけることの出来る二人を国一番の恋人とするのだ。

いいかね？
愛の耐久《たいきゅう》レースだ、
マラソンをもじって、ラブソンと名づけることにしよう」

さっそく、百頭の早ロバが町にとび、
「恋人参加」の募集広告が
町中のすべての壁に貼《は》られたのでした。

第三の歌

さてさて、ここでジプシーの歌を一曲。
ガルシア・ロルカが血で書いた
時期おくれのロマンス！

「わたしの小さな妹が歌っている、
地球はひとつのオレンジなのよ、と。
月は泣きながら言っている、
わたしもオレンジになりたい、と。
お月さま、お月さま、
それは出来ない相談だ、相談だ」

やがて、ありとあらゆる恋人たちが、自分たちの愛こそこの世で一番！
とばかりに集まって来ました。
靴屋と花売り娘の恋人たち。
ガラス職人と掃除《そうじ》娘の恋人たち。
運転手と女優の恋人たち。
プロレスラーと看護婦の恋人たち。
画家と未亡人の恋人たち。
動物園の園丁と少女の恋人たち。
学生とモデルの恋人たち。
騎手と人妻の恋人たち。
料理人と美容師の恋人たち。
刑事と女学生の恋人たち。
フットボール選手とダンサーの恋人たち。
広場が恋人でいっぱいになると、
王様は、可愛い踊り子の恋人をしたがえてバルコニ

ーに現われて、
「さあ、ラブソンをはじめよう。
抱《だ》きあった二人が離れたら失格だ。
どれだけ長く愛しあっていられるか、
どれだけ長く一体になっていられるか、
裁くのはお月さまだ。
いいかね?
音楽とともに、いざ抱け!
恋人を!」

第四の歌

広場中の恋人たちはいっせいに抱きあいました。
月はびっくりして城の塔にかくれ、
広場はまっ暗になりました。
音楽師たちは、世界中の恋唄をすべて奏《かな》でまくりました。
そして長い時間がたちました。

「わたしの可愛い恋人が歌っている、
愛はひとつのオレンジなのよ、と。
月は泣きながら言っている、
わたしもオレンジになりたい、と。

お月さま、お月さま、
それは出来ない相談だ、相談だ」

はじめに失格したのは老彫刻家《ちようこくか》とその若いモデルでした。
モデルはまだまだキスしていられたのに、
老彫刻家が呼吸困難になってしまったのです。
鱶《ふか》にやられた地中海の船長のように
老彫刻家は口から泡《あわ》をふいて倒れました。
それははじまってから、一時間目だったようです。
やがてぞくぞくと失格者が出はじめました。
どうしても用を足《た》したくなったり、
キスがはげしすぎて唇《くちびる》が痛くなったり、
キスしながらいねむりしている相手を見て馬鹿らしくなったり、
くしゃみが我慢できなくなったり、

いろんな理由から
失格して広場を出て行く恋人たちがふえました。
とうとう三時間後には王様も失格し、
五時間後には参加者が半分にへり、
夜が明けるころには十分の一になってしまいました。

第五の歌

翌日も翌日も、
ラブソンはつづけられました。
広場にはわずか三組の恋人たちだけが残り、まるで
立ったまま死んだように
いつまでも愛しあっていました。

三日目は雨でした。
写真家が来てその三組の恋人たちを写して行きました。
子供がさわっても、
ゆすぶっても、その恋人たちはびくともしませんでした。

十日目になって、
とうとう二組は失格しました。
離れたとたんに、まっ青になって倒れた恋人たちを
救急車が来て連れて行きました。

一カ月たっても、
二カ月たっても、
三カ月たっても、
四カ月たっても、
残った一組の恋人たちは離れませんでした。
そして
はじめのうちは広場にその恋人たちを見に来た人たちも
まったく話題にしなくなり、
王様もラブソンのことなどすっかり忘れて
カモシカ狩りに熱中するようになってしまいました。

第六の歌

秋が過ぎて、冬が来ました。

抱《だ》きあった最後の一組の恋人たちは
立ったまま同じ夢を見ました。
だんだん、足のほうから地に根ざして
もう歩けなくなってゆくのが、わかるような気がしました。
抱きあった二人の足もとには雪がつもり、
二人は膝《ひざ》まで雪に埋《う》もれているのがわかりました。
日曜日のたび、
さみしいお婆さんが来てシャベルで
その雪を片付けて行きましたが、
やがてその雪もひとりでにとけて、
春が来て、夏になりました。
帽子には鳥が巣をつくり
抱きあった二人の腕からは小さな芽が出はじめました。
そして二人のまわりを、
子供たちが腕をつないでまわりながら
ロンドン・ブリッジをして遊ぶようになりました。
新しい秋が来るころ、
二人はすっかり木になってしまっていたのです。
「樅《もみ》の木だ!」
と観光客が言いました。
「まるで、抱きあった人間みたいだが、樅の木なのです」
と観光案内人が言いました。
「別名を、恋人の木とも言います」

第七の歌

だが、この話は嘘なのです。
ひとりぼっちのみずえが、一本の樅の木を見ながら
思っていた空想なのです。
もしも、そんなに永遠の愛があったら、素敵なのに!
とみずえは思いました。
だが、みずえには恋人はありませんでした。
なぜなら、みずえが去ったあと
樅の木にはみずえの名前だけしか
彫《ほ》りのこされていなかったからです。

Ⅳ　ぼくが死んでも

ぼくが死んでも

ぼくが死んでも　歌などうたわず
いつものようにドアを半分あけといてくれ
そこから
青い海が見えるように

いつものようにオレンジむいて
海の遠鳴《とおな》り数《かぞ》えておくれ
そこから
青い海が見えるように

見えない花のソネット

そこに
見えない花が咲いている
教《おし》えてあげよう
ぼくの足もとだ

数《かぞ》えてみると
花びらは四枚　色は薄《うす》いオレンジ
花ことばは知らないけれど
いつも風にゆれている

そこに
見えない花が咲いている
ぼくにだけしか見えない花が咲いている

だから
さみしくなったら
ぼくはいつでも帰ってくる

あなたに

書物のなかに海がある
心はいつも航海をゆるされる
書物のなかに草原がある
心はいつも旅情をたしかめる
書物のなかに町がある
心はいつも出会いを待っている

人生はしばしば
書物の外ですばらしいひびきを
たてて
くずれるだろう

だがもう一度
やり直すために
書物のなかの家路を帰る

書物は
家なき子の家

かなしみ

私の書く詩のなかには
いつも家がある

だが私は
ほんとは家なき子

私の書く詩のなかには
いつも女がいる

だが私は
ほんとはひとりぼっち

私の書く詩のなかには

小鳥が数羽
だが私は
ほんとは思い出がきらいなのだ
一篇の詩の
内と外とにしめ出されて
私は
だまって海を見ている

ダイヤモンド　Diamond

木という字を一つ書きました
一本じゃかわいそうだから
と思ってもう一本ならべると
林という字になりました
淋《さび》しいという字をじっと見ていると
二本の木が
なぜ涙ぐんでいるのか
よくわかる
ほんとに愛しはじめたときにだけ
淋しさが訪れるのです

赤とんぼ

月曜日　女は古道具屋まで行ってなにも売らずに帰
ってきた
火曜日　女ははじめて酒をのんだ

水曜日　女は洗濯した　いつもの半分の時間で
木曜日　女はなぜか公園のベンチに一人坐っていた
金曜日　女は不動産屋の前で立ちどまった
土曜日　女はレコード屋の前でいつまでもニーナ・シモンを聴《き》いていた
日曜日　女は一人で泣いた

わかれてしまった窓べりに
今日もとんぼが来てとまる

時は過ぎゆく

わたしが見た　と
ひばりが言った
私はおどろいて青い地平を見つめたが
時が何であったか
見ることはできなかった

わたしが聞いた　と
青麦《あおむぎ》たちが言った
のどかな故郷の畦道《あぜみち》に立止まり　私は耳をすましたが
時が何であったか
聞くことはできなかった

わたしが触《ふ》れた　と
少年が言った
川のほとりではずかしそうに　二人は黙ってしまったが
時が何であったか
感じることはできなかった

私は
いつでも途方《とほう》にくれている
地平線はすでに
大人である

翼《つばさ》について

鳥はとぶとき
つばさでとぶが
あなたはとぶとき
何でとぶのですか?

私は暮れやすいビルの
いちばん高い場所に立って考える
アランの「幸福論」でとべるか?
モーツァルトのジュピターで
とべるか?
あの人の
愛でとべますか?

はるかな夕焼に向かって
両手をひろげると
私はいつでも
かなしくなってしまうのです

種子《たね》

きみは
荒れはてた土地にでも
種子《たね》をまくことができるか?

きみは
花の咲かない故郷の渚《なぎさ》にでも
種子をまくことができるか?

きみは
流れる水のなかにでも
種子をまくことができるか?

たとえ
世界の終りが明日だとしても
種子をまくことができるか?

恋人よ
種子はわが愛

V　組詩＝木の匙

木の匙

幸福《しあわせ》という名の家具は
どこに置いたら、いいのかね？

木の匙《さじ》のように
戸棚《とだな》にしまうわけにも
いかないし
皿のように
台所に積みあげるわけにも
いかないし

（だいたい　ぼくは
幸福《しあわせ》って名の家具の
掃除《そうじ》の仕方も知らないんだよ）

コーヒー挽き機械の歌

ねじのゆるんだコーヒー挽《ひ》き機械を
まわすあなたの　ひろびろとした背中のさびしさを
独身《どくしん》の日のように見つめている
今日も街に　雨がふる

ねじのゆるんだコーヒー挽《ひ》き機械の
ふかい匂《にお》いに　知りつくしたあなたを知るさびしさ
よ
一日の終りの雨を見つめながら
わたしはさがす　べつのあなた

ねじのゆるんだコーヒー挽《ひ》き機械はまわる
カラカラカラカラ
カラカラカラカラ

あなたはここにいるのにここにはいない
カラカラカラカラ
カラカラカラカラ
愛しているとても遠くに感じる
とても遠くに
とても
遠くに……

テーブルについて

テーブルは
いつも大地につながっている
それは大きな木のようだ

テーブルは
いつも豊かに広がっている
それはふたりだけの小さな土地

テーブルに
木の匙《さじ》と愛をおく
それがあたしの夜の役目

テーブルは
愛の実《みの》る木
やがて子供を
実らせましょう
それがふたりの約束です

愛について

夜更《よふ》け
二階のどこかを　おまえが歩く
その足音が　こだまする
ぼくはその下で
本を読んでいる
戸外《おもて》は風が吹いている
もうすぐ　秋がくるだろう

夜更《よふ》け
二階のどこかを　おまえが歩く
その足音が　こだまする
ぼくは本を閉じる
家のなかで
ただ意味もなく足音が
二人を　ひびきあわせている

つぶやき

あなたの
仕事着を縫《ぬ》いあげてゆく

青い糸が

わたしの地平線に

なるでしょう

生活について

おまえのかなしみは
一日も早く
よごしてしまったほうがいい
そして
洗濯機《せんたくき》で洗《あら》ってしまうのさ

ぼくはよく見かける
洗濯物といっしょに
風にはためいている
おまえの
白いかなしみを

城砦

いつも　女は台所にいる
いつも　女はスープをはこんでいる
いつも　女は戸口に立っている
いつも　女は編物《あみもの》をしている
いつも　女は買物にいっている
いつも　女は洗濯《せんたく》している
いつも　同じことのくり返し
いつも変らぬ生活を
くり返しくり返す

いつも　女はいるから
いつも　気がつかぬ

いつも　いないはずの仕事場の戸口に
ふいに女が立っていて
まるで　何年も前からのように
微笑《ほほえ》んでいたりするが
よく見ると　いなくて

ドアは風にあいたり　閉じたりしている
いつも　女は家のどこかにいて
いつも　女は消える

女よ　かなしき家の亡霊《ぼうれい》よ
女よ　変りなき愛のしもべよ
ぼくは　ふと　このしずけさが恐ろしい！

木について

木はどうやって
眠るのだろう

伐《き》り倒されて
横たわるのを待ってるのか？

それとも
立ったまま眠るのか？

やさしい妻よ
おまえは
ぼくの腕のなかで眠っている
やさしい妻よ
おまえは
ぼくの腕のなかで夢みている
ぼくは眠られぬ夜を
しみじみと
窓外の木を見つめている
やさしい妻よ

雨傘

今日　おぼえた歌は
今日　うたってしまいました
うたい終ったら
すっかり忘れてしまいました
古い小さな雨傘《あまがさ》さして
忘れた歌を捨《す》てにゆき
しばらく川を見ていました
雨のふる日の川はさみしい
忘れた歌もなんだかさみしい

かなしくなったときは

かなしくなったときは
海を見にゆく
古本屋のかえりも
海を見にゆく
あなたが病気なら
海を見にゆく
こころ貧《まず》しい朝も
海を見にゆく

ああ　海よ
大きな肩とひろい胸よ

おまえはもっとかなしい
おまえのかなしみに
わたしの生活は
洗《あら》われる

どんなつらい朝も
どんなむごい夜も
いつかは終る

人生はいつか終るが
海だけは終らないのだ

かなしくなったときは
海を見にゆく

ひとりぼっちの夜も
海を見にゆく

妻の童話

ポツンとジャン
二人は男の子
ときは五月――
ある日　ポツンが言いました
「鰐《わに》を食べたいね
すてきな鰐をね」

ポツンとジャン
二人は男の子
ときは五月――
二人は　鰐《わに》をば　釣《つ》りにきて
釣り糸たらした
井戸の中　井戸の中

ポツンとジャン
二人は男の子

ときは五月——
まるまる一年たったけど
鰐《わに》は釣《つ》れなくて
かなしい　お話

ああ
お腹がすいたすいたすいたあ

世界

テーブルから立ち上がる

戸をしめにゆく

戸の外で鵙《もず》がないている

戸の外は秋の木がらし

テーブルにもどってくる

石油コンロが顔を照らす

新聞をひらく

お湯が沸《わ》く

ふたりは黙っている

十月よ

母となる日の近い妻は

毛糸玉に地球をまいて

人間の歴史のように

日すがら

椅子《いす》からうごかない

Ⅵ　競馬詩集

さらばハイセイコー

ふりむくと
一人の少年工が立っている
彼はハイセイコーが勝つたび
うれしくて
カレーライスを三杯も食べた

ふりむくと
一人の失業者が立っている
彼はハイセイコーの馬券の配当で
病気の妻に
手鏡を買ってやった

ふりむくと
一人の車椅子の少女がいる
彼女はテレビのハイセイコーを見て
走ることの美しさを知った

ふりむくと
一人の酒場の女が立っている
彼女は五月二十七日のダービーの夜に
男に捨てられた

ふりむくと
一人の親不孝な運転手が立っている
彼はハイセイコーの配当で
おふくろをハワイへ
連れていってやると言いながら
とうとう約束を果たすことができなかった

ふりむくと
一人の人妻が立っている
彼女は夫にかくれて

ハイセイコーの馬券を買ったことが
たった一度の不貞なのだった

ふりむくと
一人のピアニストが立っている
彼はハイセイコーの生まれた三月六日に
自動車事故にあって
失明した

ふりむくと
一人の出前持ちが立っている
彼は生まれてはじめてもらった月給で
ハイセイコーの写真を撮るために
カメラを買った

ふりむくと
大都会の師走の風の中に
まだ一度も新聞に名前の出たことのない
百万人のファンが立っている
人生の大レースに
自分の出番を待っている彼らの

一番うしろから
せめて手を振って
別れのあいさつを送ってやろう
ハイセイコーよ
お前のいなくなった広い師走の競馬場に
希望だけが取り残されて
風に吹かれているのだ

ふりむくと
一人の騎手が立っている
彼は馬小屋のワラを片付けながら
昔　世話したハイセイコーのことを
思い出している

ふりむくと
一人の非行少年が立っている
彼は少年院の檻の中で
ハイセイコーの強かった日のことを
みんなに話してやっている

ふりむくと

一人の四回戦ボーイが立っている
彼は一番強い馬は
ハイセイコーだと信じ
サンドバッグにその写真を貼《は》って
たたきつづけた

ふりむくと
一人のミス・トルコが立っている
彼女はハイセイコーの馬券の配当金で
新しいハンドバッグを買って
ハイセイコーとネームを入れた

ふりむくと
一人の老人が立っている
彼はハイセイコーの馬券を買ってはずれ
やけ酒を飲んで
終電車の中で眠ってしまった

ふりむくと
一人の受験生が立っている
彼はハイセイコーから
挫折のない人生はないと
教えられた

ふりむくと
一人の騎手が立っている
かつてハイセイコーとともにレースに出走し
敗れて暗い日曜日の夜を
家族と口もきかずに過ごした

ふりむくと
一人の新聞売り子が立っている
彼の机のひき出しには
ハイセイコーのはずれ馬券が
今も入っている

もう誰も振り向く者はないだろう
うしろには暗い馬小屋があるだけで
そこにはハイセイコーは
もういないのだから

ふりむくな

ふりむくな
うしろには夢がない
ハイセイコーがいなくなっても
すべてのレースが終わるわけじゃない
人生という名の競馬場には
次のレースをまちかまえている百万頭の
名もないハイセイコーの群れが
朝焼けの中で
追い切りをしている地響きが聞こえてくる

思い切ることにしよう
ハイセイコーは
ただ数枚の馬券にすぎなかった
ハイセイコーは
ただひとレースの思い出にすぎなかった
ハイセイコーは
ただ三年間の連続ドラマにすぎなかった
ハイセイコーはむなしかったある日々の
代償にすぎなかったのだと

だが忘れようとしても
眼を閉じると
あの日のレースが見えてくる
耳をふさぐと
あの日の喝采の音が
聞こえてくるのだ

さらば、テンポイント

もし朝が来たら
グリーングラスは霧の中で調教するつもりだった
こんどこそテンポイントに代って
日本一のサラブレッドになるために
もし朝が来たら
印刷工の少年はテンポイント活字で
闘志の二字をひろうつもりだった
それをいつもポケットにいれて
よわい自分のはげましにするために

もし朝が来たら
カメラマンはきのう撮った写真を社へもってゆくつもりだった
テンポイントの
最後の元気な姿で紙面を飾るために

もし朝が来たら
老人は養老院を出て　もう一度じぶんの仕事をさがしにゆくつもりだった
「苦しみは変らない　変るのは希望だけだ」ということばのために

わが谷は緑なりき

時には思い出してみても
いいのではなかろうか

都会の片隅のアパートの壁に貼られた
一枚の草原の写真のことを

時には思い出してみても
いいのではなかろうか

人が故郷へ帰りたくなるように
馬もまた望郷の思い出に駈られることを

時には思い出してみても
いいのではなかろうか

都会の雑踏から遠くはなれて
馬たちが生き生きと走るすがたを

地方競馬は　故郷の競馬
そこには生きる馬と人の原点がある

人目はあたらなくとも陽はあたる
わたしたちが

何度でも帰ってゆくことのできる
人生の憩いの場所だ

希望

目をつむると
はるかな北の荒野が見えた
目をつむると
そこに一頭の若馬が立っていた
目をつむると
貧しかった少年時代の日々が見えた
目をつむると
故郷の谷はいつも緑だった
わたしたちは
目をあいて多くの絶望を見てきた
だが、目をつむりさえすれば

いつでも
希望を見ることができた
希望
それは一頭の馬のかたちをかりて
百万人の胸のなかから生まれた
約束のことばだ
目をあけて
走る希望を見守ってやろう
目をあけて
ハギノカムイオーという名の夢に賭けてみよう
一九八一年は
賭けるに値する年だ
まだ一度もダービーに勝ったことのない
宿命の血の子ハギノカムイオー
走りはじめる日から

きっと何かが変る
それは一頭のサラブレッドの綴る
わたしたち自身の
歴史なのだから

モンタサンよ

なみだを馬のたてがみに
こころは遠い高原に

酔うたびに口にする言葉は
いつも同じだった
少年の日から
私はいくたびこの言葉をつぶやいたことだろう

なみだを馬のたてがみに
こころは遠い高原に

そして言葉だけはいつも同じだったが
馬は次第に変っていった

今日の私は
この言葉をおまえのために捧げよう

モンタサンよ

マザー・グース（抄）

はじめに

マザー・グースの翻訳しながら

おくればせながら、マザー・グースを訳すことになった。私のは、アーサー・ラッカムの絵本版で、ラッカムの悪魔的な絵がつく分だけ、「大人向き」ということになる。

はじめに、マザー・グースから一編抜きだしてみよう。

それは、谷川俊太郎の訳では次のようになっている。

ジャック・スプラット
あぶらがきらい
そのおくさんは
あかみがきらい
だからごらんよ　なかよくなめて
ふたりのおさらは　ぴかぴかきれい

同じ詩が北原白秋の訳では、まったくニュアンスがかわって次のようになる。

ジャック・スプラットその嬶《かか》さ
じいさはたべてもやせこけだ
ばばさはふとっても意地汚だ
ふたりの間中をちょとごらん
お皿はすべすべなめてある

詩はほとんどナンセンスなもので、一皿の肉の「赤身の好きな」ジャック・スプラットと、「あぶら身」の好きな奥さんとが、二人できれいに肉を食べて、皿までなめまわした、というものである。

「あぶらがきらい」という言い方で「あかみがすき」ということを裏返してみせるところにイギリス人のユーモアが感じられるが、これだけでは訳すほうとしては、なんとなく物足りなく感じられる。

そこで、私は次のように訳してみることにした。

ジャック・スプラット
あぶらがきらい
彼の奥さん　赤身がきらい
二人なかよく　お皿をなめる

だからきれいなお月さま！


この「だからきれいなお月さま」というフレーズは、原詩にはない。

They lick'd the platter clean. である。

しかし、二人で皿をなめまわしたら、空の月がきれいになった、というくらいの飛躍があってもいいような気がするし、それくらいのたのしみがないと、詩の訳なんてできない、という気もする。


もともと、ヨーロッパには月と皿の類似にまつわる民族学的な考察がないわけではないし、エリナ・ファージョンの童話のように皿洗いの少年が皿をなくしたら、空に月が二つのぼった、というようなものもある。

私の子供時代にも、まちがって私が皿を割ったとたんに、一人の女の子が、

「大変だ、空がまっくらになるよ」

と言ったことがあり、「皿を割る」ことは「月を割る」と思われた時代もあったのである。

これくらいの意訳は、北原白秋のマザー・グースには少なくない。たとえば、てんとう虫を扱ったもので、てんとう虫の家が火事になって、

子供たちはみな逃げた

を、白秋は「みんな子供が、やけしんだ」と訳して、びっくりさせる。しかし、散文の翻訳とちがって、詩の場合は「意味伝達」が目的ではないのだから、こうして、「合作者」になって作り直すことが、訳のたのしみということになるのではないか、と思われるのである。

朝つゆで口をそそぎ
朝つゆで顔をあらう

かわいいポリーのすぐうしろ
木かげにかくれた人がいる

その名はだれでしょ？
どなたでしょ？

（こたえは——春です
五月です）

猫ちゃん
どこへ行ってたの？

ロンドンへ
女王さま見に行った

そこで猫ちゃん
何したの？

女王さまの椅子の下の
ねずみをびっくり
させてきた

どうしよう
どうしよう　と
男の子が言った
女の子に言った

わからない
わからない　と
女の子が言った
男の子に言った

ふたりはキスをしたいのに
ふたりはキスをしたいのに

十時くん
ねぼすけくん
のろまくん
きょうはどうして早くきた?

いつも十時に
くるくせに
時計をごらんよ
お昼だよ

かわいいボー・ピープの羊がにげた
とほうにくれた　日もくれた
ほうっておけば　かえってくるさ
だいじなしっぽを　なくさずに

かわいいボー・ピープは一人でねむる
ゆめのなかでは　羊がないた
だけど目ざめりゃ　だあれもいない
ひとりぼっちの　朝だった

まほうの杖をかりてきて
三度ふったら　かえってきたよ
かわいい羊がかえってきたよ
「だけどかなしいことには
どこかにしっぽを忘れてきたのです」

かわいいボー・ピープはさがしにいった
羊のしっぽを　さがしにいった
すると見知らぬ　まきばのえだに
ずらりとしっぽが　ほしてある

かわいいボー・ピープはなみだをふいて
ずらりならんだ　しっぽをとった
いちいち羊に　くっつけて

ぴったりあうまで　何日かかる？

メリーさんの　羊は　雪より白い
メリーさんの　羊は　どこでもついてく
メリーさんの　羊は　学校へついてく
先生たちは　大さわぎ
規則違反だ　追いかえせ！
メリーさんの　羊は　学校の門で
メリーさんくるのを　待っている
「なぞなぞ　なあに？
なぞなぞ　なあに？」
羊はどうして　メリーさんを好きなの？
羊はどうして　メリーさんを好きなの？
「こたえは　かんたん」

メリーさんが　羊を好きだから！

ポケットにライ麦いれて
知らんふりして
六ペンスの唄をうたえば
二十四羽のくろつぐみが
パイにやかれる
パイをあけたら
まっくろこげのくろつぐみが
声をそろえてうたいだす
王さま！
ごちそういかが？
王さまはおくらのなかで
一日いっぱい　お金をかぞえる
おきさきはベッドで
はちみつパンを　もぐもぐたべてる

女中は庭で
洗濯物ほしてる
そこへつぐみがとんできて
パチン！　と
鼻をついばんだ

ジャック・スプラット
あぶらがきらい
彼の奥さん　赤身がきらい
二人なかよく　お皿をなめる

だからきれいな　お月さま！

フィードル　デディ
フィードル　デイ
ばかなことってどんなこと？

ハエとハチとが教会で
結婚式を
あげたとさ

これは　たまげた
フィードル　デイ！

ソロモン・グランディ
月曜日に誕生
火曜日に命名
水曜日に恋愛
木曜日に発病
金曜日に悪化
土曜日に死亡

ソロモン・グランディ
これでおしまい

だれが
子猫を井戸に投げこんだ？
トミー・グリーンがやったのさ

だれが
それを拾いあげた？
ジョニー・スタウトがやったのさ

いったい
子猫は何したの？

だいじなだいじな父さんの
納屋《なや》でねずみを
捕ったのさ

かわいいマフェット
地べたにすわり
おやつを食べてた
ズィードル　ビー

そこへ出てきた
みにくいくもが
おやつをおくれよ
ズィードル　ビー

それから　どうした　どうなった？
だれも知らない
ズィードル　ビー

てんと虫
てんと虫
すぐとんでかえれ
おまえの家が火事だ
子供がみんな焼け死んだ

あとにのこった
かわいいアンが
お鍋の下に
かくれてる

猫がバイオリンを弾くと
牝牛が月を飛びこえる
子犬がそれを見て笑いだす
駈けおちだ
駈けおちだ
お皿とスプーンの駈けおちだ

六ペンスは　すてきだよ
六ペンスは　おれのものだ
六ペンスは　なんてきれいなんだ
一ペンス使って

一ペンス貸して
四ペンスを　かみさんにもって帰ろう

四ペンスは　すてきだよ
四ペンスは　おれのものだ
四ペンスは　なんてきれいなんだ
一ペンス使って
一ペンス貸して
二ペンスを　かみさんにもって帰ろう

二ペンスは　すてきだよ
二ペンスは　おれのものだ
二ペンスは　なんてきれいなんだ
一ペンス使って
一ペンス貸して
すっからかんを　かみさんにもって帰ろう

すっからかんは　すてきだよ
すっからかんは　おれのものだ
すっからかんは　なんてきれいなんだ
なにも使わず

だれにも貸さない
かみさんがいるだけで
あとはなんにもいらないさ

かみさんは　すてきだよ
かみさんは　おれのものだ
かみさんは　なんてきれいなんだ

ぎったん　ばったん　マジョリーたん
ジョニーは仕事を見つけたが
一日たった一ペンス
いつまで待ったら　結婚できる？

まき毛の
まき毛の
マリーちゃん
ぼくのお嫁にきておくれ
お皿洗いはさせないし
豚のせんたくさせないよ
あかい苺《いちご》におさとうと
ミルクをたっぷりかけて食べ
あさから晩まで　ぶーら　ぶら
あさから晩まで　ぶーら　ぶら

みんな
あつまれ
お月さまでたぞ
ばんごはんなど　あとまわし
ねむっていたら　ばかになる
そっと
出てこい
いいことしよう
いやいやくる子はおことわり

お月さままで
はしごをかけて
へいのりこえて　しのびあし
パンは半片
ミルクをさがせ
粉はあるから
心配するな
プディングならば
三十分でできあがる

それでも
まだまだ
月夜はながい
みんなで何をしようかな？

ロンドン橋が　落っこちた
さあどうしよう　どうしよう
ロンドン橋が　おっこちた

美しいお嬢さん！

粘土と木とを　かきあつめ
ロンドン橋を　つくろうよ
おんなじ橋を　つくろうよ
美しいお嬢さん！

粘土と木では　流される
ロンドン橋が　流される
それではそれでは　どうしよう
美しいお嬢さん！

煉瓦《れんが》と石とを　つみあげて
ロンドン橋を　つくろうよ
おんなじ橋を　つくろうよ
美しいお嬢さん！

煉瓦と石では　くずれます
ロンドン橋が　くずれます
それではそれではどうしよう
美しいお嬢さん！

金と銀とを　くみたてて
ロンドン橋を　つくろうよ
おんなじ橋を　つくろうよ
　美しいお嬢さん！

金と銀では　ぬすまれる
ロンドン橋が　ぬすまれる
それではそれでは　どうしよう
だれか見張りを　たてようか
夜から朝まで腕組んで
ロンドン橋を　守るため
　美しいお嬢さん！

もしも見張りが　眠ったら
ロンドン橋が　ぬすまれる
あなたもいっしょに　ぬすまれる
　美しいお嬢さん！
あついコーヒー
一杯いかが？

フォースタス博士は　立派なひとだ
いつも生徒をひっぱたく
踊れ　踊れとけしかけて
踊りやめればひっぱたく

スコットランドからフランスへ
そしてそれからスペインへ
踊りくるった生徒が百人
今日はどこまで
いったやら

ウェールズ生まれの泥棒タッフィ
おいらの家へやってきて
肉を一片盗ってった

おいらはタッフィの家へゆき
タッフィの留守を見はからい

よそゆき帽子を踏んづけた

ウェールズ生まれのいんちきタッフィ
おいらの家へやってきて
羊の足を盗ってった

おいらはタッフィの家へゆき
靴下にオガ屑《くず》をつめこんで
靴を粘土でぬりこめた

ウェールズ生まれのでたらめタッフィ
おいらの家へやってきて
肉の塊《かたまり》盗ってった

おいらはタッフィの家へゆき
タッフィの留守を見はからい
上衣とズボンを火にかけて
こんがり焼いて逃げてきた

トウィードル・ダムと
トウィードル・デイ
何が何でも決闘するぞ
トウィードル・ダムの言い分は
買ったばかりのガラガラを
トウィードル・デイにこわされた
そこへカラスがとんできて
「決闘見にきた　はやくやれ！」
ごらん　お化けの大ガラス
タールの樽よりでかいやつ

トウィードル・ダムと
トウィードル・デイ
びっくり仰天《ぎょうてん》逃げだした
決闘なんか　しちゃおれん！

きらわれカラスが
また来たよ
外套《がいとう》ぬってた仕立て屋が

大きな声でわめきだす
（カア　カア　ぼくは何にもしない）

かみさん　鉄砲
とってくれ
きらわれカラスの目ン玉を
ズドンと一発うってやる
（カア　カア　ぼくは何にもしない）

ところがタマは
大はずれ
だいじなだいじなメス豚の
小さな心臓ぶちぬいた
（カア　カア　ぼくは何にもしない）

腹ぺこキツネが旅に出た
夜道まっくら
目がくらくら
光をください　お月さま！
足がふらふら
もうだめだ

そこへひょっこり
とび出した
まるまるふとったアヒルさん

「おお愛してる　愛してる」
口先だけでキツネが言った
「心の底から愛してる！」

何てすてきな骨つき肉だ
何てすてきな骨つき肉だ
きみがあんまりかわいくて
ぺろりと食べて
しまいたい

腹ぺこキツネは手をのばし
アヒルの首っこつかまえて
背中にまたがり
「愛してる」

「心の底から愛してる」
アヒルはびっくり　ガアガアガア
それゆけ走れ　ガアガアガア
ふたりっきりで愛しあう
天国めがけて
羽ばたいて
気のいいアヒルは駈けだした
スリッパおばさん　とび起きて
窓から首をつきだした

「さあ　大変だ　大変だ
アヒルがキツネにぬすまれた」
ジョンや　ジョン　ジョン
むすこのジョン
ああ　どうしよう
むせび泣き
むすこのジョンは
もらい泣き

「まかせてください　おっかさん！
ぼくが必ず　つれもどす」

むすこのジョンは
いさみ立ち
アヒルさがしの旅に出た
夜道まっくら
目がくらくら
光をください　お月さま！

ようやく丘の上に来て
ジョンは角笛吹きならす
「みんなあつまれ　丘の上
すてきなパーティ
はじめるよ」
ホッホー　ホーホー　ホッホッ　ホー
だけどキツネは
ふりむかぬ
「おいらは家へ帰るんだ
骨つき肉にまたがって
骨つき肉にまたがって」

腹ぺこキツネの穴ぐらにゃ
腹ぺこ子ギツネ　十五匹

まるいテーブルとりかこみ
父の帰りを待っている

舌なめずりを　ペチャペチャペチャ
すいたお腹が　グーグーグー

「さあさあ　つれて帰ったよ
腹ぺこキツネは上機嫌
これがみんなの新しい
お母さんだよ　よくごらん！」
それから子ギツネとびかかり
ムシャムシャ　ペロペロ
ガリガリ　と
骨つき肉の母さんの
気のいいアヒルを食べちゃった
あっというまに　食べちゃった

ハンプティ・ダンプティ　塀《へい》にすわって
ハンプティ・ダンプティ　転がりおちた
王様の馬と王様の家来
ぜんぶ足し算してみても
ハンプティ・ダンプティは
もとにはもどらぬ！

ハバードおばさん
戸だなをさがす
きのうの骨はどこかしら？
だけど戸だなは空っぽだ
犬はなんにも　もらえない

ハバードおばさん
パン屋へはしる
あったかいパンを買うために
だけど帰ってきたときにゃ
あわれな犬は　死んでいた

ハバードおばさん
葬儀屋にいった
犬の棺桶《かんおけ》ください な
背中にしょって帰ったら
犬はゲラゲラ　笑ってた

ハバードおばさん
お皿を洗い
おいしいミルクをもってくる
だけども犬は首ふって
だまってパイプをふかしてた

ハバードおばさん
酒場へ行った
犬のビールを買うために
だけど戻ってきてみたら
犬は書斎に　すわってた

ハバードおばさん
酒屋へ行った
高級ワインを買うために
だけど戻ってきてみたら
犬はさか立ち　しておった

ハバードおばさん
八百屋へ行った
青い野菜を買うために
だけど戻ってきてみたら
犬はフルート　吹いていた

ハバードおばさん
洋服屋へ行った
ダークスーツを買うために
だけど戻ってきてみたら
犬は山羊《やぎ》に　のっていた

ハバードおばさん
帽子屋へ行った
犬の帽子を買うために
だけど戻ってきてみたら
犬は仔猫に　ミルクをやってた

ハバードおばさん
床屋へ行った
犬のかつらを買うために
　だけど戻ってきてみたら
　犬はタンゴを　踊ってた

ハバードおばさん
靴屋へ行った
犬に皮靴買うために
　だけど戻ってきてみたら
　犬は新聞　読んでいた

ハバードおばさん
仕立屋へ行った
犬にワイシャツ買うために
　だけど戻ってきてみたら
　犬は毛糸を　紡《つむ》いでた

ハバードおばさん
ブティックへ行った
犬に靴下買うために
　だけど戻ってきてみたら
　犬はおめかし　終わってた

ハバードおばさん
気取っておじぎ
犬もすまして
「こんにちは」
　おばさん　顔をあからめた
　あすはたのしい日曜日！

ひ

とりものの婆さん
市場に卵を売りにいき
いつのまにやら
いねむりこっくり

そこへ商人がやってきて
婆さんのスカートを
ハサミでジョキジョキ
おまけにペティコートまで

ハサミでジョキジョキ
冷え症の婆さん
歯をカチカチならして
目をさました

ガタガタふるえて
見まわして
「おお　どうしたことか
こりゃあたしじゃない！」

「もしも　あたしなら
うちの仔犬がしっぽをふるし
ちがっていたら
ワン　ワン吠える」

そこで婆さん
帰ってくると
まっくらやみから出てきた仔犬
婆さんを見つけて
ワン　ワン吠えた

ひとりものの婆さん
はだかで泣いた
「やっぱりあたしは
あたしじゃない
それじゃあたしは
だれだろう？」

だれが殺した　駒鳥を
わたしがやったと
雀が言った
わたしが弓矢で　殺したの

だれが見ていた　駒鳥を
わたしが見てたと
ハエが言った
わたしが死ぬのを　見とどけた

だれがその血を　受けたのか

わたしが受けたと
魚が言った
小さなお皿で　受けとめた

だれが作るの　死衣裳
わたしが作ると
甲虫が言った
針と糸とで　わたしが作る

だれが掘るのさ　墓穴を
わたしが掘ると
梟《ふくろう》が言った
鋤《すき》とシャベルで　わたしが掘ろう

だれがなるのさ　牧師には
わたしがなると
カラスが言った
聖書をもってる　わたしがなろう

だれが並ぶの　行列に
わたしが並ぶと
ヒバリが言った
まっくらやみで　なかったら

だれが持つのさ　松明《たいまつ》を
わたしが持つと
雀が言った
お安い御用だ　わたしが持とう

だれが運ぶの　棺桶《かんおけ》を
わたしが運ぶと
トンビが言った
もしも月夜で　あったなら

だれが唄うの　讃美歌を
わたしが唄うと
ツグミが言った
のどが自慢の　わたしが唄う

だれがつくのか　大鐘は
わたしがつくと
牡牛が言った

力自慢の　わたしがつこう
あわれなあわれな
駒鳥のため
鐘がなります　鐘がなる
空の小鳥は　ためいきついて
一羽のこらず
すすり鳴く

ゴッタムの三人の話好き
お鍋のふねで　海へ出た
もしもお鍋がもっと丈夫だったら
三人の話ももっと長かったのに

あとがき
マザー・グースの翻訳を終えて

「my fair lady」を何と訳すか、というのはちょっと問題だった。しかも、マイ・フェア・レディが映画化されて大ヒットしてしまったあとでは、ますます難しい。「ロンドン橋」の唄では、原典が二通りあって、竹友藻風は my lady lee という方を用いている。

ロンドン橋が落ちた
踊って越えよ　レイディ・リイ

というわけである。だが、このレイディ・リイが何者であるかは、誰にもわからない。平野敬一によると、この唄には『童謡辞典』の編者オーピーの、次のような意味ありげな注釈がついている。「たえず架けなおさなければならない、ある神秘的な橋と、遊びながら——その遊びにも恐怖がかすかな影を落としている——無心に唄を歌っている子供たちと、そういうイメージを喚起するこの唄ほど人の想像力をゆり動かす唄はまれである。……これは昔々の暗い恐ろしい儀式の記憶をとどめているといっても差し支えない数少ない——おそらく唯一の——例である」と。

いったい、「恐ろしい儀式の記憶」というのは、何なのか？　架けても架けてもすぐに流されてしまうテムズ河の橋。そこには、橋の安全のために人柱（生贄《いけにえ》）として、若い女を生き埋めにするという中世の儀式があったのではないか——とオーピーは解釈するのである。

たぶん、レイディ・リイは、ロンドン橋の石柱の下に埋められた最後の女性の名前なのかも知れない。そして、それがあまりにも残酷なので、マイ・フェア・レディと変えられたのかも知れないのである。

そういえば、私たちが子供の頃に遊んだロンドン橋も、通りゃんせのように二人で手をかざし、他の子供たちが輪になって、その下を踊りながら通る。唄の切れ目で、かざした手がおろされて、捕まった子が鬼になる。その鬼が、実は人柱の「生贄選び」を模したものだとわかると、マザー・グースの童謡も、恐ろしくなってくるのであった。

ロンドン橋が落っこちた
落っこちた
美しい奥様！

というのが私の初訳だが、「美しい奥さま」では、適当でないかも知れない。なぜなら築城や架橋の工事に人柱として生き埋めにされたのは「処女が多かった」（フレーザー『金枝篇』）となっているからである。むしろ、この場合には my fair lady という「悪魔の囁き」でつかまえられた、いたいけな少女と見るのが近いだろう。すなわち、

可愛いお嬢さん！（あるいは「美しいお嬢さん！」）

という訳である。

イングランドでは、いまでも家を新築するにあたって、こうした習慣が残っていて、少女のかわりに、生贄として猫を生埋めにして、その上に柱を建てる、と記述している文献も少なくないが、その方は今回のマザー・グースには収めていない。

もともと、マザー・グースの童謡は、その時代の暗部を、あどけない子供の唄に託すのが一つの特色となっており、それはわが国の「わらべ唄」にも共通するものだった。だから、アガサ・クリスティやエラリー・クィーンが、殺人事件の謎ときのヒントとして、しばしばマザー・グース童謡を用いるのも、実は、異種交配でも何でもないのである。

今回の翻訳では私の語学力がそうした英国の民族的背景にまで及ぶことができなかったため、思い切った飛躍、あるいは大胆な意訳を多用した。そのために、原典の味を損ねたとしたら、おわびしたいと思う。なお、私の好きなマザー・グースで、アーサー・ラッカム版に収められていないものも、少なくない。ここに、その中からもっとも残酷な一篇を紹介して、あとがきにかえることにしよう。

リジー・ボードン
手斧を持って
おやじを殴った
四十回

じぶんの悪事を
反省し
こんどはおふくろ
四十一回！

殴れや殴れ　ぶちのめせ

この「おやじ」と「おふくろ」を、既成の大人のつくり与えた童話、童謡と入れかえれば、むべなるかな、というものでしょうか。

V

童話

堕《お》ちた天使

　ドンが帰ってくるという噂だけでも町は錯乱《さくらん》した。たとえば地下の酒場「棺桶館《かんおけかん》」は朝から不機嫌にドアをしめて、片目の野良犬は転《ころ》がってゆく新聞紙をいかにも不安げに眺《なが》めていた。あの人たちはみな色を失い、この町で新鮮なものは市場のキャベツだけになってしまった。

　けれども帰ってきた黒ん坊のドンは、思い出を失《な》くしていた。彼はうすのろな微笑をただひとつの目じるしとして、この町に帰ってきたのだった。不思議に白いソフトがよく似合ったが、それは七月という季節のせいだった。そのドンの肩にのっかった例の鸚鵡《おうむ》さえも、

　Tu te moques（だめな男さ）

と自嘲《じちょう》しつづけていた。これを見て、サボテンを飼《か》っている床屋《とこや》の親爺《おやじ》はこう言った。

「あいつは、サンドミンゴでノックダウンされたんだ」

　ドンが思い出を失くしたことについて、信用しない人が町には二人いた。小学校の先生と洋服屋の主人であった。オールドミスのケイト先生は金切声で、

「ドンにははじめから思い出なんかなかったのよ」

と言った。そしてやぶにらみで葡萄《ぶどう》の葉をちらちら見た。

　しかし、とりわけなんといっても驚いて、そして悲しんだのは洋服屋の主人のほうであった。彼の小心ぶりは、たとえばその日常性にみるとおり、朝起きる、新聞を急いですみまで見る、やがて自分の死亡通知の出ていないことがはっきりしてから、安堵《あんど》の胸をなでおろして言うのである。

「俺は生きているぞ」

　彼はドンの帰郷《ききょう》を知るや、これはてっきり復讐のためにちがいないと合点《がてん》した。

　なぜならドンが拳闘選手として全盛をきわめたころ、彼の店で縞《しま》のチョッキを一枚つくったことがあ

るからである。そしてそのとき彼はぬけめなくボタンを一つ少なくつけてすこし儲《もう》け、この暴れ者を搾《さく》取《しゅ》した痛快事を一生の記念としていたのだった。

Il arriva un malheur!（不幸な日がやってきた）

町の時計は、みんなこう歌った。

「ああ、今日は malheur（不幸）の日だな」と、人たちは煙草を喫《の》みながらそう思った。この町では不幸は自分たちの幸福の度合を量《はか》るために、時として喜んで迎えられていたのだ。

ドンは河べりを散歩して、時計台の鐘を聞いた。彼は顔じゅうが曇天《どんてん》のようにくもっていた。薔薇《ばら》はあちこちで盛《さか》りであったし、町では田舎《いなか》芝居が繁《はん》昌《じょう》していたのに。

じつはドンは恋をしたのだ。相手は花売娘であった。彼女は、昔も今も競馬場の前の酒場「気まぐれの星」の出口で薔薇を売っているのであった。

不思議なことに、この娘が口をきいたのを人は見たことがない。だけど、口がきけないわけではなかったので、たぶん恋人の前でしか、ものを言えないのだろうと噂された。そしてそれは、まったく当っているのだった。

田舎芝居では白い男がロミオを演じていたが、これはまったく不評であった。このロミオはふだんから少し口をひらき、目は濡《ぬ》れていて、一般人としての、どの知覚もないようにさえ見うけられた。

彼は舞台のさなかにジュリエットに向かって「ああ、可愛い僕の恋人」と言えずに絶句《ぜっく》してしまったり、「おいで」と言うところでは「お行き」と言い、「愛する」と言うところでは「嫌いだ」と言った。そのくせジャン・ルイ・バローの若い日のような美男子で、忘れることさえ忘れているほど、仕種《しぐさ》がかなしみに充《み》ち充《み》ちていた。

さて、青葉の光の目にいたい朝のことであった。いつになく上機嫌なドンがトランクを買った。

そしてその日、町じゅうは大騒ぎになった。花売娘がいなくなったのである。「棺桶館」の主人は、興奮してグラスを砕《くだ》いた。

「これは政治のせいだ」

しかし、花売娘はドンに盗まれたのであった。ドンはていねいに花売娘を折りたたんでトランクにしまいこむと一目散《いちもくさん》に駆《か》けた。

競馬は今やまっ最中で、純血種の黒馬がgallopする。喚声《かんせい》がどっとあがった。ドンはふり向かなかった。

夜までドンと鸚鵡《おうむ》は下宿の中でじっとしていた。それからトランクをひらくと、はじめに薔薇の花がどっとこぼれた。黒ん坊はたちまち興奮した。しかし花売娘は硬くなって失神《しっしん》していて動かない。それはまるで、人形のように色を失ってしまっているのだった。彼と鸚鵡《おうむ》は思案《しあん》した。

舞台がはねると、白い男は疲れたように外へ出た。ジュリエットの娘はそれを見送っていたが、つぶやくのだった。

「あんまりだわ、あんまりだわ」

涙をいっぱいためた目に、わけもなく嫉妬《しっと》の色をたたえながら、彼女は火の匂いのする扇を妬《ねた》み深く夜のほうへ投げてやった。すると蛾《が》が堕《お》ちてきた。

ジュリエットは二人分の食卓へうつむきながら一人すわった。「仕方がないわ」あの人は芝居だけじゃなくて、あたしといっしょに暮す気持もなくなってしまったんだ。

白い男はやがて河へ入り、あおむけに浮かんだ。そして流れゆくほうに恋があるのだ。

ドンは、はっと思いついた。この花売娘の意識を呼ぶものは、恋よりも強いものであればよい。

すると、鸚鵡《おうむ》が叫んだ。

「それは火だわ」

そうだ、それは火にちがいなかった。黒ん坊のドンはポケットから「棺桶館」のマッチを出すとシュッとすった。すると、窓の外に星が一つ出た。

白い男は河岸の笹藪《ささやぶ》まで流れてくると、起きあがりそして岸にあがった。そこは古い賭博館の廃墟であった。今はランプも落ちてしまってまっ暗だった。

白い男はドアをギイッと押した。すると、つづく廊下にはトランプがずっと敷きつめてあった。彼はそこを通って、突きあたりの一つの部屋に入ろうとした。

シュッとすられたマッチが花売娘の靴に点《とも》されたとき、花売娘は言った。

「待って」


遠いところで白い男は、はっとして立ち止まった。ドンは、はっとして火をもみ消して、もうれつに花売娘に接吻《せっぷん》した。しかしそれは、紙のように味気なかった。ドンはもう一度火をシュッとつけた。また星が一つふえた。火はシュルシュルと音をたてて花売娘の足をも焼いた。コンクリートのこの部屋で、鸚鵡《おうむ》は小首をかしげてことばを思い出していた。


白い男は今度は部屋に入った。そしていつものように暗闇《くらやみ》に向かって言った。

「今日こそは僕の名を言おう」

暗闇が応えた。

「なにも言わないで」

白い男は、それを追いかけるように言った。

「一つだけ――愛していたんだ」

「愛しているなら名前なんかどうでもいいわ」

「どうでもいいこたあねえさ。ほら黒ん坊ボクサーのドンさね」

相つぐ花売娘のことばにドンは狂喜して、そう言った。しかし花売娘は、少しも聞いているふうはなかった。なぜなら娘のことばは、白い男に逢うためにとんでいっていたのだから。花売娘は人形のように、なおも燃えつづけた。

「僕たち一座は今日帰る。けれどもロミオは、さようならを言わないよ」

「ロミオは、さようならを言わないよ」

鸚鵡《おうむ》が叫んだ。

しかしドンは、それを聞いてはいなかった。彼は涙を浮かべた。そして、燃えはててゆく花売娘にもうれつに、髪に頬に火に接吻した。しかし燃えつきてしまうと、それは一枚の新聞紙になった。

星が木枯《こがら》しをさそう、でもまだ十一月ではあった。ドンは泣いた。すると泣いているうちに、失った恋が思い出を呼ぶというあの法則でしだいによみがえってくるものがあった。拳闘場、薔薇、サンドミンゴでの試合、八百長《やおちょう》を裏切ったための私刑《リンチ》、海の憂鬱《ゆううつ》、母親のネックレス、嘘字《うそじ》だらけの手紙。

そうだ俺は若かった。舞踏会、喝采《かっさい》、俺は今どこにいるのだろう。この新聞紙はいったいなんだ。拾《ひろ》って読むと、競馬に勝った片耳の黒馬がモンテカルロ生れの女と並んで撮《と》られてあった。泣いたあと、のどがかわいてドンはぶらりと飲みに出た。一暴れしてやろう。出て行ったあとに鸚鵡《おうむ》がのこされた。

「ロミオは、さようならを言わないよ」

白い男は帰りがけに、足もとにおちている一輪の薔薇を見た。それを拾ってかるく匂いをかぐと、なにかやさしい匂いがした。これはなんの匂いだったろう、と彼は思い、思い出せぬままにぽいと捨てた。うしろには長い廊下《ろうか》があった。

レーナの死

その年の夏、僕ははじめて煙草《たばこ》をおぼえた。そして「思い出を失《な》くさないものは、すべて白鳥になってしまう」というあの奇妙な法則も、いつしかすっかり信じこむようになってしまったのだった。

はじめに逢ったのは水兵だった。サンドミンゴ生れのこの黒ん坊は、石段で僕がこぼした貝殻《かいがら》をかがみこんで一緒に拾《ひろ》ってくれた。

「え、海だって」と、僕は訊《き》き返した。

僕はリセの帰りだったのだ。

よくみると、この黒ん坊水兵はまことにかなしい顔をしていた。耳の大きいことだけでも、それを説明するのには充分だ。彼は、この町ははじめてだと言った。それから、かすれたように自信のない声で「孔雀《くじゃく》を売りたいのだが、人を知らない」とつけくわえた。

なるほど田舎《いなか》くさいこの海の黒ん坊のトランクには、サンタアニタやモンパルナスのカードがべたべた貼《は》ってある。僕はこの男を信じようとすぐに決めた。

鸚鵡《おうむ》のいる喫茶店は「黄色いウインク」といった。

僕がドアを押すと、あるいはキスしていたらしい二人の少年がびっくりして離れた。それほどこの店は繁昌してないのかしら、と僕は思った。

バアテンが白紙のカレンダーに1と書いた。この町では最初の邂逅《かいこう》のあった日はいつでも1日なのである。上機嫌の鸚鵡《おうむ》は大声で叫ぶ。

「孔雀《くじやく》はトランクの中に入ってるのさ」と黒ん坊は言った。

「僕に見せてくれなきゃあ」と、僕はちょっぴり商人の目でマンハッタンを舐《な》めた。

「孔雀《くじやく》は屋根だの窓が嫌いなんでさ」

「じゃ、どこならいいんだい」

「海岸ならいい」

人っ子ひとりいない午《ひる》の砂丘《さきゆう》は、たちまち僕と黒ん坊水兵の影を日時計にした。

僕のうしろを黒ん坊が歩いた。のっぽの彼は無口であった。

「もういいだろう」

「そうさね」

暑い日ざかりが彼の大きな股《また》から雲を湧《わ》かしている。僕は彼のトランクを、僕の手に受けとった。

すると彼は、ふいに叫んだ。

「俺の言うとおりにしないと、お前を殺してしまうぞ」

なんてでかい声だ。僕はだまされたのだ。よくみると水兵の黒い大きな掌《て》に、ほとんどかくれてしまいながらピストルがにぎられているのだ。

「トランクをあけな」

黒ん坊は命令した。もはや孔雀《くじやく》などは期待すべくもない。僕はおそるおそるトランクに手をかけた。まず赤い靴があらわれ、足、おりたたまれた踊子が眠っているのだ。

僕は目をつぶった。生きている。僕は、僕のまうしろに思わず青い地平を信じないわけにはいかなかった。目をつむる。ひらくとやはりそこには踊子が斃《たお》れていた。

黒ん坊は僕のほうへジャックナイフを抛《ほう》ってよこした。そうして言った。

「レーナは俺の妻なのだ。しかしこいつは俺にかくれて詩人のジャンに恋をした」

よく見ると、この黒ん坊はガラスの涙をぽろぽろこぼしていた。島の鸚鵡《おうむ》が一羽きてトランクのあけた蓋《ふた》の上にとまった。

「こいつは詩人のジャンから思い出なんていうのを教えこまれて、思い出を少しずつ貯めてたので背中に翼がはえかかってきた。こいつが鳥っぽになるのをみるのは、俺にはしのびねえ」

黒ん坊はそう言った。

「鳥だって？」僕は訊《き》き返した。

「そうだよ。思い出をすぐ失くさねえやつは、白鳥になっちまうんだ」

鸚鵡《おうむ》がすぐに真似をした。

「失くさねえやつは、白鳥になっちまうんだ」

「しかし俺は、レーナを殺せねえ。詩人のジャンと逢って、鳥っぽにされるのを見るのもいやだ。俺はレーナが恋しいから、今お前に殺させるのだ」

「お前に殺させるのだ」

鸚鵡《おうむ》は海に尾を向けてくり返した。

「ジャックナイフで刺してくれ。さもないとお前を殺す」

黒ん坊はピストルをカチンとならした。びっくりした鸚鵡《おうむ》はあわてて飛び去った。

僕はナイフを拾って思案した。死にたくない、それにこの踊子レーナの花の胸を刺すのは、幸福をピンで壁にとめておくほどの愉《たの》しささえ僕に味わわせてくれるではないか。黒ん坊水兵は急《せ》かした。

「さぁ、早く」

僕はのめるようにジャックナイフを突き出した。

GAN!

銃声。レーナの胸を刺すと、すぐに僕は撃《う》たれていた。砂丘《さきゅう》がどっと僕の視野に入ってきた。暑かった。

「レーナ。さあ、お前はもう俺のものだ」

黒ん坊は僕の死体をこえて踊子の死体に駈けよった。それから、おんおん泣いて死体をゆさぶった。

「レーナ。おや、もう翼が生《は》えかかっている。お前には詩人ジャンの血がついてるんだ。レーナ。ああ、ほんとに死んでしまった。死んでしまったんだ。

俺はとんでもないことをしたもんだ」

彼は砂丘にあぐらをかくと、黒ん坊の血統のせいで桃色の渦巻になっている耳、その耳にピストルを当てた。そして言った。

「レーナと死のう」

「レーナと死のう」

「レーナと死のう」

その単調な海鳴りのくり返しで僕は目をさました。そうだ、恋に死ぬ人たちといっしょに殺されても恋をしていないものは死にきれぬものだ。

もうすっかり夜だった。黒ん坊はあぐらをかいて死んでいた。僕は胸を平《たい》らに手をくんで、仆《たお》れているレーナの美しさは水葬《すいそう》すべきであるとすぐに思った。

水葬式は簡単だった。ふたたび彼女をおりたたんでトランクにつめると、僕は羽のついたリセの帽子をとり砂丘に立った。トランクを海へ抛《ほう》った。一回転してそれは浮かぶ。

帰ろう。そうしたらもう僕には何事も起らなかったことに気づいた。


一つの町に、河をへだてて知られるべき二人の人が棲《す》んでいた。白い夫人はレコードの上に片目の鴉《からす》をのせたまま「堕《お》ちてくる男爵」の序曲を聴《き》いていた。夫人についてのゴシップはたとえば、夜ごと、空から星をうばうことであった。それで、町の少女たちのなかから盲目になる子が毎日ふえていった。まったくこの夫人は実感なしに所有し、所有せずに享楽《きょうらく》できるたった一人の金髪の持主だったのだ。

また、この夫人は手鏡を一枚持っているのだった。これには夫人の恋している人が希《のぞ》むときにうつされた。夫人はだから、いながらにして閨《ねや》で彼女の思う人を愛撫《あいぶ》できる。河向うの貧しい詩人ジャンはそんな理由から、己《おのれ》の知らぬまに夫人に占領されつつあったのだった。

「ねえ、ルイ」と、夫人は鴉を呼んだ。鴉はレコードの上でまわりながら「Oui《ウイ》」と応えた。

「今夜は、なんて静かなのかしら」

常勝《じょうしょう》のファンファン・ラ・ダリ男爵のポケットへ、札束が流れこむのと同じ理由からであろうか、すべての海は、この町の黒い濁《にご》った河へ流れこむのであった。
白鳥のレーナが橋の下をただようころ、屋根裏暮しの詩人のジャンは貧しさが極《きわ》まっていた。彼は、ほんの二夜をちぎった踊子レーナへの思いをこめて詩ばかりを書いていた。そして、ときどき耐えきれずに「レーナ」と叫びさえもした。

その夜の静かさが夫人の情欲をよびおこしたときは、すでに深夜だった。「ねえ、ルイ」と、なやましげに白い夫人は鴉《からす》をとばせた。鴉はとびながら、白い夫人のドレスを口にくわえて剝《は》いでいった。なめらかに全裸となった夫人は、その長い金髪を床《ゆか》にひきずって閨《ねや》に入っていった。
夫人は手鏡を手にとった。

白鳥は、忘れることを忘れた鳥であった。流れつつ、レーナの白鳥は詩人ジャンをはげしく思い出した。恋しいジャン、あなたはその詩人の血で、わたくしの新しい翼をささえてくれる。彼女は人間のことばをもたぬのに、詩人のジャンを呼ぼうとするのである。

ジャンは、イメージのととのわぬのは暑さのせいだと思った。立ちあがって窓をあけると、河は真下に暗かった。ふいに、彼はつぶやいた。
「おや？　変なものが流れてくる」

夫人はびっくりした。なんということだろう。手鏡は今夜にかぎって、不在の夜しかうつさないのである。彼女は狂おしく手鏡を見つめた。すると、閨から思いもかけぬ声がおこった。
「ジャン、あなたはどこにいるの」

それはレーナがはじめて言えた白鳥のことばであった。
「ジャン、あなたはどこにいるの」
もう一度、そして、もう一度、レーナの白鳥はのどを痛くして、そう叫んだ。

ジャンは駈けていって、一羽の白鳥を見つけた。この白鳥は啼《な》こうとしてるのに声がでないのかしら、詩人はそう思いながら、それを橋の下でとらえて抱きあげた。赤い靴がすこしも濡《ぬ》れていないので、ひょっとするとレーナの使者ではないかともジャンは思ったが、それは、詩人である自分の想像力のせいであろう。

「あなたは、ああジャンだわ、ジャンなのね」はげしい翼の音とともに、夫人の手鏡に一人の少女があらわれた。踊子レーナの白鳥以前のすがたであった。恋しくもすり寄ってきて、

「ジャン、詩人の血、海でわたしは殺されたのよ。あたし白鳥なの」

「でもほんとうにあたしはレーナなのよ。この赤い靴わかる?」

詩人のジャンは翼を寄せてくるこの白鳥を、なんて人なつこいんだろうと思った。

「そんな仕種《しぐさ》が、僕の遠くに行った恋人を思わせる。でも、これは鳥だものな」

と、ジャンはつぶやくとなくつぶやいた。

「鳥じゃないの、レーナなのよ。この赤い靴を、もうお忘れなの、ジャン。あなたが草競馬の帰りに、わたしの下宿で脱がしてくれた、あの赤い靴を、あなたはもう忘れてしまったのね」

手鏡の中の声に、夫人はもう我慢《がまん》できようはずがなかった。彼女は、この手鏡の中の少女を両手でぱっとふさいだ。すると、両手が鏡の中に入ってゆくのである。夫人は力いっぱい、両手でうつっているレーナの顔を押した。すると、どっと全身、どこまでも夫人は入っていった。いや、堕《お》ちてゆくのだ。全裸の夫人が夜の底へぐんぐんと堕ちてゆくのだ。その金髪が、とぶように夜へ靡《なび》きながら。

「ジャン、思い出してはくれないの」

手鏡には声だけがのこった。鴉のルイは、ただおどおどと「Oui《ウイ》」を言いつづけた。鴉はウイということばしか教えられていなかったのだ。

「Oui Oui」

「おやこの白鳥は涙をながしているよ」

ジャンはしげしげとかなしい白鳥をみた。

「旅行を邪魔して悪かったね」

彼は橋の上からレーナの白鳥を、そして放してやったのである。白鳥はふたたび、このとどまるを知らない夜の河の流れにしたがわねばならなかった。

しだいに白鳥は小さくなっていった。

「レーナから、手紙がきてるかも知れない」

詩人のジャンは、やがてもときた道をしずかに歩きだした。

「ジャン、どうしてわたしを捨てるの、ああ、だんだん遠くなってゆく、ジャン、ジャン」

鴉は手鏡の前で、小首をかしげて何べんも「Oui《ウイ》」をくり返さねばならなかった。

火について

やっと人目につかない小屋にしのびこんだ中学生が、煙草《たばこ》に火をつけようとしてマッチをすっても火がつかないのだった。二本目も三本目も、とうとう十本目もだめだった。いったいどうしたというのだろう。彼は藁《わら》のように窓から洩《も》れてくる陽に、マッチ箱を透《す》かしてみながら考えこんだ。あの煙草にむせた涙のにがさが、中学生にはたまらなく恋しかったのだ。

しかし、マッチは陽にかわかしてもだめだった。このちっぽけな奇蹟はなぜなら、次の朝には町のあちこちでも起きていたのだから。

鍛冶屋《かじや》の黒ん坊は、ねぼけまなこでふいごをまわしても火が入らないので、故障かと思って隣《となり》のでぶでぶおばさんを呼んだ。しかし事件は、すでに隣の家でも起きていたのだった。

「家でも火がつかないんですよ」と、でぶでぶおばさんの甲高《かんだか》い声が返ってきた。

「どうやっても、火がつかなくなってしまったんですよ」

(これは大変なことになったのにちがいないのだ)。

牝鶏《めんどり》は、ばたばたと羽ばたいた。

少女は朝早く窓をあけて、いつものように火山に向かってかるい欠伸《あくび》をしたが、ふいに顔色を変えてつぶやいた。

「火山の火が消えてしまったわ」

こうして町からは、すっかり火が姿を消してしまった。

マオは浮浪児《ふろうじ》であった。マオは森で一番大きな楡《にれ》の木《き》のほら穴で、鳥たちといっしょに暮していた。マオはあの奇妙な歌「なにもかもなくなった」という歌をよくうたうことのほかは、いったいどんな少年なのか、町のだれにも知られていなかった。

なにもかもなくなった
種子《たね》も破片《かけら》もなくなった
鳥には空がなくなった
翼《つばさ》に風がなくなった
ぼくらが歌をやめたので

「やっぱり、だめだ」と、理科の先生が大きなレンズを地面に置いて言った。人たちは不安そうに町長の顔をのぞきこんだ。

(そうか、やっぱりだめか)。町長は落胆して空を仰《あお》いだ。空はどこまでも高くて、強すぎるくらいの陽が人たちの真上から差していた。

しかし、レンズに陽光をいくら集めても火はつかないのだった。

「レンズめ、すがめの真似をしやがって」と理科の先生はつぶやいた。

「火を盗んだのは、いったいどやつだろう?」

「火のない暮しは、地獄の暮し」

「あすからどうして暮していけばいいんだ」と、みんながやがや騒ぎはじめた。鍛冶屋《かじや》の黒ん坊も胸に手をくんで、おろおろと歩きまわっていた。

(あのふいごにかぎって、おれを裏切るわけはないんだが……)。

町の一番はずれのレストランの一番隅《すみ》の台所で、貧しい小間使いの由美は皿を洗いながら、この騒ぎについて考えていた。

「町には、はじめから火なんかなかったんじゃないかしら」

由美は皿を洗い終ると、今日は例の騒ぎでレストランが開店休業なので久しぶりに恋人のマオに逢おうと思った。マオなら、町に最初から火がなかったという由美の新説に賛成してくれるかも知れない、たった一人の味方だったからである。

だが、由美と逢うなりマオは自分の唇で由美の唇をふさいでしまったので、由美はその自分の説を話す余裕なんかなかった。二人は仔鹿が水をむさぼるようにお互いの唇をむさぼりあい、目をつむってその暗闇に鏡を思いうかべ、お互いの顔をうつしあったのだった。一時間ほどの長い沈黙と夢のあとで、マオはホテルのカーテンをひらき、町の広場を見下ろした。マオの腕に頬《ほお》をよせて由美は広場を見下ろした。

町の広場にはちょうど巨《おお》きな石が二つ、車で引き出されてくるところだった。ロバはいないいた。人たちは期待と不安で、それをとりかこんだ。

選ばれたのは鍛冶屋《かじや》の黒ん坊とボクサーあがりの用心棒だった。黒ん坊が一つを持ちあげると力いっぱいその石を、もうひとつの石にこすり下ろした。火打石ははげしくぶつかると、小さな火をはげしく発した。それは雉子《きじ》の啼《な》く声に似ているようだった。

「ね、火はなかったのよねえ」と由美はマオに語った。まるで歌うようだった。窓を森の揚羽《あげは》がとびこえる。

「だれも火を習慣で使っているあいだは、火を自分のものにしていなかったのよ。一度失《な》くなって、はじめて火の意味がわかるんだわ。

ほんとうの火は、それからじゃないとだれも見ることはできないんだわ。創《つく》って、それからほんとうの火を見るんだわ」

広場では、どっと歓声があがった。火打石の火をわけてもらおうと女たちは、みんな藁束《わらたば》やマッチを持って駈けよった。広場がそうした女の群衆でいっぱいになると、町長は叫んだ。

「私たちの火です。これからはみんな石と石を打って、火をつくってください。古い時代にもどるのです。マッチやライターが発明されなかった時代にもどるのです」

ボクサーあがりの男は得意になって、またその巨《おお》きな石を打った。火たちがはげしく青空にとびちって、消えていった。火が明るくてこんなに熱いものだと、だれもがしみじみ感じたことだろう。

「町にはじめて、火の意味がよみがえったのよ」と、由美が頬《ほお》を熱くして言った

「これから、やっと役割がみんなに思い出される。火だけじゃなくて、あらゆるものが、ある日突然に消えてしまえばいいのに。

みんなが知らないで、忘れているもので、そのくせみんなが毎日触《ふ》れているものはいっぱいある。たとえば恋だって、そうなんじゃないかしら」

由美は楡《にれ》の葉をもむように吹く風に頬を横むけて、マオに言った。

「でも、これからは……」(そうだ、これからは)。

河を流れながら浮いている巣では、小鳥が生れようとしていた。

なにもかもなくなった
種子《たね》も破片《かけら》もなくなった
鳥には空がなくなった
翼に風がなくなった
ぼくらが歌をやめたので

火がなくなったことがひとつの春を招いたかのようにみえたのは、しかしつかのまのことにすぎなかった。町にはまもなく「いたずらの季節」が訪れた。太っちょで黒いチョッキを着た首切り役人の男がそれである。彼は町に処刑があるときは、いつも切られる人に向かって言ったものだ。

「出来るだけ血が、少しだけですみますように」

それから同情深げにその人をじろりと眺《なが》めまわし、自分の給料がいかに不当に安いかということを、今死んでゆく人に訴えたりするのだった。

この男が、ふいにひと儲《もうけ》することを思いついたのだ。(なにも不便な火打石など使わなくとも隣町の火をもらってきさえすればいいんじゃないか)という考えである。そうだ、そうすりゃ、あの鉄くさい囚《しゅうじん》人どもの血を浴びて給料をもらうまでのことはないのだった。町長に逢ってさっそく話を決めよう。首切り役人は髭《ひげ》を剃《そ》りながら、そう考えた。

その話を聞いたとき、これは大事件だ、と由美は思った。

由美は楡《にれ》の木のほら穴で鳥たちと寝ているマオをゆり起こして相談した。

マオはこの報告を聞いて、何べんも首をふった。そいつは怪《け》しからん。なんとかしてくいとめなくっちゃ!

隣町から火を持って来たら、町のランプも帆も、そして火山もふたたび明るくなるにちがいなかった。少なくとも町の小さな幸福は、たやすく町の手に返るのはたしかなことだ、とマオは思った。

だが僕たちは、小さな幸福と戦わなければならないんだ。火の意味を知るためには、千の火を死なせなければならないんだ。

（首切り役人の運搬《うんぱん》を止めなくっちゃ）と、マオは立ちあがった。

夜の森の枝たちの上に空が横に長かった。

「僕は首切り役人と逢おう」

「由美も行く」

九十九人で船出をしたが
生き残ったはただ一人
あとはラム酒が
一壜《ひとびん》だ

一杯機嫌《いっぱいきげん》で、首切り役人はだみ声で歌っていた。もう夜明けまで遠くなかった。

「あの若僧《わかぞう》め、変なことを言いやがったが、だれがこの火をやるもんかい」

彼はマオと由美の願いをはねつけてから、同じ道を馬車で揺《ゆ》られて帰ってきたのだっだ。すっかり酔《よ》っていたが、ひと儲《もう》けできると思うとしごく陽気だった。

火は馬車に吊《つ》るしたランプの中で揺れていた。

「どうしよう」と、由美はマオの顔を不安そうに見あげて言った。

（なるほど町の人たちにとっては、僕の願いはかなえがたいものかも知れない。しかしあの町の空のにごった漂流物たち、あの人たちのなかを流れている無数のあどけない意味の問いかけのために、僕はやっぱり首切り役人と戦わなきゃならない）。

マオは手をあげた。鳥たちが集まってきた。ランプの火の上に、ばさっと鳥の翼《つばさ》がかぶさると火が消えそうになった。首切り役人はあわててランプを持ちかえた。

「おっとっと。そうはいかねえ」

次の鳥がやって来て、またランプの火が消えそうになると、首切り役人はそのランプの火を馬車の油にちょっとこぼした。

「火が小さすぎるからいけないんだ」

この火を消したら、俺のもうけの夢はまるつぶれになっちまうじゃないか。

みるみるうちに火は燃えあがっていった。燃える馬車の中で首切り役人の男は、ますます大声をはりあげて歌った。

九十九人で船出をしたが
生き残ったはただ一人
あとはラム酒が
一壜《ひとびん》だ

その炎は天を焦《こ》がし、群《むら》がる鳥たちは片っぱしから火の鳥になって燃えおちた。

雉子は帰ってこなかった。梟《ふくろう》も鷹《たか》も、どの鳥も翼を焦がしては地に墜《お》ちた。マオはくやしそうに燃える馬車を見おくっていたが、ついに両手をあげたのだった。目をつむった。楡《にれ》の樹の葉がマオの下になったと思ったら、空はマオの翼の中に入った。マオも鳥になって火を消しにとんだのだ。由美のために。


「こいつぁ、しつこい鳥だぞ」

首切り役人は燃える馬車の中でうるさそうに手をはらった。(なんとしても、火柱《ひばしら》がないとひと儲《もうけ》ができんからな)

鳥ははげしく体当りをしては、火にぶっつかった。森は夜明けが近かった。鳥ははげしく羽ばたきながら火の中をゆき、もどって馬車をおそった。「この火は嘘の火だぞ」と叫びつづけながら。

首切り役人は首をちぢめてそれを見ていた。それでも馬車は燃えながら走りつづけているのだった。

町は歓喜で、この馬車を迎えた。火はたちまち町の手に返った。そして首切り役人とその太い首にとまった黒揚羽《くろあげは》は、人たちの万歳で迎えられたのだった。

火が町に返ると、もう石は役立たなくなっていった。鍛冶屋《かじや》の火は黒ん坊にとって道具になり、火山はまた眠そうなけむりをあげているにちがいなかった。

森の中の道で、由美はまっ赤な薔薇《ばら》を一輪《いちりん》拾った。彼女は焼けて死んでいるマオの上にかがんで、その薔薇《ばら》を置いて髪にやさしくくちづけた。

「とうとう、ほんとに火が死んでしまった……」

泥棒のタンゴ

維夫《ノリオ》は壁にぴったりと背をつけて、あらあらしい息を肩でしていた。（あの白鳥は、なぜ黒い翼をしていたのだろう）。盗もうとして手をのばした白鳥が、ふいに羽ばたくと翼がまっ黒に見えたのだ。盗みそこねたことよりも、維夫《ノリオ》には裏切られたくやしさのほうが大きかった。

目をあげると舞踏会は、もうはじまっていた。踊る人たちは新聞紙のように混みあって流れていた。広いフロアーに維夫《ノリオ》は自分の長い影を見つめた。影の中に、どこから転がって来たかまっ赤な薔薇《ばら》が一《いち》輪《りん》こぼれていた。拾おうとしてかがむと、ふいにその手を押さえたものがあった。

「若い泥棒さん。タンゴをお踊りになりませんこと?」

維夫《ノリオ》は驚いて手をひっこめた。ほくろのあるマダムが立っているのだ。

「僕だめです。壁の花なんです」

男爵《だんしゃく》は目をほそめて黒鳥の翼を撫《な》でていた。男爵がもし「翼あれ、黒鳥よ」と言えば、たやすくこの黒鳥は羽ばたくのだった。そして羽ばたくときの白鳥の翼は、どんな黒鳥よりも黒い。

出来あがったのだ。

男爵はアトリエのカーテンをひいた。広間は夜がいっぱいあふれていた。男爵は煙草に火をつけた。男爵は孤独な男だった。彼はどんなものにも本質や定義をみとめなかった。泥棒は盗み、薔薇は咲き、鳥はとぶ、というように領分をわけあって調和をはかってゆく社会の慣習を彼は嫌いなのだ。

彼は贋物《にせもの》ばかりつくるのが趣味だった。詩の盗作、贋のミケランジェロや人造宝石の売買、そしていつわりの殺人までもたやすくおかした。その彼が博物館内の皇帝所有の白鳥にまるでそっくりの贋物の黒鳥をつくりあげたよろこびは、下男のカラスの口ぐせを借りるまでもなく空前絶後《くうぜんぜつご》なのであった。

「さあ、着いたわよ」

うしろ手でドアをしめながらマダムは維夫《ノリオ》を見て笑った。踊り疲れた維夫《ノリオ》は両手を垂《た》れてはにかんで立っていた。マダムがシャワーを浴びはじめるとソファの中に維夫《ノリオ》は倒れるように横になった。声がした。

「ジョイや、拭《ふ》いておくれ」

すると隣の部屋からアイボリーコースト生れの豹《ひょう》がしなやかに入ってきて、いきなりマダムにおそいかかるようにしてびしょぬれのマダムの肌を舐《な》めはじめた。豹の舌《した》は、マダムのタオルなのだ。

「ねえ。冷蔵庫にトマトとビーフが入っているわ」

マダムは快《こころよ》さそうに目をとじたまま言った。維夫《ノリオ》はけれども眠くなってきた。マダムは肉づきのいい裸をこちらに向けて、維夫《ノリオ》をうながして言った。

「さあさあ、私のジゴロさん。今夜は眠らせないわよ」

はじめに朝の新聞を見たときに、男爵はなにかの間違いだろうと思わずにはいられなかった。しかし読み返しても、やはりほんとだった。

（白鳥の死。昨夜の例年にない寒さのため、肺炎をおこしていた皇帝秘蔵の白鳥は看病《かんびょう》の甲斐《かい》なく死亡した）。

男爵《だんしゃく》は不機嫌にその新聞を折りたたんでおいた。そうだ、およそ贋物《にせもの》作りにとってなによりの失望は、本物に価値が失《な》くなるときだ。本物が死んでしまっては、贋物にも値打ちがなくなってしまうのは自明のことである。男爵はブザーを押した。下男のカラスが顔を出した。

「お出かけですか」

「散歩だ」

おかしな街だなあ。

維夫《ノリオ》はマダムが出ていった町を窓から見下ろしながらそう思っていた。それはまるで安全ピンで壁にとめられちまった蝶のように、幸福が日なたの町にへばりついて息をついているようだった。空気が厚くなりすぎたのだ、そうにちがいない。そう言えばおかしなことばかりだった。

たとえば果実たちは、もうすっかり熟《う》れているのに風が吹いても落ちなかった。けむりは青空にとまってしまっていた。よく見れば花売娘も不良少年も水夫も、みんなまっすぐ歩いている。そうだ、自分の領分をコンクリートのうちにきめて、少しもまがらないで歩いて行った。

（やっぱり空気が厚すぎるのだ、人たちは気がつかないが、そのくせみんな空気の厚さにまいっているんだな）。維夫《ノリオ》はくすりと笑った。やがては空気の厚さにみんな押しつぶされてしまうだろう。それにひき替て情事の冒険を知った彼は、朝の食事のシュリンプ・スープを海のように吸いながら、（僕はなんて自由なんだ）と思った。

すると、自由すぎてなにをしたらいいのかわからない自分が、もしかしたらすこし病気のような気がした。維夫《ノリオ》は窓からはなれると、豹を呼んでみた。

「ジョイや、スポーツしよう」

おかしな街の空気の厚さをジグザグに、まるででたらめに歩いて来た一人、男爵は今トランプを配《くば》っていた。配りおわると三人のインディアンに向かって幾枚かずつ替えてやった。男爵と三人のインディアンは、このカッフェ「くらくら軒」の定連《じようれん》だった。男爵は配りながら少し渇《かわ》いていた。

三人のインディアンが口をそろえて言った。

「フルハウス」

「ストレート・フラッシュだ」

男爵は無表情に、ポーカーチップをひき寄せて言った。

「暑いね」

そうだ。負けたのは暑さのせいだ。三人のインディアンはそう思った。窓をあけると通りが見えた。通りをちょうど、ほくろのあるマダムが歩いている。いかにもしなやかにマダムの腰が町角をまがった。男爵《だんしやく》はふいに立ちあがった。

「今日のは貸しにしとこう」

風が入ってきたときには、もう男爵の姿は室内にはなかった。忘れていった麦藁《むぎわら》パナマに縄《なわ》のように太い陽が洩《も》れて差していた。三人のインディアンは、カンサスの知らない赤い花を思い出して顔を見あわせた。

「ずるい、ずるい」

維夫《ノリオ》はくすぐったそうに身をのけぞらせてもがいた。豹のジョイは牝《めす》だった。裸になった維夫《ノリオ》は汗まみれでジョイをのがれようとしたが、豹はすさまじくやさしかった。あらい息をぶっつけあって維夫《ノリオ》とジョイはベッドの中でのたうちまわっていた。びっくりしてとびこんで来た小間使いのマリは、顔を赤らめてものも言えずに立っていた。

「あの」

何度かためらって、やっとそうマリが言ったとき、維夫《ノリオ》はシーツの端《はし》からはみだした顔を思わずこっちに向けた。

「やあ、ひどいな。だまって入ってくるんだもの」

マリはおろおろしていた。マリは、維夫《ノリオ》を昨夜見たときから好きだったのだ。でも今は、もっと大切なことを言うときだった。

「奥さまが、さらわれました」

男爵はマダムをトランクの中へしまいこんで、河のほとりを歩いていた。恋をしたのか、それともこのマダムの贋作《がんさく》をつくりたいのか、自分でもわからなかった。河にぼんやりと自分の顔をうつしていた男爵は、ふいに思いついたようにトランクを持ちかえた。

「そうだ、それがいい」

男爵が立ち去ったあとまだしばらく、河に男爵の顔がうつったままだった。顔はさみしく逆《さか》らっていたが、やがて消えた。やっぱり恋をしたのだった。

「男爵だって」

維夫《ノリオ》はシーツをはねのけた。豹のジョイは恥《はず》かしがって、その中へもぐりこんだ。

「僕、行ってみよう」

「でも」とマリはいぶかった。そうだ、そうだ、維夫《ノリオ》は裸なのだった。彼はシャツを着る前にシャワーを浴びた。それから飲みのこしのスープを一息に飲みこむと、ドアもしめずにとび出した。

しかし、すぐまた帰ってきた。

「大丈夫。マダムはきっと連れて来ます。男爵のお邸宅《やしき》は昨夜、僕が泥棒に入ったところなんだから」

男爵は鍵穴に鍵をさしこむと、ほっとため息を洩《も》らした。(恋とは盗むものだ) というのが彼の卓論《たくろん》だったのだ。それからマダムをベッドに横たえると葉巻に火をつけた。このマダムの贋物《にせもの》をつくってやろう。

(俺は、もしかしたら神様の末裔《まつえい》なのかも知れない) と彼は思った。(なんでも思うことが実行できて、しかも自由の重荷がちっとも感じられない)。

人を殺しても、贋作《がんさく》をつくっても、少しも良心にいじめられないとすれば、彼はまさしく神なのかも知れなかった。(罪の意識さえないなら、俺は空をとぶことだって出来るのだ)。

男爵はマダムをしげしげと眺め下ろしていた。ローブからはみだした行儀のいい足はすこし汗をかいている。くちづけようとすると下男《げなん》のカラスの声だった。

「だれかが、やって来ました」

「僕は男爵に逢いに来たんだ」

「でも不在なんです」

「嘘だ。たしかにここに入るのを僕は見とどけたんだ」

維夫《ノリオ》はあらあらしく息をはきながら、今にも下男のカラスにおそいかかるのではないかと思われた。

「その若僧は鏡の部屋へ入れてしまえばいいんだ」

男爵は下男のカラスにそう言いつけた。鏡の部屋というのは男爵の作品のなかでもとりわけ傑作で、どの壁も全部ガラスで出来ているのだった。

だからこの部屋へもし一足いれたら最後、四囲《しい》にうつった自分と、ほんとうの自分との区別がつかなくなってしまい、どれがほんとうの自分かわからないままに、だれでもが消えてしまうという仕組になっていた。

贋物好きの男爵がこの部屋をつくって以来、どれほどたくさんの人たちが、この部屋で自分を見失い鏡の中に吸いこまれてしまったことだろう。そのたびに男爵は声をあげて笑ったものだ。

(こいつらは顔かたちと洋服の色で、他人と自分を区別していただけだったのさ。だから顔かたちも洋服もそっくりの連中にとりかこまれると、たちまち自分がどれだかわからなくなっちまうのだ)。

ドアをあけると維夫《ノリオ》は思わず、「あっ」と叫んで立ちすくんだ。

七人の維夫《ノリオ》が、まるで同じ表情で維夫《ノリオ》を見ているのだった。男爵は恋を邪魔されたので、少し不機嫌《ふきげん》になっていた。彼はあらあらしくマダムのローブをひき裂いて、マダムを征服してしまった。まるで金魚のようにマダムは腹で息をするばかりで情事はすんでしまった。マダムは薄く目をあいて、くちづけに舌《した》で応えるでもなくぼんやり男爵を見ていた。

「俺はいつでも、これなんだ」

男爵は、勝利者の憂鬱《ゆううつ》をさみしくしめして言った。

「あなたが、なんでも出来ると思ったら大間違いよ」とマダムは言った。

「出来るさ、俺にはなんだって出来る」

「でも、とぶことは出来ないわ、鳥のように」

「空をか?」

「ええ、空をよ」

吸いさしの葉巻をぽいとなげ捨てると、男爵は大煙突を仰いで目を細めるのだった。

維夫《ノリオ》は、いまいましく舌うちした。しかし、舌うちしたのは鏡の中の維夫《ノリオ》かも知れなかった。音だけが空《むな》しく維夫《ノリオ》の耳にひびいた。(僕はいったい、どいつだろう)。

「見ている」者が主体なのだ。しかし鏡の維夫《ノリオ》を見つめている維夫《ノリオ》が、じつは見つめられているのだ。僕も、もしかしたら一枚の鏡の中にいる。お互いに見つめあうことによって、僕たちはどいつも僕でなくなってしまっているのだ。維夫《ノリオ》はけものの息を吐《は》いて、鏡に向きあっていた。

(僕は泥棒なのだ。泥棒ならば自分自身を盗みとらねばならないんだ)。

ちょうどそのころ、大煙突の頂上でシャツを脱ぎパンツひとつになりながら男爵は鼻唄をうたいはじめたところだった。

こうなったら俺もひとつ、鳥のように大空をとんで、神のように自由になってやろう。彼はリリエンタールの「鳥の飛行による航空術」の一節を思いうかべながら、両手を翼のようにひろげて羽ばたき、思いきって飛びあがった。

（そうだ）と、維夫《ノリオ》は思わず声をあげた。

（見るからいけないんだ。他人を見張ろうとするから見張られるんだ）。維夫《ノリオ》は鏡に向かって目をつむった。

（目をとじて触れてみる。この手、この腕、これが僕だ。見ようとしなければ、ぼくは本物のぼく自身に触れることが出来るだろう。そしてその手ごたえが、なによりも生きてるってことの証《あかし》になってくれるのさ）。

彼は目をつむったまま、ものすごい力をこめて目のまえの鏡に体当りをしていった。

大音響とともに鏡はこわれた！

墜落《ついらく》だった。

その曇《くも》った鏡の中の空の亀裂《きれつ》の中を、男爵、とべなかった鳥はまっさかさまに墜《お》ちてゆき、そのまま浮かびあがってくることはなかった。

そして維夫《ノリオ》は目をあけて、そこに青空を見たのだ。ガラスの破片《はへん》が身を刺したが、維夫《ノリオ》は叫んだ。

（これだ。これが僕なのだ。僕はとうとう、僕を盗んだぞ）。

やさしく血が頰にのぼりはじめ、長い眠りに落ちるように、維夫《ノリオ》は青空のめくるめくなかに気を失っていった。

マダムはびっくりして、ベッドに上半身を起こしてつぶやいた。

いったい、なんの音だったかしら？

見れば全裸にされている自分がふいに恥《はず》かしかった。どうしてこんなところに、そしてこの大きな剝製《はくせい》はいったいなんなのかしら。

するとその黒い翼は、けたたましく羽ばたくのだった。

白鳥だ。すべてがはじまるのですよ。

ジョーカー・ジョー

1

ジョーカー・ジョーは悲しい男である。

彼は一度死んだ男なのである。だが、彼は地獄の入口まで行って帰ってきた。なぜなら彼は、死ぬに死ねないわけがあったのだ。

彼は酒場「ドミノ」で一人で酔っぱらうと、かならずイヴ・モンタンのシャンソンを歌った。かすれた声で。

ロバと王様とわたし
あしたはみんな死ぬ。
ロバは飢《う》えで
王様は退屈で
わたしは恋で……

時は五月。

そう。たしかに、このシャンソンはジョーカー・ジョーの心をあらわしていた。

ジョーカー・ジョーは恋で死に、恋で生き返った男なのである。

Et moi d'amour
Au mois de Mai

2

はじめに一人の作曲家がいた。

にくらしいダイヤのジャック、朝から夜ふけまでピアノばかりを弾《ひ》きつづける男。

彼は悪漢バスコムの末裔《まつえい》で、いやらしい口髭《くちひげ》をたくわえた好色な男であった。

しかも彼が作曲できる曲はと言えば、なんと葬送《そうそう》曲《きょく》ばっかり！

「どうして葬送曲ばっかりしか作曲しないの？」と煙突掃除《えんとつそうじ》の少年が尋《たず》ねると、彼は、

「だって俺は、葬送曲が好きなんだ」と答えて、しみじみと死に憑《つ》かれた目で少年を見つめるので、少年はこわくなって逃げだしてしまうのであった。

だが、葬送曲しか作曲できないダイヤのジャックの屋根裏からは、いつも陰気な曲しか聞こえてこないので、すぐ階下で酒場を営《いとな》んでいるスペードの老夫婦は困りぬいたように噂をすることがあった。

「ああ暗い曲ばっかりやられたんじゃ、こっちも商売があがったりだねえ」

「そうともさ。葬式音楽を聞きながら一杯やろうなんて人は、この町にはいやしない」

「なんとか、もうすこし……」

「明るい曲をつくってはもらえないものだろうか？」

そして、酒樽《さかだる》にとまった鴉《からす》までが、つぶやくように言うのであった。

「ほんとうにもう、葬送曲《そうそうきょく》は、まっぴらだ」

3

そのダイヤのジャックのことを心配しているのが、気のやさしい町の花売りの少女のみずえであった。

みずえは、ダイヤのジャックが暗い曲ばかり書くのは、ダイヤのジャックが不遇《ふぐう》だからだ、と思っていた。

「なんとかして、あの人の作曲が売れればよい。そうすればあの人が今より有名で、今よりお金持になるでしょう。

そしてきっと、明るい曲を書くようになるにちがいない」

そこでみずえは、探偵に相談した。

「どうしたら、あの人の曲が売れるようになるのでしょうか？」

ダックスフントを飼《か》う太っちょの探偵は、「それは簡単な話だ」と言った。

「葬送曲を演奏するのは、葬式しかないのだから、町じゅうの葬儀商会《そうぎしょうかい》をまわって歩き、葬送曲の入用はありませんか？　と、御用聞きしてまわればいいじゃないかね」

4

そこで、みずえは言われたとおりに町じゅうの葬儀商会をまわって歩き、「葬送曲はいりませんか?」と売りこんでみた。

「葬送曲《そうそうきょく》ってなんだね?」と訊《き》き返す禿《は》げた墓掘り人には、イヴ・モンタンのシャンソンで、

枯葉をあつめるのはシャベル
ほら、ごらんぼくは忘れなかった
枯葉をあつめるのはシャベル
思い出も未練もこのシャベルで……

と歌ってきかせて、

「たとえば、これなんかも葬送曲の一つです。つまり、葬式を楽しくするような歌、これが葬送曲ですよ」と、説明するのであった。

長い髪に花をかざったみずえのことばに、たいていの葬儀商会の主人たちはひどく共鳴し、「まったくだ」「そのとおりだ」と言ってくれたが、しかし、葬送曲は一曲も買ってくれなかった。

なぜなら、この町では、もう一月ものあいだ、だれも死なず、葬式もなかったのである。

5

「葬式がないから、葬送曲が売れないだって?」

とチェス盤《ばん》の上の僧侶《そうりょ》が言った。

「そんなら、葬式があるようにすればいいではないか?」

でも、とみずえは口ごもった。

「だれも死なないのに、葬式なんかできません」

すると僧侶は悪い笑いをうかべながら、「とてもいい殺し屋を紹介してあげるよ」と言うのであった。

「殺し屋がだれかを死なせる。

だれかが死ねば葬式がある。

葬式があれば葬送曲が必要になる。

それで万事めでたし、めでたし、
ってことになるだろう!」

みずえはなんだか、こわくなった。

だが、ひどくさみしそうに葬送曲ばっかり弾《ひ》いて

いるダイヤのジャックのことを想いうかべると、それも仕方のないことのような気がした。

そして殺し屋の紹介を依頼したのである。

四種の花、四人の殺し屋。

やがてバラの殺し屋、チューリップの殺し屋、リラの殺し屋、アマリリスの殺し屋がやって来た。

そして血のついたジャックナイフをきらりとさせて、「恋のための殺しなら、半額に割引しますぜ」と言うのであった。

6

だが、みずえは心のやさしい少女だった。

彼女は、たった一曲のために殺人をおかすことが、とても出来なかった。

そこで、思案のすえ、ジョーカー・ジョーに頼むことに決めたのである。

みずえは、ジョーカー・ジョーに、涙ながらに懇《こん》願《がん》した。

気のいいジョーカー・ジョーは、いちいちうなずきながらこう言うのであった。


「なるほど、なるほど。あたしに、死んだふりをしてくれって言うんですね？

よろしい……ほかならぬあなたのためなら、死んだふりもしましょう。

なあに、あたしはトランプの五十三枚目の札……余計者のジョーカーでさ、お役に立つならいつでも死んでお目にかけましょう」

そこで、みずえはジョーカー・ジョーに死んでもらって、それを美しいアフロデシアの香水《こうすい》つきの棺《ひつぎ》につめこみ、ダイヤのジャックの作曲家のところへとんで帰って行った。

「葬送曲が売れたわ。あなたの作品がやっとお金に換《か》えられたんだわ！」

ダイヤのジャックは大喜びでみずえを抱きしめ、その口髭《くちひげ》に笑いをうかべて、「よくやったぞ。葬式が終ったら、お前を俺の花嫁にしてやろう！」と言うのだった。

7

このことを知って、悲しんだのはジョーカー・ジョーだった。

ジョーカー・ジョーは、ほんとはみずえを恋していたのである。だから、みずえを喜ばそうと思って「死んだふり」をしたのだが、自分がかくれている棺《ひつぎ》のまわりで音楽がかなでられ、みずえとダイヤのジャックとが仲良くするのは、とてもたまらぬことのように思われた。

たぶん、みずえはダイヤのジャックに妻子のあることも、あの男が稀代《きたい》のペテン師だということも知らないことだろう。なんとかしてみずえを救ってやらなければ……と、ジョーカー・ジョーは考えた。

だが、葬式の準備はトントンとすすみ、町には「はじめて聴く葬送曲への期待」の声があふれていたのである。

ジョーカー・ジョーは考えた。

「葬式を中止せず、しかもみずえをあの男から守ってやるためには……そうだ。たった一つしか方法がない」

ジョーカー・ジョーは膝《ひざ》をたたいた。

のどかな五月のある日だった。

8

ダイヤのジャックが葬送曲の練習をしていると、頭巾《ずきん》をかむった喪服《もふく》の男がやって来た。そして、まことしやかに一冊の本をとり出して「珍中の珍なる、精髄《せいずい》中の精髄なる一書をプレゼントしたい」と申し出た。

「へえ、どんな本だね？」とダイヤのジャックは興味深そうに男を見た。

男は「それはまことに興味本位ではありますが、春《しゅん》本《ぽん》の類《たぐい》でありまして、きわめて猥褻《わいせつ》な、王の寝室について描写したものでございます」と言った。

すると、ダイヤのジャックはたちまち本性をあらわして、「おお、その本こそ俺の待っていた本だ」と言うなり、喪服《もふく》の男からそれを奪いとり、いきなりペラペラとめくりはじめたのである。

ところがページとページがくっついていて、中を見ることが出来ないので、やむを得ずダイヤのジャックは、指に唾《つばき》をつけて、それで第一ページ目をひらいてみた。

　ところがそこはまっ白でなにも書いていなかった。そこでダイヤのジャックは二ページ目も三ページ目も同じように指をくわえ、唾《つばき》をつけてめくってみたが、やっぱりなにも書いていない。

「どうした。ちっとも面白い絵はあらわれぬぞ」とダイヤのジャックが叫ぶと、喪服《もふく》の男は「もっとおめくりください。もっとおめくりください」と叫ぶのであった。

　そこでダイヤのジャックは、またまた指をくわえてめくりつづけたが、めくるたびにあらわれるのは白いページ、白いページ、白いページ……そして毒が少しずつダイヤのジャックの体内にまわりはじめた。

　なんと、その本には毒がしかけてあったのである。ダイヤのジャックは激しい痙攣《けいれん》におちいって叫びだした。「ああ、毒がまわったぞ!」

　そのとき、喪服《もふく》の男はひらりと喪服をぬぎ捨てた。

　するとその男は、ジョーカー・ジョーだったのである。ジョーは言った。

「さあ、あんたの葬送曲をたっぷりと聴《き》けるぞ。あんた自身の葬式でな」

9

　だが、みずえはジョーカー・ジョーを憎んだ。ジョーカー・ジョーの恋から出た思いやりは、ただの「嫉妬《しっと》の殺人」としてしかとられなかったのである。

　そして、ジョーカー・ジョーは一人だけ、トランプの町から追放され、仲間はずれにされてしまった。

　そして五十三枚目の札《ふだ》になって、いつも放浪しながら、みずえへのとどかぬ恋を歌っては年老《お》いていったという話である。

　ロバと王様とわたし
　あしたはみんな死ぬ。
　ロバは飢えで
　王様は退屈で
　わたしは恋で……
　時は五月。

ケ・セラセラ

フランスの怪作家カミの短篇には、しばしば赤い紐《ひも》で顎《あご》を結んだ男という脇役が登場する。なぜ赤い紐で顎《あご》を結んだりするのか、カミは語ろうとはしないが、私はなんとなく一メートルもの長い顎《あご》をかかえた間抜け男を思いうかべて、ニヤニヤしないわけにはいかない。

たぶん「顎を結んだ男」は無類《むるい》の気の弱い男で、目じるしなしでは他人と自分の区別がつかないのであろう。

それでなくとも背広やネクタイが量産される時代のことだ。公団住宅に住んで、量産される新聞を読み、量産されるパンをかじり、量産される自家用車に乗って大会社へでも出勤しようものなら、たちまち他人と自分とがいっしょくたになってしまいそうではないか。

（以下は、私の思いつきによる顎長《あごなが》氏の日記である。ただし、これを今日的な社会諷刺《ふうし》だなどと思ってはいけない。これはしょせん、ロング・ロング・アゴー〈遠い昔〉のファルスなのだから）。

ある日

イルカの実存について研究している女子大生の花子が遊びに来た。

彼女の卒業論文、海深一万メートルの水中には「イルカいるかいないか」が半分ほど完成したと言う。

彼女は私のアパートで、イルカについて少し話したあとで突然、「今日あんたを、A町で見かけたわよ」と言った。

しかし私は今日、A町などには行かなかったのだ。「人ちがいだよ」と私が言うと、花子はムキになって「いいえ、人ちがいなんかじゃないわ。たしかにA町であんたを見かけたわ」と言った。

次の日

なんとなく頭の重い天気なので、一日アパートにひきこもっていたら、夕方アメリカン・フットボールの選手をしている髭面《ひげづら》の花男がやって来て、「やあ、もう帰っていたのか。さっき、きみをB町で見かけたのに」と言った。

私は「誤解だ」と言った。「私は今日は、アパートから一歩も出なかったぞ」

しかし花男は鼻で笑って、「まあ、そうテレなくってもいいじゃないか。なにも俺はきみのことを軽蔑《けいべつ》してるわけじゃないんだ」と言った。

「きみがB町の水族館でカニを見学していたなんてことは、ちっとも恥ずべきことじゃないさ。俺だって水族館へチョクチョク行くんだよ」

次の日

人の誤解をとくというのは難《むつか》しいことである。

私がアパートにいるのに花子や花男が、外で「私」に逢ったと言う。私は絶対にA町へもB町へも行かないのに、彼らはA町やB町で私に逢ったと言うのだ。

私は外から鍵をかけ（自力では一歩も外へ出られないように自己軟禁して）、ジッと息をつめて正座をしていたのに、夜、花子と花男がやって来て私を見てせせら笑うのだった。

彼らはまるで、ウインナ・双生児《ソーセージ》のようにニクニクしい調子で同じことを言った。

「今日きみを、A町の電車の中で見かけたよ」

私は憤然《ふんぜん》として立ちあがり、割れんばかりの力でテーブルを叩いた。

「莫迦《ばか》なことを言うな。私はどこにも行きやしない。私は一日アパートにいたのだ」

しかし花子も花男も、ただニヤニヤしながら、私を見ているだけだった。

「弁護士を呼ぶぞ！」と私は叫んだ。

するとすかさず花子は、「そうね、弁護士が必要かも知れないわね」と言った。「満員電車の中で、女学生のおしりにさわったりするのは犯罪ですものね」

私はなにがなんだかわからなくなり、「私」という男をうらんだ。いったい私がなにをしたと言うつもりなのだろうか！

次の日

さて。私はこっそりとアパートをぬけ出して、A町へ「私」を探しに行ってみることにした。

絶対に自分が他人と間違えられないように顎《あご》を赤い紐《ひも》で結び、夜がふけるのを待ってそっと外へ出た。

そして、「私」が花子や花男と逢ったと言われるあたりをくまなく探し歩き、時にはガードの下の浮浪者の顔をたしかめたり、マンホールの中をのぞきこんだりもした。

しかし、A町には「私」はおろか、私に似た男さえ一人もいなかった。私は探しくたびれてフラフラになってアパートへ帰ってきて階段をのぼって行った。

――ところが、私のアパートの中からなにやら話し声が聞こえるのだ。

(私は、だれもいないはずの自分のアパートを、鍵穴からそっとのぞいてみて、さすがにギクリとした)。

中で花子と話しているのは、なんと「私」なのである。

花子は「私」にA町で見かけた私のことを話し、顎《あご》を結んだ紐《ひも》の話をしながらおかしそうに笑っていた。そして「私」はそんなことはあるはずがない、と言うような表情をしながらも花子の説明にすっかり惹《ひ》きこまれているようであった。

ドアの外で一瞬、私は考えた。

「私はいったい、だれなのであろうか?」

二万四千回のキッス

はじめてのキッスをしたとき、
おまえはまだ七歳だった。
そして吾輩《わがはい》は九歳だった。
リラの花咲く墓地《ぼち》で、キッスはなんだか魚の味がした。

五回目のキッスをしたとき、
おまえは女学校の一年生だった。
そして吾輩《わがはい》はスクールヨットの設計に熱中していた。

ひばりの鳴く図書館の裏で、キッスははげしく燃え
ていた。

吾輩《わがはい》はギャングである。
髭《ひげ》はまだない。
吾輩《わがはい》の名前は日本紳士録《しんしろく》には載《の》っていない。
しかし吾輩《わがはい》はとてもとても
おまえを愛していたのである。

百回目のキッスをしたとき、
おまえは女学校を卒業したばかりだった。
そして吾輩《わがはい》は少年感化院を出たばかりだった。
桜んぼの皿《さら》に海をうつして、キッスはけものの味が
した。

千回目のキッスをしたとき、
おまえは洋裁《ようさい》学校の助手をしていた。
そして吾輩《わがはい》は偉大な銀行強盗計画をたてていた。
大きな楡《にれ》の木の下で、キッスは人目をしのぶリスの
ようだった。

千一回目のキッスをしたとき、
おまえはやっぱり洋裁学校の助手をしていた。
そして吾輩《わがはい》は銀行強盗未遂《みすい》、留置所《りゅうちじょ》に入っていた。
面会所の金網《かなあみ》ごしに、キッスはなんだか錆《さ》びた釘《くぎ》の
味がした。

九千回目のキッスをしたとき、
おまえはよその人の妻に、なっていた
そして吾輩《わがはい》は暗黒街の顔役だった。
避暑地《ひしょち》でばったり会って、キッスはなんだか花のよ
うに濡《ぬ》れていた。

一万十二回目のキッスをしたとき、
おまえは尼僧《にそう》になっていた。
そして吾輩《わがはい》は詐欺《さぎ》をやって逃げていた。
偶然に驚きながら、キッスはなんだか仔鹿《こじか》のように
胸がはずんだ。

吾輩《わがはい》はギャングである。
髭《ひげ》はまだない。
ようやく前科《ぜんか》は十二犯《はん》で、

燕《つばめ》のように南から北へとわたり歩く。
吾輩《わがはい》はおまえを愛しているのに、おまえはもう更年《こうねん》
期《き》であるという。

二万回目のキッスをしたとき、
おまえは腸カタルで養老院《ようろういん》に寝ていた。
吾輩《わがはい》は、故買《こばい》の贋《にせ》のダイヤの首飾《くびかざ》りを腹にまき
はるばるおまえに会いに行った。
養老院のベッドの上で
キッスはひからびた杏《あんず》のようだった。

レコードは粋《いき》に歌っていた、
「二万四千回のキッス」の歌を。
しかし吾輩《わがはい》にはその歌が嘘《うそ》だということぐらいすぐ
わかる。
なぜなら吾輩《わがはい》は実に二万三千九百九十九回しかキッ
スをしなかったのである。

二万三千九百九十九回目のキッスをしたとき、
おまえはすでに墓地《ぼち》の中。
吾輩《わがはい》は義歯《いれば》をくいしばって涙ぐみながら
リラの花咲く墓地で、キッスはなんだか魚の味がし
た。
ああ、
恋は永遠に。

トカトントントンと、
吾輩《わがはい》の棺《ひつぎ》をつくる音は空にひびきわたる。
吾輩《わがはい》はとてもさみしく思うのだ。
二万三千九百九十九回のキッスをするのは一生かか
ればいいだけだが、
あとの一回をするには百万の夜があっても足《た》りない
のだ。
吾輩《わがはい》は心から心から
おまえを愛していたのだよ、女よ。
そして吾輩《わがはい》はくちびるを静かに拭《ふ》く。
自殺するのに濡《ぬ》れたくちびるはいらんからね。

かくれんぼ

かくれんぼは悲しい遊びである。

藁《わら》の匂いのする納屋《なや》の暗闇に身をひそめ、じっと息をこらして鬼の来るのを待っていると外の日暮れてゆく気配が感じられる。

「もう終ったかな」とも思うのだが、うっかり出ていって「見いつけた！」とやられるのが嫌《いや》さにかくれつづけている。かくれているとしだいに時間の感覚が失《な》くなって、まだほんの五分もかくれていないのに、一年もたったような気がしたり、たっぷり二時間もたっているのに、まだ五分くらいかな、と思ったりするようになってくる。

そして「このまま、鬼がやって来なかったら、何年もこの納屋の暗闇の中にかくれていなければならないのだろうか！」と不安になり、なにかとんでもないことをしでかしてしまったような焦燥感《しょうそうかん》におそわれはじめるのである。（もしも、納屋の藁束《わらたば》の中で、かくれたままでひと眠りでもしようものなら、その不安はさらに大きくなる）。

納屋《なや》の戸があいて、一人の男が入ってくる。そして「見いつけた！」と言うのだが、その声が妙にしゃがれているな、と思って出てゆくと鬼はとっくに成人していて、グレイの背広を着て、うしろに若い女をしたがえている。若い女は、赤ん坊を抱《だ》いてにこにこしている。

そして鬼は、すぎ去った二十年以上の歳月のことにはまったく触《ふ》れずに、「ずいぶん、探したんだぜ」と言うのである。

その「ずいぶん」の長さがどのくらいあったのか、かくれているほうには知るすべがない。

ただ、納屋から出てゆくと風景が一変してしまっていて、ほかの遊び仲間たちもみなそれぞれ成人してしまっているというわけである。怖ろしいことには、世界全部が年をとっていくあいだにも「かくれんぼ」だけは年をとらない。「かくれんぼ」はいつも貞淑《ていしゅく》に、約束の鬼のやって来るのを待っている。

だから、かくれんぼは、悲しい遊びなのである。

小さいころから、じゃんけんの下手《へた》だった私は、かくれんぼするたびに鬼になった。

近所の見知らぬ子も混《ま》じったかくれんぼで、一人残らず見つけ出して鬼を交代するのは、容易なことではなかった。なかでも、意地の悪い子がいて、マンホールの中や、他所《よそ》の家の屋根裏へかくれてしまうと、私には探しようがないのであった。

そこで、私はみんなを困らしてやろうと思って、だれをも探さずにさっさと家へ帰ってしまい、鬼を棄権《きけん》してしまうことがあった。（みんないつまでも、かくれているがいいさ。だが、かくれているあいだに世の中が変ってしまっても知らないぞ）というわけである。

ところが、私がかくれんぼを見張らないでいても、かくれんぼのほうは私を見張っているので、この嫌《いや》がらせはなんの効果もなかった。私が家へ帰ってきて、ハーモニカでも吹いてようものなら「かくれんぼ」の連中が窓の下までやって来て「もう、いいよ」「もう、いいよ」をくり返し、最後には非難するように「鬼、出てこい！」と怒鳴《どな》りちらすのである。

翌日も、翌々日も私が鬼であった。すかんぽの花に日が沈むのを見ながら、私は涙ぐんで「もういいかい」と力なく言って、意地の悪いかくれんぼたちを探して歩いた。しかしみんなは、じつにかくれ方がうまかった。

とくに、私そっくりのそばかすのある子（この子はほんとに私に似ていた）は、やり方が狡《ずる》くて、私が降参《こうさん》してしまうまで出てこなかった。私はその子を、ほとんど憎《にく》んでいた。

そして、ある日、電柱ごしに「もういいかい？」と言いながら、うす目をあけて、その子のかくれて行くほうを見てやろうと思い立ったのである。

「あの子を一番先に見つけ出して、鬼にしてやろう」

私は目かくしの両指のあいだから、みんなの散ってゆくほうを見やった。麦畑へ、私の家の土蔵《どぞう》の裏《うら》へ……とみんなは散ってゆき、その子は、土蔵裏《どぞううら》のマンホールの蓋《ふた》をあけるところであった。私は「もういいよ」という声を聞かぬうちに、その子のあとを追って駈けてゆき、土蔵の裏へまわった。

私が最後に、その、そばかすの子を見たのは、彼の手がマンホールの蓋《ふた》をしめようとしているところであった。やがて、蓋《ふた》がしまると、裏通りはもとのようにしずまり、人っ子一人いなくなってしまった。夕焼けに、長くのびた私の影だけが、マンホールの蓋《ふた》をおおっていた。

(このマンホールは貯油ホールであり、広さは十五坪ぐらいの暗闇で、今は使っていなかったが、昔、冬のあいだの石油を貯《たくわ》えておくために作ったものなのである)。

私は、すぐにこの蓋《ふた》をあけて「見いつけた!」と言ってやろうかと思ったが、考え直した。ちょうど、材木を積んだトラックがやって来たからである。トラックは後退しながら、路地へ入ってきて、私の家の鶏舎《にわとりごや》の増築のための材木を土蔵わきに下ろそうとした。私は、運転手にマンホールの蓋《ふた》を指して言った。

「こっちへ下ろしてくださいよ」

運転手は、ホイ来た! と気軽に言って、マンホールの蓋《ふた》の上へ材木を下ろしはじめた。じつに百五十貫はあろうかという材木の山である。しかも、このマンホールは、平常使っていないものだったので、私も人がかくれているなどとは「知らなかった」のだ。

トラックはやがて去って行き、マンホールの蓋《ふた》は完全に密封された。

私は、ほかの「かくれんぼ」を探して麦畑の中へ入ってゆき「見いつけた!」と大声で叫びながら、えも言われぬ快感がのどにこみあげてくるのを禁じえなかった。

しかし、翌日の新聞には「子供の失踪《しっそう》」記事は出なかった。私はかくれんぼ友だちに、そばかすの子のことを訊《き》いたが、どこの家の子なのかはみんなも、よく知らないと言う。そうしたことは、よくあることだったので、そばかすの(私によく似た)子が仲間入りしなくなっても、だれも気にとめなかった。

翌日、私は一人で土蔵裏へ行ってみた。山と積まれた材木にあったかい日ざしがいっぱい当たっていた。

「もう死んだかな」と私は思った。すると大変なことをしてしまったような気がしたが、今となっては自分の力で材木を動かすことなど、とうてい出来っこないことだったので、黙っていることにした。そしてそれから、私はぷっつりと「かくれんぼ」をしなくなった。（そばかすの子を、見つけ出さないかぎり、私は鬼の意識から解放されないだろうと思ったからである）。

十五年たった。

都会で、大学を終えて就職し、すっかりサラリーマンになった私は、久しぶりの正月で帰省《きせい》した。私は昔に変らない麦畑の青さに感嘆し、のんびりした気分で（子供のころの）錆《さ》びたハーモニカなどを吹きながら、懐旧《かいきゅう》の情《じょう》にひたっていた。

外套《がいとう》をぬいで「ちょっと散歩して来るよ」と言うと母が、「ああ、ゆっくりひとまわりして来るといいよ」と言ってくれた。

私は下駄《げた》をはいて庭を出て、福寿草《ふくじゅそう》の花の匂いを嗅《か》いだ。それから土蔵の裏へまわってふと、例の「かくれんぼ」を思い出した。あの、私によく似た子はどうしただろうか？

マンホールの蓋《ふた》の上には、もう材木は置いてなかった。ただ蓋《ふた》のまわりには枯れたたんぽぽがはりついているほかは、十五年前と、なにも変ったところがなかった。蓋《ふた》をあけると、中はまっ暗だった。闇の中へ、冬の蝶がひらひらと入って行った。

私も、そっと中へ入りマッチで中を灯《とも》してみた。（あの子の骨があるかも知れない）などと思いながらうずくまると、ホールの中はひやっとするほど空気が冷たい。

私は少し奥まで入ってゆき、もう一本マッチに火をつけようとした。すると、ふいに、マンホールの蓋《ふた》をだれかが閉めようとしているらしい音がした。

私はびっくりして顔をあげた。すると、日ざしをあびた地上に、そばかすの子が（十五年前のままの顔で）蓋をしめるのがチラリと見えたのである。

私は「あけてくれ！」と言うつもりだったが、驚きのあまり声にはならなかった。やがて、蓋《ふた》の上にドシン！　ドシン！　となにか巨大なものが積み上げられるらしい音がした。そのとき、私は材木だなと直感した。（もう、私の力では、とても蓋《ふた》をあけて出ることなどは出来ないだろう）。

地上からは、その子がかくれんぼたちに呼びかける「もう、いいかい？」という声が聞こえてきた。

声は、澄んで美しかったが、なんだかひどく聞き覚えのあるものだった。

「もう、いいかい！　もういいかい！」

そうだ、と私は思い出した。あれは、まさしく私の声であった。あの子は私になって、かくれんぼの鬼のようにみんなを探しにゆくつもりなのだろう。

そして、日暮れると私の家へ帰ってゆくのだ。家には灯《あか》りがついていて、味噌汁が煮《に》えているだろう。机の上には、ひらきっ放しの宿題帳があり、空にはやがて星が出る。

私の部屋には、あす学校へ持って行くつもりの大きな凧《たこ》が、壁にかかっているはずである。

かもめ

「海で死んだひとは、みんなかもめになってしまうのです」

これは、ダミアの古いシャンソンの一節です。ダミアの好きだったぼくは、このレコードを大切に持っていました。このレコードのなかの水夫《すいふ》の恋の物語を教えてくれたのは、船員酒場に出入りしている娼婦《しょうふ》でした。

少年時代、ぼくは青森の港町にいたから、ダミアの歌の世界はそのままぼくの心のなかの物語の世界だったのです。

でも、ぼくの持っているレコードは、傷《きず》がひとすじついていましたから、ぼくは一度もその曲を聴《き》いたことはなかったのです。

レコードの深い傷がとぎれさせたかもめの物語——そのつづきを空想して書いたのが「かもめ」です。

1

燈台守《とうだいもり》の老人が言った。

「おや、またかもめが一羽ふえたようだ」

「どうしてわかるの？」と孫《まご》が背《せ》のびして、くもった空を見あげながらたずねた。

「数えてごらん？　昨日《きのう》は七羽しかいなかったの

に、今日は八羽いる」

だが孫にはまだ、かもめの数を数えることなんかできなかった。孫はまだ五歳だったし、かもめたちはとてもすばしっこくとんでいたので。

老人は、燈台のいちばん高い部屋で、海を見おろしながら、うとうとと居眠りするのが好きだった。若いころには大航海時代叢書《そうしょ》や海洋冒険史料などを読むのが好きだったが、近ごろはめっきり視力《しりょく》もおとろえてしまった。もう、今ではこうして、孫《まご》と二人でかもめを数えることが、唯一《ゆいいつ》の愉《たの》しみになってしまっていたのだ。

世の中には、と老人は思った。人生の上手《じょうず》なやつと、人生の下手《へた》なやつがいる。そして、わたしなどは、人生のもっとも下手な男だったということになるだろう。ほこりまみれの書斎《しょさい》、若いころ船出した船の模型《もけい》などを置いてあるテーブル、帆布《ほぬの》、――片《かた》隅《すみ》のポータブル蓄音器《ちくおんき》は、かすれたダミアの声で、古いシャンソンを歌っていた。

「海で死んだひとは、みんなかもめになってしまうのです」

2

少年は十七歳だった。少女は十五歳だった。はじめての船出の日、少女は必死でとめた。

「行かないで、べつの船にして」

それは風の強い日だった。岩壁《がんぺき》のロープ岩に腰かけて、少年は笑った。

「大丈夫《だいじょうぶ》だよ。すぐに帰ってくるから」

すると少女は、心細くなって泣きそうになった。それをこらえて無理に笑いかけようとすると、すっぱい果実《かじつ》を口にふくんだような顔になった。

「きみの髪の毛をすこしおくれ」と少年は言った。「それをたばねて、ぼくの船の帆柱《ほばしら》にくくっていこう。それがお護《まも》りになって、いつもぼくといっしょにいてくれると、きっと安心だよ」

「ずっと遠くへ行くの?」と少女がたずねた。

「ああ、この世の果てまで行くんだ」と少年は胸をはって答えた。「ぼくの祖父《そふ》は、海賊の末裔《まつえい》だったんだもの」

「それで、いつ帰って来るの?」と少女が訊《き》いた。

「一年くらい」と少年はきっぱり言った。「来年の、きみの誕生日にはきっと帰って来るよ。うんと金持ちになって」

「じゃあ、あたし待《ま》ってる」と少女は言った。「絵を描《か》いて……お茶を沸《わ》かして……本を読んで……沖《おき》をながめて」

「どこにも、嫁《よめ》になんか行くなよ」と、少年が言った。少し荒っぽい口調《くちょう》に、やさしさをこめて、「来年のきみの誕生日は、きっといっしょにお祝いできるからね」

そして、その夜、少女は自分の黒い長い髪を切って、少年に与《あた》えた。

少年の船が出て行くまで少女は笑って手をふり、一人になると台所へ行って、ゆっくり泣いた。

3

しかし、一年たっても船は帰らなかった。二年たっても、三年たっても少年から便《たよ》りはなかった。

めっきり無口になった少女は、いつも閉じこもったままで、少年に約束したように、

「絵を描《か》いて……お茶を沸《わ》かして……本を読んで……沖《おき》をながめて」暮らした。

誕生日にはテーブルに花をいけ、ケーキをつくって、少年と二人分の椅子《いす》をさし向かいに置き、まるで「二人で」いるように、話しかけたり、笑ったりした。

少女の兄は船具《ふなぐ》屋で、帆布《ほぬの》、ロープ、海図表などを売っていたが、無口になった少女をできるだけそっとしておいてやるように、近所の人たちに話した。だから少女は、いつも一人だった。少女は、海がいちばんよく見える屋根裏《やねうら》で、いつも絵を描《か》いていたが、その絵はどれも海の絵ばかりであった。

カンバスに青い海と白いさざなみだけを描いて一日を過ごす少女は、夜、眠りに落ちたあとで、自分の描いた絵の中の海たちが、潮騒《しおさい》をたてるのを聞いた。

少女の心は、いつも航海《こうかい》していたので、少女自身はもぬけのからだった。そして、村の人たちはしだいに、少女が発狂しているのだ、と噂するようになったが、少女はけっして不幸ではなかった。誕生日が近づくたびに、少女は化粧《けしょう》し、いそいそと買物に出かけ、そして歌を口ずさんだ。

十年たち、少女は二十五歳になった。十五年たち、少女は三十歳になった。

村の絵具屋《えのぐや》は、「青色」だけを、少女のために特別に仕入れなければならなかった。

ある日、少女は窓の外で「かもめよ！　かもめがとんでるよ！」と叫《さけ》んでいる声を聞いた。

叫んでいるのは、漁師《りょうし》の子たちであった。港町なのに、かもめが来たことのない町だったので、めずらしがって子供たちは渚《なぎさ》ぞいにかもめを追いかけた。

沖から来たかもめ！　そう思うと、少女はとてもなつかしくなった。少年が去って行ったほうからやって来たかもめ、そのたくましい白い翼《つばさ》。しかも、わたしの誕生日に、窓へ向かってとんで来たかもめ！

だが、そのかもめを見ようとして、少女が階段を駆けおりて、暗い裏口から波止場通りへとび出して行ったとき、少女は耳を刺《さ》すような銃声を聞いた。

少女が、駆けつけたとき、かもめは酒場のカウンターの上で、死んでいた。そして、一発で仕止めたバーテンのふとっちょが、自分の腕自慢《うでじまん》をしている。

少女は、生れてはじめてかもめという鳥を見た。かもめは、死んでも翼《つばさ》をひらいていた。

（死んでしまったあとで、かもめは一体どこをとぼうとするのだろう）。

少女は、その日少し酒を飲んだ。バーボンを潮水で割った「難破船《なんぱせん》」という荒っぽい船乗り向けの酒だった。少女は、酔《よ》った。

すると悲しいこともみなおかしくなってきて、はいてる靴を脱《ぬ》ぎ、踊りたくなった。少女が踊りだすと、バーテンや客たちは、みなからかい半分にはやしたてた。

「やあ頭のおかしい女が本性《ほんしょう》をあらわしたぞ」と、だみ声の水夫《すいふ》がひやかした。「とうとう本性をあらわしたぞ」

少女は、酒場のすりきれた古いレコードにあわせて踊り、踊りながら泣き、泣きながら笑った。

「海で死んだひとは、みんなかもめになってしまうのです」……と、レコードは歌っていた。

夜になると、風が出てきた。そして、酔《よ》いつぶれた少女はその夜、水夫たちのなぶりものにされた。

だが、意識を失った少女は自分が「少年」に抱《だ》かれているのだと思い、なんだか幸福な気さえした。それが、少女の生涯で知った一度の「婚礼《こんれい》の夜」だった。

そして、少女はほんとうに発狂してしまった……。

4

少女は、やがて、かもめの絵ばかり描《か》くようになった。

それは、とても写実的で、絵に描いたとは思えないようなかもめであった。

どのかもめも、翼《つばさ》をひろげていた。そして、どのかもめも若々しく、たった今、遠い国から海の上をとんで来たばかりのように、翼が濡《ぬ》れているのだった。

一日に一羽ずつ……。少女は毎日、屋根裏部屋でカンバスに、かもめを描きふやしていった。

しかし、少女はもうけっして笑うことはなかった。もう、少年が帰って来るとは思えなかったし、彼女は「希望という名の病気」からも、回復してしまっていたのである。

少女は、ときどきかもめの絵に取り囲まれて「棒《ぼう》にふった一生」のことを思い出しながら、あの酒場で聴《き》いた暗いシャンソンの歌詞を口ずさんだ。

海で死んだひとは、みんなかもめになってしまうのです。

「かもめになれるだろうか、わたしでも」と少女は思った。

もしかしたら、翼《つばさ》が短くてとべないとか、年をとりすぎて海の上をとんでいるうちに力つきてしまうとか、するのではないだろうか?

でも、もしもかもめになることができたら、わたしは沖のほうへ行ってみよう。あの、少年の船が去っていった遠い国をたずねて、行けるだけ行ってみよう。

そう思うと、すこし元気が出てきた。もしもわたしがかもめになって行った先に、少年が生きていたとしたら、わたしはその幸福な家の屋根の上をなんべんでもとんでやろう、とも思った。

そして……ある月の明るい夜。少女は、岩壁《がんぺき》の上から、海にとびこんで自殺した。

（できるだけ、かもめになれるように、両手をひろげて、目をつむって）。

5

その夜、少女の屋根裏で、無数の羽ばたきが聞こえた。

不審《ふしん》に思った階下の女中がのぼって行ってみると数十羽のかもめが、窓から沖に向かってとび去っていくところであった。

そして、カンバスの中は、どれもかもめが抜けていった空白だけが残って、むなしく月の光を照り返しているのだった。

6

あれから、もう五十年にもなるなあ、と老人は思った。

老人こそは、あの夜、少女の黒い髪を帆柱《ほばしら》に結んで船出した少年だったのだ。しかし、老人は、約束どおりには、帰帆《きはん》しなかった。

航海先の、小さな島で、貧しさに破れて、小さな船員食堂の皿洗《さらあら》いになって、住みつき、帰るあてもないまま、いたずらに月日が過ぎ去ってしまった。そして、その島で燈台守《とうだいもり》の娘と結婚し、子の親となり、孫《まご》を得た。

それでも、ときどき、海の日ざしにまどろみながら、五十年前に少女とかわした、ほんの取るに足らない約束を軸《じく》にして、さまざまの空想を愉《たの》しむのが、ただひとつの生きがいになっていた。

もしかして、少女が自分を待っていて、こんな空想のように、悲しい最後をとげたのなら……と思うと、老人の胸はいたんだ。しかし、現実はたぶん、そんなに物語に似てはいないだろう。

少女も、嫁《とつ》ぎ、子をなしてこんな暖かい日は、かもめでも見ながら、あの若かった日のことを思い出して、微笑していることだろう。

「世の中には、人生の上手《じょうず》なやつと下手《へた》なやつがいるものだ」

老人は、孫《まご》の頭をやさしく撫《な》でてやりながら、もう一度海のかもめの数を数えはじめた。

ほんとうに、航海向きのいい日和《ひより》だった。

わたしは、ロマンスなんて信じない、現実はけっして甘いものではないのだ――老人は、そうつぶやいた。

それは真実だった。だが、老人はまだ、心の奥深くあの夜の少女を愛していたのである。

壜《びん》の中の鳥

なぞなぞ　たてろ
同じ鳥でも飛ばないとりはなあんだ?

それはひとり　という鳥だ

1

「へんな鳥だなあ」

と、少年は思いました。なぜなら、その鳥は新聞を読むのです。

ひろげておいた「ザ・タイムズ」の株式市況欄《かぶしきしきょうらん》の上から、まるで米粒《こめつぶ》をついばむように活字を一字ずつひろい読みしてゆく鳥を見ていると、少年はなんだか、おかしな気分になりました。

あけておいた窓から、ひょっこり迷いこんで来て、いつのまにか少年の寝室に住みついてしまった鳥でしたが、なんという種類の鳥で、どこからやって来たのか、少年には、まるで見当もつかなかったのです。

それに、その鳥はなんとなく、いばっていました。鳥のくせに、咳払《せきばら》いをしたり、壜《びん》のふたをこじあけて、パパの大切なスコッチ・ウイスキーをこっそり飲んでしまったり、パイプの上にとまって、くちばしでパイプ掃除《そうじ》をしたりするのです。

「まるで」

と少年は思いました。

「どこかのパパを見ているようだ」

そのころ、探偵事務所では一人の婦人が、目がしらをハンカチでおさえて、泣きじゃくっていました。黒蝶のような口髭をはやした探偵は、調書《ちょうしょ》の上に

頬杖《ほおづえ》をついて、

「つまり？」

と訊《き》きました。

「いなくなったというのは、あなたのご主人なんだね？」

婦人は、だまってうなずきました。

「三十年、気象台観測所を無欠勤だったご主人が、ある日突然、いなくなってしまった。どこへ行ったのか、なぜ蒸発してしまったのか、皆目《かいもく》、見当がつかない、というわけだね？」

「はい、そうです」

と、婦人は答えました。

「もし、わたしのどこかが悪かったのなら、あらためます。もし、ほかに好きなひとができたというなら、それもがまんします、とにかく、一度は家へ帰ってきてほしいのです。だまっていなくなってしまうのは、あんまりだと思うのです」

「よろしい」

と、口髭の探偵は言いました。

「なんとか、さがしてあげることにしよう」

でも、その口髭の探偵も、いなくなった男が、鳥になってしまったのだということは、まったく、思ってもみなかったのでした。

2

おかしなことはひきつづいて起こりました。タクシーの運転手は、居酒屋の前で、三人家族を乗せたつもりだったのに、降りていったのは二人だったのです。二人は、酔《よ》っぱらっていたせいもあって、あたりまえのように、

「やあやあ、どうもありがと」

と言って、暗闇のなかへ消えて行きました。

「おかしいな、たしか三人乗せたと思ったのに」

と思いながら、うしろの客席をふりかえった運転手は、思わずアッと声をのみました。そこには、酔っぱらった鳥が一羽、すやすやと寝息をたてて眠っていたのです。

3

教室では、唱歌の時間でした。先生が黒板に書い

た詩を、生徒たちは声をそろえて歌っていました。

「さあ、みんな、できるだけ大きな声で歌うんだよ。はい、一、二の三！」

消えるという名のおばあさん
消えるという名の汽車に乗り
消えるという名の町へ帰る
さよならさよなら
手をふったら
あっという名の
月が出た

生徒たちが大声で歌いはじめると、教壇の上で先生は、苦しそうに咳《せき》をしはじめました。それから机にうつぶして、肩をふるわせはじめると、少しずつ少しずつ、体が小さくなっていくように見えました。

消えるという名の罎《びん》が一本
酒屋の棚《たな》の片隅で
ほこりをかぶって立っていた
まっくらまっくら
のぞいてみたら
あっという名の
鳥がいた

ふいに先生は、両手で肩を抱き、しゃがみこみ、顔をあげると、そのままちぢんでいって、にぎりこぶしくらいの大きさになってしまいました。よく見ると、両肩だと思ったのは、スウェードの翼《つばさ》でした。先生は、その翼を大きく二、三度うごかすと、教室の窓から飛んで行ってしまいました。

「あっ！」

と、生徒の一人が叫びました。

「先生が、鳥になっちゃった！」

4

この現象は、ひきつづいて起こりはじめました。でも、目撃者たちの談話のどこまでがほんとで、どこまでがうそなのかは、だれもわかりません。

なにしろ、鳥にはうそ発見器が通用しないし、目撃者たちの話には、科学的根拠などまるでないのです。

下町の娼婦「ベッドの中にいたときは、たしかに船乗りだったのよ。マドリードの刺青《いれずみ》屋でいれてきた青い蝶の刺青《いれずみ》をした男だったわ。毛深くて、しつこくて、へとへとにくたびれた……。

ところが、金をはらう段《だん》になったら、突然いなくなっちゃって、ベッドの上に鳥が一羽！　ちくしょう、世間《せけん》の噂を利用して、鳥になったふりをして金をごまかそうたってそうはいかないよって、ベッドの下までさがしたけれど、船乗りはかげもかたちもなくなっていた」

焼鳥屋の主人「いつものように、焼鳥用の鳥の羽《は》毛《ね》をむしっていたら、なかの一羽の様子がなんだかおかしいんだね、しきりになにかしゃべってる。

そこで、気がつかないふりをして耳をすますと、両半球だの、ヒンズー暦《れき》だの、惑星だのと、わけのわからんことばっかしなんだ。

そいでね、『よう、おまえはなんだ？』って訊いたら、その鳥が、『おれは天文学者《てんもんがくしゃ》だ』なんて言いやがるのさ。

『土曜日に学会があるんで、古代天文学における金星の役割りについての草稿《そうこう》をまとめてるんだ』なんて言いやがってね、そのうちに羽毛をむしられて、焼鳥の仲間入りをしちまった」

エレベーターガール「たしかに、ドアをしめたときは、セーラー服の女学生が九人だったそうです。でも、あたしがあけたときは、中から九羽の小鳥が飛び出してきただけでした。

はい、途中で一回も止まらず、一階から屋上《おくじょう》まで直行で来たエレベーターだったのです」

刑事「なによりも弱ったのは、わたしが真犯人だ、と言って突き出しても、だれも信用してくれないということです。

たしかに、最近は、ほんものの鳥を持って来てそれに責任をなすりつけようという輩《やから》がふえたことは事実ですが、わたしのつかまえた犯人は現行犯だったのです。

それなのに、上司《じょうし》は、『鳥でごまかそうっていったって、そうはいかんよ』と渋い顔をしたきりで、捜査を打ち切ろうとはしませんでした」

子供「ママが鳥になってしまったので、鳥と遊んでいたら、そこへ、べつの鳥が飛んで来て同じようなのが二羽になってしまったの。

どっちがママなのかわからないので、困っていたら、そこへズドン！　と鉄砲の音がして一羽に命中してしまったの。でも、死んだのがママなのか、びっくりして飛び去って行ったのがママなのか、見わけがつかないので、ぼくは泣いたほうがいいのかどうか、迷っているところなのです」

5

町には、鳥がどんどんふえてゆき、それにつれて人口《じんこう》がへってゆきました。どういうタイプの人間が鳥になりやすいのかを研究していた社会学の教授も鳥になってしまったし、謎をとくために鳥語の分析をし、「鳥との会話」ができるようなことばを考案していた言語学者も鳥になってしまいました。

つまり、手がかりはまったくつかめないまま、ひとが鳥に変ってゆくという事実だけが、伝染病のようにひろがっていったというわけなのです。

なかにはまちがって、ほんものの鳥を相手に、心変りをなじっている女もいました。

見知らぬ鳥を追いかけて他国へ行ったまま帰ってこない迷い子もおりました。それから、「鳥になりたい」と思いつづけて、エサばかり食べても鳥になれない、かわいそうな老人もおりました。

『あなたも鳥になれる』という本と、『鳥にならない秘訣《ひけつ》』という本が、同じ数だけ売れました。そして、空はいつもと同じように、どんよりと曇《くも》っているのでした。

6

これは、そのなかのひとつの悲しいお話です。男の子は、ムギという名でした。女の子は、サキという名でした。

二人は愛しあっていて、近く結婚することになっていました。毎土曜日の夜、二人は飛行場のちかくの麦畑で、夜間飛行を眺めながら、将来のことを話しあっていたのです。ムギが、北ニューギニアの「二度神《にどしん》」のことを話しました。

「二度神ってのはね、生涯にたった二度だけ、願いをかなえてくれて死んでしまう神さまなんだ」

「二度だけ?」

「そう、二度だけ」

サキは、まだ見たことのない二度神のことを、いろいろ空想しました。たったふたつだけ願いがかなえられるとしたら、なにを願おうかしら。空の青さ、赤ちゃん、家、二人の幸福。

ところがある土曜日のことです。いつものようにサキが麦畑の「約束の場所」へ行ってみると、いるはずのムギがいなくて、木の枝の上に一羽の鳥がとまっているだけだったのです。はじめ、サキはムギがおくれて来るのだと思いました。

でも、夜おそくになってもムギがあらわれず、その鳥がひとなつこく膝《ひざ》の上にやって来るのを見たとき、はじめて「あのひとは鳥になってしまったのだ」ということがわかったのです。サキは、一羽の鳥をてのひらにのせて、じっと見ているだけで、目がしらがあつくなってくるのを感じました。

なぞなぞ　たてろ

同じ鳥でも飛ばないとりはなあんだ?

それはひとり　という鳥だ

夜、麦畑の中で、鳥に頰をよせたままうたた寝をしていたサキは、二度神のすがたを見ました。サキは思わず、願いました。

「神さま、わたしも鳥にしてください」

すると、一陣《いちじん》の風が吹きました。サキのてのひらの上の鳥も、なにか言ったようでした。嘴《くちばし》をひらいて、必死で目を見ひらいていました。

すると、風の中で鳥は大きく羽ばたきながらムギにもどり、かわってサキは小さな鳥になってしまったのです。

サキは「わたしをムギのように、鳥にしてください」と願い、ムギは「わたしをサキのように、人間にもどしてください」と願ったのでした。

ああ、とムギは自分のかたわらにうずくまってい る、悲しい一羽の鳥を見おろして言いました。

「すれちがってしまったのだ！」


でも、ムギも、サキも、もう一度すがたを変えることはできませんでした。なぜなら、願いをかなえてくれる二度神は、たった二度だけしか、神さまの力を発揮することができないからです。

そして、それからムギは、一生、結婚しないで、このかわいそうな鳥といっしょに暮らそう、と決心するほかはないのでした。


ひとりという名の、さびしいとりの物語は、これでおしまいです。

消しゴム

棺桶屋の親指じいさんのひとりごと

やあ、気がつきましたか？　猫のけむり（という名前なのです）ちゃんの尻尾《しっぽ》が、半分なくなっていることを。

（ちょっと笑って）これはね、まちがって消しゴムで消しちまったんですよ。ちょっと、こすったら、簡単に消えてしまいやがった。

猫の尻尾だけじゃない。じつは、酔っぱらって、寝てる女房を消しゴムでゴシゴシやってしまったもんでね。おかげで、ほれ、このとおり。

猫だけしか話相手のない、やもめ暮らしになっちゃったんですよ。

釘抜き横丁じゃ、みんながあたしのことを笑いものにしてるってことも、知ってますがね。もとはと言えば、おれが悪いんじゃない。この、消しゴムが悪いんでさ。

棺桶作りの親指じいさんは
酒ぐせが悪い
酔っぱらって
女房を消しちまった
消しゴムでゴシゴシ消しちまった
見ていたのは
港のかもめばかり

水夫のジョニーのひとりごと

その話を聞いて、ぼくは、「おかしな消しゴムだな」って思ったんです。

だって、学校で使ってるぼくの消しゴムは、紙に書いたものしか消せないのに、生きてるおかみさんや猫の尻尾《しっぽ》まで消してしまう消しゴムだなんて、とても不思議な気がしたからです。

そこで、ぼくは、棺桶屋の親指じいさんに、その消しゴムを売ってる店を教えてもらったんだ。

棺桶屋の親指じいさんは、「教えてやってもいいが、おれを消しちまったら承知しないぞ」と言って酒壜《さかびん》一本とひきかえに内緒の古道具屋さんを教えてくれた。

それは海賊たちの盗品を専門にあつかっている港町でいちばん古い、（もう、ほとんどつぶれかかっている）古道具屋の「ふくろう亭《てい》」なのでした。

ぼくは、さっそく「ふくろう亭」にとんで行きました。

水夫《すいふ》のジョニーは
消しゴムがほしい
なにを消すために？
知っているのは
港のかもめばかり

古道具屋「ふくろう亭」主人のひとりごと

はい、はい。これが売れ残った最後の消しゴムです。大切に使ってくださいい。

それから、この消しゴムが、どこで作られたか、原料がなんでできているか、今まで、どんな人たちが買って行ったか、といったことを訊《き》いてもあたしはなんにも知りませんよ。あたしはこのとおり、耳が遠いし、目もよく見えません。

この最後の消しゴムが売れたら店をたたんで、どこか遠いところへ行ってしまうつもりなんです。「ふくろう亭」は信用第一の店です。あたしはこの五十年のあいだに、ありとあらゆるものを売ってきましたが、もう商売にはあきてしまった。

ああ、そうそう。この消しゴムの使い方を教えておかなきゃね。いいかな。まず、ガラス板を一枚持って来て、それを消したいと思うものの手前、つまり、あんたのすぐ目の前に立てるんです。

すると、ガラスごしに消したいものがある。ちょうど、紙に描いた絵のように、ね。そこで、あんたは、消したいものををガラスごしに消してゆく。

すると、鉛筆画を消すように、きれいにさっぱり消えてしまう。と、まあそんなわけなんですよ。アッハッハッハッ。

作者の私による描写

水夫のジョニーは大喜びで、その消しゴムをズボンのポケットにしまいこんで帰って来た。知らず知らずのうちに、のどの奥から口笛がひとりでにおどり出てきた。

角《かど》をまがったところで電線の上につばめが三羽。

「よし、消しゴムの威力をためしてやろう」

と、ジョニーは酒屋の看板にガラス板を立てかけて、身をかがめて一羽のつばめをのぞきこみ、それをゴシゴシ消しはじめた。

するとどうだろう、まるで、淡い鉛筆画のつばめが消えてゆくように、生きたほんもののつばめが消えてしまったのだ。

消えた
消えた
つばめが消えた
怪人消しゴムさまの
お出ましだ

ここで土曜夫人を紹介します

ところで、水夫のジョニーが「なんでも消してしまう消しゴム」をほしがったのには、わけがあったのです。それを説明するためには、まず、土曜夫人のことから話しはじめねばなりません。

土曜夫人。古いドイツ映画の大女優ヒルデガルド・クネフにちょっと似たあやしい魅力をたたえた黒衣のマダムを一目見てから、水夫のジョニーは、すっかり恋の虜《とりこ》になってしまったのでした。

ところが、この土曜夫人は、本名がなんというのか、どこに住んでいるのか、だれにも正体がわからないのです。

ただ、いつも土曜になると町にあらわれて、口笛を吹きながら、ちょっと腰をふって歩くのです。一度、すれちがったときに、ジョニーはウインクをされて、感電したように全身がぶるぶるふるえてしまい、その夜は、夢にまでうなされてしまいました。

夢のなかで、土曜夫人は、真赤な薔薇《ばら》の花をむしゃむしゃ食べながら、ジョニーに馬乗りになっているのでした。ジョニーは手綱《たづな》をかけられて、(裸だったかも知れない)、土曜夫人の言うとおりに前へ進もうとするのですが、足もとが不安定で、ちっとも進むことができず、そのうえ、ちょっと動くたびに、四つん這《ば》いの足の下から古い船唄が聴《き》こえてくるのでした。

気がつくと、そこは、海の上に浮かんでいるグランド・ピアノでした。

だから馬になったジョニーが一歩でも前へ進むと、土曜夫人をのせたまま海へしずんでしまうことになるので、ジョニーは必死で踏みとどまっていなければならないのでした。

目玉座《めだまざ》の旅芸人ファンファンの忠告

恋をしただと？　それは無理だよ、ジョニー。だいいち、年がちがいすぎるよ。だいたい、あの女を独占しようったって無理というもんだ。

おまえは文無《もんな》しだがあの女は見るからに贅沢そうだ。噂じゃ、片目の船長だの、剝製《はくせい》商人のイワン・ゴドノフだの、潜水夫《せんすいふ》の刺青《いれずみ》ジャックだのと、男がいっぱいいるそうじゃないか。

土曜夫人は浮気女だ。世間知らずのおまえなんかの手におえるしろものじゃない。

おまえにゃ、贈り物の指輪も買えない。おまえにゃ、酔わせるだけの酒代《さかしろ》もない。おまえにゃ、うっとりさせる歌もない。おまえにゃ、抱《だ》いてやる太い腕もない。まあ、あきらめたほうが、身のためというものさ。

土曜夫人に恋をした

月曜日にはため息ばかり
火曜日にもため息ばかり
水曜日にもため息ばかり
木曜日にもため息ばかり
金曜日にもため息ばかり
ああ　どうしたらいいんだろ
知っているのは
港のかもめばかり

作者の私による描写

少年水夫ジョニーは、美しい土曜夫人を、自分でひとり占めにするために考えがありました。それは、土曜夫人とつきあっている男たちを片っぱしから消しゴムで消してしまうことでした。

そうすれば、自分だけになるから、土曜夫人もきっとやさしくしてくれるにちがいないと、思ったのでした。

古いシャンソン「酔っぱらいの一夜」のレコードが、そのまま空に浮かんだようなまるいお月さまの夜に、少年水夫ジョニーはガラス板と消しゴムを持って出かけて行きました。鳥打帽を目深《まぶか》にかぶって、だぶだぶのズボンをはき、怪人消しゴムにふさわしく変装しながら。第一の目標の片目の船長を消すために。

赤い犬をつれて、親指のかたちをしたパイプをくわえ、ラム酒の樽に腰かけて土曜夫人を待っている片目の船長さん、ごめんなさいと心でわびながら、ゴシゴシ、ゴシゴシ、ジョニーは、消しゴムで片目の船長を消しはじめました。

ゴシゴシ、ゴシゴシゴシ、すると片目の船長は、だんだん薄くなり、とうとう消えてしまいました。

おくれてやって来た土曜夫人はびっくりしてしまいました。だってそこには消し忘れた船長の二つの長靴だけがあって、船長はどこにもいなかったからです。ふりむくとジョニーが立っていて、にっこりと笑いました。

同じ方法で、ジョニーは、剥製商人のイワン・ゴドノフを密会用の霊柩車《れいきゅうしゃ》といっしょに消しゴムで消してしまい、土曜夫人がやって来たとき、ふりむいてにっこり笑いました。

同じ方法で、潜水夫《せんすいふ》の刺青《いれずみ》ジャックを、遠乗り用の白い馬といっしょに消しゴムで消してしまい、土曜夫人がやって来たとき、ふりむいてにっこりと笑いました。

とうとう、土曜夫人がジョニーに声をかけてくれました。

「あした南洋ホテルへいらっしゃい」と。

鍵穴の中の男？

両手いっぱい真赤なバラを抱えて、少年水夫のジョニーは出かけて行きました。土曜夫人との密会に胸をおどらせながら。

でも、部屋のドアの前まで来ると中から男の声がするのです。まさか、と思いましたが、耳をすますとやっぱりそうなのです。ジョニーが鍵穴から中をのぞくとちょうど、だれかが、浴槽へ入っているのがうしろ向きで見えました。

くやしい！

とジョニーは思いました。せっかく土曜夫人をひとり占めにできたと思ったのに、だれか先客がいたのです。

ジョニーは消しゴムをとり出し、鍵穴にガラス板をおしあててゴシゴシと消しはじめました。

「消えろ、消えろ、ぼくの恋敵《こいがたき》！」

そしてすっかり消してしまってから、ドアをあけて中へ入って行きました。

ああ、すると中にはだれもいませんでした。そしてベッドの上のラジオだけが、バリトンの声でなにかをしきりに話していました。

聞こえていた男の声はこのラジオだったのだ、とジョニーは気づきました。

とすると、さっき自分が消してしまったのはもしかしたら、いや、たしかに、土曜夫人だったのです。

まちがえた
まちがえた
まちがえて
土曜夫人を
消しゴムで
消したんだ

どうしよう
どうしよう
青い月夜の
港のかもめ！

とりかえしのつかぬ失敗をしてしまった少年水夫のジョニーは、泣きながら、今は消えてしまった土曜夫人のあとを追って、自分も消えるほかはないと思いました。

そこで、鏡に向かって、消しゴムで自分を消しはじめたのです。

ところが、もうだいぶん使ってきた消しゴムは、ジョニーを半分消したところですりへってなくなってしまったのです。

かわいそうに、半分消えた少年水夫ジョニー、下半身だけ消えてしまった少年水夫のジョニーは、青い月夜の港町を新しい消しゴムをさがして、泣きながら旅立って行ったそうです。

踊りたいけど踊れない

手は勝手に書いていた
足は勝手に踊っていた
とりのこされた
あたしはひとりぼっち

夜になっても眠れない

手のいたずら

ミズエは1と書くつもりでした。ところが、どういうわけか、手は2と書いてしまったのです。

「おやおや」とミズエは思いました。1じゃあんまりさびしすぎるので、手が勝手にもうひとつふやしたんだわ。でも、そんなことはよくある「書きまちがい」だと思えばたいしたことではありません。

ミズエは、手を軽くたしなめてから、2を消しゴムで消して、もう一度1と書こうとしました。そうしたら、手はやっぱり2と書いてしまったのでした。

そればかりではありません。その日から、手は、まったくミズエの言うことをきかなくなってしまったのです。

たとえば、ヴァイオリンのお稽古《けいこ》のとき、ミズエは先生の言うとおりに、ブルーノの練習曲一番をひくつもりだったのに、手は、まだ一度もひいたことのない「もだえる鰐《わに》」をひいてしまいました。

先生はびっくりして、

「なんて下品な曲をひくんです」

と、たしなめました。

ミズエは、自分がそんな曲をひくつもりはなかった、ということを説明しようと思いましたが、たぶん、わかってもらえないだろうと思い、やめました。

そして、

「ごめんなさい、もう一度やってみます」

と言いました。そして、真剣にブルーノの練習曲をひいたのですが、やっぱりひき終った曲は「犬頭のはらみ女」という曲になっていたのです。

先生は、とうとう怒りだしました。

「お尻を出しなさい。罰として、ヴァイオリンの弓で折檻《せっかん》しますよ！」

足のいじわる

手が言うことをきかなくなってから三日もたたないうちに、こんどは足が、ミズエに反抗しはじめました。土曜日の朝、ミズエは病院にロバおじさんを見舞いに行くつもりでした。ところが、足が勝手に歩きだして、水族館のカタクチイワシの前まで行って立ち止まってしまったのです。

「こんにちは」

と、ミズエは言いました。

「ほんとは、あなたに会いに来たんじゃないのよ」

カタクチイワシは親子で歯ぎしりしていました。

「おれたちも、あんたなんかに用はないよ」

それで、この出会いはおしまいでした。もっとも十五歳の少女と、親子のカタクチイワシでは、ロマンスが生れるわけもありませんがね。

でも、どうして水族館などへやって来たのか、とミズエは考えました。かりに、足が病院に行くのをいやがったとしても、そのかわりに水族館のカタクチイワシをえらんだのには、なにか「必然性《ひつぜんせい》」があったからではないでしょうか。

考えても考えても、納得《なっとく》がいきません。ミズエは、自分の足に訊《き》いてみたいと思いましたが、足がどんなことばを話すのかわかりませんでした。

あくる日曜日、ミズエは、バラ園にバラを観に行こうと思いました。でも、やっぱり足が勝手に歩きだして、チャイナタウンの玉突屋《たまつきや》の二階の占《うらな》い婆さんの階段をのぼっていたのでした。

占い婆さんは、古びたテーブルの上につんであるトランプをさして言いました。

「好きなのを、一枚めくりなさい」

そこで、ミズエは上から二枚目のカードをめくろうとしたのですが、また、手がミズエの言うことをきかずに、下から七枚目のカードをめくってしまったのでした。

それはハートのカードでした。

「おまえには、好きな人がいるね」

と占い婆さんが言いました。

「でも、早く心を打ちあけないと、ほかの子にとられてしまうよ」

心の打ちあけ方がわからない

ミズエの好きな人――それは、馬の調教助手の少年でした。サラブレッドの馬の世話をしたり、それを乗りこなしたりする仕事です。馬が運動不足になったり、太りすぎになったりしないために、少年は毎朝、サラブレッドを走らせていました。

朝霧のなかを、白い馬にまたがってひと走りし、ひたいにうっすらと汗をうかべて下りて来るときの少年を公苑《こうえん》の柵《さく》ごしに見てるだけで、ミズエの心は高鳴るのでした。

少年も、ときどきミズエのほうを見てにっこり笑いかけましたが、でもまだ、二人はお互いに名乗りあったことも、口をきいたこともありませんでした。

ミズエは、少年に手紙を書こうか、と思いました。でも、手はきっとミズエの思ってることとちがうことを書いてしまうにちがいありません。それを思うと、こわくて手紙なんか書けるわけがないのです。

今のままでもいいのですが、チャイナタウンの占い婆さんの言ったことばもなんだか気がかりです。

「早く心を打ちあけないと、ほかの子にとられてしまうよ」

という「ほかの子」とはいったいだれのことなのでしょう。その子がもしも、あたしよりもずっとかわいい子で、少年もその子を好きになってしまったら、と思うだけで、ミズエは不安になってしまいます。

なんとかしなければならないのですが、まだ十五歳のミズエには「心を打ちあける」のにどんな方法があるのか、わからないのでした。

その夜、ミズエはいつものようにベッドに腰かけて、本を読んでいました。読んでいた本は、サドの「ジュスチーヌ」。

ほんとは、エリナ・ファージョンの「ムギと王さま」を読もうと思ったのですが、言うことをきかない手が、勝手にサドの本をえらんでしまったのです。

このところ、ミズエはすっかり、手の言いなりになってしまっていました。晩ごはんのときでも、ほんとはサラダを食べたいのに、手が勝手にコールドミートを口にはこんでしまったり、グラナディン・ソーダを飲みたいのにワインを口にはこんでしまったりするのです。手だけではなく、足もそうです。

真夜中、みんなが寝しずまったころに、突然ベッドを脱《ぬ》け出して、台所や書斎で、場所柄《がら》もわきまえずに勝手に踊りだしてしまう足に、ミズエもほとほと困りぬいてしまっていました。それも、ひと晩じゅう、音楽もなしで踊りだすのですから、ミズエはすっかりくたびれてしまいます。

足をベッドのはしに縛《しば》りつけようとすると、こんどは、手が言うことをききません。どうやら、手と足は仲がいいらしいのです。

「これはほんとの私じゃない」

とミズエはつぶやきました。

「私はとじこめられてしまったんだ」

そのとおりです。かわいそうに、ミズエは、自分の体の中にとじこめられてしまったのです。

キャベツの芯《しん》に
とじこめられているのはだれ？
靴のお船に
とじこめられているのはだれ？
書物の二十三頁と二十四頁のあいだに
とじこめられているのはだれ？
もしも
虫メガネの探偵がやってきたら
わたしをさがしだしてください
わたしのからだにとじこめられた
ほんとのわたしは泣いている

愛したいけど、愛せない

「しかし、言うことをきかなかったのは、ほんとうに手や足なのだろうか？」

とロバおじさんは言いました。

「もしかしたら、手や足のほうが正直で、あたまだけが、おまえのすることにさからってるのではないのかね？」

言われて、ミズエはハッとしました。そんなことは一度も、考えてみたことがなかったからです。

「おまえは、あたまだけを信用しているようだが、あたまだけが正直者とはかぎらんぞ」

そう言われてみると、そうかも知れません。自分というのが、いつもあたまのことをさしていると思っていたなんて、ちょっと軽率だったかも知れないわ、とミズエは反省しました。

でも、「反省している」のも、やっぱりあたまだとしたら——ああ、だんだん、わからなくなってきました。


あくる朝、ミズエがぼんやり考えごとをしながら歩いていたときのことです。向こうから、白い馬にまたがって少年がやって来ました。少年は、半ズボンをはいて、はだしでした。

「おはよう」

とミズエに声をかけてきました。

「おはよう」

と言いながら、ミズエは思いがけない出会いに真赤になってしまいました。なにかが、ミズエをいそがせているようでした。

「今だ、今しかチャンスはないんだわ」と。

ミズエは、

「あの……」

と、口ごもって言いました。少年は、にこにこしながら、馬上からミズエを見下ろしました。それから、

「あなたのことを好きです」

と言うつもりで思いきって口をひらいて、

「あなたのこと、きらいです」

と言ってしまいました。ミズエ自身も、思わず、アッと声をあげそうになりましたが、馬上の少年も

びっくりしたようでした。口までが、ミズエの言うことをきかなくなってしまっていたのです。

ミズエは、あわてて、もう一度言ってみました。

すると、こんどはスラスラと言えたのでした。

「あなたのことを、好きです」

馬上の少年は、ますます面《めん》くらったようでした。なにしろ、いきなり「きらいです」と言われて、それからすぐに「好きです」と言われても、どう返事していいのか、わからないじゃありませんか。

少年は、困った顔をして、白馬にひとムチくわえました。白馬は、いきおいよく走りだして行ってしまいました。ポツンとのこされたミズエは、途方にくれました。

自分がたった今言った二つのことば、

「あなたのことを、好きです」と、「あなたのこと、きらいです」とは、たしかにどっちもミズエのことばでした。

でも、それを言わせた、ほんもののミズエはいったいどこにいるのでしょうか?

「一度でいいから」とミズエは思いました。

「ほんものの、あたし自身に会ってみたいわ」

女のからだは　お城です
中に一人の少女がかくれている
もういいかい?
もういいかい?
逃げてかくれた自分を　さがそうにも
かくれんぼするには
お城はひろすぎる

たぶん、ミズエが、自分を見つけ出したとき、「彼女」はきっと大人になっているでしょう。だから、ミズエはあきらめました。そして、言うことをきかない、手や足や——そして口に、自分のこともなにもかも、まかせてしまうことにしました。

手や足や口が、もう一度だけ少年に会うチャンスをつくり、こんどこそほんとうに、

「あなたが好きです」

と言ってくれればいいのにな、と思いながら。

たよりない初恋のお話です。

かくれんぼの塔

大人になるまでかくれています

「かくれんぼして遊ぼうよ」

と、言った。緑色の髪の、男の子だった。その子がどこから来たのか、なんという名なのか、だれも知らなかった。それでも子供たちは集まってきた。みんな退屈《たいくつ》していたので、だれかがさそいかけてくれるのを待っていたのである。

「鬼《おに》をきめよう」

ジャン、ケン、ポン。負けたのは、緑色の髪をした、その子だった。

「ぼく、いつも負けるんだ」

と、鬼になったその子は、舌《した》を出した。それから、目かくしをしてしゃがみこんだ。子供たちは、かくれるために散っていった。

「もういいかい？」

と、鬼は言った。

「まあだだよ」

と、声がこたえた。また、一から百までかぞえて鬼は言った。

「もういいかい？」

こんどは返事がなかった。

「もう大丈夫だ」

と、鬼は立ちあがった。そして、町のほうへかくれた子供たちをさがしに行こうともせず、一人でスタスタと、どこかへ去って行ってしまうのだった。


その夜、町に混乱がおこった。交番の電話が鳴りっ放しだった。「うちの子が、夕方から帰ってこない」という母親の泣き声もあった。「弟が、いなくなってしまった」と、おろおろする中学生もいた。何人かの子供たちが、かくれんぼ遊びでかくれたまま、出てこなくなってしまったのだった。捜索隊《そうさくたい》が、町中をさがしたが、かくれた子供たちは、消えてしまったらしく、どこにもかげも形もなかった。

あくる日、同じ頃、別の町で、「かくれんぼして遊ぼうよ」と、子供たちをさそっている、男の子がいた。緑色の髪の毛の、きのうの子だった。どこから来たのか、なんという名なのか、だれも知らなかったけど、みんな集まって来た。

「鬼をきめよう」

と、その子は言った。ジャン、ケン、ポン。そして、その子は、

「ぼく、いつも負けるんだ」

と言いながら鬼になった。目かくしして、しゃがみこんで、

「もういいかい?」

と言った。

その夜も、かくれた子供たちは見つからなかった。消えてしまったのか、それとも絶対見つからぬように、(これから何年も)かくれつづけるつもりなのか? だれ一人として、その謎《なぞ》をとくことのできる者はいなかった。

次の日も、そのまた次の日も、別の町でかくれんぼ遊びがあって、子供たちは消えた。そして、とうとう、この国には子供が一人もいなくなってしまったのだった。いったい、あの緑色の髪の男の子は、何者だったのだろう?

過ぎてゆく秋の日ざしのなかで、ぼくはふと、スペインの古い詩人の書いた「歴史」という名の絵本の一節《いっせつ》を思い出していた。

死んだ子どもと　かくれた子ども
夜を千までかぞえたら
大人になって帰ってくるよ

あるかくれんぼの鬼の告白

「わたしは、もう、七十年間もかくれんぼの鬼をやっておる」

と老人は言った。まるで、永年勤続《えいねんきんぞく》で表彰《ひょうしょう》してほしい、とでも言いたげな口ぶりだった。とりだした一枚の名刺《めいし》にも、肩書《かたがき》は、「かくれんぼの鬼」とな

っていた。

「どうして、そんなに長いあいだ、鬼をやってるんですか?」

ときくと、

「わざと、見つけに行ってやらないんですよ」

と、ちょっと意地悪な表情になった。

「かくれんぼってやつは、鬼が『見いつけた』というまでは、かくれてないといけませんからな。やつらは、早く出たいから、わたしが行くのを待っておる。

かくれてるのは納屋《なや》の藁《わら》の中だってわかっているんだが、わたしは気がつかんふりをして、わざと行ってやらない。だから、奴らはもう七十年間、納屋の藁の中にかくれたままだ」

老人は、クックッと笑った。

「でも……」

と私はきいた。

「七十年は長すぎると思いませんか? どうして、もっと早く見つけてやらないんです?」

すると、老人はさみしそうな表情をちらりと見せた。

「かくれてるあいだ、奴《やつ》らはわたしを想《おも》ってますからね。想ってるだけじゃない、待っている。いつも、わたしのことだけを待って生きておる。だが、見つけてしまえばもう、奴らはわたしのことなんかけろりと忘れてしまうだろう。そうなると、わたしはまた、ひとりぼっちになってしまうんだ」

そう言うと老人はごまかすように、また笑った。キュッ、キュッという、まるで靴が鳴るような、かわいた笑い声だった。

「かくれてる奴らは、まだ子供のままだ。だが、わたしはもうこんな老人になってしまった。七十年は、ほんとに、アッというまのできごとみたいだったなあ」

私はふと、遠い老人の故郷《こきょう》の納屋の中から「もういいよ」「もういいよ」と言っている子供たちの声がきこえるような気がした。

老人は、七十年と言ったが、それは老人の心の中だけの時間だったかも知れない。夕焼けが空を染《そ》めてから、消えるまでの、ほんの数分のあいだ——子供たちはかくれ、家では晩ごはんの支度《したく》がすすみ、いつものように豆腐屋《とうふや》のラッパが通りすぎてゆく。そして、かくれんぼの鬼だった子供だけが、とりのこされたように立っている。

かくれんぼは、悲しい遊びである。かくれた子供たちと、鬼の子供とのあいだに別べつの秋が過ぎ、別べつの冬がやって来る。そして、思い出だけがいつまでも、閉じこめられたまま、出てくることができずに声をかわしあっているのである。

「もういいかい?」

「まあだだよ!」

「もういいかい?」

「もういいよ!」


かもめだけが見ていたある心中のかくれんぼ

冬のある日。この世の果てとも思える海岸に、男と女はやって来た。男はヴァイオリンケースを横に抱《かか》え、女はハンドバックをひとつ持っただけだった。

女は男の肩に頭をよせ、二人は長いあいだだまって、冬の海を見ていた。それから、顔を見あわせて、うなずいた。横抱《よこだ》きに持ったヴァイオリンケースの中には、ヴァイオリンではなく、何か手紙のようなものが入っているらしかった。

男は、その蓋《ふた》をあけて、中をたしかめてから岩の上において、女の手をひいた。

そして、二人は着たままで、抱きあうようにして海へ入って行った。海は荒あらしく、二人を迎《むか》え、あっというまに呑《の》みこんでしまった。

やがて、その海の底から、切《せつ》なく呼《よ》んでいる二人の「もういいよ」という声がきこえてきた。

「もういいよ」

「もういいよ」

もちろん、ここまでさがしに来る鬼なんかいやしないだろう。だけど二人は、もう姿をあらわすわけには、いかないのだった。

エンドレス・ゲーム
もういいかい、まあだだよ！

二人は、もう何年ものあいだ「かくれんぼ」をやっていた。若い男は、いつもかくれ、年をとった男は、いつも鬼だった。

あるとき、若い男は古道具屋でハーモニカを盗んだ。と、追ってきたのは、年とった男だった。若い男は、路地に逃げこみ、空家《あきや》にかくれた。すると、年とった男がやって来て、

「もういいかい？」

と呼《よ》んだのだ。それから、何年かあとで、若い男は、人妻に恋をした。二人は汽車で、若い男の故郷まで逃げた。その人妻の夫が、同じ、年とった男だった。

妻をとられた鬼は、若い男の故郷までやって来た。二人は、白壁《しらかべ》の土蔵《どぞう》にかくれて何日も出てこなかった。すると、その土蔵のまわりを年とった男は、行ったり来たりしながら、

「もういいかい？」

と呼んだのだ。若い男は、思いきって、

「まあだだよ！」

と言ってみた。ふいに、人妻が泣きだした。それが二人の恋の終わりだった。

数年後、若い男はふとしたことから、人を刺《さ》して逃げた。彼を追《お》ってきた刑事が、同じ年とった男だった。

「かくれんぼは、いつまでつづくんだろうな」

と、年とった男は笑いながらつぶやいて、帰って行った。そんなことを何度かくりかえしているうちに、若い男もだんだんと、年とっていった。だが、何だか、無性《むしょう》に、年とった男に会いたくなった。だが、どうしたら会うことができるのか、若い男にはまったく手がかりがつかめなかった。住所も知らなければ、職業も知らないのだ。そこで、思いきって、

「もういいよ！」

と呼んでみた。

「もういいよ！」

「もういいよ！」

「もういいよ！」

だが、年とった男は、とうとう姿を見せなかった

のである。

若い男と年とった男との関係が、なんだったのか？　あるモラリストは、親子だと言った。

「孝行《こうこう》をしたいときには、親はなし」

ある詩人は「二人は同性愛《どうせいあい》だ」と言った。ある数学者は「ただの偶然《ぐうぜん》の関係だ」と言い、ある信仰家《しんこうか》は「運命的な出会いだ」と言った。だが、だれがなんと言ってもかくれんぼが、かくれんぼであることには、変わりなかった。


いまから思えば、かくれんぼは、かくれる側《がわ》と鬼とが交代《こうたい》する遊びである。わたしならば、若い男には、たまに一度くらい、

「もういいかい？」

と呼《よ》ばせてみたい。ひとはだれでも、自分が鬼になっていることを忘れていることがよくあるものだからである。


鏡の中にはいつも女の子が一人かくれている

一人でかくれんぼをしようと思ったら、鏡を相手《あいて》にすればいい。こっちが目かくししているまに、もう一人のわたしが鏡の中にかくれる。手をほどいて、「もういいかい？」と言うと、鏡の中から、「もういいよ」と言う声がきこえてくるだろう。

かくれんぼの楽しみは、軟禁《なんきん》の楽しみです。見つけるのをやめて、わたしは出かける。鏡の中にかくれたわたしが、いつまでも少女のままでいられるように、口の中で「まあだだよ、まあだだよ」と、自分で自分に言いきかせながら……。

いつでも、年をとるのは鬼ばかり。

イエスタデイ

また飛んでいる駒鳥が
ぼくが殺したはずなのに

1

ジョニーという名の少年が、鳥と話ができるようになったことは、だれも知りませんでした。でも、島の人たちは、いつも肩《かた》の上に一羽の駒鳥《こまどり》をのせて歩いている半ズボンの少年ジョニーを見かけては、ほほえましく思ったものです。

ジョニーは十七歳。背《せ》がすらりと高く、日に焼《や》けて、まるで鹿のように大股《おおまた》で歩く、黒人との混血《こんけつ》のようなボクサータイプの男の子でした。

2

ジョニーが、鳥と話ができるようになった原因は自分でも知ることができませんでした。いったい、自分が鳥語《とりご》で話しているのか、それとも駒鳥が人間《にんげん》語《ご》で話しているのか、そのどっちでもない特別のことばがあるのか、ということさえ、はっきりしないのです。

ときどき、「鳥と話をしている自分」を、外から観察してみたいと思うのですが、話しているときは、つい夢中になっているので、われを忘れてしまって、その余裕がないのです。ただ、たしかなことは、自分と駒鳥とのあいだには、きちんとした会話が成り立つということと、お互いが「無二《むに》の親友」だと思っている、ということでした。

ジョニーは、駒鳥に「ことば」という名前をつけました。だから、これは、ジョニーとことばの物語なのです。

3

島の図書館には、いろんな本がありました。言語に関するものだけでも、チベットやマダガスカル島などの原住民の言語の辞典から、犬語辞典《いぬごじてん》、コンサイス・キャット・ランゲージ、鏡文字解読書《かがみもじかいどくしょ》、月《げっ》人会話百科《じんかいわひゃっか》、想像的天体語辞典、透明人間大言海、アリス悪口罵詈雑言集《あっこうばりぞうごんしゅう》、改訂版かもしか語辞典、逐語訳《ちくごやく》死者会話早わかり、のろい語全科、ハイエナ語独習《ごどくしゅう》三週間、胎児原言語辞典、卵男《ハンプティ・ダンプティ》の名言集などなど、書架《しょか》いっぱいになるほどです。

でも、なぜか鳥のことばに関するものだけは一冊もありませんでした。それで、鳥と話ができる人間というのは、島中で（いいえ、世界中でも）ジョニーがたった一人だった、というわけなのでした。

4

「鳥のことばでは……」

と、駒鳥は言いました。

「腕のことは、人間の枝って言うんだよ。肩は止まり木で、足は動きまわる根のことなんだ」

ジョニーは、笑い出しました。

「人間のことばでは、鳥は、乗れない飛行機ってことになるんだがな」

と、ジョニーが言うと、ことばは、

「鳥のことばでは、飛行機はいちばん大きな鳥なんだ」

と言いかえしました。

「鳥のことばでは、木は叔父《おじ》さんで、木こりは死《し》刑執行人《けいしっこうにん》。鳥籠《とりかご》は強制収容所で、もじゃもじゃ髪の頭は安下宿《やすげしゅく》ってことになる。手紙は木の葉に書き、風は郵便配達人《ゆうびんはいたつにん》」

「なるほどなるほど」

とジョニーは言いました。

「そして歌のうまい鳥は、森の歌手ってことになるわけだね」

「そうそう」

と、ことばは言いました。

「年とった鳥はオペラのように気どった囀《さえず》り方をするけど、若い鳥はみんな、気ままに啼《な》いたり、枝をゆすぶったりして、好き勝手に啼くのさ。もう、ピーチクと囀るひばりなんて、一羽もいないんだよ」

5

その頃、ジョニーには恋人がいました。彼女は、領事館《りょうじかん》の総督《そうとく》のお嬢さんで、名前をセフラといいました。

セフラは、ブロンドの長い髪を肩までたらした、昔気質《かたぎ》の古風な女の子で、いつも籠《かご》いっぱいの花をかたわらに置いて、ブロンテの恋愛小説を読んだり、ぬり絵をしたり、自動人形《じどうにんぎょう》に左手のセレナーデを演奏させたり、不思議の国への入り口をさがして一日中、鏡とにらめっこをしていたりするのでした。

セフラは、一度、この世でいちばん短い歌をつくって、それをジョニーに歌ってきかせてくれたことがありますが、それは、「あ」ではじまって「い」で終わる、無伴奏《むばんそう》の歌でした。

「あ」と「い」のあいだにはなにもなかったので、つづけて少しのばして歌うと「アーイー」となるのですが、なにしろこの世でいちばん短い歌なので、のばしたりせずにひと息に歌わなければならず、そうすると「あい」と、なるのでした。ジョニーは、セフラに、この歌を三べんきかしてもらって、セフラを愛するようになりました。

ジョニーとセフラは、領事館の中庭の、熱帯植物《ねったいしょくぶつ》の密生《みっせい》した白亜《はくあ》の壁《かべ》にもたれて、一日中、たあいのないことを話しながらすごすのが、とても好きでした。

たとえば、かたつむりの渦《うず》は、右まきか左まきか？　六角形の星もありうるかどうか？　キスするとき、もし片目をあけるとしたら、右目がいいか左目がいいか？　世界でいちばん遠い場所は、いったいどこだと思うか？　夢の中で忘れものをした場合、それをどうやって取り戻してくるか？　世界中に、愛ということばは何種類あるか？

そして、二人が語りあっているあいだ、駒鳥のことばは、ジョニーの肩に止まって（ときどきうなずいたりしながら）とてもしあわせそうに、いっしょにいるのでした。

6

「ねえ、きみはセフラをどう思う？」

ときくと、

「とてもかわいいと思うよ」

と、ことばは答えました。

「もし、きみが駒鳥なんかじゃなかったら、恋人にしたいと思うかい?」

ことばはちょっと考えてから、

「とてもかわいいけど」

と言いました。

「そこまでは、いかないね」

「へえ。どうしてだい?」

と、ジョニーはききました。

「ちょっと子供っぽすぎると思うんだ。ぼくは、もう少し大人っぽいほうが好きなのさ。もっと高く飛べる鳥が、ね」

「生意気《なまいき》言ってるぞ、駒鳥のくせに」

と、ジョニーは笑いながら言いました。でも、ジョニーには、ことばの本心はわかっていませんでした。

ことばは、ほんとうは、こう言いたかったのです。

「セフラも悪くはないけど、ぼくはジョニーのほうがもっと好きだ。ジョニーを、だれにも奪《と》られたくないのだ」と。

7

一人の少年と、一人の少女と、一羽の駒鳥と。島では、その仲《なか》の良《よ》さが評判になりました。

彼らは、いつも日だまりの森や領事館の中庭の芝《しば》生《ふ》の上で、とりとめもない会話をくりかえしていました。マーマレードという名の猫に眉毛《まゆげ》があるという話。帽子屋《ぼうしや》の双生児《そうせいじ》のオシッコの長さも同じだという話。島でいちばん正確な二等辺三角形は領事館の書記官《しょきかん》の鼻の形だという話。眠りねずみとけむりねずみのロマンスの話。七歳のキャロルが、自分でも知らずにコーカス・レースで編《あ》んだ宝島の地図の話。

ときどきセフラは、歌をつくってジョニーにきかせてくれるのでした。

けむりのペンで
けむりの紙に
書いたけむりのラブレター

読まないうちに消えちゃった

8

でも、しあわせな話は長くつづかないものです。一年もたたないうちに、セフラはジョニーに悲しい知らせを告《つ》げなければならなくなったのです。

「ねえ、ジョニー」

と、セフラがあらたまって言いました。

「あたしたち、急にこの島を去らなきゃならなくなったんです」

「えっ?」

と、おどろいてジョニーはききかえしました(駒鳥のことばが百回まばたきをするあいだの出来事です)。

「どうしてだい?」

セフラは答えました。

「島の領事館が閉鎖《へいさ》されることになったんです。それで、わたしたち一家はそろって隣《となり》の島へ引越《ひっこ》しすることになりました」

ジョニーは、信じられないという表情で首をふりました。

「それで、きみはぼくたちをおいて、一人だけ行ってしまうのかい?」

「仕方がないわ」

と、セフラは言いました。

「あたしは行きたくないけれど、これはもう決まってしまったことなんです」

「セフラ!」

とジョニーは大声を出しました。

「そんな命令なんか、きくことはない。きみだけ、島に残るんだ!」

セフラは悲しそうに首をふりました。

「できないわ。もうお父様が荷作りもすませてしまったのです。政府からの緊急指令《きんきゅうしれい》で、引越しは明日しなければなりません」

9

領事館の引越しの夜は月蝕《げっしょく》でした。島はトラホームにかかったように赤い空に照《て》らし出され、あわただしく何台もの馬車が荷物を運び出しました。戦争がはじまるかも知れない、という噂《うわさ》が島中につたわっていました。

ジョニーは、セフラをさらってでも、駒鳥といっしょに、「もうひとつの島」へ逃げていっしょに暮らそうと考えました。もう、別れて暮らすことなんか、できる自信がなかったからです。

駒鳥のことばがジョニーの伝言をつたえました。みんなが出て行ってしまうまで、領事館に残っていること、そしてぼくが迎《むか》えに行くまでかくれていなさい、という伝言です。

引越しは、まるで戦争の前夜のようでした。そして、総督の家族はそれぞれの馬車に自分の荷物をつませて、岬《みさき》の船着場まで出て行きました。トランプでいえば、クローバーのジャックのように生真面目《きまじめ》な引越し監督のツマロー中尉が大声で叫びました。

「さあ、みなさん。早く出てください。だれもいなくなったら、邸宅《やしき》に火をつけます！」

10

ジョニーは、合図《あいず》の黒い翼《つばさ》の旗《はた》をふりました。それがふられたら、裏口から出て、ジョニーの待たせてある馬車で、岬と反対の入江《いりえ》まで行き、そこから船を出して別の島へ行くという計画です。邸宅のまわりには放火用《ほうかよう》の枯芝《かれしば》が山とつまれました。

「もう、だれも残っていませんか？」

と、ツマロー中尉が大声で叫びました。

「ねえ、ジョニー」

と、駒鳥のことばは言いました。

「セフラをつれて行くのは無理だよ。ぼくたちだけで、今まで通り楽しく暮らそうよ」

「いやだ」

とジョニーは首をふりました。

「ぼくはセフラといっしょじゃなきゃ、いやなんだ」

「もう、だれも残っていないいなら、作業《さぎょう》にとりかかります」

と、ツマロー中尉の最後の予告の声が、メガフォンから流れました。大あわてで、門番と、眠りぐせの怠《なま》け猫が飛び出してきました。

「これで最後だ！　もうだれもいないよ！」

と言いながら。

ジョニーは駒鳥のことばに、念のためセフラが、たしかに裏口から出たかどうかをたしかめに行ってくるように、頼みました。駒鳥のことばは飛んでゆき、ひとまわりしてすぐ帰ってきました。

「大丈夫だよ」

とことばは言いました。

「とても心細そうな顔をして、裏口の外に一人で立っているよ」

そう言う駒鳥のことばの表情が、どことなく悲しそうだったのにジョニーは気がつきませんでした。

「そうかい?」

とジョニーは言いました。

「それじゃ、領事館の最後の、思い出を焼き捨てる火事を見てから出発しよう」

11

やがて邸宅に火は放たれました。火は見る見るうちに燃《も》えひろがり、空まで真赤に照らし出しました。


ジョニーは、燃ゆる頬《ほお》に駒鳥のことばを抱《だ》きよせて、うっとりとその火を見ていました。

でも、その火の中で、はじめての恋人のセフラが焼かれていることなど、夢にも知らなかったのです。セフラは、ジョニーの合図の黒い翼の旗を待っていましたが、黒い夜に黒い翼の旗は、まったく見わけがつきませんでした。そこへ飛んできた駒鳥のことばに、

「早く旗をふってちょうだい！　火を放《はな》つのは、もう少しあとにするように」

と頼んだのに、駒鳥のことばは、そのことをジョニーには言わなかったのでした。

たぶん、あくる朝に、ジョニーはセフラの（そして、早すぎた十七歳の恋の）なきがらが黒焦《くろこ》げになっているのを発見して号泣《ごうきゅう》することでしょう。そして一羽の駒鳥と少年と少女の物語は終わりとなるのです。

みなさん。これは、ことばを覚《おぼ》えるのと、うそをつくことを覚えるのは、同じことだという悲しいお話です。ジョニーは、駒鳥がことばといっしょに、うそをつくことも覚えたということを知らなかった

のでした。

Ⅵ　散文詩＝ジャズが聴こえる

死のジャンケン

ヘレン・メリルの「朝日のあたる家」を聴くたびに、思い出す挿話がある。

それは、新聞の片隅にのっていた母娘三人心中の、目立たない記事で、

「下り普通電車の運転士は、国鉄常磐線馬橋駅の約四十メートル手前で、母親らしい女性が二人の女の子をホームから線路上に突き落とし、そのあと自分も電車に飛び込むのを発見、急ブレーキをかけたが、間に合わなかった。

松戸署では、母子無理心中と見て調べているが、常磐線柏駅から四十円区間の切符を持っており、身元はまだわかっていない。

近くの線路わきで土木工事をしていた人の話によると、三人は約一時間前からホーム上でジャンケンをして遊んでいたという」


のである。

私は、ジャンケンということが妙に心にかかった。

それは、死ぬ順番をきめるためのジャンケンだったのか、それとも最後の一家団欒《だんらん》だったのか、私にはわからない。

ただ、心中するためには、それなりの理由があったことだけは推察できる。父が賭博か女にのめりこんで家に帰ってこなくなってしまったのか。

それとも、貧しい生活にくたびれきってしまったのか。

「そういえば、俺も子供時代は、朝日のあたらない家に住んでいたな」

と、私は回想した。

父が死んだあと、母に無理心中されかかったことも、一度や二度ではなかったのだ。そのたび聴こえてくるのは、フォーク・ブルースの The House of the Rising Sun だった。

四十七歳になった今も、私のアパートには、朝日があたらない。

ジャンケンするにも、女がいない……そんな日々、ヘレン・メリルを聴きながら、別れた女を思い出している。

自分だけのもの

一緒に暮していたフミ子が、中古のテープレコーダーを買ってきた。

日曜日に、海の音を録音しに行きたい、というのである。

フミ子は、酒場の女だった。

夜、アパートに一人残された私は、その中古のテープレコーダーをもの珍しく、いじっているうちに、テープがかかったままになっているのに気がついた。

かけてみると、消し忘れの電車の音がひくく入り、それからピアノの音である。

たぶん、友人から借りてきたジャズのレコードでも録音したのだろう。ときどき、ピアノの音にまじって、電車の音が通過していった。

曲は片手でシングルトーンを配し、片手でパターンをひく物静かな序奏にはじまる、どことなくさびしいものである。

私はそれを三回ひとりで聴き、四回目に消してしまった。

その曲を、自分だけで独占したい、と思ったのである。

当時、フミ子の稼《かせ》ぎで生活していた私には、何一つ「自分だけのもの」がなかったのだ。

あれから、もう二十五年もたつ。

フミ子は体をこわして故郷へ帰り、男にだまされて行方不明になった、と噂に聞いた。

全く偶然に、私は昨日ぶらりと入ったジャズ喫茶で、中古のテープレコーダーのピアノ曲に「再会」した。

それは、マル・ウォルドロンの「オール・ザ・ウェイ」という曲だった。

じっとポピュラー・チューンのもの憂《う》い調べを聴きながら、私はこの曲をフミ子に聴かしてやらなかったことを後悔した。人は、一生かかっても「自分だけのもの」を持つことなどできない。

そのことがようやくわかりかけてきたのは、つい最近のことなのである。

世界は日の出を待っている

競馬をはじめてから②―③の馬券しか買ったことのない男がいる。

いまどき流行《はや》らない中古の楽器修理を業とし、ドヤ街を転々としている平さんという男である。

年の頃は六十七、八。

昭和初期のジャズ隆盛期には、ダンスホールのバンドで、トランペットを吹いていたというが、「入れ歯をしてから吹けなくなっちまった」と言う。

「なぜ、②―③しか買わないのですか?」

と訊くと、
2(フ)3(ミ)という女に義理を立てているのだそうだ。

「俺がジャズ・バンドを作ろうとして、あちこちで借金をこさえて、トルコ風呂で働かしたりしたが、フミは一度も泣きごとを言わなかった。そのうち、俺にべつの女ができて、フミをアパートから追い出してしまったんだが、いまから思うとひどいことをしたもんさ」

その後、フミは体をこわして入院し、二度退院したが、三度目に病院で息をひきとったと言う。

平さんは、新しい女とも別れてこの十年、ドヤ街ぐらしをしながら、土日は②―③(フミ)の馬券を買いつづけている。

「だが、②―③なんて目は、なかなか出なくてね。東京新聞杯の日も、②―③とくれば、一九四倍(万馬券)だったのに、まるでダメだったよ」

その平さんが、トランペットを吹けなくなった今でも、口ずさむスタンダードは、「世界は日の出を待っている」だそうだ。世界は日の出を待っている。世界は日の出を待っている。

だが、ほんとに「日の出」なんてやってくるのだろうか?

壁ごしのアフリカ

アパートの壁をへだてて、いつも聞こえてくるのは、ソニー・ロリンズのAiregin(エアージン)だった。

たぶん、レコードはそれ一枚しかないのだろう。朝から晩までマイナーな調べが、聞こえてきて、私もその曲のファンになってしまった。

エアージンは、さかさに読むとアフリカのナイジェリアである。隣室に住んでいるのは、どんな男なのか。

私は、次第に興味を持つようになった。


ある日、アパートの共同炊事場で、一人の男がシャツの洗濯をしていた。

無精髭《ぶしょうひげ》をはやした、四十二、三のその男は水を流しながら、エアージンのテーマを口ずさんでいたので、隣人だとすぐわかった。

「おはよう」

と声をかけると、男は人なつこそうな表情で、「おはよう」と答えてくれた。

それから、十日ほど後のある雨の日、レインコートを着た私服の刑事がやってきて、隣室に踏みこみ、隣人の男を連行していった。

ドアをそっとあけてみると、男の手に手錠がかけられていた。

一体、何をしたのだろう?

刑事たちは、男を連れて行き、二日ほどしてまたやってきた。

部屋の中を物色したり、写真を撮ったりしていたが、私のところには何も訊きには来なかった。

そして隣室は空家になった。

だれもいない筈のガランとした六畳間。

それなのに、なぜか耳をすますと、いつものように、エアージンが聞こえてくるのだった。

おどろいて隣室のドアをあけてみても、誰もいない。幻聴か、と思って部屋へ戻ってくると、またソニー・ロリンズのサックスの音が壁をたたく。

私は目をつむった。

エアージン。エアージン。エアージン。

私は一体、何を待っているのだろう?

(いつまでたっても、思い出に変ってしまわないことが、あるというのに)

Dig

父親になれざりしかな遠沖を泳ぐ老犬しばらく
見つむ

とうとう父親になれなかった。

遠沖を泳いでいる一匹の老犬を見ていると、そんな感懐が私をとらえた。

渚《なぎさ》では、一人の黒人がトランペットを吹く練習をしていた。

たぶん、アパートや町では、「うるさい」と言われるので、ここまでやってきたのだろう。

ジャズを聴きながら、泳ぐ老犬と、わたし自身の晩年をむすびつけるのは、ただの感傷だ、と、私は思った。まして、父親になれなかったことを悔《くや》むなんて、どうかしている。

「わたしだって、父親になるチャンスは、何度かあったのだ」

だが、私は父親になることを望まなかったし、自らを増殖させ、拡散させることを、拒んできた。

私は、私自身の父になることで、せい一杯だったのである。

黒人の吹くトランペットの曲は、マイルス・デイビスの「ディグ」Digだった。

スイート・ジョージア・ブラウンのコード進行にもとづいたリフ・ナンバーを、たどたどしく吹くのを聴きながら、私はコンマとピリオドについて考えていた。

時がくると、私の人生にはピリオドがうたれる。

だが、父親になれた男の死はピリオドではなく、コンマなのだ。

コンマは、休止符であり、また次のセンテンスへとひきつがれてゆくことになる。

沖は、しだいに暮れかかっていた。

あの老犬は、どこまで泳いでゆくのか？　夜の闇へと泳ぎ消えてゆくのか、それとも泳ぎ戻ってくるのか、私にはわからなかった。

少年のための「Home Again Blues」入門

「もう帰るのか？」

と、ヘイグが言った。

「ああ」

と、ロックは気のない返事をした。

本当は、帰りたくなんかなかった。ブルーノの単車を借りて、六十六番の国道を一晩中でも走っていたかった。どうせ、

あらゆる男は、命をもらった死なのだ。昨日は、工場長をぶっとばしたあと、単車で夜明けまで走った。コロラドを横断して、カリフォルニアに入るとき、朝日が昇ったら、目がしらが熱くなって涙が鼻につまった。

「どうせ、アパートに帰ったって」

とロックは一人ごとのように言った。

「おふくろが、黒人のポリ公といちゃついているんだ」

「いいじゃないの？」

とジーンが言った。

「おふくろさんだって、生きる権利はあるわ」

ジーンは、ドライブ・インのウェイトレスだった。ジーンの入れてくれるコーヒーは、いつも、にがい。そして、かかっているレコードは決まってリトル・ブラザー・モンゴメリーの「Home Again Blues」なのだ。

ロックは昨日読んだ、サローヤンの小説の一節を思い出した。

男はみな不安である。あらゆることに不安である。しかし、結局、あらゆることはみな彼自身が原因なのだということを知っている。男の一生は、顔や眼や口や、からだや手足をもらった死なのだ。だから、ロックはときどき帰りたくなる。彼の命のはじまったところ、彼の死のはじまったところへ。

ベッドからの正しい出かた

「どうしたんだ。

ベッドの悪い側から起き出したのか?」

とニックに言われた。

朝の酒場には、男を不幸に見せる何かがあるようだ。


アメリカには、ベッドの左側から起き出すとよくないことがおこる、という迷信があって、女にふられたり、競馬でスッたりすると、

「あいつはベッドの悪い方から起き出したな」

He got out of bed on the wrong side.

と言われるのだ。

だから、ホテルの寝室はそのことを頭に入れて設計され、ベッドの左側を壁に向けて配置するように出来ているのである。


しかし、昨夜泊まったシカゴの安宿では、ベッドが部屋の中央にあったので、もしかしたら左側から起き出したのかも知れない。そのせいで、裏町のビリヤードでやられた挙句、おふくろの手紙まで失くしてしまった。新聞をひらくと「マルタの鷹」のボギーの死亡記事が載っているし、ドラッグ・ストアのステッフィは、黒人のウェイターと逃げてしまったという噂だ。

私はこうして、一人でチャーリー・パーカーのエンブレイサブル・ユー(Embraceable you)を聴きながら、感傷している。

朝の酒場で聴くマイルス・デイビスのトランペットは、しみじみとはらわたに沁み入るようだ。

「そうだ、ホテルへ戻って……」

と私は呟《つぶや》いた。

「もう一度ベッドへもぐりこみ、こんどは右側から起き出してこようかな」

墓場まで何マイル？（絶筆）

パリの古本屋で、アンドレ・シャポの撮った「Le petit monde D'outre-tombe」という写真集を買った。どのページをひらいても、墓の写真ばかりが載っているというのが、心にかかったのだ。

金庫のような墓、彫刻のような墓、アルバムの一頁をひらいたような墓、天使が腰かけている墓、胸像の墓。さまざまな墓は、私にとって、なかなか誘惑的だった。

私は学生時代に聴いたジョン・ルイスとM・J・Qの「葬列」という曲を思い出した。

それは、ロジェ・バディムの「大運河」という映画の中に用いられたジャズで、少しずつ、次第にたかまってゆく曲であった。

まだ若かった私は、

「死がこんなに、華麗なわけはないさ」

と、たかをくくっていたものだ。

だが、今こうして病床に臥《ふ》し、墓の写真集をひらいていると、幻聴のようにジョン・ルイスの「葬列」が聴こえてくる。

寿司屋の松さんは交通事故で死んだ。ホステスの万里さんは自殺で、父の八郎は戦病死だった。従弟の辰夫は刺されて死に、同人誌仲間の中畑さんは無名のまま、癌《がん》で死んだ。同級生のカメラマン沢田はヴェトナムで流れ弾丸《だま》にあたって死に、アパートの隣人の芳江さんは溺死《できし》した。

私は肝硬変で死ぬだろう。そのことだけは、はっきりしている。だが、だからと言って墓は建てて欲しくない。私の墓は、私のことばであれば、充分。

「あらゆる男は、命をもらった死である。もらった命に名誉を与えること。それだけが、男にとって宿命と名づけられる。」(ウイリアム・サローヤン)

懐かしのわが家（遺稿）

昭和十年十二月十日に
ぼくは不完全な死体として生まれ
何十年かゝって
完全な死体となるのである
そのときが来たら
ぼくは思いあたるだろう
青森市浦町字橋本の
小さな陽あたりのいゝ家の庭で
外に向って育ちすぎた桜の木が
内部から成長をはじめるときが来たことを

子供の頃、ぼくは
汽車の口真似が上手かった
ぼくは
世界の涯てが
自分自身の夢のなかにしかないことを
知っていたのだ

解説

中沢新一

寺山修司の詩的限界革命

「限界集落」ということばは、集落の住人がこれ以上さらに減って、あと数人の住人が外に転出してしまったり、一人暮らしの老人が亡くなってしまったときに、もはやそこを集落とは呼べなくなってしまうような、ギリギリの状態を言いあらわそうとしている。「限界（marginal）」をこういう意味で使用しだしたのは経済学の領域がはじめてで、それは一八七〇年代のことにさかのぼる。ジェボンズ、メンガー、ワルラスの三人が、独立にほぼ同時に発見した「限界効用」概念から、現代の経済学ははじまったと言われている。

限界効用の考えは、交換がおこるとき、モノの価値は効用の限界で決まることを主張している。市場で出会った二人の人間は、いっぽうが手放してもよいと思うぎりぎりの品物を相手に差し出し、もういっぽうが自分の持っているものを手放してでも、相手の差し出す品物を買おうとするときに、成立する。需要と供給それぞれがぎりぎり効用の限界で交換しあう行為こそが、商品社会の基礎にあるというこの考えは、たちまち経済学に「限界革命」をひきおこすことになる。

それとほぼ同じ頃、マラルメが詩の本質を言語の「限界」としてとらえる真新しい思想を抱いていた。詩的言語は、言語の重層的な構造の解体が進んで、もうこれ以上解体を進めると、もうそこからは意味以前の身体のざわめきの中に踏み込んでしまうような、意味実践の汀でおこなわれなければならない、と彼は考えた。まるで限界集落のように、意味や価値の世界がそこで無の中に崩れ落ちていく限界にたって、詩は意味と無意味の動的均衡の中から、未知のことばを生み出すという実践として生まれ変わるのである。

十九世紀末に出現したこれらの限界概念には、ひとつの共通点がある。経済学でそれまで主流の考え方では、商品の価値はその中に含まれている労働力の価値によって決まる、と考えられていた。労働力は安定した実体をそなえているから、商品の交換は安定した基盤の上でおこなうことができる。ところが、限界の考え方は、そのような交換世界の安定を突き崩そうとしてしまう。商品の価値は、効用の限界が決めるのであるから、このような均衡を背後で支えている実体はもはや存在しなくなってしまうからである。

市場で出会った限界需要と限界供給がつくりだす、一時的な均衡だけがモノの価値を決めていくと考えるのが、マルクスを否定してそののち主流になった経済学の考え方である。マラルメの詩学においても、言語の文法構造とそこからはみだした欲動とが、詩的な表現の現場で出会い、そこに生まれる一時的均衡からのみ真新しい意味が発生できる、そういう限界的実践を、マラルメは来るべき詩であると考えた。意味の同一性を支える社会の安定をおびやかすこのような革命的な詩的言語の概念は、その頃から本格的な始動をはじめようとしていた資本主義の本質を描く限界概念と、多くの共通性をもっている。

ここから「現代」ははじまったのである。限界効用の支配する経済の世界では、長く永続できる均衡を支える労働価値のような実体がなくなってしまうために、あらゆる変化があやういエフェメラルなものになる。均衡は長続きしない。社会の中から確実性は失われていく。社会や経済から、同一性を支える原理は消え失せてしまうのである。

意味の限界実践としての芸術という概念で表現された、世紀末のアヴァンギャルド芸術理論でも、それとよく似たことが主張された。言語の象徴的な秩序がつぎつぎと欲動の流入によって脅かされていく、詩的実践の汀では、言語のあらゆるレベルでの同一性が揺らいだり、複数化をおこして、動的な均衡そのものが新しい意味を生み出すのだけれど、そこには永続する安定はおこりようがない。さまざまなジャンルで出現した限界の概念は、来るべき現代という時代の本質を、共通のものとしてとらえていたのだった。

さまざまなジャンルでそれぞれ孤立してあらわれ、いずれもまだ萌芽であったこのような現代の本質は、百年をかけて成長をとげ、おたがいの枝や幹を延ばしてからまりあい、しだいに一本の樹木に姿を変えて、その全容をみせるようになった。おそらくそれが激動の一九七〇年代の意味であったのだろう、と私は思う。それはいろいろな領域で準備されてきた限界革命が、社会の全体を巻き込むほどの大きなうねりをつくりだした時代だった。限界概念は、百年かけて、ついに大衆のもとにまで浸透をとげたのだ。

＊＊

寺山修司の詩的実践の意味を理解するには、それをひとつの限界革命として理解してみる必要がある。「現代」とは一面では高度資本主義への道として理解することができる。寺山修司はアジア的農村地帯に生まれて育ったが、その時代、そこは文字どおりの限界地帯となっていた。農村にはまだありあまる人口が抱え込まれていたから、集落自体が限界状況に直面するような事態は、まだ訪れていなかったが、彼のような早熟な少年の意識の中では、すでにはじめから激しい限界状況が体験されていた。

日本の東北のアジア的農村そのものが、高度資本主義にとっての限界的存在となりつつあったからである。製造業を中心とする工業生産の拡大が進められていたこの時代、農村はただ比較的安い労働力の供給地としての意味しか持っていなかった。消費はもっぱら都市を中心に拡大していたけれど、農村にはまだ貧弱な消費力しかなかった。最新の文化は東京から発信され、地方の文化は「土俗」として、ドメスティック・オリエンタリズムの対象としての意味しか持っていなかった。その当時にはまだ「いい日旅立ち」の観光さえ、十分には発達していなかった。

しかし、そうやって「限界集落」的な意味での限界状況に追いつめられていた東北のアジア的農村地帯には、別のレベルでの限界がまだ生命を保ち続けている時代だった。住民たちはとうてい「市民」ではなかった。都市に暮らす市民たちの無意識は、すでに中流的な生活実感の中で、均質化しはじめていて、彼らの生活する世界からは死のリアリティとの接触や、暮らしの中にいつ外部性が流入してきて平穏をかき乱していくかもしれないという恐れの感情などは、日常の暮らしの中で遠ざけられていた。ところが、アジア的農村地帯の住人には、無意識の領域への通路がしっかりと確保されてあって、死のリアリティや外部性の侵入が、なまなましい感覚をもって、暮らしの中に息づいていたのである。

生者のつくる世界の底に広がる実存的な「限界」が、そこではまだはっきりと意識されていたから、その限界の向こう側に広がる世界への通路ないしは穴が、いろいろな形態でいくつもつくり残されてあった。想像力豊かな寺山少年にとって、そのような限界にこしらえられた穴の存在は、ごくごくなじみ深いものであった。そうした穴は死のリアリティに触れるものとして当然「暗い」ものであったけれど、均質化した都市生活者の無意識の構造からは、無意識への通路とも言うべき暗い穴が失われて、都市には「明るい」現実が広がりつつあった。アジア的農村地帯を脱出して、ようやく東京にたどりついた寺山修司は、そのときはじて、無意識の穴を埋めたてられて均質化した都市的な世界が、別種の「暗さ」を隠した世界であることを知ることになる。

アジア的農村の暗さと市民の世界の別種の暗さを、寺山修司はつぎのように対比してみせる。

たとえば、ある高級住宅地の一角に住む若いサラリーマンの家庭。妻と、子供が二人ぐらいいて、スピッツかなにかが一匹いて、庭には陽のあたっている芝生が青々としていて、居間で紅茶茶碗にスプーンが当たる音がカチャカチャいっている日曜日の午前十一時ごろの……暗さ。

それよりも、冬の夜の田んぼに母親の櫛を埋める方がもっと暗いのかどうかは……わからない。

（中略）

売られたる夜の冬田へ一人来て埋めゆく母の真っ赤な櫛を

（高松次郎「劇的想像力の論理　寺山修司について」より）

市民社会は無意識への通路である心の中の穴を、小ぎれいな記号やオブジェで塞いで、外部性の力が流入しないようにして自分たちの世界をつくっているから、その世界は「明るい」ように見える。それに比べれば、売りに出した田んぼに、大地の真実の所有者でありながらその権利を奪われた「母」を象徴する櫛を埋めに行く心性は、たしかにとてつもなく「暗い」。しかし、寺山修司は外部に開かれた穴のない表面は、人工照明にくまなく照らし出された明るい空間のように見えて、生と死の交換が停止してしまった、ほんとうは絶望的に暗い空間なのであると書くことになる。

寺山修司はその青森を脱出して東京へ来る。しかしそのとき、彼はアジア的農村が内部に抱え込んでいる「限界」の構造を捨てなかった。そしてその限界を、彼自身の詩的言語の革命の原理にした。詩における現代は、言語の構造の底に広がる限界領域へ降りていく運動を意味している。その二つの限界に構造的な類似性を発見し、二つを一つに重ねるところから、寺山修司の方法は生まれている。寺山修司の詩的言語による新しい限界革命は、何重もの限界性の襞を抱え込んで開始された。

＊＊

詩的言語の現代は、言語構造の底に広がる意味効用の限界面に向う運動として、マラルメの頃にはっきりした形をとるようになった。それからほぼ百年後の寺山修司は、自分の開始しようとしている詩的言語の革命を、その限界面のさらに向こう側、すでに無意味の中に足を踏み入れてしまう領域にまで押し広げていくことによって、現代の概念を拡張してみようとしたのだった。

そこで彼が注目したのが「落書き」だった。落書きに注目したとき、寺山修司はマラルメを意識して、自分の詩学はマラルメの延長上にあって、しかもいまやそれを乗り越えるような現代的動勢を示すにいったと、つぎのように宣言した。

落書というのは、堕胎された言語ではないだろうか？　それは誰に祝福されることもなく、書物世界における「家なき子」として、ときには永遠に「読まれる」ことなしに消失してしまうかもしれない運命を負っているのである。だが、だからこそ「全体のなかに存在する諸関係の総体」（マラルメ）とまったく切り離され、事物を命名もしなければ、事物の呼びかけに答えることもしない――まさに疑似事物として、壁の汚点のようにひっそりと時をかぞえているのである。

落書の偶然性は、マラルメの時代に考えられていた詩の概念には反する。「詩の書物の持つ配置は、先在的乃至は偏在的に立ち現われているものであって、偶然を排除する。しかしまた、作者を除き去るにはどうしてもそれが必要なのである」（マラルメ）と書くとき、マラルメは、自ら排除した偶然性と神秘学とを和合させることによって、彼の時代のさまざまの詩学と対峙していたのである。

だが、文学が神秘を創造するのではなく、文学的動機が詩人内部の神秘性から生まれるという考え方は、あまりにも諸科学を無視し、歴史に対して無頓着だったと言うことになるだろう。落書は、いわばその時代の「掟」である。そしてまた、書物とはちがった理由からだが「数えあげられたいくつかのくりかえし文句の融合」と「詩人自身の語りながらの消失」をふくんでおり、同時にその時代感情を父としているきわめてアクチュアルな、反散文形態だと言うこともできるのである。（寺山修司「落書学」）

限界革命後の詩的言語は、身体と結びついた音楽性や社会的な言語を習得する以前のいわば前言語的な意味実践などに、いちじるしく接近していった。そのために伝統的な意味での「作者」の個人性がどんどん希薄になって、そのうち「詩人自身の語りながらの消失」という事態がおこることになる。書きながら、あるいは書くことによって、詩人の個人性はしだいに消えていってしまう。「詩が顕在化すればするほど詩人が見えない存在になってゆく過程に現代詩の赴くべき一方向をかいま見る」ことができるのだ。

寺山修司の考えた詩学においては、マラルメやロートレアモンたちが百年前にはじめた現代化の運動をさらに推し進めて、ついには限界と指定されていた境域をも踏み越えて、意味実践の物質的基体にまで踏み込んでしまわなければ、詩的言語の現代は自分を完成させることはできない、と考えられている。「人間の最後の疎外は自分の想像力からの疎外であり、それからの解放、自らの内臓の壁への落書だけが「詩の創生」につながる、もっともラジカルな闘いだということになるのである……」（同じく「落書学」より）。

詩はもうその一線を越えれば、物質的な振動や生物の内部で交換をくり返す生と死のリズムの中に融け入って、想像力の自由勝手な羽ばたきさえもはや許さない、唯物論的な宇宙の「掟」に触れていくことになる。これが想像力からの疎外である「にんげんの最後の疎外」の意味するものであり、生命活動に直結した「内臓の壁」へ、名前さえ消失させた孤独な大衆が、落書を書きつける。こうして限界詩の立っているその同じ場所に、寺山修司は公衆便所の壁の落書を見いだすのである。

かつて農村にはめったに公衆便所はなく、そのかわりに落書の書かれる壁は、ふだんは人気もない神社の裏の白壁であることが多かった。神社は人間世界とその外との境界にあって、社会の監視から逃れ得ているアジールの空間であり、そこの壁は若い匿名者たちが落書を書きつける、意味実践のための限界面としてあたえられていた。神社の裏壁は異界との接触面であり、本殿に祀られている神々の背後に潜む、いわば「後ろ戸」の空間にあたる。そこから落書詩人たちは世界の内臓に潜り込み、そこの壁に彼らの限界詩を書きつけたのである。

ところが農村から都会へ出てきた若者たちは、そこに神社の壁を見いだすことはできなかった。そのかわりに、彼らは公衆便所の壁に、限界的意味実践の痕跡を書き留めるための、かっこうのホワイトボードを見いだしたのだと言える。それがなぜ公衆便所の壁でなければならなかったのか。それは、そこが社会の目の届かない後ろ戸の空間であり、そこに穿たれた穴を通って世界の内臓の壁に手探りで触れることのできる、かっこうのアジール空間であったからだ。

寺山修司の詩学の構造は、「落書学」の試みにおいてもっともラジカルな形で表明されている。落書学をとおして彼は、自分のまわりにおこなわれていた現代詩を否定してしまおうとしていた。現代詩のさきに出現すべきものは、マラルメによって定式化された限界実践の方法を、さらに物質的な極限にまで推し進めたところにしかあらわれえない。その意味で、詩人としての寺山修司は、愚直なまでに現代性の課題ということに、忠実であろうとしていたと言える。

＊＊

じっさい寺山修司の詩作は、落書の書かれる「世界の内臓の壁」に、はじめから近いところにいた。その詩は、「前衛 avant-garde」の運命に忠実にしたがって、同一性や意味の構築性が消滅していく、意味実践の限界にかぎりなく接近していき、そこから無意味の領域に足を触れるのである。ここで詩人は「くずれ」を起こすのである。有名になった「「荒地」の功罪」のような文章にみなぎっているのは、自分の詩的実践にたいするナルシシズムを同一性の拠り所としている詩人たちへの、はげしい憤りの感情だが、そのことを寺山修司は、世の現代詩人たちには「社会との関わりの感覚、べつの言葉でいえば「愛」がすっぽりと欠落している」と批判した。

寺山修司は言語の造作物である詩や詩的実践を実体化した書物にたいする愛（ナルシシズムの愛）などよりも、はるかに強度の強い現実界とそれを突き動かしている物質的な力への愛に向かおう、と同時代に呼びかけて、自らそれを実践してみせた。肉体の物質性や映像の物質性の内部から、彼は限界的な詩の言語を、世界に向けて投げつけようとした。寺山はしばしば「鬼才」と呼ばれたが、それは彼を突き動かしている「現代性」への渇きにも似た衝動を、真正面から受け止めることを恐れた世間が、そんな風に呼ぶことで、彼に突きつけられた挑戦から、巧みに身をかわそうとした奸計にすぎない。

詩人くずれ——寺山修司は自分のことをそう呼んだが、そこには恐ろしい真実が込められているように、私には思われてならない。彼は内面に突き上げる限界への衝動の強度によって、詩人を突き抜けて、詩人くずれとなり、詩人として自らくずれることによって、誰よりもラジカルな限界革命家となったのである。

第1巻　詩·短歌·俳句·童話　初出

五月の詩・序詞	1957.1.1　「われに五月を」(作品社)
Ⅰ　俳句篇	
花粉航海(全)	1975.1.15　「花粉航海」(深夜叢書社)
われに五月を	1957.1.1　「われに五月を」(作品社)
わが金枝篇	1973.7.21　「わが金枝篇」(湯川書房)
未刊句集＝わが高校時代の犯罪	1980.4.10　「寺山修司の世界」(新評社)
初期句篇	1986.10.5　「寺山修司俳句全集」(新書館)
Ⅱ　短歌篇	
田園に死す(全)	1965.8.11　「田園に死す」(白玉書房)
初期歌篇	1971.1.10　「寺山修司全歌集」(風土社) [「われに五月を」(作品社) 1957.1.1, 「空には本」(的場書房) 1958.6.1, 「血と麦」(白玉書房) 1962.7.15]
空には本	1971.1.10　「寺山修司全歌集」(風土社) [「空には本」(的場書房) 1958.6.1, 「血と麦」(白玉書房) 1962.7.15]
血と麦	1971.1.10　「寺山修司全歌集」(風土社) [「空には本」(的場書房) 1958.6.1, 「血と麦」(白玉書房) 1962.7.15]
テーブルの上の荒野	1971.1.10　「寺山修司全歌集」(風土社)
Ⅲ　詩篇Ⅰ	
地獄篇(全)	1970.7.1　「地獄篇」(思潮社)
ラインの黄金(全)	1983.4.10　「ラインの黄金」(新書館)
Ⅳ　詩篇Ⅱ	
詩篇	
三つのソネット	1957.1.1　「われに五月を」(作品社)
わたしのイソップ	1972.10.15「寺山修司詩集」(思潮社)
ロング・グッドバイ	1972.10.15「寺山修司詩集」(思潮社)
人力飛行機のための演説草案	1972.10.15「寺山修司詩集」(思潮社)
アメリカ	1972.10.15「寺山修司詩集」(思潮社)
孤独の叫び　時代はサーカスの象にのって	1973.1.10　「寺山修司詩集」(角川書店)
質問する	1972.10.15「寺山修司詩集」(思潮社)
野球少年の憂鬱	1972.10.15「寺山修司詩集」(思潮社)
時間割	1972.10.15「寺山修司詩集」(思潮社)
獄中記	1972.10.15「寺山修司詩集」(思潮社)
なぜ東京の電話帳はロートレアモンの詩よりも詩なのか	1972.10.15「寺山修司詩集」(思潮社)
書物の私生児	1972.10.15「寺山修司詩集」(思潮社)
事物のフォークロア	1972.10.15「寺山修司詩集」(思潮社)
未刊詩集＝書見機	1985.5.4　「パフォーマンスの魔術師」(思潮社) [「ユリイカ 現代詩の実験 '75」(青土社) 1975]

抒情詩篇

Ⅰ	少女詩集	
	ひとり	1981.1.20 「寺山修司少女詩集」（角川書店）
	十五歳	1968.5.20 「愛さないの愛せないの」（新書館）
	愛する	1968.5.20 「愛さないの愛せないの」（新書館）
	汽車	1968.5.20 「愛さないの愛せないの」（新書館）
	たし算	1975.4.10 「人形たちの夜」（新書館）
	ひき算	1971.4.10 「思いださないで」（新書館）
	なんにでも値段をつける古道具屋のおじさんの詩	1968.5.20 「愛さないの愛せないの」（新書館）
	ある日	1968.5.20 「愛さないの愛せないの」（新書館）
	てがみ	1981.1.20 「寺山修司少女詩集」（角川書店） [「講談社の絵本」1959.9.15]
	真珠	1968.5.20 「愛さないの愛せないの」（新書館）
	思い出すために	1971.4.10 「思いださないで」（新書館）
	少年時代	1977.6.20 「猫の航海日誌」（新書館）
	ぼくは猫する	1977.6.20 「猫の航海日誌」（新書館）
	カウボーイ・ポップ	1968.5.20 「愛さないの愛せないの」（新書館）
	友だち	1968.5.20 「愛さないの愛せないの」（新書館）
	ジゴロになりたい	1968.5.20 「愛さないの愛せないの」（新書館）
	さよならの城	1966.10.1 「さよならの城」（新書館）
Ⅱ	歌謡詩集	
	時には母のない子のように	1966.10.1 「さよならの城」（新書館）
	山羊にひかれて	1973.7.10 「かもめ」（サンリオ出版）
	家なき子	1973.7.10 「かもめ」（サンリオ出版）
	戦争は知らない	1973.7.10 「かもめ」（サンリオ出版）
	さよならだけが人生だ	1973.7.10 「かもめ」（サンリオ出版）
	愛国心がないことを悩んでいたら	1973.7.10 「かもめ」（サンリオ出版）
	昭和十一年　新宿二丁目の娼家桃園楼の欄干に腰をかけて歌える少年の春の目ざめの詩	1973.7.10 「かもめ」（サンリオ出版）
	銀幕哀吟——人力飛行機ソロモン	1973.6.20 「盲人書簡」（ブロンズ社） [人力飛行機ソロモン公演 1970.11]
	カム・ダウン・モーゼ——壁抜け男　レミング	1986.7.1 「寺山修司の戯曲 5」（思潮社） [レミング公演 1979.5]
	しゃぼん玉	1973.7.10 「かもめ」（サンリオ出版）
	子守唄——山姥	1973.6.20 「盲人書簡」（ブロンズ社）
	血ざくら碑文——人力飛行機ソロモン	1973.6.20 「盲人書簡」（ブロンズ社）
	ふしあわせと言う名の猫	1973.7.10 「かもめ」（サンリオ出版）
	山河ありき	1973.7.10 「かもめ」（サンリオ出版）
Ⅲ	バラード＝樅の木	1966.10.1 「さよならの城」（新書館）
Ⅳ	ぼくが死んでも	
	ぼくが死んでも	1972.9.20 「ふしあわせという名の猫」（新書館）
	見えない花のソネット	1972.9.20 「ふしあわせという名の猫」（新書館）
	あなたに	1972.9.20 「ふしあわせという名の猫」（新書館）
	かなしみ	1972.9.20 「ふしあわせという名の猫」（新書館）
	ダイヤモンド　Diamond	1968.5.20 「愛さないの愛せないの」（新書館）
	赤とんぼ	1972.9.20 「ふしあわせという名の猫」（新書館）
	時は過ぎゆく	1969.7.10 「時には母のない子のように」（新書館）

翼について	1969.7.10 「時には母のない子のように」(新書館)
種子	1969.7.10 「時には母のない子のように」(新書館)
Ⅴ　組詩＝木の匙	1971.4.10 「思いださないで」(新書館)
Ⅵ　競馬詩集	
さらばハイセイコー	1976.10.10「競馬への望郷」(新書館)
さらば、テンポイント	1979.5.15 「旅路の果て」(新書館)
わが谷は緑なりき	1973.10.10「競馬無宿」(新書館)
希望	1982.6.15 「競馬放浪記」(新書館)
モンタサンよ	1971.9.25 「馬敗れて草原あり」(新書館)
マザー・グース(抄)	1977.12.20〜1978.10 「マザー・グース１〜３」(新書館)
Ⅴ　童話	
堕ちた天使	1957.7.15 「はだしの恋唄」(的場書房)
レーナの死	1957.7.15 「はだしの恋唄」(的場書房)
火について	1957.7.15 「はだしの恋唄」(的場書房)
泥棒のタンゴ	1957.7.15 「はだしの恋唄」(的場書房)
ジョーカー・ジョー	1966.10.1 「さよならの城」(新書館)
ケ・セラセラ	1965.5.20 「ひとりぼっちのあなたに」(新書館)
二万四千回のキッス	1969.7.10 「時には母のない子のように」(新書館)
かくれんぼ	1965.5.20 「ひとりぼっちのあなたに」(新書館)
かもめ	1969.7.10 「時には母のない子のように」(新書館)
壜の中の鳥	1979.12.10「赤糸で縫いとじられた物語」(新書館)
消しゴム	1979.12.10「赤糸で縫いとじられた物語」(新書館)
踊りたいけど踊れない	1979.12.10「赤糸で縫いとじられた物語」(新書館)
かくれんぼの塔	1979.12.10「赤糸で縫いとじられた物語」(新書館)
イエスタデイ	1979.12.10「赤糸で縫いとじられた物語」(新書館)
Ⅵ　散文詩＝ジャズが聴こえる	2000.5.18 「墓場まで何マイル？」(角川春樹事務所) [「週刊読売」1983.2.13〜1983.5.20]
懐かしのわが家(遺稿)	2000.5.18 「墓場まで何マイル？」(角川春樹事務所) [「朝日新聞」1982.9.1]

寺山修司著作集　第1巻〈全5巻〉
詩・短歌・俳句・童話

2009年5月25日　初版印刷
2009年6月10日　初版発行

著者　寺山修司

監修　山口昌男／白石　征

発行人　佐々木一高
発行所　クインテッセンス出版株式会社
〒113-0033　東京都文京区本郷3丁目2番6号　クイントハウスビル
電話 03-5842-2270（代表）
03-5842-2272（営業）
info@quint-j.co.jp
http://www.quint-j.co.jp/
印刷所　ディグ
製函所　光陽紙器製作所
製本所　中條製本工場

装幀　東　學（一八八）

今日の人権擁護の見地に照らして不適切と思われる表現がありますが、
作品発表時の背景を考慮し、そのままとしました。

This edition produced by Quintessence Publishing Co.Ltd., Tokyo
Printed in Japan　落丁本・乱丁本はお取替えします。
ISBN978-4-7812-0049-1　C0395
定価は箱に表示してあります